천년을 넘어온 힘

천년을 넘어온 힘

권병선 편저

마음을 다스리는 선인들의 100가지 지혜

NODE MEDIA
노드미디어

　　수급불류월水急不流月이라, 물은 흘러도 달은 그대로이고, 계절은 가더라도 다시 돌아오지만, 무심한 세월은 소리 없이 흘러 여기까지 왔다. 아직도 초가을 풋 사과처럼 한 자락 햇살이 필요하건만, 부끄럼 감추고, 여기겨자씨 한 알 뿌려본다. 스티브 잡스Steve Jobs는 "소크라테스Socrates와 대화할 수 있다면 애플의 전 재산을 넘겨 줄 수 있다."고 했다. 그만큼 경전이나 고전古典속에는 풍성한 삶의 지혜가 담겨 있다'는 것이다. 산이 메아리로 울림을 전하듯 경전經典은 진리와 교훈으로 가르침을 전한다. 무려 수천 년을 넘어온 힘, 주옥같은 명언과 수많은 현자賢者 와의 만남을 통해 그들의 삶과 지혜를 배우고, 깨우침이 있다면 대단한 행복이다. 이것만으로도 이책의 역할은 충분하다.

　　한편 경전經典과 고전古典속에 녹아있는 명문장名文章과 명구名句를 선별하여 수록 하였는바 마음 밭이 메말라가고, 가끔 삶의 뿌리가 흔들릴 때버틸 수 있는 힘이 되고, 수양과 도약의 디딤돌로 삼았으면 한다. '한마디의 말'이나, '하나의 문장'이 자신을 변화 시킬 수 있다. 일상에 녹아든 이야기와 역사적 사실을 통해 '건강하고 행복한 삶'을 위한 지혜들을 간결하고소박하게 담았다. 멀리가기 위해 지치지 않고 제대로 걷는 법을 배우며, 스스로의 허물과 한계를 깨달아 자신을 성찰하고 거듭날 수 있는 기회로 삼기 바란다. 남들과 다른 차원에서 변화되고, 백척간두百尺竿頭에서도 진일보進一步하는 인생의 티핑포인트Tipping point가 되기를 다시 한 번 소망하는 바이다.

　내가 안다는 것은 다른 사람(선배학자)들의 지식을 옮겨 놓은 것에 불과하다. 아이작 뉴톤Isaac newton도 "자신은 진리의 바닷가에서 모래알을 하나씩 줍는 소년에 불과하다."고 했거늘 하물며 부족하고 부족한 나의 이름을 이 책에 올리기도 부끄럽지만 관행상 편저자編著者로 하는 바이다. 삶과 투쟁하는 청춘을 위해, 비바람 치는 역경逆境에서도 버티며 살아가는 사람들과 이 책을 공유하고 싶다. 비록 본서가 독자의 욕구에 미흡하더라도 부족한 부분은 진리를 전하려는 순수함으로 보아주길 바라며, 아낌없는 조언助言을 바라는 바이다. 마지막으로 서툰 원고를 꼼꼼히 검토하여주신 지리산 도해桃蹊훈장님과 발간에 힘써주신 출판사 관계자 분들께 깊은 감사를 드리며, 발간의 기쁨을 이 책을 읽는 모든 분들과 함께 나누고자 한다.

2020 봄날 아침 梨蹊 權秉善

배움과 진리

삶의 자세

정신을 지배하라 그리고 자신을 가꾸라.
고난을 벗 삼아 부족함을 채우라.
모든 것은 그대에게 달려 있다.

고난이 사람을 만드다

생떽쥐베리는 《어린왕자》에서 "나비를 알고 싶으면 두세 마리의 쐐기벌레는 견뎌야한다."고 했다. 정채봉선생의 말처럼 생선이 소금에 절임 당하고, 얼음에 냉장 당하는 고통이 없다면 썩을 수박에 없다. 어느 유태인 의사가 유태인이라는 이유로 아우슈비츠에 수용됐다. 그는 날마다 사라져가는 사람들을 보면서 살아남기 위해 시련 속에서도 스스로 삶의 의미를 부여하며 살아갔다. 그는 살아야하는 이유와 목적이 있었기에 영혼의 자유를 찾을 수 있었다. 그래서 그는 날마다 깨진 유리병 조각으로 면도를 하면서 삶의 의지를 키워나갔고 결국 살아남았다. 그는 실존적 심리치료기법인 로고테라피Logotherapy [1]를 창안한 '빅터 플랭클'이다. 그는 "아무리 힘이 들어도 희망의 끈을 놓지 말라"며 삶의 좌표를 제

---

[1] 로고테라피(logotherapy): 삶의 가치를 깨닫고 목표를 설정하도록 하는 것에 목적을 둔 실존적 심리치료기법으로, 의미치료라고도 한다.

시해 주었다(죽음의 수용소에서). 함석헌선생은 "나로 살기 위해선 정신의 힘이 필요하다고 했다. **삶이 절박하고 혼란스러울수록 정신을 가다듬고 곧게 세워야 한다. 누구의 삶도 완벽하지 않기에 나의 삶을 존중하며 살아야 한다.**"고 **했다.** 이 세상의 삶속에는 환란과 고통이 가득하다. 그러나 대부분의 사람들은 참고 극복하면서 살아간다는 사실이다

고난도 삶의 일부이기에 고통과 좌절이 아닌 도약의 계기로 삼아야 한다. 해산의 고통이 있기에 사랑하는 자녀를 얻을 수 있는 것이다. 그 어떤 경우도 고통 없이 상처를 치료하지는 못한다. 고난을 고난으로만 받아들인다면 그것은 또 다른 고통과 절망을 가져온다. 인생살이는 언제나 따스한 봄날의 오후 같을 수는 없다. 수많은 시련과 고난 속에서 삶이 더욱더 풍요로워 진다. 비바람을 견디지 못하면 열매를 얻을 수 없다. 해초가 고기잡이에는 방해가 되지만, '해초가 없어지면 물고기의 먹이도 없어지고 먹이가 없어지면 물고기도 없어진다.'는 사실을 알아야한다. 살면서 장애물이 없어지면 장애를 극복하려는 의욕도 함께 사라져 진정한 행복이 무엇인지 알기 어렵다. 다산은 "즐거움의 뿌리가 괴로움이고, 괴로움의 뿌리가 즐거움으로 결국 즐거움과 괴로움의 뿌리는 같다."고 했다. 괴로움이 없으면 즐거움이란 느낄 수 없는 것이다. 《성경》에 이르기를 '영광을 받기 위하여 고난도 함께 받아야한다. 《로마서》'고 했다. 고난이 없으면 영광도 없는 것이다. 히말라야 고산족들은 양을 매매할 때 그 크기가 아니라 양의 성질에 따라 값을 매긴다고 한다. 양의 성질을 알아보는 방법은 가파른 산비탈에 양을 놓아두고 비탈 위로 올라가면 몸이 마른 양이라도 값이 오르고, 비탈 아래로 내려가면 살이 쪘더라도 값이 내려간다. 그 이유는 위로 올라가는 양은 넓은 초원에 이를 수 있지만, 아래로 내려가는 양은 결국 바닥에 이르러 굶

주려 죽기 때문이라는 것이다. **땀 흘리는 자만이 미래를 보장받을 수 있다.**

> 고통은 우리들을 더 나은 존재로 인도 하시려고 하나님께서 사용하시는 도구입
> 니다.
> — H. W. Beecher목사(미국)

불자들이 어려운 일을 당했을 때 어떻게 마음을 써야 하는지에 대해 명
나라 때 묘협스님이 쓴 〈보왕삼매론〉이 있다. 수행과정에서 나타나는 장애
를 극복하기 위한 10가지 지침 즉 《보왕삼매염불직지寶王三昧念佛直指》에 실
린 십대애행十大碍行이다.

[보왕¹삼매론(寶王三昧論) 십대애행²(十大碍行)]

一. 念身不求無病 身無病則貪欲易生　　염신불구무병 신무병즉탐욕이생
　　是故聖人設化 以病苦爲良藥　　　　시고성인설화 이병고위양약

몸에 병 없기를 바라지 말라. 몸에 병이 없으면 탐욕이 생기기 쉽다. 그
래서 성인이 말씀하시길 **"병고病苦로써 양약良藥을 삼으라."** 하셨느니
라.

우리 몸에 병이 없을 수 없다. '사람은 등 따습고 배부르면 딴 생각한
다.'고 했다. 이것이 병의 원인이 된다. 현대인에게는 육체적인 질병보다
정신적인 스트레스와 근심·걱정에서 오는 질환이 더 많다. 정신과 육체는

---

1 보왕: 불타의 존칭
2 碍꺼릴낄 애

서로에게 절대적인 영향을 미치므로 현재를 살아가고 있는 우리들이 삶의 문제를 극복하고 상황을 개선해 나갈 수 있는 밝은 마음과 맑은 정신을 소유해야 한다.

건강할 때 열심히 가치 있는 인생을 살며, 병病·患이 오면 그 의미를 생각하여 자기성찰의 기회로 삼아야 한다.[1]

二. 處世不求無難 世無難則驕奢必起[2] 처세불구무난 세무난즉교사필기
   是故聖人設化 以患難爲逍遙   시고성인설화 이환난위소요

세상살이에 곤란 없기를 바라지 말라. 세상살이에 곤란이 없으면 교만하고 사치한 마음이 일어난다. 그래서 성인이 말씀하시길 "근심과 곤란으로써 세상을 살아가라"하셨느니라.

언제나 바다에 파도가 일렁이듯 세상에는 잠시도 고뇌가 떠날 날이 없으므로 이 세상을 고해苦海라 한다. 잔잔한 호수에도 물결은 일듯이 어려움 없는 인생은 없다. 그래서 고락苦樂은 동전의 양면처럼 항상 함께한다. 따라서 근심과 걱정을 귀찮게만 생각하지 말고 삶의 과정(과제)으로 이해하며 지혜롭고 슬기롭게 적응하고 풀어 나가야한다.

三. 究心不求無障 心無障則所學躐等[3] 구심불구무장 심무장즉소학렵등
   是故聖人設化 以遮障爲解脫[4]   시고성인설화 이차장위해탈

---

1 병환(病患): 병(病)은 육신(肉身), 환(患)은 마음이나 정신이 아픈 것이다.
2 驕교만할 교, 奢사치할 사
3 躐밟을 렵
4 遮막을 차

22 ◈

공부하는 데에 마음에 장애 없기를 바라지 말라. 마음에 장애가 없으면 배우는 것이 넘치게 된다(배움의 과정을 뛰어 넘는다). 그래서 성인이 말씀하시길 **"장애 속에서 해탈을 얻으라."** 하셨느니라.

탐욕과 증오, 노여움이나 어리석음 같은 장애물은 극복하기가 어렵다. 장애를 애써 거부하지 말고 디딤돌로 삼아야 한다. 심신에 좋은 습관을 길들이고 조심調心[1]하여 도리에 맞는 분별력으로 자유로운 상태가 되어야한다. 진실로 아름답고 소중한 것은 소유할 수 없다. 소유의 욕망에서 벗어난다면 천하가 나의 것이 될 수도 있다. 신은 우리에게 필요한 것을 다주었다. 우리에게 할 수 있는 것은 감사와 사랑이다. 눈을 뜨는 순간 볼 수 있는 한줄기 빛에도 감사와 사랑을 아끼지 말자.

四. 立行不求無魔 行無魔則誓願不堅[2]　입행불구무마　행무마즉서원불견
　　是故聖人設化 以群魔爲法侶[3]　　시고성인설화　이군마위법려

살아가는 데에 마魔 없기를 바라지 말라. 살아가는 데에 마가 없으면 서원誓願이 굳건히 서지 못한다. 그래서 성인이 말씀하기를 **"모든 마군으로써 살아가는 데에 도와주는 벗을 삼으라."** 하셨느니라.

링컨이 어느 한가한 날 시골길을 걷고 있는데 한 농부가 말을 몰아 쟁기로 밭을 갈고 있는 게 보였다. 그 때 링컨은 말 엉덩이에 파리가 붙어 있

---

1 조심(調心): 마음을 고르는 것이다. '몸이 안정되고 호흡이 고르게 되면 저절로 번뇌가 끊어져 맑은 마음이 들어 나게 된다.'는 좌선 수행법의 일종이다.
2 誓맹세할 서
3 侶짝 려

는 걸 보았다. 파리가 말을 귀찮게 하는 게 분명해 보였다. 링컨은 파리를 쫓아버리려고 손을 들었다. 그 순간 농부가 링컨을 말리며 말했다. "그만 두세요. 그 파리 때문에 이 늙은 말이 그나마 움직이고 있답니다." 이 파리처럼 쫓아내거나 털어내고 싶은 사람이나 그런 일이 있을 것이다. 그러나 이런 불편과 고통이 삶을 윤택하게 한다는 사실을 알아야 한다(햇볕 같은 이야기, 최용우). 마魔는 내 수행을 도와주고, 내 서원을 굳게 해준다. '좋은 일에는 방해가 되는 일이 많이 생길 수 있으니 방심하지 말고 늘 경계하라'는 뜻이다. 좋은 일에는 마가 끼기 마련이다. 그래서 호사다마好事多魔라 한다. 좋은 일을 망치지 않도록 조심해야한다. 이른바 좋은 시기는 얻기 어렵고, 좋은 일을 이루려면 수많은 고난과 시련은 당연한 것이다.

五. 謀事不求易成 事易成則志存輕慢[1] 모사불구이성 사이성즉지존경만
是故聖人設化 以留難爲成就   시고성인설화 이류난위성취

일을 계획하되 쉽게 되기를 바라지 말라. 일이 쉽게 풀리면 경솔해 지기 쉽다. 그래서 성인이 말씀하기를 "많은 세월을 두고 일을 성취하라" 하셨느니라.

쉽게 이룬 것은 쉽게 무너진다. 어려움이 없이 자란 사람은 난관에 부딪치면 극복하기가 쉽지 않다. 쉽게 얻은 것은 쉽게 사라진다. 오랜 세월 속에서 역량과 기량이 커지고 성숙되어 감당할 수 있는 자질이 갖춰지는 것이다. 인생에도 뜸 들이는 과정이 필요하다.

---

1 慢 게으를 만

六. 交情不求益吾 交益吾則虧損道義[1]　교정불구익오 교익오즉휴손도의
是故聖人設化 以敝交爲資糧[2]　시고성인설화 이폐교위자량

친구를 사귀되 내가 이롭기를 바라지 말라. 내가 이롭고자 한다면 의리를 상하게 한다. 그래서 성인이 말씀하기를 "순결로써 사귐을 길게 하라." 하셨느니라.

모든 인간관계는 믿음과 의리, 신의로써 이루어져야한다. 친구란 또 다른 내 자신이다. 그래서 친구를 보면 그 사람을 알 수 있다. 믿음과 의리가 없으면 친구지간이 아니다. 사귐에는 소교素交와 이교利交의 두 종류가 있다고 한다(문선 권오십오 광절교론文選 卷五十五 廣絶交論). '소교'는 변함없는 우정의 사귐인데 반해 '이교'는 속임수와 탐욕으로 수시로 변하고 제 이익만 추구하는 사귐을 말한다. 친구를 자기 이익의 수단이나 발판으로 삼지 말라는 것이다. 순결로써 사귐을 깊게 하여 인간관계를 두텁게 하라는 것이다.

七. 於人不求順適 人順適則心必自矜[3]　어인불구순적 인순적즉심필자긍
是故聖人設化 以逆人爲園林　시고성인설화 이역인위원림

남이 내 뜻대로 순종해주기를 바라지 말라. 남이 나의 뜻에 맞추어 순종해 주면 스스로 교만해진다. 그래서 성인이 말씀하시길 "내 뜻에 맞지 않는 사람들로 무리를 이루라" 하셨느니라.

---

1 虧 이즈러질 휴
2 敝 해질 폐
3 矜 불쌍히여길 긍

돌담을 쌓는 데는 똑 같은 돌이 아니어도 된다. 나와 다른 남을 인정하고 서로의 개성을 발휘해서 전체적인 상호 조화를 이룰 수 있도록 서로가 노력하여야 한다. 공자가 말한 화이부동和而不同이다. 수많은 물줄기를 받아들이는 하해河海처럼, 남과 생각을 같이하지는 않지만 이들과 화목할 수 있어야 한다.

八. 施德不求望報 德望報則意有所圖　시덕불구망보 덕망보즉의유소도
是故聖人設化 以布德爲棄屣[1]　　시고성인설화 이포덕위기사

공덕을 베풀 때에는 과보를 바라지 말라. 과보果報-因果應報를 바라게 되면 불순한 생각이 자란다. 그래서 성인이 말씀하시길 "덕 베푼 것을 헌신처럼 버리라" 하셨느니라.

선행을 베풀 때는 과보를 바라지 말라. 보답을 바라지 말라는 것이다. 남에게 주었으면 보답을 바라거나 후회하지 말아야 한다(시은물구보施恩勿求報-《명심보감》). 기대하게 되면 기대하는 만큼 바라게 되고, 충족되지 못하면 서운함만 커지게 된다. 한 순간에도 수없이 많은 분별심이 일어나고 이해타산을 따지게 된다. 사심私心에는 베풀고 바라는 마음이 많으나, 공심公心은 그렇지 않다. 자신에게 유리하고 이익이 되는 쪽으로 도모하고자 한다면 진정한 베풂이 될 수 없기에, 덕 베푼 것을 헌신짝처럼 버리라고 하는 것이다.

---

1 屣 신 사

九. 見利不求沾分[1] 利沾分則癡心亦動　견리불구첨분 이첨분즉치심역동
　　是故聖人設化 以疎利爲富貴　　시고성인설화 이소이위부귀

이익을 분에 넘치게 바라지 말라. 이익이 분에 넘치면 어리석은 마음이
생기기 쉽다. 그래서 성인이 말씀하시길 **"적은 이익으로써 부자가 되라"**
하셨느니라.

적은 것으로 만족할 줄 알아야 한다는 것이다. 석복수행惜福修行이다.
석복惜福은 '검소하게 생활하여 복을 오래 누림이니, 복을 아껴가며 살아가
라는 것이다. 행복은 결코 많은 것을 소유하는데 있지 않다. 작은 것에 만
족할 줄 알아야 한다는 것이다(소욕지족少慾知足). 그래야 넉넉해진다. 모든
화禍의 근원은 욕심에서 일어난다.

十. 被抑不求申明 抑申明則怨恨滋生[2]　피억불구신명 억신명즉원한자생
　　是故聖人設化 以屈抑爲行門　　시고성인설화 이굴억위행문

억울함을 당할지라도 굳이 변명하려고 하지 말라. 억울함을 변명하게 되
면 오히려 원망하는 마음, 분노하는 마음, 시비하는 마음이 생기기 때
문에 굳이 변명하지 말라는 것이다. 그래서 성인이 말씀하기를 **"억울함
을 당하는 것으로 수행의 문을 삼으라,"** 하셨느니라.

나와 연관이 있으면 내가 풀면 되는 것이니 시비是非하는 마음을 일으

---

1 沾 더할 첨
2 抑 누를 억

키지 말고 용서하고 받아드려라. 진실은 감추려 해도 꽃향기처럼 감춰지지 않는다. 사필귀정事必歸正이다. 시간이 지나면 저절로 드러난다. 억울함의 이유나 항변(변명)을 굳이 하지 말라는 것이다. 참고 견디면서 용서하고 억울함을 수행의 기회로 삼으라.

— 법정스님, 묘협스님, 《보왕삼매론사경》:김현준

　우리도 신의 용서와 사랑이 있기에 살아감을 알아야 한다. 사람들은 언제나 행복을 추구하지만 그것은 거의 불가능하다. 왜냐면 행복은 근심을 동반하기 때문이다. 사랑하는 사람이 있으면 떠날까봐 걱정이고, 재물이 쌓이면 사라질까 걱정이다. 고난은 자신을 이해하게 하는 수단이 될 수 있다. 자신을 이해하는 정도에 따라서 우리는 이웃을 이해하게 될 것이다. 행복은 누리거나 소유하는 데서 나타나지 않는다. 오히려 행복은 나를 바로 세우고 고난을 통하여 나를 이해하고 그리고 이웃의 고통에 참여하는 데서 온다. 불교에서는 이 세상을 산스크리트어로 '사바세계'라 하는데 '참고 견디어 나가야 하는 세상'이란 뜻이다. 모든 것이 우리 뜻대로 된다면 좋을 것 같지만 그런 일은 있을 수 없다. 〈보왕삼매론〉은 이런 사바세계를 살아가면서 어떤 마음가짐을 지니고 살아야 할 것인가에 대한 교훈이요, 생활의 지혜이며, 자기 관리에 대한 처세방법이다. 괴로움은 누구나 피하고 싶지만 뒤돌아보면 괴로움만큼 커다란 스승은 또 없다. 즐거움에선 가르침이 별로 없지만 괴로움에선 큰 가르침이 있다. 고난도 즐거움도 다 우리가 받아들여야하는 삶의 과정이다. 고난과 고통 속에서 교훈을 얻는 지혜를 지녀야한다.

　시련은 인내를 가르쳐 주기에 시련을 극복하여 더 성장하고 견고한 믿음이 형성된다면 오히려 기쁨이 될 수 있다. 인내_{휘포모넨, uJpomonhvn}에는 '견고'의 뜻도 있다. 즉 인내는 우리의 믿음을 견고하고 확실하게 다져주고 있기 때문이다. 사도바울은 "우리가 환난 중에도 즐거워하나니 이는 환난은 인내를, 인내는 연단을, 연단은 소망을 이루는 줄 앎이라"고 하였다. 인생에 있어서 중요한 것은 바로 시련을 극복하고 이기는 것이다. 시험을 당하고 시련에 부딪칠 때 두려워하고 슬퍼하며 좌절하는 것은 지혜롭지 못한 사람이고, 당당히 받아들이며 긍정적으로 온전히 기쁘게 여기는 사람은 지혜로운 사람이다. '시험'이라는 말은 'Test'가 아니고 'Trial'(시련, 고난, 재난)이다. 과일은 폭풍우 속에서도 성장하고 사람은 고난 속에서 성장하는 것이다. 시련을 나를 성숙시키고 성장시키는 계기로 여긴다면 우리는 언제나 고난을 받아들일 수 있다.

카프만 부인이 쓴 《광야의 샘》에서 그는 누에고치 몇 개를 책상 위에 두고 누에가 나방으로 변태해가는 과정을 관찰했다. 나방이 작은 구멍으로 나오려고 안간힘을 쓰는 모습이 너무나 안타까웠다. 그래서 나방이 고치 밖으로 쉽게 나오도록 큰 구멍을 내주었다. 나방은 쉽게 고치 밖으로 나왔다. 하지만 그 나방은 제대로 움직이지 못했다. 반면, 작은 고치 구멍을 스스로의 힘으로 뚫고 나온 나방들은 아름다운 날개를 펴고 자유롭게 날아갔다. 부인은 그제야 작은 고치 구멍을 빠져나오기 위해 겪는 고통이 날개의 물기를 제거하고 나방의 날개 근육을 발달시켜 날아오르는 힘을 준다는 사실을 알게 되었다(목회자료). 고난의 삶도 마찬가지다. 고난이 없으면 쉽게 인생을 사는 것 같지만 가치 있고 성숙한 삶을 살지는 못한다. 고난과 역경이 삶을 성숙시켜 준다. 누에도 허물을 네 번이나 벗어야 고치를 짓는다. 끊임없는 자기변신과 뼈를 바르고 살을 벗는 고통의 시간들 속에서 성숙되어가는 것이다. 조개는 먹이를 먹을 때, 모래나 이물질을 함께 먹는다. 이런 이물질은 조개몸속에 상처를 내고, 진주를 만드는 조개는 탄산칼슘 성분의 체액을 분비하여 이물질과 이물질 때문에 생긴 상처를 감싼다. 이 분비물과 주변의 유기물이 뭉쳐져 만들어지는 것이 진주이다. 상처로 인한 고통을 이겨 낼 때 아름다운 진주가 탄생되는 것이다. 나무의 나이테가 넓으면 쉽게 자란 나무여서 속이 무르고 쉽게 터진다. 춥고 험한 환경과 혹독한 비바람 속에서 자라야 나이테가 좁고 강도가 단단하다. 동심원 모양의 나이테는, 더위와 추위를 꿋꿋하게 견뎌낸 나무만이 가질 수 있는 아름다운 흔적이다. 이 세상에는 수많은 고급 브랜드의 향수가 있지만, 안명옥 시인의 〈발칸산맥의 장미〉에 의하면 "세상에서 가장 향기로운 향수는 자정에서 새벽 2시 사이에 딴 장미로부터 나온다."고 한다. 불가리아의 험준한 산맥 속에서 가장 춥고 어두운 시간인 자정에서 새벽 2시경에 장미를 채취하는데 그 이유는 장미는 한밤중에 가장 향기로운 향을 뿜어내기 때문이라고 한다. 절대고독을 견딘 장미에게서 절대 향기가 나오는 것이다. 인생의 향기도 가장 힘들고 고통스런 시간 속에서 가장 아름다운 향기가 나온다. 우리의 인생도 **절망과 고통의 시간에 비로소 삶의 의미와 가치를 발견한다.** 최고의 '인생 코치' 앤서니 라빈스가 넬슨 만델라에게 "어떻게 그 오랜 교도소 생활을 견뎌내실 수 있었나요?"라고 질문하자 그는 "난 견뎌낸 적이 없습니다. 더 나은 미래를 위해 준비하고 있었을 뿐입니다."라고 답했다고 한다.[1] **가슴이 찢어지는 아픔도 그만한 가치가 있는 것이다. 중요한 것은 그것을 대하는 우리의 태도이다.**

---

1 만델라의 복역 기간은 27년이다

곡죽생순哭竹生笋, 맹종읍죽孟宗泣竹, 맹종설순孟宗雪筍은 원나라 곽거경郭居敬이 민간에 전해지는 효자의 이야기 24편을 수집한 책인 '24효孝' 속의 한 이야기로 효 문자도 孝 文字圖에도 등장하고, 춘향가에도 나온다. 맹종은 어머니가 겨울에 죽순을 먹고 싶다고 하자 대나무 밭으로 달려가 울면서 애원했다. 그랬더니 눈물이 떨어진 자리에서 별안간 죽순이 솟아났고, 맹종은 그것을 가지고 어머니께 달려가 공양했다고 한다.(중국 고대 24효 이야기: 현용수 역/두산백과) 이 대나무를 맹종죽이라 한다. 그 맹종죽의 한 종류인 모소 대나무 (Moso Bamboo, 학명: Phyllostachys pubescens Mazel)는 중국 극동지방에서 자라는 희귀종 대나무다. 이 대나무는 땅속에서 뿌리를 뻗어 서로 연결된다. 이 대나무는 뿌리를 심고도 4년쯤은 순이 나지 않는다고 한다. 그런데 일단 순이 나면 하루에 30센티미터 이상씩 자라기 시작하여 6주 만에 무려 15미터 이상의 높이로 성장하는 것이다. 아무것도 없던 땅은 금세 모소 대나무 숲으로 변하게 된다.(Long Island Korean United Methodist Church) 이 대나무가 이렇듯 순식간에 자랄 수 있는 것은 순을 내지 않은 그 시간 땅속 곳곳으로 뿌리를 뻗어 영양을 축척하는 시간을 가졌기 때문이다. 성장에는 그 만큼 준비의 시간이 필요하다. 지금 안 된다고 염려하지도 말고, 지금당장 이루려 하지도 말라. 빨리 핀 꽃은 빨리 시들게 된다. **당신은 지금 성장하지 않는 것이 아니라 뿌리를 내리고 있다.**

새가 날기 위해서는 수없는 날기 연습(노력)을 통해서 만이 날 수 있다. 《논어》〈학이편學而篇〉에 나오는 '학이시습지 불역열호아 學而時習之 不亦說乎'는 수시로 날기 연습을 하여야 하고, 그러다 날게 되면(깨달음을 얻으면) 한 없이 기쁘다는 것이다. 무엇을 이루려는 것도 중요하지만 그 또한 조금씩 깨우쳐 가는 즐거움이 있어야 가능한 것이다. 중국이 낳은 천재로 9개 국어에 능통하고, 13개의 박사학위를 받은 고홍명辜鴻銘은 "내가 공부할 때의 주된 학습 방법은 곤이학지困而學之였다. 사람들은 내가 많이 배우고 빨리 배운 것만 보았지 그것들이 나의 눈물과 바꾼 것임은 알지 못한다."고 말했다. 진정한 학學은 옛날 성인의 말과 행동을 익혀 나를 늘 새롭게 하는 것이다. 즉 온고이지신溫故而知新이다. '지신知新'의 신新은 '새롭게 한다.'는 뜻이 있다. 그 새롭게 변하여가는 자신을 보고 기뻐하는 것이다. 따라서 우리는 부족한 존재이기에 어제보다 나은 내일을 위해 배우고 또 배워야 한다. 그리고 그 배움을 깊이 새기고 행하여야 한다.(지행일치知行一致)

冉求曰 非不說子之道 力不足也 子曰 力不足者中道而廢 今女畵[1]

염구왈 비불열자지도 역부족야 자왈 역부족자중도이폐 금여획

염구가 "선생님의 도를 좋아하지 않는 것이 아니라 힘이 부족합니다."
라고 하자 공자께서 말씀하셨다. "힘이 부족한 사람은 할 수 있는 데까
지 해보다가 중도에 그만두는 법인데, 지금 너는 아예 못 한다고 선을
그어놓고 있다."

– 《논어》〈옹야편(雍也篇)〉

끝까지 최선을 다하지 않는 것을 말하는 것이다. 가다가 중지하면 아
니 감만 못한 것이다.

잘 가노라 닫지 말며 못가노라 쉬지 말라
부디 긋지 말고 촌음寸陰을 아껴 쓰라
가다가 중지 곳 하면 아니 감만 못하니라

잘 간다고 달리지도 말며 잘 못 간다고 포기하거나 쉬지도 말라
아무쪼록 그치지 말고 계속하여 짧은 시간이라도 아껴 쓰라
시작하여 중간에 그만두면 처음부터 아니 간 것만 못하니라

– 김천택(청구영언(靑丘永言[2]))

---

1 금여획(今女畵): 지금 너는 선을 긋다. 여(女): 여(汝)와 같다. 획(畵): 구획하다, 선을 긋다.
2 청구영언(靑丘永言): 18세기 김천택(金天澤)이 한글로 쓰인 노래를 모아 편찬(編纂)한 것으로, 문인(文
人), 왕(王), 중인(中人), 서민(庶民), 기녀(妓女) 등 각계각층의 이야기를 다채롭게 담아내고 있다. 한글
이 천시(賤視) 당하던 18세기 당시 한글 노래를 모아 연구했다는 점에 있어 의의가 크다.

《맹자》〈진심盡心 상편〉에 "우물 아홉 길을 파고 샘물에 이르지 못하면 오히려 우물을 버리게 되니라(굴정구인이불급천掘井九軔而不及泉[1] 유위기정야猶爲棄井也[2])"하였다. 마무리를 제대로 하지 않으면 쌓은 공이 허사가 될 수 있다는 것이다. 시작하는 것도 내가 하는 것이고, 중도에 그만 두는 것도 내가 하는 것이기에, 모두가 자신에게 달려 있다는 것이다. **불파만취파참不 怕慢[3]就怕站**" 즉 "천천히 가는 것을 두려워하지 말고 멈추는 것 을 두려워하라. 느린 것을 두려워하지 말고, 다만 머무르는 것을 두려워하라."는 중국 속담이 있다. 이루기 위해서는 멈추지 말라는 것이다. 내가 부족하면 열 번이고 천 번이고 노력하고 또 노력해야 한다. '산을 쌓음에 한 삼태기의 흙을 이루지 못하여 그침도 내가 그친 것이며, 땅을 평평히 함에 비록 한 삼태기의 흙을 덮었으나 나아감도 내가 가는 것'이라 하였다. 아인슈타인도 "나는 태어났고 죽는다."고 겸손한 태도를 보였다. 우리가 안다는 것은 바다에 모래알 하나 정도로 미미한 것이다. 그 부족함을 항상 안고 채우기 위해 부단히 성찰 있는 학습을 해야 한다. 시작은 미미하나 나중은 심히 창대昌大할 수 있어야 한다.

---

1 掘팔 굴. 軔─切길(길이) 인
2 棄버릴 기
3 怕두려워할 파

남을 탓하지 말라

반구저기(反求諸己)

한 부부가 기름을 넣기 위해 주유소에 들어갔다. 주유소 직원은 기름을 넣으면서 차 앞 유리를 닦아 주었다. 그런데 남편이 유리가 아직 더럽다며 한 번 더 닦아달라고 부탁했다. 직원은 유리를 한 번 더 닦았다. 그러나 "아직도 더러운데! 유리 닦는 법도 몰라요? 한 번 더 닦아 주세요!" 라며 화를 냈다. 그때 그의 아내가 남편의 안경을 벗기고, 렌즈를 깨끗하게 닦아서 남편의 얼굴에 씌워 주었다. 남편은 깨끗하게 잘 닦여진 앞 유리창을 볼 수 있었고 그제야 무엇이 잘못되었는지를 깨달았다.(리더의 조건)

君子求諸己[1] 小人求諸人 군자구저기 소인구저인

군자는 제 탓을 하고 소인은 남을 탓 한다 －《논어》〈위령공편〉

---

1 諸 전치사, 저로 발음

'잘못을 자신에게서 찾는다.'는 반구저기反求諸己의 유래다. "잘되면 제 탓이요 안 되면 조상 탓"이라는 속담이 있다. 대부분의 사람들은 잘못의 원인을 자기 자신을 돌아보기보다 타인이나 다른 요인에서 찾으려한다. 남이 잘못하는 것도 자신과 관련이 있다면 자신으로부터 비롯되었을 수도 있다. 남을 탓하기에 앞서 자신을 뒤돌아보고 성찰하는 자세가 필요하다. 부처는 항상 자신의 허물을 발견하고 인내하며 참회하라고 했고, 예수는 사람이 만일 무슨 범죄 한 일이 드러나거든 너희는 온유한 심령으로 그러한 자를 바로 잡고, **너 자신을 살펴보아 너도 시험 받을까 두려워하라**《갈라디아서》고 했다. '가랑잎이 솔잎더러 바스락거린다.'고 하고, '숯이 검정 나무란다.'는 말이 있다. '자기 허물은 생각하지 않고 도리어 남의 허물만 나무란다.'는 뜻이다. 세상의 인연은 서로에 영향을 미치게 되어 있다. 바람이 불어 열매가 떨어진다고 바람을 탓하지 말고 구름이 햇볕을 가린다고 햇볕을 나무라서는 아니 된다. 햇살의 따스함과 바람의 싱그러움에 감사하고 희미한 별빛하나, 떨어지는 빗방울 하나에도 감사 할 줄 알아야 한다.

愛人不親 反其仁　　　애인불친, 반기인

治人不治 反其智　　　치인불치, 반기지

禮人不答 反其敬　　　예인부답, 반기경

行有不得者 皆反求諸己　행유부득자, 개반구저기

사람을 사랑하는데도 친해지지 않으면 자신의 어짊을 돌이켜 보고, 사람을 다스려도 다스려지지 않으면 그 지혜를 돌이켜 보며, 예를 다하는데도 화답하지 않으면 그 공경함을 돌이켜 보아야 한다. 행하여도 얻지 못하거든 자기 자신에게서 잘못을 구하라.　　　-《맹자》〈이루상(離婁上)〉

太公曰 欲量他人先須自量 傷人之語還是自傷 含血噴人先汚其口 [1]

태공왈, 욕량타인선수자량, 상인지어환시자상, 함혈분인선오기구.

강태공이 말하였다. 남을 헤아리고자(비판하고자)한다면 먼저 자신을 헤아려보라. 남을 해치는 말은 도리어 자신을 해치는 것이니, 피를 머금고 남에게 뿜으면 먼저 자기의 입을 더럽히게 된다.

－《명심보감》〈정기편(正己篇)〉

에머슨(미국의 시인이자 철학자)이 어린 시절 집에서 기르는 송아지가 외양간을 나와 어슬렁거리는 모습을 보고 외양간에 넣으려 했지만 어린 에머슨의 힘으로는 아무리 밀고 당겨보아도 송아지는 꼼짝도 하지 않았다. 에머슨은 아버지에게 도움을 요청해 한 사람은 밀고 한 사람은 당겨 보았지만, 꿈쩍도 하지 않았다. 그 모습을 가만히 지켜보던 할아버지가 다가와 자신의 손가락을 송아지 입에 물려주었다. 송아지는 젖을 빨듯이 손가락을 빨기 시작했다. 그리고 손가락을 물린 채로 천천히 외양간으로 들어가자 송아지는 할아버지를 따라 외양간으로 들어갔다.(〈따뜻한 하루, 따뜻한 편지〉에서) **내 생각보다 중요한 것은 상대의 생각이다.** 남을 비난하면 자기의 인격이 손상될 뿐만 아니라 상대방도 언젠가 자기를 비판하게 될 것이다. 이는 마치 피를 머금어 남에게 뿌리면 먼저 자신의 입이 더러워지는 것과 같은 이치다. 그리스 철학자 탈레스는 "세상에서 가장 쉬운 일은 남에게 충고하는 일이고, 가장 어려운 일은 자기 스스로를 아는 일이다"고 했다. 상대를 존중해주고, 배려해 주는 것이 나를 위함임을 알아야 한다.

---

1 須모름지기 수(모름지기=마땅히, 응당), 還돌아올 환(도리어), 환시(還是): 도리어(오히려) ~ 이다. 지시(只是): 단지 ~ 이다. 도시(都是): 모두 ~ 이다. 역시(亦是): 또한 ~ 이다. 噴뿜을 분, 汚 더러울 오

仁者如射 射者正己而後發

發而不中 不怨勝己者 反求諸己而已矣

인자여사 사자정기이후발

발이부중 불원승기자 반구제기이이의

인仁이란 활쏘기와 같다. 활을 쏘는 사람은 자신의 몸을 꼿꼿이 편 뒤에
야 화살을 날린다. 화살이 과녁에 적중하지 않아도, 자신보다 잘 쏜 사
람을 원망하지 않는다. 다만 실패한 원인을 자기에게서 찾을 뿐이다.

– 《맹자》〈공손추상(公孫丑上)〉

활쏘기에서는 상대가 있지만 그 승패는 오로지 자기 자신에게 달려있
다. 내가 부족 하여도 상대편이 나보다 약하면 이길 수 있다. 그러므로 활
쏘기는 자신과의 싸움이다. 상대를 알려면 반드시 먼저 자신을 알아야 하
고 상대를 이기려면 먼저 자신을 이겨야 한다. 사자를 잡아먹는 것은 사자
보다 강한 동물이 아니라 사자 몸에서 나온 사자충이다. **녹이 쇠에서 나와
그 쇠를 먹는 것처럼 자신을 잘 되게 하고 못되게 하는 것은 자신에게 달려있음을
명심해야한다.**

　다른 사람을 손가락질 할 때 나머지 세 손가락은 자신을 향하고 있다는
사실을 알아야 한다. 그러기에 자기의 결점을 먼저 돌아보고 남의 잘못을
비난(이단공단以短攻短–《채근담》)하지 말라. 가끔 구름 속에 숨는 달처럼 때
로는 나를 내려놓고 조용하고 깊은 어둠속에서 나를 돌아보고 살펴보는 시
간을 가져야한다. 깊은 물을 건너거나 가파른 산을 오를 때처럼 매사에 조
심하고 조심해야 한다. 다른 사람의 행복을 시기하거나 질투하지 말고 진
정으로 칭찬하고 기뻐해 줄 수 있는 영혼이 맑은 사람이 되어야 한다.

자신을 항상
경계하고 관리하라

만이불일(滿而不溢)

우리는 늘 눈을 뜨는 순간 새로운 하루를 맞이한다. 그러나 오늘은 어제가 아니기에 새로운 하루를 살아야 한다. 새벽을 품고 가는 마음으로 타성과 관습, 감성의 정체, 도덕과 윤리의 둔감, 현실의 안주, 자신의 합리화 등으로 부터 항상 나를 깨우며 살아가야 한다.

虛則欹 中則正 滿則覆 허칙의 중칙정 만칙복
'비어 있으면 기울어지고 알맞으면 바로서고 가득차면 엎어진다.'

'기기欹器'는 '기울어져 엎어지기 쉬운 그릇'을 말하는데 물을 가득 담아도 엎어지고, 물을 적게 담아도 한쪽으로 기울어, 8할 정도의 물을 담아야만 똑바로 선다고 한다(술독이라고도 한다). 노魯나라 환공桓公은 '기기欹器'라는 그릇을 자신의 자리 오른쪽에 두고 경계의 거울로 삼았다한다.

'채워졌다고(배움을 이루었다)고, 교만을 부리는 자는 반드시 화를 당하게 된다.'는 것을 공자는 가르쳤다. **교만이 반드시 사람을 망친다.**

후한시대 학자 최원이 생활의 지침이 되는 좋은 말을 쇠붙이에 새겨서 책상의 오른쪽에 놓고 매일 바라보며 생활의 거울로 삼아 반성했다는 데서 **좌우명**座右銘이 유래되었다한다. 좌우명座右銘은 '자리 옆(우측)에 갖추어 두고 늘 가르침으로 삼는다.'는 말이다. 좌우座右의 한자의 뜻은 '좌석의 오른쪽' 혹은 '가까운 옆'이란 뜻이며 명銘은 '금석金石이나 기물器物등에 새긴다.'는 의미이다. 고대에는 책을 읽거나 문장을 쓸 때에 오른쪽부터 시작 했기에 좌우座右란 말이 붙여진 것으로 본다. 최원의 좌우명 내용은 '첫째 남의 단점을 말하지 말라, 둘째 자기의 장점을 말하지 말라, 셋째 남에게 베푼 것을 생각하지 말라, 넷째 은혜를 잊었으면 잊지 말라'였다고 전해진다. 은나라 탕왕湯王은 '구일신 일일신 우일신苟日新 日日新 又日新' 즉' 진실로 나날이 새로워지고 하루하루 새로워지고 또 새로워진다.'를 세수 대야에 새겨놓고 매일 보면서 경계하였다한다. 이를 관반명盤盤銘[1]이라 부르기도 한다. 자신을 경계하고 지켜줄 좌우명 하나쯤은 있어야 한다.

[최원의 좌우명]

無道人之短 無說己之長　　무도인지단 무설기지장

施人愼勿念 受施愼勿忘　　시인신물념 수시신물망

守愚聖所臧[2] 愼言節飲食　　수우성소장 신언절음식

知足勝不祥　　　　　　　　지족승불상

---

1 盤대야 관, 盤소반 반
　명(銘)은 한문 문체(文體)의 일종으로 고대에는 주로 종(鐘)이나 정(鼎:발이 세 개 달린 솥)에 새기는 문장을 뜻했는데, 진한(秦漢) 이후에는 비석에 새긴 글자를 의미하게 되었다.
2 臧감추다 장

남의 단점을 말하지 말고, 자기의 장점을 자랑하지 말라.

남에게 베풀었으면 생각하지 말고, 은혜를 입었으면 잊지를 말라.

어리석음을 지켜 성인의 착함을 지니고, 말을 삼가고, 음식을 절제하여,

만족할 줄 알아 상서롭지 못함을 이겨 내어라.

－《문선(文選)》[1]과《공자가어(孔子家語)》

최원의 좌우명과 그의 생활이 세상에 알려지며, 많은 사람들이 자신의 좌우명을 정하고 자신의 삶을 반성하는 계기로 삼았다.

庸信庸謹 閑邪存誠 岳立淵沖 燁燁春榮

용신용근 한사존성 악립연충 엽엽춘영

언행을 신의 있게 하고 삼가며 사악함을 막고 정성을 보존 하라.

산처럼 우뚝하고 못처럼 깊으면 움돋는 봄날처럼 빛나고 빛나리라.

남명南冥 조식선생의 좌우명이다. 높은 지조와 강인한 기개, 의義를 향한 마음가짐, 항상 깨어 있는 정신을 엿볼 수 있다. 그는 항상 허리춤에 성성자惺惺子라는 방울을 달고 다니며 방울 소리를 들으며 스스로를 경계 했다고 한다. 또한 '경의검敬義劍'으로 불리는 칼에 '내명자경 외단자의內明者敬外斷者義'를 새겨 차고 다니며, 안으로는 타인을 높이고 자신을 낮추는 겸손한 마음을 갖고, 밖으로는 옳지 않고 정의롭지 못한 것은 칼로 과감히 자르겠다는 의지를 견지堅持하였다 한다. 백범의 좌우명은 답설야중거踏雪野中去의 '답설야중거 불수호란행踏雪野中去 不須胡亂行'으로 '눈 밟고 들길 갈 때 함부

---

1 양(梁)나라 소명태자(昭明太子)가 지은 책

로 걷지 말라. 오늘 내가 남긴 자국은 마침내 뒷사람의 길이 된다.'이고, 안중근 의사의 좌우명은 《논어》〈위령공편〉에 나오는 '인무원려 난성대업人無遠慮, 難成大業'으로 '사람이 먼 곳을 향하는 생각이 없다면 큰일을 이루어 내기가 어렵다.'로 전해진다. 마하트마 간디Mahatma Gandhi의 평소 좌우명은 '내 삶이 곧 내 메시지'(My life is my message)였다. 간디의 생애는 그가 남긴 이 글귀와 다르지 않았기에 존중받는 것이다.

기기敧器와 유사한 의미를 지니고 있는 '계영배戒盈盃'가 있다. 조선시대 도공 우명옥은 스승도 이루지 못한 설백자기雪白磁器를 만들어 명성을 얻은 인물로 전해진다. 그러나 그는 방탕한 생활로 재물을 모두 탕진한 뒤 잘못을 뉘우치고 스승에게 돌아와 계영배戒盈盃를 만들었다. 잔의 7할 이상을 채우면 모두 밑으로 흘러내려 버려 '넘침을 경계하는 잔'으로 '과욕을 하지 말라'는 것을 보여주는 상징물이다.《두산백과》 그 후 이 술잔을 조선시대의 거상 임상옥이 소유하게 되었는데, 그는 계영배를 늘 옆에 두고 끝없이 솟구치는 과욕을 다스리면서 큰 재산을 모았다고 한다.

경敬과 의義: '안으로 마음을 밝게 하는 것은 경敬이요, 밖으로 일을 결단하는 것이 의義'라는 것이다. 남명이 학문 지표로 삼았다.

계영배는 일정 이하의 물은 담겨 있지만, 일정 이상의 물이 담겨지면 물이 모두 빠져나간다. 계영배에서 중요한 것은 가운데 있는 관. 이 관이 넘어가게 되면 물이 모두 빠지게 된다. 이것을 사이펀 원리(화장실 변기에 응용)라고 하는데, 물의 높이가 높아지면서 물을 누르는 공기의 방향과 중력의 방향이 같아져서 생기는 현상이다.

욕심이 잉태한즉 죄를 낳고 죄가 장성한즉 사망을 낳느니라.　　－《야고보서》

鼓器以滿覆, 撲滿以空全[1]　　기기이만복, 박만이공전

故君子寧居無不居有, 寧處缺不處完　고군자녕거무불거유, 녕처결불처완

기기는 가득차면 엎어지고 박만은 속이 비어야 온전해 진다. 그러므로
군자는 차라리 없이 살더라도 있도록 살지 않고, 차라리 모자란 곳에 머
물지언정 모두 갖춘 곳에 머물지 않는다.

－《채근담(菜根譚)》전집(前集) 63

'박만撲滿'은 흙으로 만든 벙어리저금통 같은 그릇으로 주둥이가 좁아
깨뜨리지 않으면 담긴 것을 꺼낼 수가 없다. 박만은 비어야 온전하다. 사람
의 마음도 욕심으로만 꽉 차있다면 기기처럼 넘어지고 박만처럼 깨어져 자
신을 망치게 된다. 그리하여 군자는 '무'에 머물지언정 '유'에 머물지 않는
다는 것이다. 기기와 박만은 모두 군자의 올바른 마음가짐을 유지 하라는
의미로 인용된다. 욕심을 버리지 않으면 항상 배우도 진리에 이를 수 없고,
늘 미혹당하는 삶을 살 수 밖에 없다. 인생은 노력하여 결과를 얻어야 하겠
지만 노력하는 과정 자체를 향유 할 수 있어야 한다. 때로는 과정이 결과보
다 더 가치가 있을 수 있다.

在上不驕, 高而不危. 制節謹度, 滿而不溢.[2]

高而不危所以長守貴也

---

1 撲 칠 박
2 溢 넘칠 일

滿而不溢所以長守富也

재상불교, 고이불위, 제절근도, 만이불일.

고이불위소이장수귀야

만이불일소이장수부야

윗자리에 있으면서 교만하지 않으면 지위가 높아도 위태롭지 않다. 절제하고 법도를 삼가면 가득차도 넘치지 않는다. 높으면서도 위태롭지 않으면 오래도록 존귀함을 지키게 될 것이며, 가득차면서도 넘치지 아니하면 오래도록 부함을 지키게 되리라.

- 《효경(孝經)》〈제후장(諸侯章)〉

'겸손과 절제로 분수를 지키라'는 경계의 말이다. 음식이 오래되면 상하고 쇠도 시간이 흐르면 녹이 나게 마련이다. 자신을 항상 경계하고 관리하지 않으면 위태로움에 이르거나 화를 당할 수 있다. 간디는 생각이 "말이 되고 말이 곧 행동이 된다."고 했다. 정인창은 그의 시 '연잎 한 장'에서 연잎에 물방울이 고이면 물방울을 일렁이다 쏟아버린다고 했다. 자신이 감당할 무게만 싣고 비워버리는 것이다. 우리에게도 연잎의 지혜가 필요하다.

부족함을 채우라

양생지도(養生之道)

　　'지능이 부족하여 정상적으로 판단하지 못하는 사람'을 우리는 바보라 한다. 이기동 교수는 우리가 '바보'라고 표현할 때 그 바보의 어원은 '밥보'에서 시작되었다고 한다. 즉, 밥만 먹는 사람을 밥보라고 하다가 바보로 변화되었다는 것이다. 우리는 바보가 아니기에 밥만 먹고 살수는 없다. 우리가 살아있는 한 우리의 부족함을 끊임없이 채우며 살아가야 한다. 우리의 삶에 일어나는 일을 선택할 수는 없지만 그 일들에 대해 어떻게 대응對應 할지는 선택할 수 있다. 이 선택을 통해 우리의의 삶을 가꿀 수 있게 되는 것이다. 따라서 주어진 일에 대한 옳은 선택과 판단判斷을 위해 늘 기도해야 한다. 그것이 우리가 우리의 삶을 가꾸는 가장 좋은 방법方法이고, 시작始作이다.

善養生者若牧養然, 視基後者而鞭之 威公曰何謂之 田開之曰[1]

魯有單豹者 巖居而水飮 不與民共利 行年七十而猶有嬰兒之色[2]

不幸遇餓虎

餓虎殺而食之. 有張毅者[3] 高門縣薄[4] 無不走也 行年四十而有內熱之病以死

豹養其內而虎食其外 毅養其外而病攻其內 此二子者 皆不鞭其後者也

선양생자약목양연, 시기후자이편지 위공왈하위지 전개지왈

노유단표자 암거이수음 불여민공리, 행년칠십이유영아지색 불행우아호

아호살이식지. 유장의자 고문현박 무불주야, 행년사십이유내열지병이사

표양기내이호식기외, 의양기외이병공기내, 차이자자 개불편기후자야

전개지라는 선비가 주나라의 위공을 만났다. 위공이 그에게 양생養生
하는 법(삶을 가꾸는 법)을 물었다. 그가 "양생을 잘 하는 사람은 양을 치는
것과 같아서, 그중 뒤지는 놈을 발견하여 채찍질을 하는 것입니다."라
고 답했다. 위공이 무슨 뜻이냐고 다시 묻자 전개지가 말했다. "노나라
에 선표란 자가 있었습니다. 바위굴에 살면서 물을 마시고, 남들과 함
께 이利를 꾀하지 않았으므로 나이 일흔에도 갓난아기의 얼굴색과 같았
으나, 불행히도 굶주린 호랑이를 만나 잡아먹혔습니다. 장의란 자는 고
문현박高門縣薄(부자 집과 가난한 집)을 가리지 않고 다니며 사귀었으나 나
이 마흔에 열병으로 죽었습니다. 선표는 그 안을 길렀으나 호랑이가 그
밖을 먹어버렸고, 장의는 그 밖을 길렀으나 병이 그 안을 먹어버렸습니

---

1 鞭채찍 편. 전개지(田開之): 성은 전(田), 이름은 개지(開之). 도를 배우는 사람.

2 豹표범 표. 嬰갓난아이 영

3 毅굳셀 의

4 고문현박(高門縣薄): 고문(高門)은 문이 높으니 부잣집을 현박('縣薄')은 발을 쳐서 문을 대신하는 가난
한 집을 가리킨다. 縣매달 현, 薄엷을 박, 대나무 발

다. 이 두 사람은 모두 그 뒤지는 것을 채찍질하지 않은 자들입니다."

-《장자(莊子)》〈달생편(達生篇)〉: 선표와 장의 이야기

양을 칠 때 목동의 역할은 무리에서 뒤처지는 양을 몰아서 낙오되지 않도록 하는데 있다. 사람의 양생도 이와 같다. **양생養生의 도道는 마치 양을 칠 때처럼 자기의 부족한 부분을 보충하는 일이다.** 단표와 장의는 조심하기는 했으나 자신의 결점을 보충하는 것을 잊고 있었기 때문에 화를 당한 것이다. 안과 밖을 두루 다스리는 자만이 자기 삶을 제대로 살 수 있다. 끊임 없이 자신의 부족한 부분을 채워나가는 것이 양생지도養生之道임을 알아야 한다.

한편 건강한 삶을 위한 양생의 도는 오래 앉거나 오래 서거나 오래 눕거나 오래 보고 듣는 것을 피하라 한다. 피로하게 되면 원기를 상하게 하여 수명이 감소하게 된다. 지혜로운 사람은 평화스러울 때 전쟁에 대비하는 것처럼 건강할 때 쇠약해지는 것을 예방한다. 하루 중에 금해야 할 중요한 것은 해가 저물어 늦은 밤에 배불리 먹지 않는 것이고, 한 달 중에 조심해야 할 것은 그믐날에 크게 취하지 않는 것이며, 일 년 중에 크게 조심해야 할 것은 겨울에 멀리 여행하지 않는 것이라 한다. 너무 기뻐하고 너무 심하게 화를 내면 의지를 손상시키게 되고, 너무 지나치게 슬퍼하면 정력을 탈진하게하며, 허영심과 이기심은 덕을 손상시킨다.《동의보감》 지혜로운 사람은 스스로 자신의 몸을 지켜 쇠약해지는 것을 예방한다. 옛 선인들은 맑은 공기를 통해 기氣를 몸속에 받아들이는 수련으로 건강을 유지하고 질병을 치료해 왔다.

《성경》에 '돈을 사랑함이 일만 악의 뿌리가 된다.'고 하였고 '욕심이 잉

태한즉 죄를 낳고 죄가 장성한즉 사망을 낳는다.'고 했다. 이처럼 지나친 욕심으로 화를 불러들이는 것은 양생을 망치는 지름길임을 명심해야할 것이다. 어리석은 이는 성인의 말씀도 시비분별의 대상으로 삼지만, 지혜로운 이는 거울로 삼아 삶을 다듬어 나간다. 생각만 하고 성찰이 없으면 어리석어癡진다. 그러기에 과도한 탐욕貪을 일으키고, 그것이 뜻대로 되지 않기에 분노瞋에 휩싸인다. 그릇의 물처럼 쓸수록 줄어드는 것이 '복'이라 석복수행惜福修行해야 하고, 끝없이 솟아나는 샘물과 같은 것이 '지혜'인지라, 나날이 나를 성찰하고 새롭게 하여 성장하도록 부단한 노력을 해야 한다.

[지혜로운 이의 삶]

유리하다고 교만치 말고, 불리하다고 비굴치 말자,
무엇을 들었다고 쉽게 행동 말고,
그것이 사실인지 깊이 생각하여 이치가 명확하면 과감히 행동하라.
태산 같은 자부심을 갖고 누운 풀처럼 자기를 낮추어라.

역경을 참아 이겨내고 형편이 잘 풀릴 때를 조심하라.
재물을 오물처럼 볼 줄 알고 터지는 분노를 다스려라.
때로는 마음껏 풍류를 즐기고 사슴처럼 두려워 할 줄 알고
호랑이처럼 무섭고 사나워라.
이것이 지혜로운 이의 삶의 길이니라.

－《잡보장경(雜寶藏經)》[1]

---

1 잡보장경(雜寶藏經): 인과응보(因果應報)와 권선징악(勸善懲惡)의 교리를 주제로 싯구와 설화로 된 경전

한결같은 평상심을 유지하라

감어지수(鑑於止水)

아인슈타인이 미국에 이민한지 얼마 안 돼 뉴욕거리에서 한 친구를 만났다. 친구는 "자네 외투를 사 입어야겠네. 뉴욕에서 그러고 다니면 좀 부끄럽지 않나?"라고 하였다. 친구의 핀잔에 아인슈타인은 "그게 무슨 상관인가! 뉴욕에서 날 알아볼 사람이 없는데"라고 답하였다. 수년 뒤 뉴욕거리에서 그 친구와 또 마주쳤다. 아인슈타인은 이미 크게 유명해져 있었으나 여전히 낡은 외투를 입고 있었다. 친구는 그때처럼 아인슈타인에게 새 옷을 사 입으라고 권하자 "그럴 필요가 있는가? 어차피 사람들은 내가 누구인지를 알고 있는데"라고 하였다. 아인슈타인의 소박하고 검소한 평상심을 엿볼 수 있다. 내가 누구인가보다 어떤 사람인지가 더 중요하다.

曾子曰 吾日三省吾身 爲人謀而不忠乎 與朋友交而不信乎 傳不習乎

증자왈 오일삼성오신 위인모이불충호 여붕우교이불신호 전불습호

증자는 "나는 매일 내 몸을 세 번 살핀다. 다른 사람을 위해 일을 도모하는 데 충실하지 않았는지, 벗과 함께 사귀는 데 신의를 잃지 않았는지, 스승에게 배운 것을 익히고 실천하지 못한 것이 있었는가? 돌아본다." 고 했다.

— 논어 학이편(論語 學而篇) —

공자의 제자 증자는 항상 자신이 한 일에 대해 잘못한 점이 없는지를 반성했다. 여기서 '일일삼성一日三省'이 유래했다. 자신의 언행에 대하여 항상 뒤돌아보는 자세가 필요하다. 그것이 자신을 성장하게 하는 것이다.

장자 덕충부德充符에 노나라 왕태王駘가 나온다. 그는 형벌로 발뒤꿈치가 잘린 불구자였다. 그러나 그를 따라 배우는 자가 공자의 제자와 비슷할 정도였다 한다. 그래서 노나라의 현자賢者 상계常季가 공자에게 물었다. "왕태는 외발이입니다. 그런데 그를 따르는 자가 선생님의 제자와 노나라를 양분하고 있습니다. 그는 서있을 때도 가르치지 않고, 앉아서 토론하지도 않았는데, 빈 마음으로 찾아가면, 꽉 채워서 돌아옵니다. 말없이도 가르침이 가능하며 형체가 없어도 마음이 완성된 사람이 아니겠습니까? 그는 어떤 사람입니까?" 이에 공자는 "그분은 성인이시다. 나는 그의 뒤에 처져 있지 그의 수준 까지는 가지 못했다."고 했다.

왕태는 다른 사람을 의식하지 않는다. 피곤하면 자고 배고프면 먹는다. 사람들은 그런 자연스런 모습을 좋아한다. 불구不具인 자신을 의식하지 않는 모습에서 그를 통해 순화되는 것이다. 그는 삶과 죽음은 중대한 일이

지만 왕태는 전혀 개의치 않고, 하늘과 땅이 꺼져도 전혀 흔들리지 않는다. 또한 "참된 진리와 함께 함으로 사물의 변화에 구속되지 않고, 만물을 변화에 맡겨 두고 자신은 도의 근본을 지키고 있다."고 했다. "다르다고 보면 간과 쓸개도 전혀 다른 것이지만, 같다는 관점으로 보면 하나이니 이처럼 하나로 보면 보고 듣고 감각에 의지하는 분별이 없어진다. 그래서 발이 잘려 나갔어도 몸에 붙은 흙이 도로 땅에 떨어진 것처럼 여긴다."고 했다. 숙산무지도 "삶과 죽음이 하나인 것을 완전히 이해하는 사람은 발목 하나가 잘려 나간 것을 가지고 있던 연장 하나를 내려놓은 것처럼 여긴다."고 했다. 공자는 "인막감어류수, 이감어지수. 유지능지중지人莫鑑於流水, 而鑑於止水. 唯止能止衆止(장자 덕충부)" 즉 "사람이란 흐르는 물을 거울로 삼지 말고 멈춰 있는 물로 거울로 삼아야 한다. 오직 멈춰 있어야 모든 것을 멈춰 있게 할 수 있다." 지수止水 즉 정지된 물만이 사물을 비출 수 있듯, 한결같고 꾸준한 평상심을 얻어야 사물을 객관적으로 바라볼 수 있다는 의미이다. 왕태처럼 "평상심平常心을 얻은 자는 사물을 흔들림 없이 바라볼 수 있기에 사람들을 일부러 불러 모으는 게 아니라 사람들을 모여들게 하는 보이지 않는 힘을 지니고 있다."는 것이다.

흐르는 물은 거울이 될 수 없지만 고인 물은 모든 모습을 비추어낸다. 옛날에는 물에 비친 모습으로 자신을 보았다. 거울을 나타내는 '경鏡'은 물체의 외면을 비추는 것이고, '감鑑'은 내면을 보는 것이다. 그래서 맑은 거울을 '명경明鏡'이라하고, 흐르지 않는 물 '지수止水'는 욕심이 없고 깨끗한 마음을 뜻한다. 여기서 명경지수明鏡止水란 말이 유래한다. 흐르는 물로는 물살 때문에 형체를 제대로 볼 수 없듯이 마음도 마찬가지이다. 흔들리는 마음에 반영되는 것들은 마음에 따라 형체가 달라진다. 마음이 평온하여 흔들리지 않을 때 사물의 본질을 제대로 파악할 수 있다. 사람의 겉모습을 보고 대하지 말고 그 사람 됨됨이로 대하여야 한다. 욕망이 차 있으면 마음을 흐리게 하여 제대로 볼 수가 없다. 고요함으로써 몸을 닦고 검약으로써 덕을 길러야 한다. 담박하지 않으면 뜻을 밝힐 수 없고 고요하지 않으면 멀리 볼 수 없다.

「어둠의 이유를 물었습니다」

어둠의 이유를 물었습니다.
별을 모여주기 위함이라고 말씀하셨습니다.
된더위의 이유를 물었습니다.
시원한 바람의 알게 하기 위함이라고 말씀하셨습니다.

어려운 일이 생기는 이유를 물었습니다.
인내를 주려 함이라 말씀하셨습니다.
원수가 나타난 이유를 물었습니다.
사랑을 가르치기 위함이라고 말씀하셨습니다.
흰 눈이 오는 이유도 겨울이기에
세상은 이유를 위한 이유들로 가득 차 있음을 알게 하셨습니다.

지렁이는 자기가 땅을 파고 다녀서 산소가 공급 된다는 걸알까?
다람쥐는 자기가 찾아먹지 못한 도토리 때문에 산이 푸르다는 걸알까?
풀벌레들은 자기가 내는 소리가 아름다운 여름밤을 꾸며준다는 걸알까?
매미들은 자기들의 소리에 부끄러움을 느끼는 소리꾼이 있다는 걸알까?

항심(恒心)을 가져라

水急 不流月 (수급 불류월)

물은 흘러도 달은 흘러가지 않는다.

– 치림보훈(緇林寶訓)[1] , 치문(원순스님)

　　　　　　　제주 돌 문화공원 지하전시실 입구에 걸려 있
는 수급불류월水急不流月은 소암素菴[2] 현중화의 글이다.

　　물살은 세상과 주위 환경을, 달은 움직이지 않는 마음을 의미한다. 물
살이 아무리 급해도 달은 떠내려가지 않는다.(수면에 비친 달그림자를 흘려
보낼 수는 없다.) 어떤 일에 부딪쳐도 '**적연부동**寂然不動' 해야 한다. 즉 고요한

---

1 치림보훈(緇林寶訓): 북송의 택현온제 선사가 편찬한 수행자의 경훈(經訓). 훗날 원나라 지현영중 스님
　이 치문경훈(緇門經訓)으로 복원하였다. 원순스님(송광사)이 치문을 풀어 썼다.緇승복 치. 緇는 머리를
　자르고 먹물 옷을 입은 수행자를 말한다.

2 菴풀이름 암

마음으로 사물에 동요되지 않아야 함을 말한다. **세파**世波**에 시달려도 본심은 흔들리지 않아야 한다.** 진리는 변하지 않는다는 뜻도 있다. 세상일에 일희일비一喜一悲하지 말고 구름에 달 가듯이 고요 속에 여유를 가져보자.

天地寂然不動 而氣機無息小停[1]	천지적연부동 이기기무식소정
日月晝夜奔馳[2] 而貞明萬古不易[3]	일월주야분치 이정명만고불역
故君子 閒時要有喫緊的心事[4]	고군자 한시요유끽긴적심사
忙處要有悠閒的趣味[5]	망처요유유한적취미

천지는 고요하며 움직이지 아니하지만, 그 활동은 잠시도 쉬지 아니하고, 해와 달은 밤낮으로 달리지만, 그 밝음은 만고에 불변이다. 그러므로 사람은 한가한 때일지라도, 긴박함에 대처 할 수 있고, 바쁠 때일지라도 여유 있는 멋을 지녀야한다.

－《채근담(菜根譚)》〈전집〉

棲守道德者[6], 寂寞一時. 依阿權勢者[7], 凄凉萬古[8]	
서수도덕자, 적막일시, 의아권세자, 처량만고	

도덕을 지키며 사는 사람은 일시적으로 적막할 뿐이지만, 권세에 의지하고 아부하는 자는 만고에 처량하다.

---

1 기기(氣機): 천지의 활동. 停머무를 정
2 奔달릴 분. 馳달릴 치
3 정명(貞明): 해와 달의 영원한 밝음
4 喫긴박할 끽, 마실 끽.
5 유한(悠閒): 유유자적(悠悠自適)하고 한가함. 悠멀다, 한가하다 유. 閒틈 한.
6 서수(棲守): 깃들여 지키다. 棲살 서.
7 의아(依阿): 아부하다
8 凄쓸쓸할 처

達人觀物外之物[1] 思身後之身[2]　　달인관물외지물, 사신후지신
사물의 이치에 통달한 사람은 세속을 초월한 진리를 살피고, 죽은 후 자신의 평판을 생각하니

寧受一時之寂寞 毋取萬古之凄凉　영수일시지적막 무취만고지처량
차라리 한때 쓸쓸하고 외로울지언정, 만고에 처량하게 될 일은 하지 말아야한다.

勢利粉華不近者爲潔[3] 近之而不染者爲尤潔
세리분화불근자위결 근지이불염자위우결
권세와 이익과 부귀영화를 가까이 하지 않는 사람을 깨끗하다고 하지만, 이를 가까이 하면서도 물들지 않는 사람이 더욱 깨끗하다.

智械機巧不知者爲高[4] 知之而不用者爲尤高[5]
지계기교부지자위고 지지이불용자위우고
권모술수를 모르는 사람을 높이 보지만, 알면서도 부리지 않는 사람을 더욱 높다고 하느니라.

－《채근담(菜根譚)》〈전집〉 1

바쁠수록 여유 있는 마음을 가져야 한다. 아름다운 것을 보고 아름다

---

1 물외지물(物外之物): 세상밖의 사물
2 신후지신(身後之身): 죽은 후의 평판
3 분화(粉華): 부귀영화. 潔깨끗할 결
4 지계기교(智械機巧): 권모술수. 械도구, 형틀 계
5 尤더욱 우

움을 느낄 수 있으려면 느낄 수 있는 마음의 여유가 있어야 한다. 어떤 일이 갑자기 닥친다 해도 의연하게 대처할 수 있는 올바른 마음자세가 필요하다. **권세와 이익과 사치와 화려함은, 이것을 가까이 하지 않는 사람을 깨끗하다고 하지만 이를 가까이 하면서도 물들지 않는 사람이 더욱 깨끗하다. 잔재주와 권모와 술수와 교묘함은, 이것을 모르는 사람을 높이 평가 하지만, 알면서도 사용하지 않는 사람이 더욱 훌륭하다.** 도덕을 지키며 사는 사람은 일시적으로 적막하지만, 권세에 의지하고 아부하는 자는 만고에 처량하다. 도를 알고 덕을 쌓아야 한다.

자신에 엄격하라

책기지심(責己之心)

존 맥스웰John Maxwell은 "남을 판단할 때는 그의 '행동'을 기준으로 삼고, 자신을 판단할 때는 '의도'를 기준으로 삼는다."고 했다. 그래서 자신에게는 변명과 합리화로 포장하는 것이다.

범질范質은 후당後唐에서부터 후진後晉·후한後漢·후주後周에 걸쳐 벼슬을 한 인물이다. 그가 재상일 때, 조카(종자從子)인 고杲가 관직의 승진을 부탁하자 이에 시詩를 지어서 깨우쳐 주었다. 이를 살펴보면 "너에게 훈계하노니, 네가 입신을 배우는 것은, 먼저 효도하고 공경하는 것만 못한 것이다. 기쁜 마음으로 어버이와 어른을 봉양하고, 감히 교만하고 남을 깔보지 말라. 전전戰戰하고 또 긍긍兢兢하여, 아무리 다급하여도 반드시 여기에 마음을 두어라. 너에게 훈계하노니, 네가 벼슬을 구하려고 배움은, 삼가 도예

道藝[1]를 배움만 못한 것이다. 일찍이 여러 격언을 들어보면, 학문을 하고 여가가 있으면 벼슬을 한다하였다. 다른 사람이 알아주지 않음을 걱정하지 말고, 오직 배움이 이르지 못한 것을 걱정하라."고 큰 깨달음을 주었다.

范魯公質爲宰相[2], 從子杲嘗求奏遷秩[3]. 質作詩曉之[4]. 其略曰[5],

戒, 爾學立身, 莫若先孝悌[6]. 怡怡奉親長[7], 不敢生驕易[8].

戰戰復兢兢[9], 造次必於是[10]. 戒, 爾學干祿[11], 莫若勤道藝.

嘗聞諸格言, 學而優則仕[12]. 不患人不知, 惟患學不至.

범로공질위재상, 종자고상구주천질. 질작시효지. 기략왈,

계, 이학입신, 막약선효제. 이이봉친장, 불감생교이.

전전부긍긍, 조차필어시. 계, 이학간록, 막약근도예.

상문제격언, 학이우즉사. 불환인부지, 유환학부지.

– 《소학(小學)》 외편 〈가언(嘉言)〉 제5장

---

1 藝기 예
2 범로공(范魯公): 북송의 명재상인 노국공(魯國公) 범질(范質)을 가리킨다. 范풀이름 범
3 종자(從子): 조카. 천질(遷秩): 옛날 관원의 진급. 嘗맛볼 상. 奏아뢸 주. 秩차례 질
4 曉새벽, 깨달을 효
5 略다스릴 략
6 막약(莫若): ~하는 것만 못하다. 爾너 이
7 怡기쁠 이
8 교역(驕易): 잘 난체 하고 남을 깔보다. 驕교만할 교
9 전전(戰戰): 겁을 먹고 벌벌 떠는 것.
　궁긍(兢兢): 조심하여 몸을 움츠리는 것. 兢삼갈 긍.
10 조차(造次): 급작스럽다, 황망하다, 경솔하다.
11 간록(干祿): 녹봉을 구함, 벼슬을 하고자함.
12 仕벼슬 사

范忠宣公¹ 戒子弟曰

人雖至愚責人則明 雖有聰明恕己則昏

爾曹但堂² 以責人之心責己 恕己之心恕人

則不患不到聖賢地位也

범충선공 계자제왈

인수지우책인즉명 수유총명서기즉혼

이조단당 이책인지심책기 서기지심서인

즉불환부도성현지위야

범충선공(송나라 재상)이 자제에게 경계 할 것을 말하길

사람이 어리석을 지라도 남을 책망하는 데는 밝고, 비록 총명 해도 자기

를 용서하는 데는 인색하다. 너희는 마땅히 남을 책망하는 그 마음으로

자신을 책 하고 자신을 용납하는 마음으로 남을 용서하라.

그러하면 성현의 경지에 이르지 못할까 걱정하지 않아도 된다.

－《명심보감》〈존심편(存心篇)〉

사람들은 남의 잘못을 찾아내고 단죄하는 것에는 아주 엄격하지만 자
신에게는 관대한 이중 잣대를 갖다 댄다. 세상을 자기중심적으로 살아가는
책인서기責人恕己인 것이다. 오히려 남에게 관대 하고 자신에게는 추상秋霜
같이 하여 용납함이 없어야 한다. 대인춘풍 지기추상待人春風 持己秋霜³이어
야 한다. 줄여서 춘풍추상春風秋霜이라 한다. 이러한 마음을 지닐 수 있다면

---

1 범충선공(范忠宣公): 송나라 정치가 범순인(范純仁)을 말한다.

2 이조(爾曹)너희들. 曹마을, 무리 조

3 대인춘풍 지기추상(對人春風 持己秋霜): 스스로에게는 가을 서리처럼 엄하게, 상대방에게는 봄바람처
럼 따뜻하게 대하라.《채근담》

성현의 반열에 오를 정도가 되었으니 높은 지위에 못 오를까 걱정 할 것 없다는 것이다. 남을 꾸짖기 전에 나의 부족함을 채우고 성찰해야한다. **끊임없이 반성하고 자신을 채찍질하는 자 만이 발전할 수 있다.**

자신을 먼저 바르게 하라

수기치인(修己治人)

자신을 다스려야 남을 다스릴 수 있다. 스스로 만족하고 노력하는 사람이 지혜롭고 강한자다. 정의로움으로 두려움을 다스리고, 고난도 기꺼이 받아들이며 즐거움을 다스릴 수 있으면 평정을 유지할 수 있다. 재물을 다스리면 영혼의 소중함을 알게 된다. 겸손하면 스스로가 안내자가 될 수 있다. 따라서 자신을 다스리는 자가 천하를 다스리고 자신을 이기는 자가 진정한 승리자가 된다. 그래서 수신제가치국평천하修身齊家治國平天下라 하는 것이다.

知人者智 自知者明 지인자지, 자지자명

勝人者力 自勝者强 승인자력, 자승자강

남을 아는 자는 지혜롭고, 자기를 아는 자는 밝다. 남을 이기는 자는 힘이 있고, 자기를 이기는 자는 강하다.　　　　　　　－ 도덕경(道德經) 33장 －

천자가 다스리는 지역을 '천하天下' 제후들의 땅을 '국國' 혹은 '방邦' 대부의 땅은 '가家'라 한다. 국가國家라는 말이 여기서 나왔다. 봉건시대에는 천자天子, 제후諸侯, 대부大夫, 사士 네 계층이 통치계급이었고 '사士'는 봉토 없이 천자나 제후를 보필하며 백성을 다스렸다. 진 왕조와 한 왕조에 들어와 '사'가 귀족계층에서 서민 계층으로 이동하게 된다. 그러나 이들이 천자나 제후를 대신하여 통치를 할 수 있도록 몸을 바르게 하는 수신修身이 이루어지면 대부를 모시고 가家를 다스리는데, 이를 '제가齊家'라 하고 제후에게 출사 하여 국을 다스리기도 하는데 이를 '치국治國'이라 한다. 더 나아가 천자에게 발탁되어 천하를 다스리는데 참여하는데 이를 '평천하平天下'라고 한다. 따라서 '수신제가치국평천하修身齊家治國平天下'의 근본이 수신修身에 있다는 것으로 천하를 다스리려면 자신부터 바르게 해야 한다는 것이다. 전국시대에 이르러 천자天子는 사라지고 공公이 왕王의 칭호로 바뀐다. 사士는 전쟁을 수행하는 초급장교이며 사士가 되어야만 정치에 참여 할 수 있다. 공자는 사를 키우는 서당훈장이었으며 그 학과목은 육예六藝: 례禮, 악樂, 사射, 어御, 서書, 수數였다. 공자 이전의 제후학교의 교과목 이었다. 공자는 최초로 사립서당에서 국가의 학과목을 가르친 장본인이다.(장규채 훈장)

《대학》의 8조목을 보면 '천하를 밝히려는 자는 먼저 그 나라를 다스렸고, 그 나라를 다스리려는 자는 먼저 그 집안을 바로 잡았으며, 그 집안을 바로 잡으려는 자는 먼저 그 몸을 닦았고, 그 몸을 닦으려는 자는 먼저 그 마음을 바르게 하였으며, 그 마음을 바르게 하려는 자는 먼저 그 뜻을 성실하게 했고, 그 뜻을 성실하게 하려는 자는 먼저 그 앎을 지극히 하였으니, 앎을 지극히 함은 사물을 구명함에 있다'고 한다. 치자治者의 도리에 대해 말하고 있다. 이 8가지 조목 중 격물, 치지, 성의, 정심, 수신은 '혼자' 하는 것이고 제가, 치국, 평천하는 다른 사람들과 함께' 하는 것이다. 즉 자신의 할 일을 다 하고, 다른 사람에게 영향력을 미쳐 이루게 한다는 것이다.(조현오/대학해설) 이것이 바로 군자의 학문하는 목표라고 한다. **나를 바르게 한 후에 남을 바르게 하고 세상을 바르게 할 수 있는 것이 수기치인修己治人이다.** 격물, 치지, 성의, 정심이 수기修己요 수신, 제가, 치국, 평천하가 곧 치인治人이다. 수기는 안으로 자신을 수양 하는 것이므로 자기 성찰이요, 치인은 밖으로 타인과의 관계를 말한다. 공자는 수기하는 자를 군자라 했다. **군자는 완성 자가 아니다. 성인의 경지에 오르기 위해 끊임 없이 수행하는 사람이다.** 그러므로 군자는 '성인이 될 사람'이다. 남을 다스리려면 자신부터 바로 서야한다. 자기도 모르면서 남을 가르치려 하고, 자기도 불완전 한데 남을 다스리려하니 문제가 된다. 남을 다스리려는 자는 나부터 바르게 해야 됨을 명심하라.

'제 배 부르면 남의 배고픔을 모른다.(아복기포
불찰노기我腹旣飽不察奴飢)'는 속담이 있다. 제齊나라 경공이 따뜻한 방안에서
설경을 감상하며 눈이 오는데 날씨는 푸근하다며 추위에 떨 백성은 생각지
도 않자 재상 안자가 '군주는 자기중심적인 생각에 빠지면 안 된다'고 하였
다. 《대학》에서는 남에게 무엇을 요구하거나 비난하기에 앞서 자신을 먼저
돌아보라고 강조한다. **자신의 처지를 미루어 다른 사람의 형편을 헤아린다는**
뜻으로, 이것을 추기급인이라 한다. 남의 잘못을 질책하기 전에 나에게 그
런 질책을 받을 일이 없는지 살펴야한다.

有諸己而後 求諸人 유저기이후 구저인

無諸己而後 非諸人 무저기이후비저인

나부터 덕을 갖춘 후에 남에게 요구하고

자신에게 악함이 없을 때 남을 비난하라.

- 《대학전문(大學傳文)》9장

'나를 먼저 돌아보고 다듬은 후에 남을 생각한다.'는 뜻으로 자기중심적 사고방식을 경계한 말이다. 사람이 자기 스스로 살아가는 법을 배우는 과정을 자기분화Differentiation of self라 한다. 고슴도치들이 추위를 피하려 떼지어 몰려들었다. 하지만 서로 가까이 붙을수록 가시에 찔려 고통은 심했다. 그런데 다시 멀리 떨어지면 추위가 몰려왔다. 붙었다 떨어졌다하는 과정을 몇 차례 반복하다 비로소 너무 아프지도 않으면서 편안히 추위를 견딜 수 있는 적정한 거리를 발견하게 된다.(고슴도치 딜레마) 성장한다는 것은 서로 찌르지 않을 안전거리를 유지하게 되는 것이다. 분화가 잘 된 사람은 분노해야 할 상황에서도 자신을 돌아보며 자신과 타인의 다른 점과 문제점을 헤아려 본다. 분화가 잘 된 사람은 생각 없이 말을 내뱉어버리지 않는다. 사람도 서로 부딪치는 과정에서 관계가 형성되어 서로를 소중히 여기고 존중하게 된다.

불가에서는 구업口業, 신업身業, 의업意業을 삼업三業이라 하는데 그 사람이 하는 말과 행동 그리고 마음씀씀이다. 이것으로 그 사람의 됨됨이가 결정된다고 해서 삼업三業이라고 한다. 이 세 가지가 바르면 향기로운 사람이고, 그렇지 아니하면 냄새 나는 사람이다. **사람의 마음은 늘 거울과 같아서 매일 닦지 않으면 흐려진다.** 매일 닦지 않으면 쉽게 오염 되고, 그 오염이 더 진해진다. 퇴계선생은 혼자 있을 때에도 많은 사람들 가운데 있는 것처럼, 바른 생각, 바른 태도를 지녔다.(신독愼獨) 소인배의 분노는 맑은 호수 물을 온통 흐려 놓지만 거룩한 성인의 분노는 역사를 맑게 정화 시킨다. 잘 하는 것 보다 잘못을 저지르지 않는 것이 더 중요하다. 맹자는 "사람이 해서는 안 되는 일을 하지 않은 연후에 가히 뜻깊은 일을 할 수 있다."고 했다. 참는 것부터 배우고 큰일을 도모해야 한다. 화나는 일이 있어도 참고 또 참아야 할 것이다. **참아서 후회될 일은 드물다.**

피해자가 입은 피해와 같은 정도의 손해를 가해자에게 가한다는 '탈리오법칙(Lex Talionis)' 일명 '보복의 법칙'이라는 것이 있다. 만일 내가 어떤 사람을 나쁘게 말한다면 그 내용이 사실이라고 하더라도 상대는 나를 좋게 생각하지 않는다. 심지어 더 심한 방법으로 보복하려 들 것이다. 내가 그 사람에 대해 좋게 말한다면 그 사람도 나에 대해 좋게 생각할 것이며 상응하는 방법으로 내게 보답하려고 한다는 것이다. 《성경》에는 "너희는 너희가 다른 사람에게서 바라는 대로 다른 사람에게 해주어라(《마태》7:12)"고 말하고 있다. 이른바 황금율이다. 황금처럼 고귀한 윤리의 지침이라는 뜻이다. 인생에 유익한 잠언으로 3세기의 로마 황제 세베루스 알렉산데르가 이 문장을 금으로 써서 거실 벽에 붙인 데에서 유래한 것으로 알려져 있다. 인생은 혼자 사는 것이 아니라 다른 사람과의 원만한 관계 속에서 살아가야 한다. 좋은 관계를 맺기 위해서는 내가 먼저 상대를 대접해 주어야 한다. 그래야 나도 거기에 걸 맞는 대우를 받게 된다는 것이다. **나를 바라보듯 상대를 생각하면 더 나은 세상이 만들어 질 수 있다.**

人有不爲也 而後可以有爲　인유불위야 이후가이유위
사람이 하지 않은 것이 있은 뒤에야 일을 도모할 수 있다
- 《맹자》〈이루 하(離婁 下)〉

자신이 하고 싶어도 해서는 안 될 일은 하지 않아야 한다. 하지 말아야 할 일이 무엇인지 알면 해야 할 일이 무엇인지 알 수 있다. 공자는 마땅히 해야 할 일이 아니면 하지 않았다고 한다. 남의 단점을 들추어내고 실수를 질책하는 일은 하지 않아야 한다. 남의 일에 간섭하거나 남을 비난하기 전에 자신부터 돌아보아야 한다.

자신을 감추라

자절사(子絶四)

한 체로키 인디언 노인이 손자에게 삶에 대해
가르치고 있었다. "우리의 마음속에는 늘 싸움이 일어난단다. 마치 두 마리
의 늑대가 싸우는 것과도 같다. 한 마리는 악마 같은 놈인데 분노, 질투, 슬
픔, 후회, 탐욕, 교만, 열등감, 거짓과 허영으로 잘난 체하고 자신의 거짓자
아를 나타낸단다. 다른 놈은 선한 놈이지. 이놈은 기쁨, 평화, 사랑, 희망,
친절, 선의, 겸손함, 동정심, 관대함, 진실, 연민, 신뢰를 나타낸단다. 이 같
은 싸움이 네 안에서도 일어나고 모든 사람의 마음에서도 일어난단다." 손
자는 잠시 동안 생각하다가 할아버지에게 물었다. "그럼 어떤 늑대가 이기
나요?" 체로키 노인은 간단하게 대답했다. "네가 먹이를 주는 놈이 이긴단
다."(한국기독공보 예화사전) 마음의 중심에 어떤 가치를 소중하게 여기고
사느냐에 따라 내 삶의 모습과 결과는 달라질 수 있다. 신은 누구에게나 같
은 날들을 허락 하였고 우리의 삶과 관계없이 또 주어진 하루를 살아야 한

다. 살아가면서 조급해하지 말자. 조급하면 실수가 많아진다. 화내지 말자. 화를 내면 이성적 판단이 흐려져 일을 그르치고 인간관계를 악화 시킨다. 낙심하지말자. 낙심은 절망으로 이어지고 절망은 파멸이다. 어떤 경우에도 희망은 있다. 그 끈을 놓치지 말자. 외로워 말자. 세상의 주인은 당신이고 자연은 무언의 벗이다. 자신을 속이지 말자 파멸로 이어진다. 어둠을 몰아내고 새벽이 다가오듯 영혼과 마음을 다잡아 당당한 삶을 살아가자.

子絶四[1], 毋意[2], 毋必, 毋固, 毋我. 자절사, 무의, 무필, 무고, 무아

공자는 네 가지의 마음이 전혀 없었다. 사사로운 뜻이 없고, 반드시 해야겠다는 마음이 없으며, 집착하는 마음이 없고, 이기심이 없었다. 절絶은 없게 하는 것이고. 의意는 사사로운 뜻이고, 필必,은 기필코 하는 것이다. 고固는 생각이 막힌 것이며, 아我는 이기적인 것이다.

— 《논어》〈자한편(子罕篇) 罕그물 한〉

무의毋意는 '억측하지 않는다.'는 것이다. '자기생각만 옳다'고 하는 자기중심적인 편견과 아집에서 벗어나야한다. 편견과 아집은 자기 합리화를 만들어 낸다. 잘못된 지식과 경험은 아주 위험하다. 나와 다른 남을 인정하고 다양성을 존중해야 한다. 어떤 것을 예단하기 전에 그것이 진실과 다름이 없는지, 지나치게 편견에 의존한 판단은 아닌지 늘 경계해야 한다. 한 번 더 알아보고 판단하는 신중함이 필요하다. **무필**毋必은 '무리하게 관철시키려는 것'이다. 옳고 그름에 너무 집착하지 말고 유연한 태도를 견

---

1 절(絶): '끊는다.'가 아니라, '전혀 없다'로 풀이.
2 무(毋): 무(無)와 그 뜻을 같이 한다.

지하라. 세상에는 해서는 안 되는 일도 있고, 처음부터 할 수 없는 일도 있다. 자신의 생각만 고집하지 말고 서로의 의견을 존중하고 대화로 풀고 서로 소통해야 한다. **무고**毋固는 '고집 부리지 않는다.'는 뜻이다. 키가 콤플렉스Complex인 사람이 작은 키를 보완하기 위해 하이힐을 고집스럽게 자주 신다보면 무지외반증(엄지발가락 바깥쪽으로 휘어지는 현상)이 생긴다. 고집은 그런 것이다. 남들과 타협한다는 것은 물러서는 것이 아니라 공존하는 것이다. 사소한 것 하나하나 자기 뜻대로 해야 하는 사람은 정작 중요한 일을 놓치기 쉽다. 때로는 웬만한 건 적당히 넘어가고 중요한 것만 취할 줄 아는 요령이 중요하다. **무아**毋我는 '나만이 최고라고 생각하지 않는다.'는 뜻이다. 상대도 같은 생각을 갖고 있다면 대화나 타협은 힘들어 진다. 자신을 너무 내세우지 마라. 공자는 자기중심적인 고정관념에 빠지는 것을 늘 경계했다. 본인의 부족한 것을 채우고 남의 장점을 존중해 주어야 한다. 모난 돌이 정 맞는다. 능력 있는 사람이 전면에 나서면 잘난 척한다고 욕하고 그냥 나서면 나댄다고 비하한다. 우리의 존재는 티끌 같은 존재임을 알아야한다.

　'나(아我)'와 '나의 것(아소我所)'이라는 자기중심적 태도에서 나타나는 '극단적 견해나 사상을 변견邊見이라한다,' 선과 악으로 구분 하고, 나와 남을 구별하고, '있음(유有)'과 '없음(무無)', '같음(일一)'과 '다름(이異)'처럼 이분법적으로 바라보는 눈과 태도가 변견邊見이다. 이와 같은 시각에서 상호 대립의 골은 깊어지고, 번뇌의 고통은 심해진다. 이 네 가지는 따로 떨어져 있는 것이 아니라, 모두 자기를 나타내려는 욕망에서 비롯된다. 자신을 나타내려는 순간, 곧 자기주장이 고집과 자랑으로 나타난다.《논어집주》 사심 없이 **나와의 집착으로부터 벗어남에 진정한 자유로움이 있다.**

자신의 삶을 살자

기자불립(企者不立)

심리학자들은 타인으로부터 부정적 평가를 받을 때 자존감 하락을 방지하기 위해 자기방어욕구가 공격적 행동으로 표출될 수 있다고 한다. 사람들은 남들로부터 인정받기 위해 평생을 투쟁하며 산다는 말도 있다. 인정의 욕구는 인간의 생존을 위해 꼭 필요한 심리적 욕구이다. 자연적 욕구만큼이나 강렬하고 중요하기 때문에 타인에게서 인정받지 못하면 누구나 그만큼 힘들어한다. 요즘 젊은이들은 자존감이 높아 타인의 감정과 욕구를 잘 살피려 하지 않는 경향이 있다. 또한 자신이 인정받지 못하는 것을 무시당한다고 생각하여 일탈 행동을 하곤 한다. 어쩌면 우리는 주위 사람들에게 인정받고 칭찬받고 사랑받고 있다고 느끼면서 그것에 만족하며 살아가는지도 모른다. 스스로를 드러내고자하면 조급해지고 실수와 실패의 확률은 많아진다. 《성경》에는 '무릇 자기를 높이는 자는 낮아지고 자기를 낮추는 자는 높아지리라(《누가복음》)'하였다. 나보다 타인이 드러나도록 살아가는 삶이 더 중요하다. 그것이 나를 높이고 자신이 사는 길임을 알아야한다.

아브라함의 손자 야곱Jacob은 어머니의 태에서부터 본능적으로 투쟁하였다.(《창》25:22) 태어나면서 먼저 나가는 에서Esau의 발꿈치를 붙들고 태어났다. 그래서 그의 이름이 '발꿈치를 붙잡다'는 뜻을 가진 야곱이다. 남보다 뒤처졌다고 생각하면 조급해하며 서두르고, 심지어 도를 넘어선 행위도 저지른다. 가랑이를 벌려 앞으로 빨리 나아가려고 하지만 계속 그렇게 걸어갈 수가 없다. 이모든 것이 욕심과 어리석음에서 온다. 인간은 세 가지 독毒을 가지고 있는데, 욕심과 성냄과 어리석음이다. 불교에서 이를 탐진치貪瞋癡라 한다. 탐욕에서 어리석은 행동을 하게 되고, 욕심이 채워지지 않아 불만과 분노가 생기고 이것이 자신을 망치게 하는 독毒임을 알아야한다.

企者不立[1] 跨者不行[2]　　기자불립 과자불행

自見者不明 自是者不彰[3]　　자현자불명 자시자불창

自伐者無功[4] 自矜者不長[5]　　자벌자무공 자긍자부장

발돋움(까치발)을 하고 있는 자는 똑바로 서 있을 수 없고, 발걸음을 크게 떼어놓는 자는 바르게 걸어갈 수가 없다. 자신을 나타내려는 자는 드러나

---

1 企꾀할 기. 발 돋음 하다.
2 跨넘을 과, 가랑이 기.
3 彰밝을 창
4 伐칠 벌. 자랑하다.
5 矜자랑할 긍

지 못하고, 자기만이 옳다고 하는 자는 인정받지 못한다. 자신을 뽐내려는 자는 공을 이룰 수 없고, 스스로 자만하는 자는 오래 가지 못한다.

– 《도덕경(道德經)》 24장

　　알랭 드 보통Alain de Botton(스위스 철학자)은 '인간의 욕망 가운데 가장 큰 것은 남이 자기를 알아주기를 바라는 욕망'이라고 했다. 억지로 자신을 내세우려고 하고 자신을 스스로 드러내 보이려고 하면 돋보이지도 않는다. 스스로 자기를 과시하면 공은 이미 받은 것이다. 나를 내세우는 순간 공은 이미 없어진다. 스스로 만족할 줄 알고 부족함을 채워나가는 겸손을 지녀야 한다. 모난 돌이 정 맞는 것처럼, 스스로 자만하는 사람은 타인의 견제를 받아 앞으로 나아가기 어렵다. 얕은 생각과 학문으로 고뇌하지 말고 매사에 겸손한 자세로 성실한 삶을 살아가라. 나를 버릴 때 바로설 수 있고, 진정한 승리자가 되는 것이다.

할 수 있는 일에 힘을 쓰는 사람은 지혜로운 사람이며, 할 수 없는 일에 힘을 쓰는 사람은 어리석은 사람이다."

– 에픽테토스(로마 시대 노예출신 철학자)

잘못의 원인을 나에게서 찾아라

맹구주산(猛狗酒酸)

송宋나라에 술 만드는 재주가 뛰어나고 친절하며 양을 속이지 않고 정직하게 파는 사람이 있었다. 그럼에도 불구하고 다른 집보다 술이 잘 팔리지 않아 이상하게 생각한 그는 마을 어른 양천에게 그 이유를 물어 보았다. 그가 말하기를 "혹시 당신네 집개가 사나운가?" "네", "그게 이유네", "개가 사납다고 술이 안 팔리다니 무슨 이유입니까? "사람들은 대부분 어린아이를 시켜 술을 사오라고 하는데, 어느 날 술집 개가 덤벼들어 한 아이를 물었소, 그 이후 손님은 줄고, 술 맛은 점점 시큼해지는 거요"라고 알려주었다. 아이들은 개가 무서워 당신 주막집을 가지 않고 다른 집으로 가는 것"이라고 했다. 이를 **맹구주산**猛狗酒酸, **구맹주산**狗猛酒酸이라 한다. 또 다른 일설에 의하면 송나라에 술집을 운영하는 장씨라는 사람이 있었다. 어떤 사람이 술을 사러 하인을 장씨 가게로 보냈다. 하인은 장씨네 개가 사납다는 것을 알고 다른 집의 술을 사가지고 갔다. 주인은 하인이 사온 술이 장씨네 술이 아니라는 것을 알고 "왜 장씨네 술을 사오지 않았느냐?"고 하자 "오늘 장씨네 술이 쉬었습니다." 라고 대답했다. 술집 주인은 단 한 번도 그 개가 원인 일 것이라고 생각하지 않았다. 그는 개가 도둑으로부터 그와 가족을 지켜준다고 생각 하였다. 자신에게는 충성했으나 실은 해害와 독毒을 주는 존재였던 것이다. 재주가 아무리 뛰어나도 내면에 사나운 개가 있으면 쉬어빠진 술처럼 쓸모가 없어진다. 이와 같이 한비자는 아무리 옳은 정책을 군주께 아뢰어도 조정안에 사나운 간신배가 있으면 어진 신하臣下가 기용되지 못함을 비유하여 설명한 것이다. 우리 마음 속에 있는 맹구猛狗를 몰아내고 사랑으로 남을 대하자.

– 《한비자(韓非子)》〈외저설우상(外儲說右上)[1]〉

권력자 주변에는 언제나 '주인을 쫓는 개 같은 무리'들이 권력자 주변을 감싸고 있다. 이를 주구세력走狗勢力이라 하고 이 모습을 주구병풍走狗屏風이라 한다. 권력자 주변에 이런 무리들이 있으면 권력자는 올바른 판단도하기 어렵고, 쓸 만한 인재등용도 어려워진다. 개가 주인에게는 언제나 꼬리치기에 개의 사나움을 모르듯 사람역시 마찬가지다. 우리에게 있는 맹구猛狗와 같은 편견偏見과 무례無禮, 아집我執과 독선獨善, 이기심利己心과 부도덕不道德, 욕심慾心과 교만驕慢을 철저히 내쳐야한다.

제齊 환공이 관중에게 '나라를 다스리는 데 무엇이 걱정거리인가'라고 묻자 관중이 "가장 큰 근심거리는 **사당의 쥐**(최환사서의最患祠鼠矣)"라고 하였다.(《한비자》) 사당에 큰 쥐들이 구멍을 뚫고 살고 있어 그 쥐를 잡으려고 불을

---

1 외저설우상(外儲說右上): 쌓을 저(儲)는 비축하다, 준비하다는 뜻이고 설(說)은 설명하기 위한 사례를 말한다.

지르려 했지만 기둥이 타버릴까 봐 못하고, 구멍에 물을 부어 잡으려 하니 흙벽이 무너져 내릴까 두려워 못하고 결국 쥐와 함께 산다는 것이다. '사당의 쥐'나 맹구猛狗같은 간신배들이 설치면 이들이 사리사욕을 채우고 권력자의 눈과 귀를 가려 백성의 삶은 피폐해지고, 나라 살림은 어려워진다. 성벽에 숨어 사는 여우나 사당祠堂에 자리 잡고 사는 쥐를 잡아서 없애기 어려운 이유는 성城안에 왕이 있고 사당祠堂에 위패가 있기 때문이다. 그러니 궁성이나 사당을 훼손할까 염려하고 신중하게 행동해야한다.

맹구주산猛狗酒酸, 구맹주산狗猛酒酸, 주미구맹酒美狗猛은 '개가 사나우면 술이 시어진다.'는 말로, '인성이 고약하면 주변에 사람이 없음'을 비유한 말이다.

한비는 한韓나라 명문 귀족의 후예로 본명은 한비韓非, 한자韓子라고 불리다가 당나라 한유(당송팔대가)와 구별하기 위해 한비자로 불렸다. 그는 귀족 가문에서 태어났지만, 서출이며 말더듬이어서 사람들과 어울리지 못했고 외롭게 성장했다. 그의 문장 속에서 느껴지는 울분이나 냉혹한 법가 사상은 그 영향으로 여겨진다.

약속을 지켜라

증자살체(曾子殺彘)

인도가 영국의 지배를 받고 있을 때 간디가 몇 몇 지도자들을 불러 회의를 소집하였다. 그러나 약속시간이 5분이나 지나서야 모두 모였다. 간디는 "이 자리에 있는 여러분은 5분 이상 늦었습니다. 따라서 인도의 독립도 그만큼 늦어진다는 사실을 명심하십시오."라고 말했다 한다. 사람의 관계는 약속을 바탕으로 한다. 약속은 생명과 같이 알고 지켜야한다. 수많은 약속으로 인관간계가 이루어지고 있다. '약속을 지키는 최선의 방법은 약속을 하지 않는 것' 이라는 말이 있다. 그만큼 약속을 지키는 것이 어렵다는 것을 말하고 있다.

曾子之妻之市[1], 其子隨之而泣.

其母曰"女還, 顧反爲女殺彘[2]".

妻適市來, 曾子欲補彘殺之.

妻止之曰"特與嬰兒戱爾[3]".

曾子曰"嬰兒非與戱也 嬰兒非有智也, 待父母而學者也, 聽父母之教.

今子欺之, 是教子欺也. 母欺子, 子而不信其母, "非以成教也." 遂烹彘

也

증자지처지시 기자수지이읍.

기모왈 "여환 고반위여살체".

처적시래 증자욕포체살지.

처지지왈 "특여영아희이".

증자왈 "영아비여희야 영아비유지야, 대부모이학자야. 청부모지교.

금자기지, 시교자기야. 모기자, 자이불신기모, "비이성교야." 수팽체야.

증자의 아내가 시장에 가는데 아들이 따라오며 울고 있었다.

그의 어머니가 말하기를 "너는 어서 집으로 돌아가라. 집에 돌아가면

너를 위해서 돼지를 잡아 삶아 줄 테니" 라고 하였다.

처가 장에서 돌아와 보니, 증자가 돼지를 잡으려 하고 있었다.

아내는 그 것을 말리며 말하였다. "다만 아이를 달래기 위해서 그냥 해

본 말일 뿐입니다"

증자는 말하였다. "아이 에게는 특히 실언을 해서는 아니 되오, 아이

들은 지혜가 모자라 부모에 의지하여 배우고 부모의 가르침에 따르는

---

1 증자(曾子): 중국 춘추시대의 유학자.

2 彘돼지 체

3 特다만 특. 嬰아이 영

데, 부모가 아이를 속인다고 하면 아이에게 거짓을 가르치는 것이 되오. 어미가 아이를 속이고, 그래서 아이가 어미를 믿지 않게 되면 가르침을 이룰 수가 없소."라고 하고 약속을 지키기 위해 돼지를 잡아 삶았다.

－《한비자(韓非子)》〈외저설좌상(外儲說左上)[1]〉, 《고전명구선(古典名句選)》

여기서 '약속과 신의는 지켜야한다.'는 **증자살체**曾子殺彘, **증자 팽체**曾子烹彘가 유래한다.

우리의 인간관계와 삶은 약속으로 유지되고 있다. **지킬 수 없으면 약속을 하지 말고 약속을 하였으면 지켜야한다.**

약속과 계란은 깨지기 쉽다.

－ 영국속담

사람의 언약이라도 정한 후에는 아무도 더하거나 폐하지 못하리라

－《갈라디아서》

---

1 저설(儲說): 전해오는 이야기를 모은 것 이라는 의미. 儲쌓을 저

변해야 산다

부중지어(釜中之魚)

과거에는 잠수함에 토끼를 싣고 나갔다한다. 토끼는 수압이 주는 환경의 변화를 사람보다 먼저 예감하기 때문에 산소가 부족하여 수압이 높아지면 견디지 못하고 몸부림을 치다 사람보다 7시간 정도 먼저 죽는다고 한다. 또한 원양어선을 오래 탄 선장은 선장실에 생쥐 몇 마리를 키우며 관찰 한다고 한다. 쥐는 풍랑이 올 것 같으면 불안한 증세를 보이기 때문이다. 뱀은 무려 지진을 3-5일 전에 감지한다고 한다. 이처럼 성공하는 사람은 남보다 먼저 위기를 예감하고 변화를 시도하는 사람들이다. 우리가 변화하지 못하는 이유는 문제의식이나 위기의식에 무심하거나 둔하기 때문이다. 자기 변화와 계발을 하지 못하고 솥 안의 물고기(부중지어釜中之魚)처럼 현실에 안주하여 살아간다면 자신이 원하는 삶을 기대할 수 없다. 결국 낙오자가 될 것이다.

후한의 외척으로 권력을 제멋대로 휘두르던 양기梁冀[1]는 동생인 불의
不疑[2]가 하남의 태수에 임명되자 사자使者에게 고을을 순찰토록 명했다. 이
에 불만을 품은 장강張綱은 양기 형제를 탄핵하는 상소문을 올렸고, 결국
양기의 미움을 사 도적떼가 우글거리는 광릉군의 태수로 좌천됐다. 장강은
부임하자 도둑의 두목 장영에게 사람의 도리를 들려주면서 설득했다. 이에
감복한 장영은 항복했고, 광릉군은 평온을 되찾았다.

如等若是	여등약시
相取久存命	상취구존명
其如釜中之魚	기여부중지어
必不久之	필불구지

너희들은 이처럼

서로 취하여 목숨을 오래 보존할지라도(보존하고 있지만)

그것은 솥 안에 있는 물고기와 같아서

결코 오래 가지(지속되지) 못할 것이다.

－《자치통감(資治通鑑)[3]》한기(漢紀)

부중지어는 '솥 안에서 헤엄치는 물고기'라는 뜻으로 '생명이 얼마 남
지 않았음'을 비유하는 말이지만, 부중지어釜中之魚와 유사한 솥 안의 개
구리란 말로 **부중지와**釜中之蛙가 있다. 미국의 교회운동가 조지 바나George

---

1 冀바랄 기
2 疑의심할 의
3 자치통감(資治通鑑): 고대에서 당나라까지의 역사서

Barna의 저서《솥 안의 개구리The frog in the kettle》에 나오는 말이다. 개구리를 잡아 뜨거운 물속에 넣으면 죽을 줄 알고 금방 뛰쳐나온다. 그러나 적절한 온도의 물이 든 솥에 개구리를 넣고 서서히 열을 가하면 뜨거움을 느끼지 못하다가 삶겨져 죽고 만다.(현대 생물학자들은 뇌가 온전한 개구리는 뛰쳐나온다고 하지만 변화에 둔감한 사람들에 대한 비유로 사용된다.) '우선 먹기는 곶감이 달다.'는 말이 있다. 앞뒤 생각하지 않고 당장에 좋은 편을 취하는 경우를 이르는 말이다. 자신의 삶이 피폐疲弊해 지면서도 그런 줄을 모른다는 경고를 담고 있다. 공자는《논어》〈이인편〉에서 "아침에 도를 깨우치면 저녁에 죽어도 좋다.(조문도 석사 가의朝聞道 夕死 可矣)"고 했다. 사물의 이치를 깨달으면 죽음도 편히 맞이할 수 있다는 말이다. 철학과 종교란 그런 것이다. 도道의 핵심은 '어떻게 살아야 하는가?'인데, 물욕과 권력에 눈이 멀어 화禍를 불러오고 위기를 맞이하는 것이다.

변화變化에는 두 가지가 있다. 물이 얼음이 되고 얼음이 물이 되는 것을 화학적 변화라고 한다. 즉 일시적 변화이다. 그러나 쌀이 술이 되는 것은 화학적 변화다. 즉 완전한 변화이다. 그래서 일시적 변화를 변태變態라고 한다. 즉 모양만 잠시 변한 것뿐이다. 주역周易에서의 변變과 화化는 완전한 탈바꿈을 말한다. '化'의 갑골자형甲骨字形은 人(산사람)+y(죽은사람)이다. 산사람이 죽은 사람이 된 것이다. 그러므로 장자는 오상아吾喪我를 주장했다. '나 자신을 장사 지내라'는 것이다. **지금껏 내가 갖고 있던 쓸데없는 이념, 편견, 아집, 지식을 모두 불태워 버리고 새롭게 태어나는 것만이 '변화'라는 것이다.** 따라서 혁신革新의 혁革은 가죽을 갈아 치우는 것이다. 내 살가죽을 벗겨내고 새로운 가죽으로 갈아입히는 것이다. 그러나 가죽을 사용 하려면 말리고 두드리는 과정이 필요한데 하루아침에 새로운 것을 만들어 내려고 하니 문제가 생기는 것이다. 내가죽을 벗겨내는 것이 과연 쉬운가? 변화는 이토록 어려운 것이다. 이러한 고통을 감내하지 않으면 변화 할 수 없는 것이 인간이다. 그래도 인간은 변해야 한다. 변해야만 자유인自由人이 된다. 자유인은 오래도록(구久) 자신과 타인에게 편안함을 선물한다.(장규채 훈장)

　세상에서 한 가지 변하지 않는 것은 변해야 한다는 사실이라고 했다. 오늘은 어제와 또 다른 오늘이다. 다만 우리가 같다고 여길 뿐이다. 상황과 여건은 변하여 가는데, 우리만이 자신의 운명이나 위기를 잘 모른 체 살아가고 있다. 모든 것은 어느 순간 오뉴월 소나기처럼 갑자기 오는 것이 아니라 마치 감기가 오기 전에 컨디션이 저하 되듯이 전조증상이 있다. 문제의 식도 없이 위기가 다가와도 모르는 것이 문제이다. 세상은 변화하고 모든 것이 새로워 졌는데 자신만이 '어제의 틀'에 안주하고 있다. 강물은 오늘도 흘러가지만 어제의 그 물이 아님을 알아야 한다. 새로운 나로 살아가야 한다.《성경》에 보면 새 술은 새 부대에 담으라고 했다. 옛날의 포도주 부대는 양가죽으로 만들었다. 새 양가죽 부대는 발효하는 만큼 얼마든지 거기에 맞춰서 늘어나기에 좋은 포도주를 만들어낼 수 있다. 그러나 헌 가죽부대는 안에 당분이 묻어 있어서 가죽이 딱딱해진다. 그런 가죽부대에 새 술을 담으면 팽창하지 못하고 터져 버리게 되는 된다. 따라서 새 술은 새로운 부대에 담아야 한다. 오늘도 어제처럼 산다면 새 술을 헌 부대에 담는 것과 다름이 없다. 우리의 옛 습관과 고집, 고정관념, 편견으로부터 새로운 환경과 상황에 맞추어 나가야 한다. **오늘이 어제와 같다는 것은 퇴보한 것이다.**

관념에서 벗어나라

백척간두(百尺竿頭)

디오니시오스 1세[1]의 신하 다모클레스가 그에게 아첨하며 행복을 기원하자, 디오니시오스는 그를 연회에 초대하여 한 올의 말총으로 매단 칼 밑에 앉히고, 참주의 행복은 항상 위기와 불안 속에 있음을 깨닫게 하였다. 겉으로는 부족함 없이 호화롭게만 보이지만 언제 떨어질지 모르는 검 밑에서 늘 긴장하고 있는 것이 권력자임을 상징적으로 보여주는 이야기로 많이 인용된다. 그 후 절박한 위험을 뜻하는 '다모클레스의 칼Sword of Damokles' 이라는 속담이 생겼다.(그리스 고전) 이와 같이 백 자나 되는 높은 장대 위에 올라섰다는 것으로 아주 위태로운 절박한 상황을 묘사하여 **백척간두**百尺竿頭[2]라 한다. 줄여서 '간두竿頭'라고도 한다. '**백척간두진일보**百尺竿頭進一步'는 '어떤 목적이나 경지境地에 도달하였어도 거기

---

1 디오니시오스 1세: 시칠리아의 시라쿠사의 참주(僭主, 비합법적으로 된 군주). 僭범할 참.
2 竿장대 간

서 멈추지 않고 더욱 노력하는 상태 또는 마음가짐'을 뜻한다.

최인호의 소설 《상도》에 보면 조선의 거상 임상옥이 인삼을 싣고 중국에 간다. 그런데 중국 상인들의 담합으로 값을 후려쳐 빈털터리가 될 절체절명絶體絶命의 위기에 놓이게 되자. 북경에 머물던 추사 김정희를 찾아간다. "지금 어떤 사람이 백척간두에 올라서 있다. 오도가도 할 수 없이 죽게되었다. 어떻게 하면 내려올 수 있겠나?" 그러자 추사는 "내려올 수 없다"고 답한다. 당혹스러워하는 임상옥에게 추사는 장사경잠長沙景岑[1]의 게송偈頌[2] '백척간두진일보 시방세계현전신百尺竿頭進一步 十方世界現全身'를 일러준다. 의아해하는 임상옥에게 추사는 "죽음을 벗어날 수 있는 길은 죽음뿐"이라고 말한다. 문득 깨달은 임상옥은 가져온 인삼을 모아 놓고 불을 지른다. 그러자 중국 상인들이 말리며, 제시한 가격을 받아들였다는 것이다(《상도》, 중앙일보:박종권).

'백척百尺의 벼랑에서 나머지 한 발을 내디뎌라'는 '백척간두진일보百尺竿頭進一步'의 화두는 '산다.' '죽는다.' 하는 관념觀念에서 벗어나라는 의미로서 곧 '분별하지 말라'는 뜻이다. 매사每事에 감정을 얹어 분별하는 것은 백척간두에 매달려 있는 것과 같이 항상 불안과 두려움이 따른다. 그러므로 분별의 감정을 갖지 않고 일체의 관념에서 벗어난다면 크게 문제될 것이없다. 마음을 비우고 욕심을 버리라는 것도 이와 같다. 분별하는 생각 없이 마음을 비운 상태에서는, 너무나 자연스럽고 망설임 없이, 걸림이 없는 행동으로 이어질 것이다.(진우 스님) 살아간다는 관념이 없다면 죽는다는 관

---

1 쏙봉우리 잠
2 偈설 게

념 또한 사라지고 없다. 산다는 관념이 있으니 죽음이 생겨난다. 생사에 대한 분별分別이 없다면 무엇이 문제가 되지 않는다. 살고 있으니 죽는 것은 당연한 것이고, 또 죽음이 있으니 태어남이 있는 것이다. 불교에서는 깨닫지 못한 마음 상태를 무명無明이라고, 깨달음의 상태를 명明으로 표현한다. 바로 깨달음은 밝음이고 무명은 어두움 이다.《성경》에 '진리가 너희를 자유롭게 하리라《요한복음》' 한다. 즉, 진리의 깨달음이 세상을 바라보는 우리의 눈을 밝혀 주고 무명의 어두움이 주는 두려움, 불안, 걱정으로부터 우리를 자유롭게 할 것 이다.

[장사경잠(長沙景岑)스님의 백척간두게(百尺竿頭偈)]

百尺竿頭坐底人 백척간두좌저인

雖然得入未爲眞 수연득입미위진

百尺竿頭進一步 백척간두진일보

十方世界是全身 시방세계시전신

백척간두 꼭대기에 주저앉은 사람아

비록 도에 드나 참다움은 못되나니

백척간두 그곳에서 한 걸음 더 내 딛어야

시방세계 그대로 부처님의 온몸일세.

－《경덕전등록(景德傳燈錄)》,《벽암록(碧巖錄)》¹:금강신문

---

1 벽암록(碧巖錄): 중국 송(宋)나라 때의 불서(佛書).

백척간두에 올라가서 거기에 걸려 버린 사람은 아직 온전한 깨달음에 이르지 못했다는 것이다. 그러하기에 백척간두에서 한 발 더 내딛으라는 말이다. 그래야 참다운 자기를 발견하고, 온 세상이 모두 자기 것이 될 수 있다는 것이다. 이것이 해탈과 거듭남에 이르는 길이다.

현명하게 대처하라

서제막급(噬臍莫及)

주 문왕을 도와 은나라를 멸하고 주나라가 천하를 차지하는데 큰 공을 세운 여상이 제나라 제후로 봉해지자 지난 날 지독한 가난에 견디다 못해 집을 나갔던 그의 아내 마씨가 여상을 찾아와 부부 사이를 돌이키고자 하였다. 이에 여상은 그에게 물 한 동이를 떠오라고 한다. 그리고는 물 한 동이를 마당에 쏟았다가 다시 담아 한 동이가 되면 살겠다고 했다. 마씨가 응하자, 물을 땅에 쏟아버리고 이미 쏟아진 물을 물동이에 다시 담아보라고 하였다. 마씨는 열심히 담으려고 했지만, 진흙만 손에 잡힐 뿐이었다. 그러자 강태공은 "복수불반분覆水不返盆" 즉, "엎질러진 물은 다시 동이에 담을 수 없는 것"처럼, 한번 집을 나간 아내도 다시 돌아올 수 없는 것이오."라고 말했다.

– 《사기(史記)》〈제태공세가(齊太公世家)〉, 《두산백과》

초나라가 신申나라를 정벌하기 위해서는 등鄧나라를 거쳐야 하기에, 등 나라의 허락을 받기위해 초 문왕文王이 군사를 이끌고 등 나라에 도착하자, 등 나라 왕 기후祁侯는 반갑게 맞이해주었고, 이에 대해 초 문왕은 예를 다하여 감사의 표시를 했다. 이때 등 나라의 신하 추생과 담생, 양생이 기후에게 찾아와 "초나라의 문왕은 머지않은 시기에 반드시 등 나라를 공격해 올 것입니다. 지금 바로 손을 쓰지 않는다면 후에 큰 화를 당하게 될 것입니다. 배꼽을 물려고 하여도 입이 닿지 않는데, 그때 후회하면 소용없으니, 바로 조치를 취함이 옳사옵니다."고 아뢴다. 그러자 기후는 펄쩍뛰며 초나라 문왕과 자신의 관계는 친척사이 임을 강조하며, 지금 문왕을 죽이게 된다면 주위사람들의 손가락질을 당할 것이라며 신하의 충언을 묵살해 버린다. 그로부터 10년 뒤, 초나라의 문왕은 느닷없이 군사를 이끌고 등 나라를 공격하였고, 아무런 대비 없이 지내던 등 나라는 결국 망하고 말았다.

－《춘추좌씨전(春秋左氏傳)》〈장공륙년조(莊公六年條)〉

사향노루 수컷의 배와 배꼽 뒤쪽 향낭香囊속에 있는 사향선麝香腺을 채취하여 말린 분말을 사향麝香이라 한다. 사기邪氣를 없애고 마음을 진정시키며 정신을 안정시켜 주는 명약으로 알려져 있다. 사냥꾼에게 잡힌 사향노루는 자신의 배꼽에서 나는 향내 때문에 자기가 잡혔다는 생각에 배꼽을 물어뜯어도 아무 소용이 없는 줄도 모른 채 배꼽을 물어뜯는다. 이와 같이 **'배꼽을 씹어도 소용이 없다.'**는 것으로, '일이 그릇된 뒤에는 후회하여도 아무 소용이 없음'을 **서제막급**噬臍莫及[1]이라 한다. 뒤늦게 후회하기 전에 미리 현명하게 대처하라는 것이다. 동일한 의미로 후회막급後悔莫及이 있다. 후회하지 않도록 신중에 신중을 기울여야한다.

---

1 噬씹을 서. 臍배꼽 제

유연함으로 강함을 이겨라

유능승강(柔能勝剛)

노자가 스승 상종에게 "부드럽고 약한 것이 강하고 단단한 것을 이긴다는 말이 무슨 뜻입니까?"라고 묻자 상종은 말없이 입을 벌렸다 닫았다 하며 혀를 날름거리기만 했다. 그 모습을 본 노자는 공손히 자리에서 물러났다. 사람들은 노자의 그런 태도를 의아해 했다. 이에 노자는 "스승님은 이미 저에게 아주 심오한 이치를 가르쳐 주셨습니다." "이齒가 사람의 몸에서 가장 단단한 부분이라면 혀舌는 가장 부드럽고 유연한 부분입니다. 스승님은 이미 이가 모두 빠져 없어졌지만 혀는 여전히 건재하십니다. 이것은 바로 '부드럽고 약한 것이 강하고 단단한 것을 이긴다는 것을 말씀하신 것입니다."라고 했다.(홀로 사는 즐거움, 법정)

– 《설원(說苑)》¹ 〈경신편(敬愼篇)〉

---

1 설원: 전한(前漢) 말에 유향이 편집한 설화집

단단하고 강한 이는 깨어지더라도 부드러운 혀는 훨씬 더 오래 남는다. **치망설존**齒亡舌存이다. '강하고 모진 것은 쉽게 망하고 부드럽고 순한 것이 오래 간다.'는 뜻이다. 유연함이 있기에 강함을 이기는 것이다. 수졸守拙은 바둑에서 프로초단의 별칭으로 '졸렬하나마 지킬 줄 안다'라는 뜻이다. 그래서 수졸은 입신(9단)의 경지로 가는 중요한 첫 관문이다. 약함은 자신을 지키는 수단이 될 수도 한다. 성을 빼앗는 데는 힘이 필요하지만, 지키는 데는 지혜가 필요하다. 대나무는 속이 비어 있다. 그렇기 때문에 바람이 불어도 휘어질지언정 부러지지 않는 것이다.

聰明思睿[1] 守之以愚 功被天下 守之以讓
勇力振世[2] 守之以怯[3] 富有四海 守之以謙.

총명사예 수지이우, 공피천하 수지이양
용력진세 수지이겁, 부유사해 수지이겸.

(공자는) "총명함이 뛰어나도 어리석음으로 지키고, 공적이 천하에 이르러도 사양함으로 지키고, 용맹이 세상에 떨쳐도 조심함으로 지키고, 부유함이 넘쳐도 겸손으로 지키라"고 했다.

　　　　　　　　　－《명심보감》〈존심편(存心篇)〉,《공자가어(孔子家語)》

자신을 지키는 길은 드러내는 것이 아니라 감추는 데 있다. 강함을 내세우는 것이 아니라 약함을 내세우는 것이 몸을 보전하는 지혜다. 노자에 '군사는 기세를 뽐내면 망하고 강한나무는 부러진다(兵强則滅 木强則折

---

1 睿밝을 예
2 振떨칠 진
3 怯겁낼 겁

/병강즉멸 목강즉절:노자16장)'고 했다. 강한 것은 그 강함으로 인해 부러지나 약한 것은 풀처럼 휘어지더라도 부러지지는 않는다.

天下莫柔弱於水 而攻堅强者莫之能勝 其無以易之 弱之勝强 柔之勝强

천하막유약어수, 이공견강자막지능승, 기무이역지. 약지승강 유지승강

천하에 물보다 부드럽고 약한 것은 없지만, 굳세고 강한 것을 이기는데, 물 보다 나은 것은 없다. 약한 것이 강한 것을 이기고, 부드러운 것이 강한 것을 이긴다.

– 《도덕경(道德經)》 78장

유능승강柔能勝剛, 유능제강柔能制剛이다. 물은 부수거나 제압할 수 없다. 유연함과 온화함으로 단단한 것을 극복할 수 있는 것이다. 유연하다는 것은 자신을 낮추는 것이다. **스스로 높아지기보다 주변(타인)으로부터 높임을 받아야 한다.**

자기를 높이는 자는 낮아지고 자기를 낮추는 자는 높아지리라. – 《누가복음》

일은 생각함으로써 생기고 노력함으로써 이루어지고 교만함으로써 실패한다.

– 《관자》

낮은 곳에서 시작하라

등고자비(登高自卑)

'찬물도 위아래가 있다.'는 말처럼 모든 것은 순서가 있다. 첫 번째 계단을 오르지 않고서는 다음 계단을 오를 수가 없다. 어떤 일을 이루기 위해서는 계획과 준비를 철저히 세우고 주어진 시간을 잘 활용해야한다. 에이브러햄 링컨은 말했다. "If I had eight hours to chop down a tree, I'd spend six hours sharpening my ax.", "내게 나무를 벨 여덟 시간이 주어진다면, 그중 여섯 시간은 도끼를 가는 데 쓰겠다."는 뜻이다. '일을 수행하는데 있어서 준비하는데 더 많은 시간을 써야 한다.'는 의미이다. 기본과 기초의 중요함을 말하는 것이다. 등고자비登高自卑역시 '높은 곳에 오르려면 낮은 곳에서부터 출발해야 한다.'는 뜻으로, '모든 일에는 순서가 있다.', ' 모든 일은 순서에 맞게 기본(기초)이 되는 것부터 이루어 나가야 한다.'는 것이다. '천리 길도 한 걸음부터'라는 우리 속담과 뜻이 통한다. 낮은 곳을 다 채우고 흐르는 물처럼 높이 오르려면 가장 낮은 곳으로 부터 시작해야한다. 등登자는 받침대豆를 밟고 두발癶로 오르는 모양으로 결코 한번이나 몇 번에 뛰어넘는 것이 아님을 알아야한다. 자기자리에서 묵묵히 최선을 다하는 사람만이 목적지에 도착할 수 있다. 사람의 평가는 그 사람이 걸어온 발자국대로 읽힌다. 학문이나 진리의 경지境地는 아래서부터 시작하지 않고서는 이루기가 어렵다.

合抱之木生於毫末 [1]　합포지목생어호말
九層之臺起於累土 [2]　구층지대기어누토
千里之行始於足下　천리지행시어족하

아름드리 큰 나무도 터럭 끝만 한 씨앗에서 싹이 트고,
구층 누대도 한줌의 흙을 쌓는데서 시작되고,
천리 길도 한걸음부터 시작된다.

-《도덕경(道德經)》제64장

天下難事必作於易　천하난사필작어이
天下大事必作於細　천하대사필작어세

세상의 어려운 일은 쉬운 일에서 생겨나고,
세상의 큰일은 작은 것에서 시작된다.

-《도덕경(道德經)》제63장

---

1 毫털 호
2 臺누대 대

94 ◈

君子之道 辟如行遠必自邇[1] 辟如登高必自卑[2]

군자지도 비여행원필자이 비여등고필자비

군자의 도는 비유하자면 먼 곳으로 가려면 반드시 가까운 데서 시작하고, 높은 곳으로 오를 때에 반드시 낮은 데로부터 시작해야 한다.

－《중용(中庸)》15장

'천 리 길도 한 걸음부터(천리지행시어족하千里之行始於足下)'라는 속담이 있다. 모든 일에는 뭐든지 차례가 있고 무슨 일이든 처음부터 차근차근 정해진 순서를 밟아야한다. 노력보다 결과를 기대하기에 무모해지고 탐욕스러워 진다. 꽃이 피어야 열매가 맺고 겨울이 지나야 봄이 찾아온다. 기다림은 결코 헛됨이 아니다. 작은 것부터, 나부터, 쉬운 것부터 차근차근 가는 것이 멀리가고 오래갈 수 있다.

비辟는 비譬와 같은 뜻이다. '辟'자는 '그물과 함정을 피할 줄 모른다.'고 할 때는 '피'로 읽었는데 여기서는 '비'로 읽는다. '비유하다' 할 때 쓰는 '비譬'자와 같다. 그래서 '비여'하면 '비유 하자면 뭐와 같다'는 것이다.

流水之爲物也 不盈科不行 君子志於道也 不成章不達

유수지위물야 불영과불행 군자지어도야 불성장부달

---

1 행원자이(行遠自邇): 먼 길을 가려면 가까운 곳에서부터 출발한다. 辟비유할 비(譬). 邇가까울 이, '가까울 근(近)'자와 통용된다.
2 비여(譬如): 비유컨대. 卑낮을 비(비겁)

흐르는 물은 그 성질이 낮은 웅덩이를 먼저 채워 놓지 않고서는 앞으로 나아가지 않는다. 군자도 이와 같이 도에 뜻을 둘 때 아래서부터 수양을 쌓지 않고서는 높은 경지에 도달할 수 없다.

－《맹자(孟子)》〈진심상편(盡心上篇)〉

모든 것은 작은 것부터, 쉬운 것부터, 낮은 곳부터 시작 된다. 학문이나 진리의 높은 경지를 아무리 이해한다 한들 자기가 아래서부터 시작하지 않고서는 그 경지에 이를 수 없다. 높은 곳에 오르려면 낮은 곳부터 시작해야한다. 이 세상 모든 것은 '얕은 데로 말미암아 깊은 데로 이르고 성근데서 출발하여 촘촘함에 이른다. 작은 것부터 시작하여 큰 것을 이루고, 낮은 곳에서 출발하여 높은 곳에 이르는 것이다. 한 걸음 더 나아가야 한 등급 더 올라갈 수 있다.

자신을 살펴보라

조고각하(照顧脚下)

산사山寺에 가면 스님들이 기거하는 선방禪房 문지방 아래 섬돌이나 주변 표지판(주련柱聯[1])에서 자주 볼 수 있는 글 중에 조고각하照顧脚下가 있다. 조고照顧는 '비추어 본다.'는 뜻이며 각하脚下는 '다리 아래'로 발밑을 가리킨다. **'서 있는 바로 그 자리를 보라', '순간순간 자신의 언행을 살펴보라'**는 가르침이다. 더 깊은 뜻은 **'자신의 삶을 돌아보라'는 것이다.** 즉 내적인 자기 본성을 살펴보라는 뜻으로 밖을 향해 찾는 것을 경계한 말이다. 그래서 수좌首座(선승을 가리킴)들은 행각行脚(수행을 위해 도보로 여행하는 것)할 때, 대나무로 만든 삿갓을 쓰곤 했다. 이는 밖의 대상에 이끌리지 않고, 항상 자기를 살펴보도록 조심할 수 있게끔 한 것이다. 신발을 잘 벗어놓자면 별수 없이 고개를 숙여야 하기에, 조고각하의 다른 뜻은 언제 어디서나 하심下心을 닦는 일이기도 하다. 하지만 그 화두의 숨은 뜻은 '

---

1 주련(柱聯): 기둥(柱)에 시구를 연하여 걸었다는 뜻에서 주련이라 부른다.

깨달음'은 먼 곳에 있는 것이 아니라, '지금 바로 여기' 자신이 서 있는 가까운 발아래(마음자리)를 살피는 일이라는 데 있다.

《성경》에는 "사람이 무슨 범죄 한 일이 일어나거든 온유한 심정으로 그러한 자를 바로잡고 너 자신을 살펴보아 너도 시험을 받을까 두려워하라. 우리가 선을 행하되 낙심하지말지니 포기하지 않으면 때가 이르매 거두리라"고 하여 언제나 자신을 살펴보고 항상 선을 행할 것을 가르치고 있다. 톨스토이Tolstoy는 "나이가 어리고 생각이 짧을수록 물질적이고, 육체적인 삶이 최고라고 여기는 법이며, 나이가 들고 지혜가 자랄수록 정신적인 삶을 최고로 여기는 법이다."라고 했다. 묵자墨子는 "사람에 비추어보라"했다. 성인군자의 삶과 말씀을 거울로 삼고 부끄럼 없는 삶을 살아가고 있는지 늘 살피고, 자신을 갈고 닦아야 하는 것이다. 사람을 거울로 삼는 심경心鏡으로 자신의 내면을 살피며 살아야 한다. 지금 나는 제대로 가고 있는가. 내가 딛고 서 있는 이곳은 어디인가 돌아보아 사소한 일에 흐트러짐이 없도록 겸손한 자세로 자신을 살펴야 한다.

은나라 탕왕이 '일신우일신日新又日新'을 대야에 새겨놓고 매일 자신을 살폈던 것처럼 자신을 살펴보는 수행자의 삶이 필요하다. 소크라테스가 "너 자신을 알라"고 했고, 니체는 "나를 발견하라"고 했다. 이것이 진정한 학문이다. 《숫타니파타》〈무소의 뿔〉장에 나오는 부처님의 가르침처럼 "소리에 놀라지 않는 사자처럼, 그물에 걸리지 않는 바람처럼, 진흙에 더럽혀지지 않는 연꽃처럼, 무소의 뿔처럼 혼자서 가라." 오욕칠정五慾七情에서 벗어나 **불의에 물들지 않고 가난도 즐길 줄 아는 당당한 모습으로 살아가라.** 썩은 나무에는 조각할 수 없다(후목불가조야朽木不可雕也─《논어》〈공야장편〉).

몸과 마음가짐

입을 닫고 귀를 열고 마음을 바르게 하라.
욕심을 버리고 작은 일에 충실 하라.
정직한 삶이 아름답다.

1920년대 어느 추운 겨울날 가난한 한 노인이 '나는 시각 장애인입니다'라고 적힌 푯말을 앞에 놓고 공원에서 구걸하고 있었다. 하지만 지나가는 사람 한두 명만 적선할 뿐 그를 눈여겨보지 않았다. 그때 한 남자가 다가와 시각 장애인 앞에 멈춰 섰다. 잠시 머물다가 자리를 떠나고 얼마의 시간이 흐르자 시각 장애인의 깡통에 동전 소리가 끊이지 않았다. 푯말에는 다음과 같은 문구로 바뀌어 있었다. '봄이 곧 옵니다. 그런데 저는 그 봄을 볼 수 없답니다(Spring is coming soon, but I can't see it).' 이 글귀를 바꿔준 사람은 유명한 프랑스의 시인, 앙드레 불톤 이라고 한다(따뜻한 하루). 한마디의 말에 절망할 수도, 꿈과 소망을 가질 수도 있다. 말 한마디가 인생을 변화시킬 수 있다.

소크라테스는 자신만을 위해 말하는 사람들에게 자신들의 무지를 알라고 일침을 가했다. 상대를 아끼고 사랑한다면 말을 줄이고 상대에게 더욱 집중하라. 예수그리스도^{Jesus Christ}는 전염될까 두려운 피부병 환자를 직접 안아주면서 사랑을 가르치셨다. 언행일치言行一致인 것이다. 꼭 필요한 말이 아니라면 진실한 행동에 대한 감동이 크다. 《성경》에 '입을 지키는 자는 자기의 생명을 보전하나 입술을 크게 벌리는 자에게는 멸망이 오고(《잠언》)', '미련한 자라도 잠잠하면 지혜로운 자로 여겨지고 그의 입술을 닫으면 슬기로와 보인다.(《잠언》)'고 했다. 때로는 침묵이 웅변보다 낫다. **말을 하려면 침묵보다 나은 말을 해야 한다.** 그렇지 않다면 아니함만 못하다. 진심 없는 말보다 말없는 진심이 낫다.

狗不以善吠爲良, 人不以善言爲賢¹ 구불이선폐위량, 인불이선언위현

개가 잘 짖는다고 해서 좋은 개라고 할 수 없듯이, 말을 잘 한다고 해서 현자라고 할 수 없다. 오히려 현자는 말없이도 가르침을 준다.

– 《장자(莊子)》〈잡편 · 서무귀(雜篇 · 徐無鬼)〉

개의 역할은 집을 잘 지키는 것이고, 말은 뜻을 전달할 수 있으면 된다. 상촌象村 신흠申欽선생은 뜻을 다 표현한 다음에 말을 마치는 것이 지언至言이나, 다 표현하지 않고 여운을 남기는 것이 더 나은 지언至言이라했다. 말솜씨가 좋다고 그 뜻이 진실한 것은 아니니 오히려 현란한 말을 조심해야 한다. 쓸데없는 말로 오해나 분란을 일으키고, 남에게 상처를 주거나 분노하게 하는 말은 아니함 만 못하다. 개 짖는 소리보다 더 가치 없는 말도 있다. 이런 말은 절대 입 밖에 내지 않도록 조심해야 한다. 생각 없이 함부로

---

1 선언(善言): 은 말을 잘한다는 뜻이다. 현(賢): 현인을 가리킨다.

하는 말은 칼로 찌르는 것과 같지만, 반면에 남을 세워 주는 좋은 말은 용기와 희망을 주고 마음의 위로와 상처를 치료해 준다. 현자는 말을 많이 하지 않는다. 꼭 필요한 말로 뜻을 전달할 뿐이다. 말은 간략하게 알아듣기 쉽고 상대가 편안하게 해야 한다. 섹스피어(William Shakespeare)는 '말 적은 이가 제일 좋은 사람이다'라고 했다.

有德者必有言 有言者不必有德 仁者必有勇 勇者不必有仁
유덕자필유언 유언자불필유덕 인자필유용 용자 불필유인

덕이 있는 사람은 반드시 훌륭한 말을 하나 훌륭한 말을 하는 사람이라고 하여 반드시 덕이 있는 것은 아니다. 인덕을 지닌 자는 반드시 용기가 있으나 용기가 있는 자가 반드시 인덕을 지닌 것은 아니다

－《논어》〈헌문편(憲問篇)〉

덕德과 인仁을 지닌 자는 어질고 현명하여 헛된 말을 하지 않는다. 그러나 듣기 좋은 말을 하는 사람 가운데는 거짓을 말하는 사람이 있다. 덕이 있는 사람은 언제나 올바른 말을 하며, 인을 갖춘 사람은 용기를 잃지 않는다. 용기 있는 자는 가끔 혈기血氣가 앞설 수 있다.

信言不美 美言不信, 善者不辯 辯者不善.
신언불미미언불신, 선자불변변자불선.

진실한 말은 아름답지 않고, 아름다운 말은 진실하지 못하다. 선한 사람은 말을 잘하지 못하고. 말을 잘하는 사람은 선하지 못하다.

－《도덕경(道德經)》81장

진실한 말일수록 간단명료하고 굳이 화려하지 않아도 된다. 말은 진심이 전해지고 뜻을 전할 수 있으면 된다. 석가모니가 가섭에게 불법을 전수할 때 미소로 전했다고 한다. 입을 지켜 망언妄言을 하지 말고, 몸을 지켜 망행妄行을 하지 말고, 마음을 지켜 망동妄動을 하지 말아야 한다.

巧言令色 鮮矣仁 교언영색 선의인
교묘한 말과 아첨하는 얼굴을 하는 사람은 어진 사람이 적다
– 《논어》 〈학이편(學而篇)〉

듣기 좋은 말과 행동으로 상대방을 미혹시키고, 속이는 것을 경계하는 말이다. 섹스피어는 "수식어는 말의 힘을 약화시킨다."고 하였다. 듣기 좋은 말일수록 진실성은 떨어진다. 진실한 말은 간단하고 꾸밈이 없다.

말은 행동을 전제로 하는 것이니 **말보다 마음을 읽을 수 있어야 한다.**

악인은 입술의 허물로 말미 암아 그물에 걸려도 의인은 환난에서 벗어나느니라. 입을 지키는 자는 자기의 생명을 보전하나 입술을 크게 벌리는 자에게는 멸망이 오느니라. 미련한 자는 교만하여 입으로 매를 자청하고 지혜로운 자의 입술은 자기를 보전하느니라. 지혜 있는 자의 혀는 지식을 선히 베풀고 미련한 자의 입은 미련한 것을 쏟느니라. 의인의 마음은 대답할 말을 깊이 생각하여도 악인의 입은 악을 쏟느니라. 선한 말은 꿀 송이 같아서 마음에 달고 뼈에 양약이 되느니라. – 《잠언》

말을 삼가라

삼복백규(三復白圭)

어떤 부인이 성 빈첸시오 신부(프랑스)를 찾아와 수심이 가득한 얼굴로 말했다. "신부님, 저는 더 이상 남편과 살지 못하겠어요. 어떻게 하면 우리 가정이 다시 화목해질 수 있을까요?" 신부는 잠시 생각에 잠겼다가 입을 열었다. "부인, 수도원 앞뜰 우물물을 좀 얻어 가십시오. 그리고 남편이 집에 오면 그 물을 얼른 한 모금 입에 머금으십시오. 그러면 놀라운 일이 일어날 겁니다."라고 말했다. 그날 밤 그녀는 빈첸시오 신부의 가르침대로 성수를 얼른 입안 가득히 물었다. 그리고 물이 새지 않도록 입술을 꼭 깨물었다. 그러자 남편의 떠드는 소리가 점차 잠잠해졌다. 그날 밤 이들 부부는 더 이상 다투지 않고 무사히 밤을 보낼 수 있었다. 그날부터 남편이 신경질을 부릴 때마다 그 성수를 입 안 가득히 머금곤 했다. 그것을 여러 차례 반복하는 동안 남편의 신경질도 줄어들었고, 오히려 부인에게 친절하게 대해 주었다. 부인은 신부를 찾아가서 감사의 인사를 드렸다. 그러자 빈첸시오 신부는 이렇게 말했다. "부인 기적을 일으킨 것은 수도원 앞뜰의 우물물이 아닙니다. 바로 당신의 침묵입니다. 당신의 침묵沈默이 부드럽게 한 것뿐입니다." 경청 보다 더 좋은 말은 없다. 윗글은 스페인 속담인 '성빈첸시오 사원의 우물물을 마셔라'의 내용이다.(예화모음, 고진하) 공자는 말하기 전에 3번 생각하고(삼사일언三思一言), 말을 신중하게 하라고 했다. 말을 아끼고 조심하면 다툼도 원망도 사라진다.

君子以行言 小人以舌言 군자이행언, 소인이설언
군자는 행동으로 말하고, 소인은 혀로 말한다.

-《공자가어(孔子家語)》〈안회편(顏回篇)〉

말과 행동은 일치되어야 한다. 말보다 행동이 앞서야 한다. 참된 사람은 행동으로 말하고 거짓된 사람은 혀로 말한다. '말만 있고 행동이 따르지 않으면 그 말은 가치가 없다.

小人之學也 入乎耳出乎口 소인지학야 입호이 출호구
소인은 학문을 하되, 귀로 들어서 입으로 뱉어낸다.

-《순자(荀子)》〈권학편(勸學篇)〉

현자賢者는 자기 자신을 위하여 학문(위기지학爲己之學)을 하나 오늘날의 학자들은 남에게 보이기 위한 학문(위인지학爲人之學)을 한다. 개인의 이익이나 부귀영달을 위해 죽어라 배움에 뛰어든다. 그러다 어설픈 논리로 깊이도 새김도 없이 얕은 지식을 함부로 내 뱉는다. 학문은 자신의 수행과 성찰을 위해 필요한 것이다.

어느 날, 랍비가 자기 하인에게 시장에 가서 맛있는 것을 사 오라고 시켰다. 그랬더니 하인은 혀를 사왔다. 며칠 뒤, 랍비는 또 하인에게 오늘은 좀 값이 싼 음식을 사 오라 시켰다. 그런데. 하인은 또 혀를 사 왔다. 랍비는 "며칠 전 맛있는 것을 사 오라 했을 때 혀를 사 왔고 오늘은 싼 음식을 사 오라 했는데 어째서 또 혀를 사 왔느냐?"고 그 까닭을 물었다. 그러자, 하인은 이렇게 대답하였다. "좋은 것으로 치면 혀만큼 좋은 게 없고, 나쁜 것으로 치면 혀만큼 나쁜 것도 없기 때문입니다."라고 하였다. 《탈무드》 **혀는 좋게 쓰이면 사람을 살릴 수도 있지만, 나쁘게 쓰이면 사람을 죽일 수도 있다.**

"말이 입힌 상처는 칼이 입힌 상처보다 깊다."는 모로코Morocco 속담俗談이 있다. 말이란 한번 뱉고 나면 주워 담기가 힘들다. 서로 가까운 사람일수록 상처 주기 쉬운 법이다 가깝지 않을 때는 대수롭지 않던 말이 가까운 사이 일수록 서운하게 들릴 수 있다. 《성경(잠언)》에 '**말이 많으면 죄를 짓기 쉽지만 말을 조심하는 사람은 지혜롭다.**'고 했다. 말이란 아낄수록 좋은 것이다. 말은 곧 그 사람의 품격品格이다. 말도 곧 행동이므로 말에 책임이 따른다. 남에게 상처를 주는 말은 폭력暴力이고 범죄犯罪다. **돈을 아끼면 부자가 되지만 말을 아끼면 화禍를 면할 수 있다.**

白圭[1]之玷　尙可磨也　　백규지점 상가마야

斯言之玷[2]　不可爲也[3]　사언지점 불가위야

　　　－《논어(論語)》〈선진편(先進篇)〉, 《시경(詩經)》〈대아(大雅)〉〈억편(抑篇)〉

----

1 백규:白圭): 옛날에 곡식(穀食)의 양(量)을 재던 옥(玉)으로 만든 도구. 권력(權力)을 상징한다. 圭서옥 규. 玷옥티 점

2 斯이 사

3 磨갈 마

'흰 구슬의 흠은 다시 갈아 없앨 수 있지만, 말의 흠(실언)은 어찌할 수 없다.' 이 시는 《시경》〈대아〉〈억편〉의 〈백규白圭〉라는 시이다. 공자의 제자 남용南容은 이시를 하루에 세 번 반복했다고 한다. 여기서 '말을 깊이 삼가라'는 뜻의 '삼복백규三復白圭'가 유래 한다. 공자는 남용의 이러한 행동에 형님의 딸을 그에게 아내로 삼도록 했다고 한다. 법정은 "말은 생각을 담는 그릇이라 생각이 맑고 고요하면 말도 맑고 고요하게 나온다."고 했다. 말은 황금처럼 아끼고, 얼음 위를 걷듯이 조심해야한다.

침묵을 지켜라, 그렇지 않으면 침묵보다 뛰어난 말을 하라

— 영국 격언

세치 혀를 조심하라

다언삭궁(多言數窮)

어느 날 두 아이가 다투었다. 그중 한아이의 엄마가 다른 아이의 엄마에게 말하기를 "애가 어떻게나 별나고 말썽꾸러기인지 말도 못해요. 지금 이런데 크면 더 큰 말썽을 부릴게 뻔합니다. 그리고 항상 위험한 것만 가지고 노니까 엄마가 좀 야단을 치세요." 아주머니는 말을 그칠 줄 몰랐다. 가만히 듣고 있던 꼬마의 어머니는 이렇게 말했다. "우리 애가 위험한 것을 가지고 논 것은 사실이에요. 하지만 아주머니는 더 위험한 것을 가지고 계시네요."

"그게 뭐죠?" 아주머니가 물었다. "바로 입이에요. 돌멩이는 몸을 다치게 할 뿐이지만 말은 사람의 마음까지 다치게 하거든요." 속담에 '세치 혓바닥이 몸을 베는 칼'이라는 말이 있다. 혀는 그 길이가 세치三寸에 지나지 않지만, 혀를 잘못 놀려서 큰일을 당하는 경우가 많다. 노자는《도덕경道德經》5장에서 '**다언삭궁 불여수중**多言數窮 不如守中' 즉 '말이 많을수록 자주 궁색해지니 속을 지키는 것만 못하다.'라고 했고,《성경》에는 '말이 많으면 허물을 면하기 어려우나 그 입술을 제어하는 자는 지혜가 있느니라.' 하였다.《잠언》' 자신이 내뱉은 말 때문에 곤경에 처하지 않도록 말을 조심하고 신중히 해야 한다.

조제프 앙투안 투생 디누아르 신부는《침묵의 기술》에서 "침묵은 편협한 사람에게는 지혜를, 무지한 사람에게는 능력을 대신하기도 한다."라고 했다. 지혜에서도 상책上策은 침묵하는 것이고, 중책中策은 말을 적당히, 적게 하는 것이며, 불필요하거나 잘못된 말이 아니더라도 말을 많이 하는 것은 하책下策이라 했다.

혀를 다스리는 것은 생선 굽는 것보다 어렵다. 아무도 우리에게 침묵을 강요하지 않지만 남을 위해서 침묵할 줄도 알아야 한다. **말은 침묵해서는 안 될 때 하면 된다.**

巧言亂德 小不忍則亂大謀　　교언난덕 소불인칙난대모
교묘하게 꾸민 말은 덕을 어지럽히고, 작은 일을 참지 못하면 큰일을 그르치게 된다.　　　　　　　　　　　　　　　　　　　－《논어》〈위령공편(衛靈公篇)〉

꾸민 말에는 진실이 없다. 꾸미는 말에서는 진실한 뜻이 전달되지 않아, 오해와 불신이 자라고 인간관계가 혼란스러워 진다.

先行其言而後從之　　선행기언이후종지
먼저 실천하고 나서 입 밖에 내라.　　　　　　　－《논어》〈위정편(爲政篇)〉

敏於事而愼於言 민어사이신어언

행동에 민첩하고 말하기에 신중 하라.   −《논어》〈학이편(學而篇)〉

법정 스님이 동안거冬安居를 마치시고 대중들에게 설법을 하던 자리에서 갑자기 멈추고, "남은 말들은 겨울을 견디고 새롭게 돋는 풀들과 나무들, 그리고 새들, 저 아름다운 자연으로부터 듣도록 하세요."라고 하고 홀연히 사라졌다한다. 말을 아끼고 자연의 언어를 들을 수 있어야 한다. 당唐나라가 멸망하고 오대십국시대가 열리면서 왕조가 난립하였지만 풍도馮道는 뛰어난 처세술과 현실정치로 다섯 왕조 11명의 군주를 섬기며 재상을 지냈다. 난세였기에 가능한 일이기도 했지만, 그 자신의 역량이 탁월했기 때문이기도 하다. 풍도는 누구와도 다투지 않았으며, 명분보다는 실리를 중시했다. 지조 없는 정치가라고 비난을 받기도 하였지만, 그가 지은 〈설시舌詩〉를 보면 아마도 혀를 감추고 행동을 조심했을 것이다. 왕조 교체 때마다 백성들의 대참사가 적었던 것은 그의 '처세' 덕이라고 했다. 그는 띠로 엮은 초막집에 침대도 만들지 않고 그냥 짚 위에서 잤다. 자기가 받은 녹봉도 하인들에게 나누어 주었고, 먹고 마실 때도 병사들과 식기를 같이 사용했다.《풍도의 길》, 도나미마도루) 그는 장락로자서長樂老自敍[1]에서 "자신은 황제를 섬긴 것이 아니고, 사직社稷을 섬겼다."고 했다.

다음은《전당서全唐書》〈설시편舌詩編〉에 있는 그가 남긴 설시舌詩이다.

---

1 장락로(長樂老): 풍도의 호

[설시(舌詩)]

口是禍之門　구시화지문　입은 재앙이 들어오는 문이고

舌是斬身刀　설시참신도　혀는 제 몸을 베는 칼이다

閉口深藏舌　폐구심장설　입을 닫고 혀를 깊이 감추면

安身處處宇　안신처처우　가는 곳마다 몸이 편안 하리라

- 동양시한시(東洋詩漢詩): 김양옥

주周나라 전설적 시조 후직后稷[1]의 태묘太廟사당의 오른쪽 섬돌 앞에 금으로 만든 사람의 상이 서 있는데 그 입이 세 바늘이나 꿰매져 있었고 등 뒤에 이렇게 새겨져 있다한다. "옛 사람의 경계의 말이라 경계하고 또 경계하라. 말을 많이 하지 말라. 말이 많으면 일을 그르친다. 많은 일을 욕심내지 말라. 일이 많으면 근심도 많다."

無多言 多言多敗 無多事 多事多患　무다언 다언다패 무다사 다사다환

말을 많이 하지 말라. 말이 많으면 실패도 많다. 일을 벌이지 말라. 일이 많으면 근심도 많다.　－《공자가어(孔子家語)》〈관주편(觀周篇)〉

'물고기는 언제나 입으로 낚인다. 인간도 역시 입으로 걸린다.'고 한다 《탈무드》). 말은 그 사람의 인격이며 수준이다. 말을 들어보면 그 사람을 대체로 알 수 있다. 뱉은 말은 엎질러진 물과 같아서 주워 담을 수 없고 책임이 따른다. 쓸데없이 말을 많이 하거나 일을 벌려 좋을 것 하나도 없다.

험담은 세 사람을 죽인다. 말하는 자, 험담의 대상자, 듣는 자.

－ 미드라시(유대인의 종교해석서) －

---

1 후직(后稷): 주 부족의 시조로 농경의 신으로 받들어진다.

화(禍)는 입에서 생긴다

화종구생(禍從口生)

어느 여름 날, 길 가던 김삿갓金炳淵의 눈에 개를 잡아 안주로 놓고 술을 마시는 선비들의 모습이 띄었다. 그는 슬며시 자리에 끼어 앉았다. 그러나 선비들은 행색이 초라한 김삿갓에게 술 한 잔 권하지 않고, 시詩를 짓는 데만 열중하자 김삿갓은 화가 치밀어 "구상유취로군."하자 이에 발끈한 선비들이 "뭐? 구상유취口尙乳臭(입에서 아직 젖내가 난다)라고"하며 몰매를 안기려 했다. 이에 김삿갓은 "오해입니다. 내가 말한 건 '개 초상에 선비가 모였다'는 뜻의 '구상유취狗喪儒聚'입니다"라고. 재치 있는 말 한마디로 위기를 넘겼다. 한다.(김삿갓의 지혜) 입 한번 잘못 놀렸다가 큰 봉변을 당할 뻔 했다. 천자문千字文에 '이유유외 속이원장易輶攸畏¹屬耳垣墻²'이란 구절이 나온다. '하찮은 일이라도 두려워하고, 말을 조심하라(담

---

1 輶가벼울 유. 攸바 유
2 屬무리 속. 垣담 원. 墻담 장

벼락에도 귀가 있다)'는 것이다. '낮말은 새가 듣고 밤 말은 쥐가 듣는다.'는 속담처럼 다른 사람을 함부로 비방하지 말라는 뜻이다. **말은 입을 떠난 순간 책임이라는 날개를 달고 날아다닌다. 산은 높지 않아도 산이고, 물은 깊지 않아도 물이다.** 언제, 어디서나 떳떳한 말과 행동을 하면서 살아야 한다.

子曰君子食無求飽[1] 居無求安 敏於事而愼於言[2] 就有道而正焉[3],

可謂好學也已[4].

자왈군자식무구포, 거무구안, 민어사이신어언 취유도이정언, 가위호학야이.

공자는 "군자는 먹는 데 배부름을 구하지 아니하고, 삶에 편안함을 구하지 아니하며, 일에는 민첩하고, 말에는 신중하며, 도를 지닌 사람에게 나아가 나를 바로 잡으면, 학문을 좋아하는 사람이라 할 수 있다.

– 《논어(論語)》〈학이편(學而編)〉

성경(마태복음)에 '입에 들어가는 것이 사람을 더럽게 하는 것이 아니라 입에서 나오는 그것이 사람을 더럽게 하는 것이니라.'고 나온다. 그렇다. 입으로 들어가는 것이 아니라 나오는 것이 문제다. 말을 함부로 하면 화禍를 입기 쉽다. 말 한마디로 천 냥 빚을 갚을 수도 있지만 심지어 목숨을 잃을 수도, 운명을 가를 수도 있다. 남의 마음을 어지럽게 하는 망령된 말을 '망어妄語'라 하고 교묘하게 꾸며대는 말을 '기어綺語' 양쪽에 서로 다른 말을 전하는 '양설兩舌' 그리고 남을 비난하거나 헐뜯는 말을 '악구惡口'또는

---

1 무(無): 여기서는 겨를이 없음을 뜻함.
2 민어사(敏於事): 도를 구하는 일은 태만해지기 쉬우니 민첩한 것을 중히 여김.
3 취유도(就有道): 학덕이 풍부한 분에게 나아감.
4 야이(也已): 한정종조사(限定終助詞)로, 야(也)를 더 강하게 표현한 형태.

'험구'라 한다. 입으로 짓는 죄를 구업口業이라 한다. 그래서 불가에서는 함부로 험구를 휘두른 자는 죽어서 혀를 잡아 뺀다는 발설지옥拔舌地獄으로 간다고 한다. 좋은 말만 하고 혀를 함부로 놀려서는 아니 될 것이다. 어떤 말이든 입 밖에 낼 때는 조심해야 한다. 말은 쏟아버린 물과 같아 입 밖에 나오면 다시 되돌릴 수 없다.

守口如瓶 防意如城　수구여병 방의여성
말조심하기를 호리병과 같이하고 마음속 생각을 성벽을 지키듯 하라.

-《명심보감》〈존심편(存心編)〉

'**수구여병**守口如瓶'은 안의 내용물을 잘 보관하기 위해 병의 목이 좁은 곳을 또 마개로 막아 물이 새지 않도록 닫아 놓는 것처럼 '입을 다물라'는 것이다. '**방의여성**防意如城'은 뜻 지키기를 성城을 지키는 것 같이 굳건히 하라는 것으로 '마음속에 일어나는 온갖 생각을 잘 다스리라.'는 것이다. 말에는 책임이 따른다. 항상 신중히 생각하고 조심스레 말하여야 한다. 공자는 충분히 생각하고 말하라(삼사일언三思一言)고 했다.

'**칼에는 두 개의 날이 있지만, 사람의 입에는 백 개의 날이 있다**'는 베트남 속담이 있다. 말을 많이 하다 설화舌禍를 입는 경우를 말하는 것이다. '당신의 입 속에 들어있는 한, 말은 당신의 노예이지만, 입 밖에 나오게 되면 당신의 주인이 된다.'는 유대인 속담은 말에 대한 책임감을 일깨워 주는 말이다. 언제 어떻게 말하는지 배우는 것도 중요하지만 더욱 중요한 것은 언제 어떻게 침묵해야하는 가다. **잘못 말한 것을 후회하는 일은 많다. 하지만 침묵한 것을 후회하는 경우는 없다.** 등 뒤에서 나를 욕하는 자는 나를 두려워하는 것이다. 면전面前에서 나를 칭찬하는 이는 나를 미워하는 것이다. 잘못된 행동을 드러내는 두 가지 행동이 있다. 말해야 할 때 침묵하는 것, 그리고 침묵해야할 때 말하는 것이다.(《살아갈 날들을 위한 공부》중에서, 레프 톨스토이) **말을 해서 득보는 것보다 말을 하지 않아서 보는 득이 훨씬 많다는 사실을 알아야 한다.** 조선시대 실학자 이덕무는 "말 아끼기를 황금같이 하라"고 했다. 말이란 잘하면 천금보다 귀하지만 잘못하면 독이 될 수 있다.

혀는 우리 지체 중에서 온 몸을 더럽히고 삶의 수레바퀴를 불사른다.

－《야고보서》

남의 입에서 나오는 말보다도 자기의 입에서 나오는 말을 잘 들어라. －《탈무드》

말을 아껴라

석언여금(惜言如金)

박제된, 입이 큰 농어 아래 다음과 같은 글이 적혀 있었다. "내가 입을 다물었다면, 난 여기에 있지 않을 것이다."(좋은 글 중에서) 물고기나 사람이나 입을 잘못 열었다가는 낭패를 당한다, 우리가 일단 내뱉은 말은 몸은 사라져도 영원히 살아서 움직인다. 성경에도 입을 지키는 자는 자기의 생명을 보전하나 입술을 크게 벌리는 자에게는 멸망이 오느니라(잠언)했다. **말이면 다 말이 아니니 말다운 말을 하여야 한다.**

[회잠(晦箴)[1]]

이덕무(李德懋)

惜言如金	석언여금	말 아끼기를 황금같이 하고,
韜跡如玉[2]	도적여옥	자취 감추기를 옥같이 하며,
淵默沉靜[3]	연묵침정	깊이 침묵하고 고요히 침잠하여,
矯詐莫觸[4]	교사막촉	허위와 접촉하지 마라.
斂華于衷[5]	렴화우충	빛남을 속에 거두어들이면,
久而外燭	구이외촉	오래되면 밖으로 빛 나니라.

– 《청장관전서(靑莊館全書[6])》, 한국고전번역 연구원

말 아끼기를 황금같이 하고, 자취 감추기를 옥같이 하며, 깊이 침묵하고 고요히 정숙하며, 꾸밈이나 거짓과는 거리를 두라. 빛남을 속에 거두어들여 오래면 밖으로 나타나리라.

[서서미(書西楣)[7]]

終日無妄言語 終身無妄心想 人不謂大丈夫 吾以謂大丈夫

---

1 회잠(晦箴): '감추다'는 의미로 잠언을 말한다. 晦그믐 회. 箴경계 잠

2 韜감출 도

3 淵못 연. 沉가라앉을 침

4 矯바로잡을 교

5 斂거둘 렴. 衷속마음 충

6 청장관(靑莊館): 이덕무의 호

7 서서미(書西楣): 서쪽 문 위에 씀

心不着躁妄[1] 可久而花發 口不載鄙俚[2] 可久而香生

종일무망언어 종신무망심상 인불위대장부 오이위대장부

심불착조망 가구이화발 구부재비리 가구이향생

종일토록 망령된 말이 없고, 종신토록 망령된 생각이 없다면 남들은 대
장부라 하지 않더라도 나는 대장부라고 말하리라. 마음이 조급하고 망
령되지 않기를 오래하면 꽃이 필 것이요, 입이 비루鄙陋[3]하고 상스러운
말을 오래하지 않으면 향기가 날 것이다.

이덕무는 이 말을 서쪽 문미門楣[4]에 써 붙이고 항상 경계로 삼았다한
다.

남의 행동을 보고 나의 행동을 되돌아보며 남의 허물을 덮어주고 항상
자신의 마음을 경계하라. 언행은 아끼고 조심 또 조심해야하니 그것이 화
를 방지하고, 편히 사는 길이다. 조심하고 또 조심해서 손해 없고, 조심할
수록 좋은 것이 말이다. 말이나 행동에도 품격이 있다.

---

1 躁성급할 조

2 鄙비루할 비, 俚속될 리

3 陋좁을 루

4 문미(門楣): 문이나 창문 출입구의 위에 가로 댄 나무를 말한다. 楣문미 미

늘 새롭게 살자

작비금시(昨非今是)

대부분의 사람들은 자신의 생각이 합리적이고 논리적이라 믿는 경향이 있다. 그러나 그것은 자신의 생각이다. 우리는 뇌가 만들어내는 의식을 통해 생각하고 판단한다. 인간의 의식은 수많은 정보 중 상당 부분을 걸러냄으로써 단순화된 모형이 만들어 진다고 한다. 그러한 인지적 편향이 '최고의 선택'이 아님에도 결정하고 따르는데서 문제가 일어나는 것이다. 따라서 우리의 선택이 최고의 선택이 되도록 올바른 지식과 정보를 습득하고, 인격과 덕망 있는 경험을 쌓으며, 끊임없는 자기 관리와 수행이 이루어져야 한다.

전문가들에 의하면 우리는 하루에 150번 이상의 선택을 하면서 산다고 한다. 그래서 인생은 찬스Chance와 초이스Choice의 연속이라고도 하는 것이다. 감정에 휘둘리지 말고, 검증한 후에 후회 없는 선택을 해야 한다. 내가 지금까지 얻은 모든 것은 과거에 내가 선택한 것의 결과이다. 또한 누구나 인생에서 3번 정도의 기회는 온다고 하니, 그 기회를 놓치지 말고 올바른 선택을 해야 한다. 인생길은 한번 잘못 가면 되돌아 갈 수는 없으니 처음부터 발걸음을 잘 디뎌야 한다. 그러나 가고자하는 목적지와 방향은 분명해야 한다. 도연명은 그가 41세 때, 팽택彭澤현의 현령을 하다가 중앙정부의 관리가 시찰을 나오니 의관을 정제하고 마중 나오라는 연락을 받고, 겨우 오두미五斗米[1]에 허리를 굽히기 싫다며 벼슬을 버리고 고향으로 돌아가면서 귀거래사를 썼다. 자신이 가고자하는 길을 찾은 것이다.《십팔사략》

[귀거래사(歸去來辭)]

實迷塗其未遠 覺今是而昨非 실미도기미원 각금시이작비
悟已往之不諫 知來者之可追 오이왕지불간 지래자지가추

내가 인생길을 잘못 들어 헤맨 것은 사실이나, 아직은 그리 멀지 않았다. 이제는 깨달아 바른 길을 찾았고, 지난날의 벼슬살이가 그릇된 것이었음을 알았다. 지난날은 돌릴 수 없음을 알았으니 이에 앞으로는 그르치는 일 없으리

이 시에서 '지난날의 잘못을 정리하고 새로운 삶을 시작한다.'는 '작비금시昨非今是'라는 말이 나왔다. 매일 매일 생이 다하는 날까지 반성하고 회개하며 살아야한다.

---

1 오두미(五斗米): 쌀 다섯 말로 당시의 월급

《회남자淮南子》〈원도훈原道訓〉에 50세를 옳고 그름을 비로소 알기 시작하는 나이라는 뜻에서 지비知非라 했다. 또한 기력이 떨어지고 머리털이 쑥처럼 희어진다하여 애년艾年이라고도 한다. 위衛나라 대부 거백옥蘧伯玉도 50살에 49년 동안의 잘못을 알았고, 잘못을 고치는 데 늑장을 부리지 않았다하여 '오십이지 사십구년지비五十而知 四十九年之非'라 했다. 그래서 50의 나이를 지비知非라 한다. 공자는 50세를 '지천명知天命'라 했다.(오십이지천명五十而知天命) **잘못은 누구나 저지를 수 있지만, 더 중요한 것은 잘못을 알고도 고치지 않는 것이다. 잘못을 알았다면 즉시 고쳐야 한다.** 잘못된 부분을 시정하고 반성한 후, 새로운 길로 나아가야 한다. 그것이 성장하는 길이다. 살아있는 그날까지 나의 부족함을 알고 반성하고 잘못을 회개하고 고쳐나가야 한다.

성냄과 욕심을 버려라

징분질욕(懲忿窒慾)

인도의 귀족들은 어릴 때부터 화를 내지 않는 법을 교육받는다고 한다. '거룩한 분노' 외에는 노여움을 삼가야 한다. 분노를 나타내는 모습을 보면 그 사람의 됨됨이를 알 수 있다. 퇴계退溪의 수신修身 10훈 중 처사處事에 '심명의리지변 징분질욕深明義理之辨 懲忿窒慾[1]'이 있다. '일을 처리함에 옳고 그름을 철저히 밝히고 **분노를 억누르고 욕심을 줄여야 한다.**'는 것이다. 다산 정약용은 공직을 맡은 관료가 가장 조심해야 할 것으로 '벌컥 화를 내는 것'이라고 했다.

완역재玩易齋[2] 강석덕姜碩德은 사람이 실수하기 쉬운 것은 분노와 탐욕이라 하여 '징분질욕懲忿窒慾' 네 글자를 큰 글씨로 써서 방벽房壁마다 붙여

---

1 懲혼날 징, 거두어들이다. 窒막을 질
2 완역재(玩易齋): 조선 초기문신 강석덕(姜碩德)의 호.

두고 스스로 반성하였다한다.(남명학 연구소) 불교에서는 '화냄(진瞋)'이 깨달음을 얻는데 방해가 되는 독毒이니 버리라한다. 해인사의 해우소解憂所에 가면 다음과 같은 글귀가 있다. '버리고 또 버리니 큰 기쁨 있어라.' 탐貪·진瞋·치癡, 삼독三毒도 이같이 버리라고 한다. 사람이 지닌 감정 중에서 가장 다스리기 어려운 것이 분노와 탐욕이다. 그래서 불가에서는 탐貪, 진瞋, 치癡 즉 '탐욕'과 '분노'와 '어리석음'이 모든 죄악의 근원이라고 했다. 그래서 공자는 "분노와 욕심은 덕을 쌓는데 해로우므로 분노가 일어나는 것을 경계하고 욕심을 막으라." 하였다.

懲忿如救火 窒慾如防水 징분여구화 질욕여방수

분한 감정이 일어나거든 불을 끄는 것처럼 가라앉히고, 욕심이 고개를 들거든 욕심의 구멍을 물 나오는 구멍 막듯이 막아 항상 마음의 안정을 되찾으라.

-《명심보감》〈정기편(正己篇)〉, 근사록(近思錄)

《성경》에서 '온유한 자는 복이 있다'《마태복음》고 했다. 여기서 '온유'는 야생마를 길들이는 과정에서 온 말이라고 한다. 야생마를 잘 길들이면 유용하게 사용할 수 있다. 분노의 감정을 누르고 화를 다스릴 수 있는 사람은 덕 있는 사람이다. 분노하기 전에 자신을 돌아보고 옳고 그름을 잘 살펴보아야 한다. 주역에 '욕심 막기를 구렁을 메우듯이 하고 분노 징계하기를 산을 넘어뜨리듯이 하라'고 하였다. 분노는 대부분 욕심에서 비롯되니 마음을 덜어내고 욕심을 막아 냄으로서 분노를 억누를 수 있고, 분노를 징계함으로서 욕심을 막아낼 수 있다.

保生者寡欲 保身者避名　　보생자과욕 보신자피명

無慾易 無名難　　　　　무욕이 무명난

목숨을 보전 하려는 자는 욕심을 줄이고, 몸을 온전히 보존하려는 자는
명성을 피해야 한다. 욕심을 없애기는 쉬우나 명예욕을 없애기는 어렵
다.

-《명심보감》〈정기편(正己篇)〉

　욕심이 지나치면 분별력이 둔화되어 평상심을 잃어버리고 , 몸과 마
음의 평온한 상태를 깨트려 결국 정도를 넘어서면 화禍를 불러들인다. 장
수하는 사람은 대체로 적당히 만족하며 긍정적이고 낙천적인 사람이 많다.
부귀나 명성은 차지하면 잃지 않으려 하기에 다툼을 피할 수 없으며, 그러
기에 화를 당할 수 있다. 따라서 '공을 이룬 후에는 그 공을 차지하지 않고
물러나는 것(공성신퇴功成身退)'을 현인들은 최고의 경지로 여겼다. 부귀나
명성이 필요하기도 하지만, 자신을 해치는 독이 될 수 있음을 잊어서도 안
된다.

　忍一時之忿 免百日之憂　인일시지분 면백일지우
　한 때의 분노를 참으면 백일의 근심을 면할 수 있다.

-《명심보감》〈계성편(戒性篇)〉

　한 때의 분노가 곧 백날의 근심이 될 수도 있다. 흥분이나 분노에 휩싸여 잘
못된 판단을 하거나 과도한 반응으로 화를 남길 수 있다. 분노는 분노함으로
그치는 것이 아니라 또 다른 문제를 야기 시킨다는 사실을 알아야 한다.

일시적 현상에 미혹되지 말라

일엽폐목(一葉蔽目)

옛날 초(楚)나라의 어떤 서생이 고서에서 매미를 잡기위해 사마귀가 나뭇잎으로 몸을 가린다는 내용을 읽고, 마침내 그는 사마귀가 나뭇잎 뒤에 숨어서 매미를 잡을 기회를 엿보는 것을 발견하고는 그 나뭇잎을 땄다. 그러나 나뭇잎을 떨어뜨리는 바람에 먼저 떨어져 있던 나뭇잎과 구분할 수 없게 되었다. 그는 하는 수 없이 그 근처에 있던 나뭇잎을 모두 쓸어 담아 가지고 집으로 돌아왔다. 집으로 돌아온 그는 나뭇잎을 하나하나 들어 자기 눈을 가리고는 아내에게 "내가 보이는가?"라고 물었다. 어이가 없어 함구 했으나 자꾸 물어오자 귀찮아서 안 보인다고 하자 선비는 그 나뭇잎으로 한쪽 눈을 가린 채 시장에 나가 물건을 훔치다가 덜미를 잡히고 말았다.(중국 성어成語) 자신의 단점을 가린다 해도 언젠가 들통 나기 마련이다.

夫耳之主聽目之明 一葉蔽目不見泰山 兩豆塞耳 不聞雷霆[1]

부이지주청목지명 일엽폐목불견태산 양두색이 불문뇌정

귀의 역할은 듣는 것이요, 눈의 역할은 밝게 보는 것이다. 그런데 나뭇잎 하나로 눈을 가리면 태산이 보이지 않고 콩 두 알로 귀를 막으면 천둥, 우레 소리도 들리지 않는다.

－《갈관자(鶡冠子)[2]》〈천칙편(天則篇)〉, 두산백과

'일엽폐목불견태산一葉蔽目不見泰山'을 '일엽폐목一葉蔽目', '일엽장목一葉障目'이라고 한다. 한 장의 나뭇잎 하나로 눈을 가리면 태산같이 큰 것도 볼 수 없다. 한 점의 사심私心이나 욕심慾心이 앞서면 눈을 뜨고도 보이지 않고, 귀가 있어도 들리지 않는 것이다. 볼 것만 보고 들을 것만 듣기 때문이다. 일시적인 현상에 미혹迷惑되어 근본적인 것을 보지 못함을 말한다.

온천하가 다 아는 사실을 작은 손바닥으로 하늘 가리듯 하는 어리석음을 말한다. 사람들은 자신의 잘못을 어떻게든 감추려 하는 것이다. 이때에 쓰이는 말이 일엽장목一葉障目, 즉 일엽폐목一葉蔽目이다. 손바닥으로 하늘을 가릴 수 없는 것과 같이 나뭇잎 하나로 사람을 가릴 수 없는데 나뭇잎 하나로 몸을 가리고 콩 두 알로 귀를 막고 사는 어리석은 사람들이 있다. 우리가 배워야할 이유도 이런 어리석음으로부터 벗어나기 위해서이다. 학문

---

1 霆천둥소리 정
2 갈관자(鶡冠子): 전국(戰國) 시대 초(楚)나라 사람으로 깊은 산 속에서 살며, 갈 새의 깃털로 관을 만들어 쓰고 다녔으므로 이러한 호(號)를 얻게 되었다. 그의 저서로 알려진《갈》은 꿩 종류의 새(두메 꿩)인데, 이 새는 싸우기를 좋아하는 습성을 가지고 있으므로, 무사(武士)의 관에는 이 새의 깃털을 꽂았다고 하며, 이러한 관을 갈관(鶡冠)이라 한다.鶡관이름 갈.

은 많이 하고 깊게 하는 것이 꼭 좋은 것만은 아니다. 사람을 사람 되게 하는 배움이 되어야 한다. 사람이 되기보다 어설픈 지식만을 지닌 채 나대는 사람들이 있기에 사회가 혼란스러워 지는 것이다.

맹자가 제齊나라 선왕宣王을 접견하였을 때, 선왕은 맹자에게 현명한 사람의 즐거움에 대하여 물었다. 이에 맹자는 제齊경공景公[1]과 안자晏子[2]의 대화를 인용하여 다음과 같이 대답하였다.

> 孟子對曰 從流下而忘反謂之流 從流上而忘反謂之連 從獸無厭謂之荒 樂酒無厭謂之亡 先王無流連之樂 荒亡之行 惟君所行也
>
> 맹자대왈 종류하이망반위지류 종류상이망반위지련 종수무염위지황 락주무염위지망 선왕무류련지락 황망지행 유군소행야

"흐름에 따라 배를 타고 내려가며 돌아가기를 잊어버리는 것을 '류流'라고 합니다. 흐름에 따라 배를 올라가면서 돌아가기를 잊는 것을 연連이라 합니다. 짐승을 따라 다니며 싫증나는 줄을 모르는 것을 황荒[3]이라 하고, 술을 즐기며 싫증나는 줄을 모르는 것을 망亡[4]이라 합니다. 선왕先王들께서는 유연流連(뱃놀이)하는 즐거움과 황망荒亡한 행동을 하지 않으셨습니다. 오직 임금께서만 이러한 일들을 하고 계십니다."

– 《맹자》〈양혜왕 하(梁惠王 下)〉 –

---

1 경공(景公): 춘추시대 제나라의 유능한 군주.
2 안자(晏子): 춘추시대 제나라의 대부 안영.
3 황(荒): 사냥
4 망(亡): 술자리

여기에서 '뱃놀이에 빠져 돌아가는 것을 잊음'을 뜻하는 '**유연망반**流連忘返'이 나왔다. 이 말은 방탕放蕩한 놀이에 빠져 본분本分을 잊어버린다는 것이다. 하고 싶은 일만 하다가는 일을 그르친다. 신선놀음에 도끼자루 썩는 줄 모르는 것이다.

사람은 주색酒色이나 재물과 권력의 유혹에 빠지기 쉽다. 한 번 발을 들여놓으면 그 달콤함으로 쉽게 빠져 나오기 어렵다. 맹자孟子는 이런 경우를 삼가라고 일렀다. 이것이 '유연망반流連忘返'이다. 뱃놀이에 빠져 물 흐름을 따라 내려가 본래의 위치로 돌아오지 못하는 행위流와 물길을 거슬러 올라가 역시 원래 위치를 잊는 것連을 경계하는 말이다. **자신의 능력을 알고 본분에 맞는 역할을 잃어버리지 않고 주어진 사명을 수행하여야 한다.**

삶에 정직하라

출생입사(出生入死)

인간은 태어나는 순간부터 죽음을 향해 나아 갈 수밖에 없다. 인간의 꿈은 '무병장수無病長壽'이지만 어떤 위인도 절대 피해가지 못하는 불변의 진리다.

왕필[1]이 말하기를 "도롱뇽은 깊은 연못을 얕다고 여겨 바닥에 구멍을 뚫고 들어가고, 송골매는 산을 낮다고 여겨 그 위에 둥지를 튼다. 화살도 미치지 못하고 그물도 이를 수 없으니 안전하다고 하겠다. 그렇지만 마침 내 맛있는 미끼 때문에 사지死地로 들어가니 살고 또 살려는 것이 두텁기 때 문이 아니겠는가."라고 했다. 인간은 살려고 발버둥치지만 결국은 죽음을 향하여 달려가는 것이다. 특히 살려는 욕심이 지나치면 그것이 결국 생명 의 길을 해칠 수 있다. 하지만 성인은 죽음에서 자유롭다. 사사로운 삶에서

---

1 왕필: 위나라 학자

벗어나면 살 것이요, 그곳으로 들어가면 죽는다. 이것이 **출생입사**出生入死이다. 삶에 지나치게 연연하기보다 지금의 삶에 충실하게 살아가는 자세가 필요하다.

죽음은 필연적이다. 사람들은 '미래를 대비 한다.', '노후를 준비한다.' 하면서도 죽음은 준비하지 않는다. '웰빙well-being(잘살기)'도 중요하지만 더 중요한 것은 '웰다잉well-dying(잘 죽기)'이다. 죽음을 준비한 사람은 절대로 불안하지 않다. 죽음을 준비한 사람은 어떤 상황에서도 당당하다. 《성경》에 "우리는 필경 죽으리니 땅에 쏟아진 물을 다시 모으지 못함 같을 것이오나《사무엘하》14:14"라고 나온다. 죽음은 자연스러운 것이다. 죽음은 끝이 아니기에 준비해야 한다. 인생은 선택과 준비의 과정이라 할 수 있다. 무엇을 선택하느냐에 따라서 달라진다. 이태리 밀라노 대성당에는 문이 셋이 있는데, 첫째 문은 **"모든 즐거움은 잠깐이다"**라는 글이 새겨져 있고, 둘째 문은 십자가형으로 되어 있는데 **"모든 고통도 잠깐이다"**라는 글이 새겨져 있고, 셋째 문에는 **"오직 중요한 것은 영원한 것이다"**라는 글이 새겨져 있다고 한다. 그 영원함을 위해 죽음을 넘어서야 한다. '출생입사出生入死'는 정해진 이치이니 제대로 살아야한다.

出生入死	출생입사
生之徒十有三[1]	생지도십유삼
死之徒十有三[2]	생지도십유삼
人之生動之死地[3] 亦十有三	인지생동지사지 역십유삼

---

1 생지도(生之徒): 삶의 도리를 잘 지키는 사람(제대로 오래 사는 사람).

2 사지도(死之徒): 죽음의 도리를 잘 지키는 사람(살다가 제대로 죽는 사람)

3 동지사지(動之死地): 움직여 사지(죽음의 땅)로 가다. 쓸데없는 짓을 하여 자신을 죽음으로 몰아넣는

夫何故 以其生生之厚[1]	부하고 이기생생지후
蓋聞[2] 善攝生者[3]	개문 선섭생자
陸行不遇兕虎[4]	육행불우시호
入軍不被甲兵	입군불피갑병
兕無所投其角	시무소투기각
虎無所措其爪	호무소조기조
兵無所容其刃	병무소용기인
夫何故 以其無死地	부하고 이기무사지

태어나고 죽는 일에 있어서 재대로 사는 무리가 열에 셋이면(명을 다하는
자) 죽을 짓을 하는 무리가 열에 셋이다(요절하는 자). 사람이 사는 것을
보면 살다가 죽음으로 가는 경우가 또한 열에 셋이니(삶에 집착하는 자)
왜냐하면, 그가 살려고 너무 애쓰기 때문이다. 듣건대 삶을 잘 유지하
는 사람은 육지를 여행해도 외뿔소나 호랑이를 만나지 아니하고, 군에
들어가도 무기의 피해를 당하지 않는다. 외뿔소도 뿔로 들이받을 여지
가 없고 호랑이도 발톱으로 할퀼 여지가 없으며, 무기도 그 날을 들이밀
여지가 없다. 무엇 때문인가? 죽음을 의식하지 않기 때문이다.

─《도덕경(道德經)》 50장

세상에 나오는 것을 생生(삶)이라 하고, 땅속으로 들어가는 것을 사死

것. 동지사지 (動之死地)에서 지(之)는 동사로 가다의 뜻
1 생생지후(生生之厚): 삶을 두텁게 살아가다, 자기의 욕망이나 즐거움을 만족시키며 살아가다
2 蓋대략, 대개, 아마도 개
3 섭생(攝生): 삶을 유지하다.
4 兕외뿔소 시

(죽음)라 한다. 목숨을 잘 관리하면 몇 달이나 몇 년은 더 살겠지만 근본적으로 해결할 수는 없다. 사사로움(쾌락, 재물, 명예, 권력)을 추구하며 살아가는 사람도 나름대로는 살려고 애를 쓰는 것이다. 그러나 재물이나 명예와 권력에 집착하다 보니 불행을 초래하게 되는 것이다. 노자는 "삶에 집착하지 않음으로써 삶을 귀하게 여길 수 있기를 바란다."고 했다. **삶에 집착하지 않아야 편안한 삶을 살 수 있다.** 삶을 외면하는 것이 아니라 생명에 대한 과도한 집착에서 벗어나라는 것이다.

어린 멍게는 뇌를 활발하게 움직이면서 돌아다니지만 성장하고 나서는 바닥이나 바위에 붙어서 꼼짝하지 않고 고착 생활을 하면서 에너지를 많이 쓰는 뇌를 소화시켜 없애 버린다고 한다. 사람도 멍게의 유충처럼 생존을 위해 부지런히 생활터전을 찾아 나선다. 출세를 위해 세파를 넘나들며 경쟁적으로 삶을 살아간다. 그러나 멍게와는 달리 멈춤이 없이 권력과 부를 누리면서도 끊임없이 소유하고 누리려 드는 것이 문제다. 타인과의 삶을 공유하며 나누고 베풀 줄 아는 삶이 아름답고 풍요로운 삶이라는 것을 알아야 한다. 모든 것을 완벽하게 하려고도 하지 말라. 완벽하게 하려고 할 때 두려움과 불안감이 생긴다. 의미 있는 일을 찾아 최선을 다하면 되는 것이다. 슬픔도 인생의 일부이며, 고난도 삶의 일부분이고, 좌절도 삶의 과정이다. 마치 하나의 양념으론 맛을 낼 수 없듯이 모두 가슴으로 품고 가야 한다. 그러면 그것이 내 것이 되어 역경과 실패의 순간을 극복할 수 있는 힘이 된다.

현실에 너무 집착하지 말라

제행무상(諸行無常)

유복자를 잃고 슬픔과 설움에 힘들어하던 어느 과부가 부처를 찾아 갔다. 부처를 만난 과부는 "저는 하나밖에 없는 유복자遺腹子를 잃고 도무지 설움에 겨워 미칠 지경입니다. 제발 저의 슬픔을 잊어버리는 방법을 가르쳐 주십시오."하고 간청하였다. 조용히 듣고 계시던 부처는 "곧 성안으로 들어가서 사람이 죽어본 적이 없는 집을 찾아 불씨를 얻어 가지고 오라. 그러면 설움을 잊게 하겠노라."고 일러 주었다. 과부는 기뻐하며 곧 성안으로 들어갔다. 그러나 집집마다 찾아다니며 알아보았더니 사람이 죽어 본 적이 없는 집은 하나도 없었다. 실망한 과부는 불씨하나 얻지 못하고 의기소침意氣銷沈[1]하여 부처 앞으로 되돌아 왔다. 그리고 사람이 죽어본 적이 없는 집은 하나도 없더라고 아뢰었다. 그때 부처는 과부를 향하여 엄숙히 말했다.

---

1 銷사라질 소. 沈잠길 침

一者常必無常	일자상필무상
二者富貴必貧賤	이자부귀필빈천
三者合會必別離	삼자합회필별리
四者强健必當死	사자강건필당사

첫째, 항상(恒常)한 것은 반드시 무상하고, 둘째, 부귀한 자는 반드시 빈천하여지고, 셋째, 만나면 반드시 헤어지게 되고, 넷째, 아무리 건강하여도 반드시 죽게 된다.

– 《출요경》(임기영 불교 연구소), 《고려대장경》 29권

꽃이 피면 지게 마련이고, 사람도 태어나면 죽게 마련이다. 권세도 항상 누릴 수 있는 것은 아니다. 이것이 **제행무상**諸行無常이다. 우주 만물은 한 모양으로 머물러 있지 아니한다. 그러기에 항상恒常한 것은 없다. 그런데도 사람들은 이를 항상 불변하는 존재라고 생각하기 때문에 모순이 있고 괴로움이 있다. 삶과 죽음에 연연하지 말고 어떻게 사는 것이 제대로 사는 것인지를 고민해야 된다. 하늘을 우러러 부끄럼 없이, **하루를 살아도 이름을 더럽히지 않는 삶을 살아야 한다.**

어느 날 성안으로 탁발을 다녀온 아난존자가 부처님께 말씀드렸다. "부처님, 오늘 탁발을 나갔다가 참으로 기이한 모습을 보았습니다.", "무엇이냐?", "네, 탁발托鉢 [1] 하러 성안으로 들어가는데 성문 앞에서 한 떼의 풍악쟁이들이 춤추고 노래하며 신명나게 놀고 있는 모습을 보았습니다.", "그런데?" "예, 그런데 잠깐 탁발을 마치고 나오면서 보니 모두가 죽어 있었습

---

1 托맡길 탁. 鉢사발 발

니다. 기이한 일이 아니고 무엇이겠습니까?", "그런가. 여래는 어제 그보다 더욱 기이한 일을 보았느니라.", "무슨 일이었는지요?", "어제 성안으로 탁발하러 들어가는데, 그 풍악쟁이들이 신명나게 놀고 있더구나.", "그런데요?", "그런데, 탁발을 마치고 나오면서 보니 여전히 재미나게 놀고 있더구나.", "예?" 무엇이 진정 기이한 일인가.(화엄불교대학) **잠시도 변화하지 않는 것이 기이한 일이다. 변화하는 것이 변치 않는 진리이다.** 제행무상諸行無常의 도리를 말하는 것이다.

열반경에 '생자필멸 회자정리生者必滅 會者定離'라 '나면 죽고 만나면 헤어지는 것이 정해진 이치'라고 한다. 불교의 가르침에 '세상에 영원히 변하지 않는 존재는 없다'는 **'제행무상諸行無常'**과 모든 존재는 인연因緣으로 생겨난 것이므로 자아自我라고 내세울만한 실체가 없다는 '제법무아諸法無我'와 사람들이 이 무상과 무아를 깨닫지 못하는 데서 모든 고통과 고뇌가 따른다는 '일체개고一體皆苦'라는 법칙이 있다고 한다. 강물이 흘러가 버린다고 하여 강이 영원히 없어지는 것이 아니고, 달이 찼다가 이지러졌다 하여 달이 아주 없어지는 것은 아니다. 강 위의 맑은 바람소리를 들을 수 있고 산간의 밝은 달을 볼 수 있으면 된다. 인생무상人生無常이라 하여 현실과 현상에만 연연 한다면 슬픈 일이다. 그러기에 우리가 영원히 머물 수 있는 곳을 찾아야 한다. 그곳의 선택은 자신의 몫이다.

진솔한 삶을 살라

곡굉지락(曲肱之樂)

　　한 초등학생이 시험을 봤는데 수학을 100점을 맞았다. 칭찬도 받고 싶고, 용돈도 기대하면서 집으로 열심히 달려와서 엄마한테 말했다. "엄마 나 수학 백점 맞았어." 그랬더니 엄마가 말하기를 "국어는?"이라고 되물었다. 욕심이 앞서면 칭찬과 행복은 멀어진다. 《성경》에 '서로 돌아보아 사랑과 선행을 격려하라《히브리서》' 라고 한다. 또 '남의 눈의 티는 보고 자기 눈의 들보는 깨닫지 못하느냐《마태》'고 나온다. 취모멱자吹毛覓疵처럼 남의잘못이나 단점은 억지로라도 찾아내려 들지만, 자기의 잘못은 합리화와 변명으로 일관一貫한다. 다른 사람의 실수나 잘못을 감싸주고 서로 격려와 위해주는 삶 속에 행복이 있음을 알아야 한다. 《성경》에 '주는 것이 받는 것보다 복이 있다고 한다.《사도행전》'남에게 밥 한 그릇 사 줄때가 얻어먹을 때보다 기분 좋은 것이다.

공자는 《논어》〈이인편〉에서 "아침에 도를 통하면 죽어도 좋다(조문도석사가의朝聞道夕死可矣)고 했다. '도道'가 삶의 기준이 되어야 한다. 부당한 행복은 있을 수 없다. 행복은 사랑과 배품과 나눔 속에 있다. 보고 듣고 걷고 살아 있음에 감사하라. 홀로 산다면 권력과 재물이 대단할 이유가 없다. 사람과의 관계 속에서 사는 것이니 서로 격려하고 감사하라. 《성경》에 마른 떡 한 조각만 있고도 화목 하는 것이 제육猪肉이 집에 가득하고도 다투는 것보다 났다(《잠언》)고 나온다. 우리는 재물이 많아야 행복하다고 생각하는데, 행복은 소유의 많고 적음에 있지 않다.

富與貴, 是人之所欲也　　부여귀, 시인지소욕야

不以其道得之, 不處也　　불이기도득지, 불처야

貧與賤, 是人之所惡也　　빈여천, 시인지소오야

不以其道得之, 不去也　　불이기도득지, 불거야

부귀는 누구나 원하는 것이지만, 옳지 못한 방법으로 얻은 것이면 가지지 말라 빈천은 누구나 싫어하는 것이지만, 혹 설사 잘못된 것이라도 부당하게 피하지는 말라.

－《논어》〈이인편(里仁篇)〉

공자는 부귀에 대한 솔직한 생각을 밝히면서 그것을 추구하는 방법이 정당해야 한다고 했다. 다시 말해 수단과 방법을 가리지 않고 부귀를 추구하지 말고, 빈천역시 부당한 방법으로 피하지 말 것을 경계한 것이다. 그러므로 《논어》〈술이편述而篇〉에서 "나물 밥 먹고 물마시고 팔을 굽혀 베개 삼아도 즐거움이 그 속에 있나니 옳지 못한 부귀는 나에게 한낱 뜬구름과 같

다.(반소식음수 곡굉이침지락 역재기중 불의이부차귀 어아여부운飯疏食飲水 曲肱
而枕之樂 亦在其中 不義而富且貴 於我如浮雲)"고 했다. 이름하여 '**곡굉지락**曲肱之樂'
이다.

마음이 편해야 몸이 편한 것이다. 조금만 신경을 써도 소화가 잘 안된
다고 호소하는 기능성 위장장애, 대개 직장인이나 수험생에게 특별한 이유
없이 환경에 따라 갑자기 발생하며 긴장 시 목과 두피 근육이 수축되면서
발생하는 긴장성 두통, 과도한 긴장성 업무로 인한 스트레스에서 오는 과
민성 대장 증후군 등은 다 우리마음이 편치 못해서 일어나는 질환이다. 내
몸이 편하도록 마음 밭을 갈고 닦자

가짜인 '나'를 버려라

굴기하심(屈己下心)

한 석공石工이 뜨거운 태양아래서 무릎을 꿇은 채 비석을 다듬고 있었다. 마침내 다듬기가 끝나고 비석에 글을 새겨 넣기 시작했다. 그때 석공의 집 앞을 지나던 한사람이 안으로 들어왔다. 그는 그의 솜씨에 감탄하며 "나도 돌처럼 단단한 사람의 마음을 다듬는 유연한 기술을 가졌으면 하오! 그리고 명문을 새기듯 그들의 마음에 내 이름을 새길 수 있으면 좋겠소!"라고 말했다. 그러자 석공은 "그것은 어렵지 않습니다. 사람을 대할 때 저처럼 무릎을 꿇고 대한다면 얼마든지 가능한 일입니다." 라고 답했다. (새 강남교회 감동예화) **가장 현명한 사람은 늘 배우려고 노력하는 사람이고, 가장 훌륭한 사람은 자신이 가장 부족하다고 생각하는 사람이다.**

불교에서 말하는 하심下心은 굴기하심屈己下心[1]의 줄임말로 '자신을 굽

---

1 굴기하심(屈己下心): 자신을 낮추고 겸손한 마음을 갖는 것. 스스로 잘난 체하지 않고 다른 사람을 높

히고 마음을 내려놓는다.'는 의미이다. 하심下心은 말 그대로 '낮은 마음'이지만 '자기 자신을 낮추고 남을 높인다.'는 뜻이 있다. 스스로 잘난 체하지 않고 늘 겸손하며 다른 사람을 존경하고 높여주는 마음이 굴기하심屈起下心이다. 항상 자신의 허물을 발견하고 다른 사람의 장점을 볼 줄 알며 인내하고 참회하는 데서 굴기하심이 이루어진다. 내 것, 내 생각에 대한 집념과 집착을 내려놓아야 한다. 상대를 배려하고, 이해하고, 좋은 일은 함께 기뻐하고, 나쁜 일는 진심으로 가슴 아파해주는 것이 하심이다. 그리하여 하심은 오만하지 말고 겸손하게 행동하라는 인간관계의 처세훈으로 쓰인다.

타인에게 관대하고 자신에게는 엄격해야 하지만, 때로는 타인에게나 나에게 관대할 때는 관대하고 엄격할 때는 엄격해야하는 할 필요가 있다. 이것이 진정한 중용이다. 공자가 말하기를 "유인자능호인惟仁者能好人, 능오인能惡人《논어》〈이인편〉"이라 했다. 오직 어진 사람만이 다른 사람을 좋아할 수 있고 또한 미워할 수 있다는 것이다. 인자仁者는 모든 기준을 의義에 바탕을 둔다. 그러나 범인凡人은 이利에 바탕을 두고 사람을 평가한다. 공평하고 공정함을 기준으로 해야 하는 것이 유가儒家의 수기修己이다. 자신을 사랑하는 자만이 자신의 부족함을 알 수 있다. 그 것은 지금껏 살아오면서 자신이 구축해 놓았던 관념, 잘못된 편견의 집합체다 그것이 가짜'나'의 모습이다. 그것을 허물 때 진정한 내가 더욱 예쁘다. 예쁜 그 마음 그대로 대하는 것이 하심이다. 하심은 타인이 주체가 아니다. 타인을 위해서 예禮를 행하는 것이 아니다. 나 자신을 가장 낮은 밑바닥 까지 거꾸러뜨려서 가짜인 나를 비우고 새롭게 태어나는 것이다. 그것을 장자는 오상아吾喪我라고 했다. 가짜인 나를 장사지내는 것이다. 그 모습 그대로 타인을 대하는 것이

여주는 것. 《원불교 대사전》

다. 이것만이 진정한 하심下心이다. 하심은 자신을 꾸미지 않는 것이다. 있는 그대로의 나의 모습을 되찾는 것이다. 하심은 오직 나와 나의 관계 속에서 만이 존재 한다. 그것이 이루어 질 때 타인과의 자연스러운 소통이 가능한 것이다. 내 생각이 옳고 내가 중심이 되어 내 뜻대로 이루어져야 한다는 욕심과 집착은 아집我執이다. 아집이 강하면 불만과 분노가 일어난다. 상대를 높이는 것만큼 나도 높아진다. 상대에 비해 내가 모자라도 상대를 높이면 상대의 뛰어남이 부각되게 된다. 그래서 현명한 사람들은 상대를 높이는 것이 곧 나 자신을 높이는 것이라는 것을 안다.(장규채 훈장) 공경받기 위해서는 타인을 공경해야만 한다. '병에 가득찬 물은 소리가 나지 않는다.' 는 속담처럼 흔들림 없는 마음자세가 필요하다.

자신이 먼저 이해하고 양보 한다면 모든 갈등은 줄어든다. 상대의 말을 경청하고 존중해줄 때 나 역시 존중받을 수 있다. 상대를 존중하면서 서로의 생각과 의견을 주고받는 진솔한 소통이 이루어질 때 문제를 해결할 수 있다. 자신을 낮추고 또 낮추어야 만이 높아질 수 있다. 바위는 산위에 있어도 바람에 흔들리지 않는다. 지혜로운 사람은 칭찬이나 비방으로 인하여 마음이 흔들리지 않고 이루어도 자만하거나 교만하지도 않는다.

빈자일등(貧者一燈)

예수가 예루살렘 성전 헌금함 맞은편에 앉아서 헌금함에 돈을 넣는 것을 바라보고 있었다. 그때 부자들은 여럿이 와서 많은 돈을 넣었는데 가난한 과부 한사람은 와서 겨우 엽전 두개를 넣었다. 이것은 동전 한 닢 값이었다. 그것을 보시고 예수께서는 제자들을 불러 다음과 같이 말했다. "이 가난한 과부는 헌금함에 넣은 모든 사람보다 많이 넣었도다. 그들은 다 풍족한 가운데 넣었거니와 이 과부는 자기의 모든 소유 곧 생활비 전부를 넣었느니라." 하시니라. 과부의 동전 한 닢에 관한 예수의 가르침이다.《마가복음》

부처가 사위국 왕의 초대를 받았다가 다시 절로 돌아갈 때, 왕은 일만 등을 밝혀 예의를 표하였다. 이 날, 난타難陀라는 가난한 여인도 등불 하나를 바쳐 부처에게 공양하려 했다. 그러나 그 여인은 돈이 없었다. 온종일

구걸하여 얻은 돈 한 푼을 가지고 기름집으로 갔다. 한 푼어치 기름으로는 아무런 소용도 되지 않았으나 그 여인의 말을 들은 기름집 주인은 갸륵하게 생각하여 한 푼의 몇 배나 되는 기름을 주었다. 이 여인은 그 기름으로 등을 하나 준비하여 부처에게 바쳤다. 밤이 지나고 다른 등불들은 다 꺼졌는데, 오직 난타가 공양한 등불만이 홀로 불을 밝히고 있었다. 부처의 제자인 목련존자가 날이 밝아오므로 등불을 끌려고 애를 써보았지만 그 불은 꺼지지 않았다. 이를 본 부처는 "큰 서원을 발원한 이가 보시한 연등이기 때문에 사해四海의 물과 산바람으로도 그 불을 끌 수 없다."고 했다. '빈자일등'은 여기에서 나온 말이고 '부자의 만등萬燈보다 가난한 자의 한 등이 낫다'라는 의미이다.(윤영해-경전다시읽기, 해월스님)

- 《현우경(賢愚經)》〈빈녀난타품(貧女難陀品)〉〈빈자(貧者)의 한 등〉

여기서 빈자지일등貧者之一燈, **빈자일등**貧者一燈은 '가난한 사람의 등불 하나'란 의미 이지만, 어려운 형편에 처해 있으면서도 부처님을 정성스럽게 섬기는 자세를 말한다. 비록 가난하지만 정성스럽게 공양하는 한 개의 등불은 큰 부자가 정성 없이 공양하는 만 개의 등불보다도 훨씬 값지다는 말이다. 어떤 일을 하는 데 있어서 물질의 많고 적음보다는 정성이 더 소중하다. 신은 공정하며 보이지 않는 것도 볼 줄 안다는 사실을 알아야 한다. 노천명 시인은 그의 시 〈감사〉에서 "저 푸른 하늘과 태양을 볼 수 있고, 대기大氣를 마시며 내가 자유롭게 산보를 할 수 있는 한, 나는 충분히 행복하다."고 했다. 진실한 삶은 자기분수를 지키는 것이다. 허영심은 인간의 나약함에서 비롯되며 교만과도 짝을 이룬다. 늘 신을 경외하며 인내와 겸손으로 진정성 있는 삶을 살아야 한다. **보이는 것보다 보이지 않는 것이 더 중요하다.**

　　　　　　　한평생 시계만을 만들어온 사람이 마지막 작
업으로 온 정성을 기울여 시계 하나를 만들어 아들에게 주었다. 아들은 시
계를 받고 이상한 점을 발견하였다. 초침은 금으로, 분침은 은으로, 시침은
구리로 되어 있었다. 궁금하여 아들이 물었다. "아버지, 초침보다 시침이
금으로 되어야 하지 않을까요?" 아버지는 아들의 손목에 시계를 걸어 주면
서 "1분 1초도 아껴 살아야한다. 1초가 세상을 변화 시킨단다.", "초침이 없
는 시간이 어디에 있겠느냐. 작은 것이 바로 되어 있어야 큰 것이 바로 가
지 않겠느냐. 초침의 길이야 말로 황금의 길이란다." 라며 깨우침을 주었
다.(마음편지, 황금시계)

몰락은 언제나 작은 일에 손을 빼는 데서 시작된다.　　　　　　　- 헤르만 헤세

圖難於其易[1] 爲大於其細 도난어기이 위대어기세

天下難事 必作於易   천하난사 필작어이

天下大事 必作於細   천하대사 필작어세

是以聖人 終不爲大   시이성인 종불위대

故能成其大   고능성기대

어려운 일을 도모함에 있어서는 그것이 쉬울 때 처리하고, 큰일을 처리
함에 있어서는 그것이 작을 때 해결해야 한다. 천하의 어려운 일은 반드
시 쉬운 일로부터 생겨나고, 천하의 큰일도 작은 일로 부터 생겨난다.
그래서 성인은 큰일을 벌이지 않기에 큰일을 이룰 수 있다.

―《도덕경(道德經)》63장

事大小愼不可放倒[2]. 小事放倒則大事便放倒. 大事不放倒. 自做小事
不放倒始

사대소신불가방도. 소사방도칙대사편방도. 대사부방도. 자주소사부방도시.

일이 크거나 작거나 신중하게 하여 함부로 해서는 안 된다. 작은 일을
함부로 하게 되면 큰일도 함부로 하게 된다. 큰일을 함부로 하지 않는
것은 작은 일을 함부로 하지 않는 것에서 시작된다.

―《정조이산어록》

작은 일을 잘 처리함으로써 큰일을 이룰 수 있다. 얼음을 못으로 뚫으

---

1 圖: 꾀하다 도
2 倒: 넘어질 도

면 부서지고 바늘로 뚫으면 쪼개진다. 여기에는 비록 작은 일이지만 장자莊子가 말한 '두께가 없는 것으로 간격이 있는 것에 들어간다.'는 지극한 이치가 담겨 있다. **강은 작은 샘에서 시작되는 것이다.** 작은 씨앗의 싹이 자라 아름드리만한 나무가 되듯 천리 길도 한걸음부터(천리지행시어족하千里之行始於足下)시작되고, 구층 누대樓臺도 터 닦기부터 시작된다. 일이 작다고 소홀히 해서는 안 되고 작은 일에 최선을 다해야 큰일을 할 수 있다. 아래로부터 수양을 쌓지 않고는 높은 경지에 도달할 수 없다.

　아버지와 아들이 같이 짚신을 만들어 장사를 했다. 하지만 아버지가 만든 것은 잘 팔리고 아들이 만든 것은 잘 팔리지 않았다. 아들은 아무리 비교하여도 차이가 없는데 그런 이유를 아버지에게 묻자 아버지는 스스로 깨닫도록 이유를 말하지 아니하였다. 결국 아버지가 눈감기 직전 아들은 또다시 그 이유를 물었는데 "터럭"이라는 말을 몇 번 외치고 눈을 감았다. 아들이 그 뜻을 잘 몰라 두 짚신을 자세히 살펴보니 자신의 짚신은 보풀이 깔끔하게 처리되지 않음을 발견하였다. 이후 보풀을 제거하자 아들의 짚신도 잘 팔렸다고 한다. 일이 어려워지기 전에 미리 손을 쓰고, 일이 커지기 전에 작은 일부터 해결해야한다. 일이 쉬울 때 미리 준비해야 큰일을 해낸다. 작은 일도 크게 여기고, 쉬운 일도 어려운 일처럼 다루어야 하는 것이다. 사소한 것이 결코 사소한 것이 아님을 아는 자가 큰일을 해낼 수 있다. 흐르는 물은 그 성질이 낮은 웅덩이를 먼저 채워 놓지 않고서는 앞으로 흘러가지 않는다. 사람도 이와 같이 **아래에서부터 수양을 쌓지 않고서는 높은 경지에 도달할 수가 없는 것이다.**

억지부리지마라

삭족적리(削足適履)

그리스 신화 속에 나오는 프로크로스테스는 고대 그리스 아테나이 도시국가 근교에 살았는데 지나가는 행인을 유인하여 집안에 들어오게 한 뒤 자기 침대보다 크면 큰 만큼 머리나 다리를 잘라 죽이고 작으면 작은 만큼 몸을 늘려 그로 인해 사람을 죽게 만들었다고 한다. 그래서 '프로크로스테스의 침대Procrustean bed'란 획일적으로 자신의 생각에 맞추어 남을 바꾸려 강요하는 억지행동을 말한다. '다른 것은 틀린 것과 다르다.'라는 말이 있다. 우리는 서로의 다른 것을 이해하고 용납하여야 한다. 서로의 다양성을 인정하고 사랑으로 서로를 세워주는 아름다움이 필요하다.

《회남자淮南子》〈설림훈〉에 보면 한 남자가 신발을 사러 신발가게에 들어갔다. 주인이 신 한 켤레를 주었으나 신이 너무 작았다. 남자는 신을 바꾸지 않고 자신의 발을 자르려고 하였다. 이 남자는 모자를 사러 갔을 때에도 작은 모자에 자기 머리를 맞추려 두피를 깎아 내려고 했다. 여기에서 발을 깎아 신발에 맞춘다는 뜻으로, '합리성을 무시하고 불합리^{不合理}한 방법을 억지로 적용한다.'는 의미로 **삭족적리**削足適履, **삭족적구**削足適履[1] 라 한다. **눈앞에 이익을 위해서 목적물을 해치는 어리석음을 저질러서는 안 된다.**

人莫欲學御龍 而皆欲學御馬 莫欲學治鬼 而皆欲學治人 急所用也
解門以爲薪 塞井而爲臼 人之從事 或時相似 水火相憎 鼎在其間
五味以和 骨肉相愛 讒賊間之 而父子相危 夫所以養而害所養
譬猶削足而適履 殺頭而便冠[2]

인막욕학어룡 이개욕학어마 막욕학치귀 이개욕학치인 급소용야

해문이위신 새정이위구 인지종사 혹시상사 수화상증 정재기간

오미이화 골육상애 참적간지 이부자상위 부소이양이해소양

비유삭족이적리 살두이편관

사람이 용을 부리기를 배우고자 아니하고, 모두 말을 부리기를 배우고자 하며, 귀신을 다스리기를 배우고자 아니하고 모두 사람을 다스리기를 배우고자 하니 이는 소용되는 것을 급무急務로 삼기 때문이다. 문을 부수어 땔나무를 만들고 우물을 막아 절구를 만드는 어리석음을 저질러서는 아니 된다. 기르기 위하여 길러야 할 목적물을 해치는 것은 비유컨대 발을 깎아 신에다 맞추고, 머리를 깎아 갓에다 맞추는 것과 같다.

－《회남자(淮南子)》〈설림훈(說林訓)〉－

---

1 屨신 구

2 憎미워할 증, 鼎솥 정, 讒참소할 참, 譬비유 비, 履신 리, 殺감할 살, 깎을 쇄

마무리를 잘하라

신종여시(愼終如始)

어느 무술 수행자에게 스승은 "이제 마지막으로 한 가지 시험이 남아 있다."고 말했다. 제자는 마지막으로 대련이 있을 것이라고 생각했다. 하지만 예상과 달리, 스승은 이렇게 말했다. "검은 띠의 진정한 의미는 무엇이냐?" 갑작스러운 질문에 제자는 당황했지만 곧 대답했다. "수련 과정의 끝이며, 노력한 것에 대한 보상입니다." 만족스러운 답을 얻지 못한 스승은 "너는 아직 검은 띠를 받을 준비가 안 되어 있다. 1년 후에 다시 오라."고 했다. 1년 후 제자는 다시 스승 앞에 무릎을 꿇었다. 스승이 묻기를 "검은 띠의 진정한 의미는 무엇이냐?", "그것은 뛰어남의 상징이며, 무술에 있어서 최고의 성취를 의미합니다." 스승은 한참을 말없이 기다렸다. 이번에도 스승은 만족스러운 대답을 얻지 못했다. "너는 아직도 검은 띠를 받을 준비가 안 되어 있다. 1년 후에 다시 오라."고 했다. 1년 후 제자는 다시 스승 앞에 무릎을 꿇었다. 그리고 스승은 다시 한 번 같은 질문을 던졌다. "검은 띠의 진정한 의미는 무엇이냐?" "검은 띠는 시작을 의미합니다. 자기 극복, 꾸준한 노력, 보다 높은 수준의 추구라는 영원한 여행을 시작하는 것입니다."라고 제자가 대답했다. 스승의 얼굴에 미소가 번졌다. "그래 맞다. 이제 너는 검은 띠를 받고 너의 노력을 시작할 준비가 되었구나." 이 이야기는 잘 알려진 어느 무술유단자의 우화이다.(구본형 변화경영연구소) **끝은 마지막이 아니라 새로운 시작이다.**

이것은 끝이 아니다. 끝의 시작도 아니다. 아마 이것은 시작의 끝이리라.

(This is not the end. It is not even the beginning of the end. But it is, perhaps, the end of the beginning.)

 −윈스턴 처칠(Winston Leonard Spencer Churchill)

'시작과 끝이 한결 같다.'는 표현으로 **시종여일**始終如一, **시종일관**始終一貫, **초지일관**初志一貫 등이 사용된다. **용두사미**龍頭蛇尾가 되지 않도록 시작과 같이 마무리가 잘 이루어져야 한다. '시작만 화려하고 나중에는 흐지부지해서는 안 된다.'는 것이다. 영어로 'Consistency(한결같음)'이다. 처음보다 끝에 더 신중해야 한다는 것이 **신종여시**慎終如始이다. 한명회가 세상을 떠날 무렵 성종이 "내가 앞으로 무엇을 좌우명으로 삼아야 하느냐?"라고 물었더니 "시근종태인지상정, 원신종여시始勤終怠人之常情, 願慎終如始" 즉 "처음은 근면하고 부지런하나 끝은 태만한 것이 사람이라면 누구나 가지는 보통의 생각이니, 원컨대 처음과 끝의 신중함과 부지런함을 같게 하소서"라고 하였다한다.(신봉승《난세의 칼》)

처음 마음먹었던 것을 끝까지 유지하기란 쉽지 않다. 시작은 누구나 그럴듯하게 잘 하지만 유종의 미를 거두기는 매우 어려운 것이다. 그래서 초심을 유지하는 것이 중요하다. 모든 일을 처음처럼 마지막 까지 신중하게 처리해야한다. 이를 **신종여시**愼終如始라 한다. 사람들은 수없이 계획을 세우고 지켜나가려고 노력한다. 하지만 작심삼일作心三日이나 용두사미龍頭蛇尾가 되어서는 안 된다. 신종여시愼終如始하는 자세를 끝까지 지켜나간다면 결과는 크게 염려 하지 않아도 된다.

Be always constant – 초심을 지켜라

《탈무드》에 '혓바닥에게 감사합니다.'는 말이
버릇들이기 전엔 아무 말도 하지 말라"는 가르침이 있다. 노래는 부를 때
까지 노래가 아니며, 종은 울릴 때까지 종이 아니고, 사랑은 표현할 때까
지 사랑이 아니며, 축복은 감사할 때까지 축복이 아니다. 모든 것에 감사하
고, 감사하는 생활 속에서 삶은 더 풍성해진다. 《실락원》의 작가 밀턴은 소
경이 된 후에 불후의 명작을 집필하였다. 그가 소경이 되었을 때 이렇게 감
사를 드렸다. "육의 눈은 어두워 보지 못하지만 그 대신 영의 눈을 뜨게 되
었으니 감사합니다." 이러한 감사의 마음은 그가 눈을 뜨고 있을 때보다 더
풍성한 영감을 얻으므로 《실락원》과 같은 위대한 작품을 쓸 수 있었다. (김영
진, 《뛰는 자가 아름답다》) 그는 감사함을 알고 감사할 줄 아는 사람이다.

한신은 젊은 시절 때를 만나지 못하여 끼니를 못 챙겨 먹을 정도로 어

렇게 지냈다. 그는 한때 정장亭長[1] 집에 신세를 진 일이 있는데, 그의 아내는 자신의 가족만 챙길 뿐 한신을 푸대접했다. 그리하여 정장의 집을 나온 한신은 물고기를 낚아 겨우 연명을 했다. 이를 보고 빨래하던 어느 아낙네가 그를 측은하게 여겨 밥 한 그릇을 주었다. 한신은 고마운 마음에서 "반드시 은혜를 갚겠다."고 했다. 노파는 "대장부가 스스로 먹을 것을 구하지 못하니 그대가 가엾어서 준 것이지 보답을 바라지는 않는다."고 하였다. 나중에 한신이 한나라 초왕楚王에 봉해진 후 그 노파를 찾아가 천금을 하사 하였다한다. 여기서 '밥 한 그릇의 은혜'라는 '**일반지은**一飯之恩'이 유래 되었고 《회음후 열전》 '**일반천금**一飯千金' 도 같은 의미로 쓰인다. 달라이 라마는 "오늘 아침 일어날 수 있으니 이 얼마나 행운인가. 나는 살아있고, 소중한 인생을 가졌으니 결코 낭비浪費하지 않을 것이다. 나는 스스로를 발전시키고, 내 힘이 닿는데 까지 타인을 이롭게 할 것이다."라고 했다. 감사를 나타내는 영어 'Thank'는 'Think'와 어원이 같다. 철학자 하이데거는 '**감사 한다는 것은 생각한다는 것이다.**' 라고 했다. 조금만 생각해보면 감사할 일이 너무 많다. 영국에 있는 청교도 교회의 벽에는 '**생각하라. 그리고 감사하라**'라는 말이 새겨져 있다고 한다. 지금도 죽음의 문턱에서 생과 사의 기로에서 한 순간을 버티며 지내는 사람들이 있다. 이들에게는 내일을 맞이한다는 것은 그 무엇과도 바꿀 수 없는 소중한 일이다. 인생은 하루하루가 모여서 이루어진다. 하루의 삶에 감사하고 소중히 여기며 오늘 살아있음에 감사해야 한다.

'지성至誠이면 감천感天이라' 정성을 다하고 진실한 감사의 마음을 지니면 좋은 결과가 당신에게 돌아올 것이다. 노력은 배신하지 않는다. 그러나

---

1 정장(亭長): 향촌의 장.

부정적이거나 불만으로 가득 차있으면 실패의 길로 들어서게 될 것이다. 불평이나 불만을 늘어놓거나 부정적인 생각을 하면 문제는 더 악화된다. 긍정적인 신념을 지니고 감사하는 사람은 언제나 좋은 것들을 생각한다. 그러니 감사할 일이 생기는 것이다. 감사는 또 다른 감사를 가져온다. 욕심은 부릴수록 더 커지고, 괴로움은 느낄수록 더 깊어지지만, 칭찬은 해줄수록 더 잘하게 되고 몸은 낮출수록 더 겸손해지며 감사하는 마음이 커질수록 우리의 만족도 커진다. 매사에 감사하는 마음을 가지면 좋지 못한 요소들이 자신의 마음속에서 사라지게 되고 신이 함께하는 사람이 될 것이다.

집착하지 말라

사벌등안(捨筏登岸)

부처가 기원정사에 있을 때, 아리타비구는 부처님이 일찍이 깨달음에 장애가 된다고 금한 법도 그걸 직접 실행해 보니 그렇게 장애가 되지 않더라고 말했다. 이 말을 전해들은 부처는 아리타를 꾸짖고 비구들에게 말하기를 "어떤 땅꾼이 큰 뱀을 보고 그 몸뚱이나 꼬리를 붙잡았다면, 그 때 그 뱀은 몸을 뒤틀면서 붙잡은 손을 물것이다. 그 때문에 그는 죽거나 죽을 만큼의 고통을 받는다. 그것은 뱀을 잡는 방법이 틀렸기 때문이다."라고 하였다. 이어서 뗏목의 비유를 들어 설법을 하였다. "어떤 나그네가 긴 여행 끝에 바닷가에 이르렀다. 그는 뗏목을 만들어 무사히 바다를 건넜다. 바다를 무사히 건넌 이 나그네는 그 뗏목을 어떻게 하겠느냐? 그것이 아니었으면 바다를 건너지 못했을 것이므로 은혜를 생각해 메고 가겠느냐? 아니면, 바다를 무사히 건넜으니 다른 사람들이 이용하도록 그대로 두고 그의 갈 길을 가겠는가? 이 나그네는 뗏목을 두고 가도 그의 할 일을 다 한 것이 된다." 뗏목의 비유를 말하고 다시 이렇게 말하였다.
"나와 내 것이라는 잘못된 소견이 일어날 수 있는 다섯 가지 경우가 있다.
그것은 물질(色)과 감각(受)과 생각(想)과 의지작용(行)과 의식(識)이다. 무
지해서 어진 사람을 가까이하지 않고 가르침을 모르는 사람은 이 다섯 가
지 경우에 대해서 '이것은 내 것이다.', '이것은 나다.' 라고 생각하여 그것
에 집착한다. 그러나 많이 배우고 어진 사람을 가까이하며 가르침을 받은
사람은 그 다섯 가지에 대해서 그와 같이 생각하거나 집착하지 않는다. 따
라서 그것이 없어졌다고 하여 바른 생각을 일어 버리거나 두려움에 떨지
않는다. 물질은 너희 것이 아니다. 그 물질을 버려라. 감각은 너희 것이 아
니다. 그 감각을 버려라. 생각은 너희 것이 아니다. 그 생각을 버려라. 의지
작용意志 作用은 너희 것이 아니다. 그 의식을 버려라. 어떤 사람이 이 숲속
에 와서 풀과 나뭇가지를 날라다 불사른다고 하자. 너희들은 이때 그는 우
리 물건을 날라다 마음대로 불사른다고 생각하겠느냐?"《불교성전》, 동국대학교
역경원)

汝等比丘 知我說法 如筏喩者[1] 法尚應捨 何況非法
여등비구 지아설법 여벌유자 법상응사 하황비법

너희 비구들은 내 설법을 뗏목의 비유로 알아야 한다. 법도 마땅히 버려
야 하는 것인데 하물며 법이 아닌 것이랴

– 《금강경(金剛經)》제6장 〈정신희유분(正信稀有分)〉, 안병화

– 〈남전 중부 사유경(南傳 中部 蛇喩經)〉《초기경전》제2장 지혜와 자비의 말씀 중에서

---

1 筏 뗏목 벌. 喩 깨우칠 유

불가佛家에서 말하는 '사벌등안捨筏登岸'이다. 언덕을 오르려면 뗏목을 버려라. 강을 건너려면 뗏목이 필요하지만 이 세상에서 저세상 피안彼岸에 이른 뒤에는 버려야 한다.(한국어문 한자회, 안병화) 깨달음을 얻은 뒤에는 배운 말과 글에 집착하지 말라는 뜻이다. 경지에 들어서면 수단은 물론 절대 경지에 들어섰다는 것마저 잊으라는 것이다.

筌者所以在魚[1] 得魚而忘筌 蹄者所以在兎[2] 得兎而忘蹄

전자소이재어 득어이망전 제자소이재토 득토이망제

－《장자(莊子)》〈잡편(雜篇)〉4 외물(外物)

통발은 물고기를 잡는 도구인데, 물고기를 잡고 나면 통발은 잊어버리고(득어망전得魚忘筌)올가미는 토끼를 잡는 도구인데, 토끼를 잡고 나면 올가미는 잊어버리고 만다.

올가미나 통발은 목적을 이루기 위한 도구일 뿐이다. 득어망전은 자기의 뜻한 바를 이룬 후에는 그 수단이나 과정에 대하여는 애착을 갖지 말라 는 것이다. 오늘날에는 토사구팽兎死狗烹처럼 '배은망덕하다'는 뜻으로도 사용되고 있다. 이처럼 말이란 마음속에 가진 자신의 뜻을 상대편에게 전달하는 수단이므로 뜻을 얻으면 말은 잊어버리고 만다.(득의망언得意忘言) 즉 진리에 도달하면 진리에 도달하기 위해 사용한 모든 수단을 버린다는 의미이다. 말을 잊는다는 건 뭔가에 매이지 않는다는 뜻이다. 뱁새는 나뭇가지에 매이지 않기에 자유롭고, 두더지는 강물에 매이지 않기에 족하다.

---

1 筌 통발 전
2 蹄 올무 제

쓰임이 다한 것을 소유하면 몸도 마음도 무겁다. 베푼 은혜를 품고 다니면 서운함이 따른다. 베푸는 것으로 이미 보상을 받은 것이다. **소유와 집착을 버려야 진정한 도의 경지에 이를 수 있다.**

지조(志操)를 지켜라

세한송백(歲寒松柏)

어떠한 상황에서도 진실하고 성실한 모습을 보이는 변함없는 마음의 소유자를 소나무와 잣나무에 비유하여, '**송백지조** 松柏之操'라 한다. 인간관계에서 중요한 것은 변하지 않는 가치관이다. 탐욕과 권세를 멀리하고 정의와 진리의 기상을 지키는 것이 진정한 군자이다.

> **君子喩於義 小人喩於利** 군자유어의 소인유어이
> 군자는 의로움에 밝고, 소인은 이로움에 밝다.
>
> ─《논어》〈이인편(里仁篇)〉

추사가 안동 김씨의 세도정치에 휘말려 위리안치圍籬安置[1]의 유배형을 받고 제주도에서 지내자 평소 알고 지내던 지인들이 모두 외면하였으나,

---

1 籬울타리 리

그의 제자였던 역관譯官 이상적李商迪만이 평소와 다름없이 스승을 위해 중국을 오가며 각종 서적을 구해 추사에게 전해주었다. 이미 세력을 잃고 세인들로부터 잊혀져가는 스승 김정희에게 새로운 학문을 전해주는 이상적에게 김정희는 말할 수 없는 고마움을 느꼈고, 제자의 변함없는 애틋한 정을 확인한 추사는 외딴 초가집 양옆에 늙고 병든 앙상한 소나무와 그 소나무에 붙어 서있는 잣나무가 있는 한가한 시골풍경이 담긴 그림 한 점을 이상적에게 선물했다. 그 그림이 바로 〈세한도歲寒圖〉이다. 추사는 '추워진 다음에야 소나무와 잣나무의 시들지 않음을 안다.(세한지연후 지송백지후조/歲寒之然後 知松柏之後凋[1])'라고 했는데 그대가 나를 대함이 귀양 오기 전과 후에나 변함이 없으니, 그대는 공자의 칭찬稱讚을 받을 만하다고 하였다. 이상적의 의리에 대한 고마운 마음을 김정희가 그린 그림이다.

〈세한도〉의 구조는 참으로 간단하다. 창문 하나만 있는 허름한 집한 채 나무 네 그루, 배경도 없고 사람도 없다. 쓸쓸함의 극대화!! 그림은 읽을 줄 알아야 한다. 추사는 왜 이 그림을 한 장에 그리지 않고 이어붙인 종이에 그렸을까? 당나라 최고의 명필 안진경은 이태보에게 쌀을 꾸어 달라는 편지를 보낼 때 쓴 〈걸미첩乞米帖〉은 추사의 〈세한도〉와 유사하다. 까칠한 종잇조각을 이어붙인 그림, 장중하기로 이름난 그의 글씨였지만 쌀을 부탁하는 편지를 보낸 사람이 당당한 글씨체를 쓸 수 있었겠는가? 힘들고 지친 추사 또한 글이나 그림에서 자신의 심중을 드러냈다. 이상적이 보내온 귀중한 서적에 대한 고마움을 자신의 초라함으로 대신 한 것이다. 그의 고마움에 대한 표시는 〈세한도〉에 찍힌 추사의 인장에 나오는 글 〈장무상망長毋相

---

1 凋시들 조

忘〉[1]에서도 볼 수 있다.《세한도에 숨은 비밀》: 박상국, 장규채 훈장)

歲寒之然後 知松柏之後凋　세한지연후 지송백지후조
겨울이 되어서야 소나무 잣나무가 시들지 않는다는 것을 안다.

-《논어》〈자한편(子罕篇)〉

　'세歲'는 세월, 해의 뜻이나 위의 문장에서는 날씨, 기후라는 말로 사용하였다. '조彫'는 '쇠에 무엇을 새긴다.', '시들어 버린다.' 등의 뜻이나 위의 문장에서는 '나무가 시드는 것'을 말한다. 세한歲寒이란, 추운 겨울을 의미意味한다. 최고의 벼슬자리에 있다가 하루아침에 제주도로 귀양 가서 세상과 단절斷切된 삶을 살며 처절悽絶하고 고독孤獨했던 인간의 내면內面을 그린 그림이다. 〈세한도歲寒圖〉는 '초묵 법[2]'으로 그려졌다. 추운 겨울에야 비로소 소나무와 잣나무의 푸름을 확인할 수 있듯이 벗은 어려울 때 알아보고, 사람의 됨됨이는 분노할 때 알 수 있다. 지조나 절개는 상황에다라 변하는 것이 아니다.

Man and Melons are hard to know. 사람과 멜론은 그 속을 알기 어렵다.

지인지면 불지심知人知面 不知心, 사람을 안다는 것은 얼굴을 아는 것이지 마음을 아는 것은 아니다.
-《명심보감》

---

1 장무상망(長毋相忘,): 오랫동안 서로를 잊지 말자. 한나라 때 와당(瓦當)에 새겨진 글. 와당(瓦當)은 일명 수막새라 하는데 암키와와 숫키와를 입힐 때 막음하는 장식이다.
2 초묵법(焦墨法): 진한 먹을 사용하여 그리는 것

마음가짐이 중요하다

전화위복(轉禍爲福)

춤추는 불꽃을 보려고 불꽃위에 휘발유통을 기울이다 폭발과 함께 아홉 살 소년의 몸에 불이 붙었다. 전신에 3도 화상을 입고, 폐에는 유독가스를 빼내기 위해 튜브를 꽂았다. 삶과 죽음의 기로에서 절규할 때 그의 엄마는 "그건 너의 선택"이라고 말한다. 아이는 그때 살고 싶다는 생각을 했다고 한다. 그 순간이 그의 인생을 바꿔버린 시작점이 되었다. 그는 그때부터 자신이 선택한 삶을 살아가기 시작했다. 그는 수십 번의 수술과 치료를 견디고 살아남았다. 그는 **"진정한 삶은 폭풍이 지나가기를 기다리는 것이 아니라, 빗속에서 춤추는 법을 배우는 것이다."**라는 멋진 말을 남겼다. 우리 앞에 다가오는 수많은 고난과 시련에 어떻게 반응하고 대처하느냐는 전적으로 스스로의 선택이라는 것이다. 그가 바로 수많은 고통을 이겨내고 승리자가 된《온 파이어On fire》의 저자 존 오리어리이다.《온 파이어》는 베스트셀러가 되었고, 그는 전 세계를 돌며 강연하는 스타 강연가

가 되었다.(《온 파이어》, 존 오리어리)

토마스 카알라일(영국 역사가, 시인)은 "길을 가다가 돌이 나타나면 약자는 그것을 걸림돌이라 하고 강자는 그것을 디딤돌이라고 한다."고 했다. 인생을 살아가면서 수많은 돌들을 만나며 살아가지만 그 돌을 대하는 마음가짐에 따라 결과는 달라질 수 있다. 중요한 것은 돌들이 아니라 돌을 대하는 마음자세이다. 장애물로 대하는 것과 또 그것을 도약의 디딤돌로 삼는 것은 큰 차이가 있다. 세계적인 정신분석학자인 칼메닝거Karlmenninger 박사(미국)는 "태도는 사실보다 더 중요하다(The attitude is more important than facts.)."고 했다. 이 말은 한 인간의 행복과 성공은 삶의 태도와 그리고 사물을 바라보는 태도에 따라 결정된다는 이야기다. 그래서 생활 속에 일어나는 사실보다 더 중요한 것은 그것을 대하는 우리의 태도라는 것이다. 현재 상황에 너무 연연하지 말고, 화禍도 복福으로 만들 수 있어야한다.《성경》에 "사랑하는 자여 네 영혼이 잘됨 같이 네가 범사에 잘되고 강건하기를 내가 간구하노라《요한 삼서》"에서도 알 수 있듯이 보이지 않는 삶의 태도는 영적인 부분을 먼저 정립해야 한다(삶과 죽음의 문제). 정신이 육체를 지배하기 때문이다.

禍兮 福之所依[1] 福兮 禍之所福   화혜 복지소의 복혜 화지소복
화란 복이 기대어 있는 곳이고 복이란 화가 숨어 있는 곳이다.

－《도덕경(道德經)》58장

화가 복이 될 수 있고, 복이 화가 될 수 있음을 말하는 것이다. 부귀영화에 취하여 교만과 사치에 눈이 멀고, 혀와 몸을 함부로 굴리면 재앙이 찾

---

1 依의지할 의

아오니 복이란 화가 숨어 있는 곳이다. 화禍와 복福은 절대적이지 않다.

화禍와 복福은 같은 문으로 들어오고 나간다. 화와 복은 항상 동전의 앞면과 뒷면처럼 붙어 있어. 막상 이익 보았던 것이 손해가 되고 손해 보았다고 생각했던 것이 다시 이익이 되어 돌아오는 경우가 일어난다. 화나 복은 어느 날 갑자기 오는 것이 아니라 화를 당할 요소를 없애면 그것이 복이 되는 것이고, 재앙을 피하고 심신이 편하면 그것이 복 받은 삶이다. 때로는 급작스레 찾아오는 화도 있으니 잘 다스려 최소화하거나 복으로 만들 수 있는 지혜를 가져야 한다.

水不波則自定[1] 鑑不翳則自明[2]   수불파즉자정 감불예즉자명
故心無可淸[3] 去其混之者[4] 而淸自現[5]   고심무가청 거기혼지자 이청자현
樂不必尋[6] 去其苦之者 而樂自存[7]   낙불필심 거기고지자 이락자존

물은 물결이 일지 않으면 고요하고 거울은 먼지가 끼지 않으면 깨끗하다.
그러므로 마음을 굳이 맑게 할 필요 없이 그 흐린 것을 제거하면 맑음이
스스로 나타난다.
즐거움을 꼭 찾을 필요는 없이 그 괴로움을 제거하면 즐거움은 저절로
나타난다.   -《채근담(菜根譚)》전집(前集) 150
인생의 괴로움과 즐거움은 마음 따라 일어나는 것이니 만족할 줄 알면

---

1 자정(自定): 저절로 안정됨
2 翳 가릴 예
3 무가청(無可淸): 억지로 맑게 하려 애쓸 필요가 없음
4 혼지자(混之者): 마음을 흐리게 하는 것
5 청자현(淸自現) 맑음이 저절로 나타남
6 불필(不必): 반드시 ~할 필요가 없다
7 자존(自存): 저절로 존재함

즐겁고 받아들이지 못하면 괴로움이다. 물은 물결이 안 일수 없고, 거울에는 먼지가 없을 수 없다. 세파世波가 다가오면 지혜롭게 헤쳐나가고, 마음의 먼지는 자주 닦아내야 한다. 즐거움을 찾기보다 괴로운 일을 만들지 말아야 한다.

어느 날 새 한 마리가 하나님께 물었다. "하나님은 왜 무거운 날개를 두 개씩이나 양 어깨에 달아놓으셨습니까?" 그러자 하나님께서 이렇게 대답하셨다. "네가 날 수 있는 것은 그 무거운 날개 때문이란다." 우리 역시 삶의 무거운 짐 때문에 살아가고 그래서 더 열심히 살아야 한다. 사람들은 환란과 고통의 해결을 외부에서 찾으려 하지만 사실은 고통의 투쟁 속에 길이 있는 것이다. 모진 북풍이 강한 바이킹과 그들의 항해술과 조선술을 개발시켰다. 운명에 저항하기보다 순응하는 지혜가 필요하다. 자신을 다스리는 자만이 진정한 즐거움을 누릴 수 있다.

아무도 산에 걸려 넘어지진 않는다. 당신을 휘청거리게 하는 것은 모두 작은 조약돌뿐이다. 당신 앞에 놓여있는 모든 조약돌을 지나가라. 그럼 산을 넘었다는 것을 깨닫게 될 것이다.

― 디어도어루빈(미국작가)

배움과 진리

종이로 불을 쌀 수 없고 숨은 것은 들어난다.

배움에 쉬지 말고 진리의 본질을 바로보라.

스스로 터득하고 노력으로 이루라.

배움을 중시하라

학무지경(學無止境)

전국시대에 노래를 잘 하기로 유명한 진청秦靑이 있었다. 그의 명성을 듣고 설담薛譚이라는 젊은 사람이 노래를 배우고자 찾아가 그를 스승으로 섬겼다. 그는 열심히 배워 노래실력이 일취월장日就月將하였다. 얼마 지나지 않아 설담은 자신이 스승보다 낫다는 오만傲慢한 마음이 생겼다. 점점 스승을 존경하는 마음이 사라지고, 노래 배우기도 게을리 했다. 급기야는 스승을 떠나게 되었다. 진청은 아무 말 없이 그를 교외까지 전송하고, 주막酒幕에서 자신의 마음을 담은 노래 한 곡조를 불렀다. 그 노래 소리에 하늘에 떠가던 구름이 멈추고, 주변의 풀이 춤을 추었다한다. 가다가 이 노래를 들은 설담은 스승의 높은 경지境地를 몰라본 자신의 부족함을 깨닫고, 다시 돌아와 사죄하고 용서를 청한 후 계속 노래를 배우면서, 평생 돌아가겠다는 말을 다시는 입 밖에 내지 않았다한다. 사람은 살아있는 한 배워야한다. -《열자(列子)》제5편 〈탕문(湯問)〉

學如不及 猶恐失之 학여불급 유공실지

배움은 미치지 못하는 것과 같이 하고, 오히려 그 때를 잃을까 두려워해
야 한다.

-《논어(論語)》〈태백편(泰伯篇)〉

배움에는 끝도 없고 평생 배워도 부족하니 잠시도 배움을 소홀히 하지
말고, 더 큰 깨달음을 위해 끊임없이 노력해야 한다.

남송南宋의 대신 장구성은 유배생활을 하는 동안에도 학문을 게을리
하지 않았다한다. 어느 날 그의 부인이 "나이 오십에 무슨 책을 그렇게 열
심히 보냐?"고 하자 그는 "배움에는 끝이 없고 시간은 기다려 주지 않소,
장차 폐하께 충성하고 백성을 위해 헌신하려면 배움 없이 어찌 일을 하겠
소."라고 말했다 한다. 한편 장구성의 유배지를 찾은 태수가 책상 아래 에
나있는 발자국을 보고 그 까닭을 묻자 "매일 이곳에서 책을 읽다보니 발자
국이 남았습니다."라고 말했다한다. 여기서 '배움에는 멈추어야할 경지가
없다.'는 학무지경學無止境이 유래하였다. 즉 '배움에는 끝이 없다.'는 것이다.

生而知之者上也, 學而知之者次也, 困而學之又其次也.
困而不學, 民斯爲下矣.

생이지지자상야, 학이지지자차야, 곤이학지우기차야.

곤이불학, 민사위하의.

태어나면서 아는 자(도를 아는 자)는 최상이고, 배워서 아는 자는 그 다음
이고, 곤궁하여 배우는 자는 또 그 다음이라. 곤궁(무식)하면서도 배우지

않는 사람은 하등이다.

－《논어(論語)》〈계씨편(季氏篇)〉

공자도 "나는 나면서부터 아는 자가 아니라, 옛것을 좋아하여 부지런히 구한 사람이다."라고 했다. 공자는 자신을 '곤이지지자困而知之者' 즉 무지함을 알고서 끊임없이 배우려고 한 사람이라 했다. 퇴계退溪나 율곡栗谷 선생도 자신은 '곤이지지자困而知之者'라고 하였다. 대부분의 사람들은 곤이학지자困而學之者 수준이다. 따라서 깨달음을 얻기 위해 열심히 노력해야 하지만, 힘들어도 배우려 하지 않고, 노력 없이 이루어지기를 바라고, 남의 것을 탐내고, 빼앗으려는 사람들이 있으니 곤이불학자困而不學者들이다. 배움이 없으면 깨달음이 없고 깨달음이 없으면 삶의 의미도 없다.

'학문'은 '박학博學'과 '심문審問' 곧 '넓게 배우고(學)', '자세하게 묻는다(問)'의 학과 문이 합쳐져 생성된 단어이다.

배움은 나면서부터 시작된다. 태어나서는 부모에게 배우고 자라면서 스승에게 배운다, 살아가면서 끊임없이 배우며 살아간다. 그러나 평생 배워도 바닷가 모래알 하나만큼이나 알까? 그런데 인간은 조금만 알면 떠들지 못해 안달이다. 부족하고 또 어리석은 것이 인간이다. "배울 수 없을 정도로 늙은 사람은 없다."는 영국속담처럼 배움에는 끝이 없고 나이도 없고 위아래도 없다. 배움은 물살을 거스르며 노를 젓는 것과 같아서 멈추면 뒤로 밀려난다.

어미닭은 달걀을 품을 때가 되면 앞가슴 쪽의 깃털이 저절로 빠진다. 적절한 부화온도(37.5도)로 달걀을 품기 위해서다. 그리고 한두 시간에 한 번씩 몸으로 달걀을 굴려서 골고루 따뜻하게 해준다. 병아리의 윗부리 끝에는 좁쌀 크기의 딱딱하고 뾰족한 돌기모양의 단단한 조직이 붙어 있다. 이것을 '난치卵齒'라고 하는데 달걀 껍데기를 깨고 나올 때 쓰며, 병아리가 먹이를 먹을 때쯤이면 떨어져 나간다. 알을 품고 20여 일이 되면 병아리는 안에서 나오려고 난치로 껍질 부위를 쪼아대지만, 힘이 부쳐서 "삐악 삐악"소리로 나오려는 신호를 보낸다. 이때에 그 소리를 들은 어미 닭이 부리 쪽 부위를 살짝 쪼아주면 병아리 스스로 알을 깨고나온다. 그 이유는 나오는 과정에서 부리나 근육들을 쓰면서 몸이 튼튼하게 되어 건강하게 자랄 수 있기 때문이다. 이때 병아리가 밖으로 나가기 위해 껍질을 쫄 때(비빌 때) 나는 소리를 줄啐[1], 어미닭이 껍질 밖에서 쪼는 것을 탁啄이라 한다. 이러한 현상이 거의 동시同時에 일어남으로 **줄탁동기**啐啄同機, **줄탁동시**啐啄同時 줄여서 **줄탁**啐啄이라고 한다. 때를 맞춰 내리는 비처럼 배우고자 할 때 가르쳐야 효과가 큰 것이다. 선종禪宗[2]의 공안公案[3]으로 많이 활용되는데 '스스로 노력하여 깨달아야한다.' '이상적인 시제지간'을 비유하거나, '서로 협력하여 일을 잘 이루어지게 한다.' 오이가 익으면 꼭 지가 떨어지듯이(과숙체락瓜熟蒂落[4]) '조건이 성숙되면 일은 자연히 이루어지게 된다.'는 의미도 있다. 스스로 깨달아야 깨달음이 오래가고 그 의미가 크다. 바늘과 실이 하나로 연결될 때 어떤 결과물을 얻을 수 있는 것처럼 배우는 것과 가르치는 것이 함께 연결될 때 가장 탁월한 능력이 나타난다.

송宋나라에 어떤 농부가 곡식의 싹이 더디 자라자 어떻게 하면 빨리 자랄까 궁리를 하다가 급기야는 벼의 모가지를 반쯤 뽑아 놓았다. 그러고는 집에 돌아와 아내에게 말했다. "내가 싹이 자라는 것을 도와주고 왔소.(조장助長)" 이 말을 들은 아내가 이튿날 아침 논에 나가보니 벼이삭이 모두 말라 죽어 있었다. 조장의 유래다. '싹을 뽑아 자라는 것을 돕다.'는 뜻으로 '조급한 마음에 조건이 성숙되기 전에 무리하게 일을 진행하다가 오히려 일을 망치는 것'을 비유한다. 헤르만 헤세는 "태어나려고 하는 자는 하나의 세계를 파괴하여야한다."고 했다. 즉 깨달음은 또 다른 나로 거듭 태어나는 것이다. 병아리는 수행자요, 어미닭은 수행자에게 깨우침의 방법을 알려주는 스승이라고 할 수 있다. 병아리와 어미닭이 동시에 쪼기는 하지만, 어

---

1 啐비빌 줄
2 선종(禪宗): 참선을 통해 깨달음. 禪봉선 선.
3 공안(公案): 선종의 법문
4 蒂꼭지 체

미닭이 병아리를 세상 밖으로 나오게 하는 것은 아니다. 어미닭은 다만 알을 깨고 나오는 데 작은 도움만 줄 뿐, 결국 알을 깨고 나오는 것은 병아리 자신이다. 안과 밖에서 쪼는 행위는 동시에 일어나야 하는데 제자는 안에서 쪼아 나오고 스승은 밖에서 관찰하다가 시기가 무르익었을 때 깨우침의 길을 열어 주어야 진정한 깨달음이 일어난다. 병아리가 부화할 시간이 되지 않았는데 미리 쪼아댄다면 그 병아리는 크지 못할 것이요, 어미 닭이 부화할 시간을 알아채지 못하고 밖에서 쪼아 주지 않는 다면 안에서 안간힘을 다해 쪼아대다가 힘이 빠져 세상을 보지 못하고 병아리는 죽음에 이를 것이다. 세상 일 가운데 홀로 이루는 것은 그다지 많지 않다. **어떤 일이든 제대로 되려면 안과 밖에서, 위와 아래에서, 서로의 도움이 있어야한다.**

스물에는 세상을 바꾸겠다며 돌을 들었고, 서른에는 아내 바꾸어 놓겠다며 눈초리를 들었고, 마흔에는 아이들을 바꾸고 말겠다며 회초리를 들었고, 쉰에야 바뀌어야 할 사람이 바로 나임을 깨닫고 들었던 것 다 내려놓았다.   - 조정민

늙어서도 배워야 한다

병촉지명(炳燭之明)

　　'아는 만큼 보인다.'고 한다. 더 보고 싶고, 더 사랑하기를 원한다며 더 알기 위해 힘써야 한다. 노력하지 않고 보려고만 한다. 모르는 것이 문제가 아니라 모르면서도 알려고 하지 않는 것이 문제다. 노자는 "모른다는 것을 모르는 것은 병이니, 모른다는 것을 알면 병에 걸리지 않는다."했다.

　　知不知尙矣, 不知不知病矣. 是以聖人之不病, 以其病病, 是以不病.
　　지부지상의, 부지부지병의. 시이성인지부병, 이기병병, 시이부병.

－ 도덕경(道德經) 71장 －

진평공晉平公이 사광師曠[1]에게 물었다.

"내 나이 칠십에 공부를 하고 싶은데 늦은 것이 아닌지 걱정이오."

사광이 답하여 아뢰다.

"어찌 촛불을 밝혀 보려 하시지 않습니까?"

평공이 언짢은 마음으로 말했다.

"어찌 신하로서 임금을 희롱할 수가 있소?"

사광이 말했다.

"앞을 못 보는 신하가 어찌 감히 임금을 희롱하겠습니까?

"신이 듣기를, '젊어서 배우기를 좋아하는 것은 마치 떠오르는 아침 햇살과 같고, 중년에 배우기를 좋아하는 것은 한낮의 햇빛과 같으며, 노년에 배우기를 좋아하는 것은 마치 촛불의 밝음과 같다.'하였습니다.

촛불의 밝음과 어둠 속을 걷는 것, 어느 쪽이 좋겠습니까?"

평공이 말했다.

"훌륭하오!"

晉平公問於師曠曰[2]:「吾年七十欲學 , 恐已暮矣.」

師曠曰 :「何不炳燭乎?[3]」平公曰 :「安有為人臣而戲其君乎[4]?」

師曠曰 :「盲臣安敢戲其君乎? 臣聞之 : 少而好學, 如日出之陽 ;

壯而好學, 如日中之光 ; 老而好學, 如炳燭之明. 炳燭之明, 孰與昧行乎?」

平公曰 :「善哉 ! 」

---

1 사광(師曠): 진(晉)나라의 악사(樂師). 타고난 맹인이라는 설도 있고 음악을 위해 스스로 눈을 멀게 했다는 설도 있는데, 음악의 달인이었을 뿐만 아니라 박학다문하고 지혜가 깊어 높은 벼슬자리에 올랐으며 임금에게 훌륭한 정치적 조언을 많이 하여 나라를 다스리는 데도 큰 공헌을 했다고 한다.

2 曠밝을 광

3 炳밝을 병

4 戲놀 희

진평공문어사광왈 : 「오년칠십욕학 , 공이모의.」

사광왈 : 「하부병촉호?」 평공왈 : 「안유위인신이희기군호?」

사광왈 : 「맹신안감희기군호? 신문지 : 소이호학 , 여일출지양 ;

장이호학 , 여일중지광 ; 로이호학 , 여병촉지명. 병촉지명 , 숙여매행호?」

평공왈 : 「선재!」

- 《설원(說苑)》〈건본(建本)〉, 고전명구(古典名句:박석)

여기서 '병촉지명炳燭之明'이 유래하는데 '늙어서도 배우기를 좋아하는 것'을 가리키는 말이다. 노년의 즐거움은 스스로 만들어가야 한다. 그 중에 깊은 밤 학문하는 즐거움만 한 것이 있으랴? 노년에는 학문하는 즐거움으로 살라. 그러나 늙어서의 배움은 스스로를 알아가고, 가치관과 철학을 분명히 하여 삶과 죽음이 무엇이며 어떻게 살아서 인생을 마무리 할지를 정립해야 한다. 더욱 필요한 것은 내 영혼에 대한 절박한 고민이 있어야 한다. 인생의 노년은 소중하고 감사하는 마음으로 살아가라. 살아 숨 쉴 수 있음에 감사하고, 물 한 모금에도 감사해야 한다. 위대한 작품은 마무리를 잘해야 나올 수 있다. 몇 달, 몇 년을 더 누리려다 인생의 마무리를 못하고 허망한 삶을 마감하거나 이름을 더럽힐 수도 있다. 가을 단풍이 아름다운 것은 자신을 잘 물들였기 때문이다. 소유로부터 덜어내고 세상에 미련을 접어가며 정리 하라. 미련을 두면 삶이 무겁다. 죽음을 준비하며 바르게 늙어야 한다. "나 하늘로 돌아가리라. 아름다운 이 세상 소풍 끝내는 날, 가서, 아름다웠더라고 말하리라"는 천상병 시인의 시구처럼 편안한 맘으로 감사하며 살다가 하늘로 돌아가자. 그러나 그 길과 방법은 스스로 찾아야 할 것이다. 나이 먹는다는 것은 계절이 바뀌듯 자연스러운 것이다. 나이를 먹을수록 지혜는 깊어지며, 밤이 깊을수록 촛불은 밝아진다. 늙어 가는 것에 미련을 두지 말고 하루하루의 삶에 의미를 두고 병촉지명炳燭之明'의 삶을 살아가면 된다.

주周 나라의 여러 제후국 중 진晉은 문공때에는 춘추 5패 중 하나로 강한 나라였지만 그 후 晉 나라는 평공平公과 소공昭公때를 지나 경공頃公에 이르러 한韓. 조趙. 위魏 세 나라로 나누어진다. 이때가 춘추春秋시대와 전국戰國시대의 구분점이다.

이백이 어린 시절 촉나라 상의산象宜山에서 공부하다 싫증을 느껴 하산하고 돌아오는 길에 한 노파가 냇가에서 바위에 도끼를 가는 걸 보고 물었다. "할머니, 무얼 하고 계신 겁니까?", "바늘을 만들려고 한단다.", "도끼로 바늘을 만든다고요?" 이백이 큰 소리로 웃자 노파가 말했다. "얘야, 비웃을 일이 아니다. 중도에 그만 두지만 않는다면 언젠가는 이 도끼로 바늘을 만들 수 있단다." 이 말을 들은 이백은 크게 깨닫고 글공부를 다시 시작하여 큰 시인이 됐다고 한다. 초심을 잃지 않으면 도끼를 갈아 바늘을 만드는 일도 가능하다는 마부작침磨斧作針, 철저성침鐵杵成針[1]의 유래다. 노력한다고 다 가능하지는 않지만 대부분의 사람은 시도하지도 아니하거나 중도에 포기한다는 사실이다. 우리가 이루어낸 대부분의 일들은 부단한 노력의 결실이라는 것을 알아야 한다.

– 《당서(唐書)》〈문예전(文藝傳)〉, 두산백과, 한자신문

1 杵공이 저

부처의 출가 전의 아들인 라훌라는 부처의 제자가 되어 예절과 불법을 배우게 되었다. 어느 날 라훌라는 해야 할 일이 있었는데도 달아나서 놀고 온 데 대해 꾸중을 들을까 두려워 사리불에게 사소한 거짓말을 한 적이 있었다. 그러나 진실은 드러났고, 그 사실을 부처도 알게 되었다. 부처는 거짓말을 하지 않는 것이 얼마나 중요한지에 대해 라훌라에게 가르쳐 주어야겠다고 생각하고 그들을 찾아갔다. 라훌라는 그를 위해 자리를 마련하고 손발을 씻을 수 있도록 물 대야를 드렸다. 부처는 다 씻은 다음 대야의 물을 거의 대부분 쏟아버리고 라훌라에게 물었다. "이 대야 안에 물이 많으냐? 적으냐?" 라훌라가 답했다. "남은 게 거의 없습니다." 부처가 말하기를 "진실을 말하지 않는 사람은 이 대야 속의 물처럼 보잘 것 없는 인격을 가지고 있단다." 부처는 나머지 물을 쏟아버린 다음 다시 물었다. "내가 모든 물을 다 비운 것이 보이느냐?", "예, 보입니다.", "거짓말을 계속하는 사람들은 모든 물을 비워버린 이 대야처럼 모든 인격을 잃어버린 것이다." 부처는 세수 대야를 엎어놓고 라훌라에게 물었다. "네 눈에는 이 대야가 엎어져 있는 게 보이느냐?", "예, 보입니다.", "우리가 바른 말을 하지 않으면 우리의 인격은 이 대야처럼 엎어지는 것이란다. 농담으로라도 거짓말을 해서는 안 된다.", "너는 사람들이 거울을 사용하는 까닭을 알고 있느냐?", "예, 사람들은 자신의 모습을 살피기 위해 거울을 봅니다.", "그렇다. 사람이 거울로 자신의 모습을 살피듯 너는 네 자신의 행동과 생각 그리고 말을 살피도록 하라."고 가르침을 주었다. 《법구비유경》·상품象品, 불교신문:성일스님)

事雖小 不作不成 子雖賢 不敎不明 사수소 부작불성, 자수현 불교불명

일이 비록 작더라도 하지 않으면 이루지 못하고, **자식이 비록 현명하더라도 가르치지 않으면 현명해지지 않는다.** ―《명심보감》〈훈자편(訓子篇)〉

부처의 자식이라도 배워야 하고 가르치지 않으면 안 된다. 부처는 자식의 잘못됨을 꾸짖기보다 스스로 깨닫도록 하였다. 그리고 사람 됨됨이를 가르쳤다. 가르치는 자가 반면교사反面敎師가 되도록 솔선수범을 보이고, 스스로 깨우치도록 도와주어야한다. 옥은 다듬어야 가치가 있고 사람은 가르쳐야 쓸모 있는 존재가 된다.

맹자孟子는 군자가 취해야하는 교육방법으로 다섯 가지를 말했다.

君子之所以敎者五 有如時雨化之者

有成德者 有達財者 有答問者 有私淑艾者[1].

군자지소이교자오 유여시우화지자

유성덕자 유달재자 유답문자 유사숙애자.

첫째는 제때에 알맞게 내리는 비가 초목을 저절로 자라게 하는 것 같이 자연히 훈화하는 것이고, 둘째는 사람이 가지고 있는 덕성을 계발시켜 완성하는 것이고, 셋째는 각자의 재능과 소질을 충분히 발달시키는 것이요, 넷째는 물음에 대답하여 깨닫게 하는 것이고. 다섯째는 간접적으로 선인의 도를 알려주어 스스로 깨닫게 하는 것이다.

－《맹자(孟子)》〈진심 상(盡心 上)〉

---

1 사숙(私淑): 가르침을 받지는 않았으나 마음속으로 그 사람을 본받아서 도(道)나 학문(學文)을 배우거나 따름이다.
　淑맑을 숙. 艾쑥 애, 다스릴 애

부처나 맹자나 교육은 스스로의 감동과 깨달음으로 이루어진다는 것을 말해주고 있다. **스스로 깨닫지 못하면 헛것이다.**

聞之不若見之 문지불약견지　듣는 것은 보는 것만 못하고

見之不若知之 견지불약지지　보는 것은 아는 것만 못하며

知之不如行之 지지불여행지　아는 것은 행하는 것만 못하다.

- 《순자(荀子)》〈유효편(儒效篇)〉

玉不琢不成器 人不學不知道　옥불탁불성기 인불학부지도

옥[1]은 다듬지 않으면 그릇을 이루지 못하고(가치가 없고), 사람은 배우지 않으면 사람의 도리를 모른다.(쓸모 있는 인물이 되지 못한다.)

- 《예기(禮記)》〈학기편(學記篇)〉

나면서부터 아는 사람은 없고 단번에 이루어 내는 사람은 없다. 배움과 수행을 통해 나를 끊임없이 갈고 닦아야 한다. 배움도 중요하지만 배움을 통하여 진리와 도에 합당한 깨달음으로 내면화 시켜야 한다. **수양의 최종 목표는 아는 것을 실행에 옮기는데 있다.** 알고도 행함이 없다면 죽은 지식이다.

---

1 옥(玉): 보석의 일종으로 '아름답다', '훌륭하다'는 의미로 많이 쓰인다. 잘 생긴 사내아이를 옥동자(玉童子)라 하고, 훌륭한 원고를 옥고(玉稿)라 하며 아름다운 여자의 손을 일러 섬섬옥수(纖纖玉手)라고 한다.

'절도 모르고 시주한다.', '기종야곡 문수불록
旣終夜哭 問誰不祿[1]' 즉 '밤새도록 울다가 누가 죽었느냐고 묻는다.'는 말이 있
다.(이미 밤을 다해 곡을 하고는 누가 복되지 않았는지를 묻는다. - 이담속찬耳談續
纂[2]) 일을 하면서도 그 일의 이유를 모른다는 뜻으로 영문도 모르고 그 일에
참여하고 있는 어리석은 사람을 비유하는 말이다. 길을 가면 목적지를 알
고가야 하듯, 일을 하려면 요점을 알고 해야 한다.

擧一綱而萬目張 거일강이만목장

하나의 벼리를 들면 만 개의 그물코가 모두 펼쳐진다.

－ 후한 말 유학자 정현의《시보(詩譜)》[3], 알짜배기 고사성어, 두산백과

---

1 불록(不祿): '녹을 타보지도 못하고 죽는다.'는 뜻으로 양반의 죽음을 말한다.

2 續이을 속. 纂모을 찬

3 시보(詩譜): 동한(東漢)의 정현이《사기(史記)》의 연표와 공자의 춘추 등을 근거로 하여《시경》각 편에

'강綱'은 그물의 벼리, '목目'은 그물코를 가리킨다. '큰 벼리를 한번 들어 올리면 수많은 그물코가 저절로 펼쳐진다.'는 뜻으로, 그물의 벼릿줄을 들어 올리면 그물의 작은 구멍이 자연히 열린다는 의미다. **사물의 요점을 정확히 파악하면 다른 것들은 이에 따라 자연히 명백해진다**는 것을 비유한 말이다.

그물의 위쪽 코를 꿰어 놓은 줄을 벼리라 하는데, 그물을 펼칠 때는 벼리(綱)를 잘 잡아야 한다. 중심축에 해당하는 이 벼리를 제대로 잡은 뒤 그물을 던져야 그 밑에 있는 그물의 코(目)가 제대로 펼쳐진다. 여기서 '하나의 벼리를 들면 만 개의 그물코가 모두 펼쳐진다.'는 '擧一綱而萬目張'에서 '일이나 글의 중심을 정확히 알고 나면 나머지는 저절로 이루어진다.'는 '강거목장綱擧目張'이 유래한다. '강목綱目'이라는 어휘도 여기서 파생되었다. '본초강목本草綱目'에서처럼 일목요연하게 늘어놓은 체계를 '강목'이라 하고 요점을 정확하게 아는 것을 가리켜 '벼리를 든다.'는 뜻의 '제강提綱[1]'이라고 한다.

군자는 섬기기는 쉬우나 기쁘게 하기는 어렵다. 공자가 말하기를 군자가 사람을 쓸 때는 각각의 능력과 재능에 맞게 쓰기 때문에 누구라도 군자를 섬길 수 있다. 반면 소인은 한 사람이 모든 기능을 다 수행하기를 바란다. 그래서 소인을 섬기기가 어렵다는 것이다. 조선 후기의 실학자 최한기는 "단지 그 사람을 잘 쓰는 것은 열등한 것이고, 사람 잘 쓰는 인재를 데려다 놓는 것이 진실로 우수한 것이며, 어리석은 자를 쓰는 것은 그 잘못이

수록된 시의 연대를 추정하여 차례대로 엮고, 내용에 반영된 각 시대의 사실(史實)을 정리하여 편찬한 책이다. 譜 족보 보

1 提끌 제

얕은 것이고, 어리석은 자를 선발하는 자리에 앉히는 것은 그 잘못이 깊은 것"이라고 주장했다. 그래서 각 직책마다 사람을 잘 부릴 수 있는 인재를 배치하면 그것이 마치 벼리를 들면 그물눈이 퍼지듯 원근이 다 통제될 것'이라는 강거목장론을 폈다.(박현모) 사람 쓰는 도리를 모르면 학문에 명달^{明達}하다는게 모두 허명^{虛名}한 것이라 했다. 사람은 많은데 참다운 인재를 찾기 어려운 이때 벼리 역할을 할 인재를 찾아 써야 한다. 진나라 병법가^{兵法家} 황석공은 "지혜로운 자, 용기 있는 자, 재물을 탐하는 자, 우둔한 자를 고루 쓰라"고 했다. 지혜로운 자는 공을 세우기를 즐겨하고 용기 있는 자는 자기 뜻 행하기를 좋아하고, 재물을 탐내는 자는 어떤 상황에도 이익을 취하며, 우둔한 자는 죽기를 마다하지 않기 때문이다. 누구에게나 장점은 있으니 그 장점을 이용하라고 했다. 개개인의 성향과 재능에 맞도록 적재적소^{適材適所}에 배치하여 능력을 발휘하도록 한다면 이것이 진정한 용인술^{用人術}이다. 약의 성질을 바꾸는 것을 법제^{法製} 라 하는데 잘 쓰면 비상도 약이 될 수 있다.

벼리 기^紀, 벼리 강^綱의 기(紀)는 絲(실:사)와 己(몸:기)인데, 실은 그물을 만드는 실이며, 몸은 己의 형태로 꿇어앉은 모양으로 일어났다 앉았다 하는 굴신^{屈伸}을 뜻한다. 그물을 조였다 풀었다 하며 기강을 잡는다는 의미다. 강綱은 산등성이 강(岡)을 사용하여 '강하다'는 의미로 '밧줄'을 나타낸다. 따라서 기강^{紀綱}은 도덕과 규범을 나타낸다.

노력으로 이루라

수유필강(雖柔必强)

다산이 인정한 독서광 백곡柏谷 김득신金得臣[1]
은 선조 때 시인이며 학자로 그의 조부는 김시민 장군이다. 어릴 때 천연두
를 앓아 노둔魯鈍[2]한 편이었으나 끊임없는 노력으로 아주 늦은 나이인 59
세에 과거에 급제한다. 《사기史記》〈백이전伯夷傳〉을 10만 번 이상 읽고, 1만
번 이상 읽은 책이 36편이라 한다. 그래서 김득신의 서재 이름을 '억만재億
萬齋'라고 한다. 독서광 김득신의 1만 번 이상 읽은 편명篇名의 횟수를 적은
'독수기讀數記'가 괴산읍 능촌리 괴강 언덕에 자리 잡고 있는 취묵당醉默堂[3]
에 편액扁額[4]으로 걸려있다. 친구 박장원이 네 번이나 편지를 써 입을 다물

---

1 홍만종에 의하면 김득신은 타고난 재주가 노둔하였는데 밑바탕을 튼튼히 하여 재주 있는 사람이 되었
  다고 했다.
2 魯노둔할 노. 鈍무딜 둔
3 醉취할 취
4 扁넓적할 편. 額이마 액

라고 주의를 주었다한다(푸른역사/0hyh45). '취묵'은 술에 취해서도 입을 다 물겠다는 뜻으로, 박장원의 충고를 받아 들여 지은 당호다. 그의 묘비에는 '재주가 다른 이에게 미치지 못한다고 스스로 한계 짖지 말라 나처럼 어리 석고 둔한 사람도 없었겠지만 나는 결국 이루었다.' 라고 적혀있다.

그의 대표시는 〈용호龍湖〉다. 가을날 저녁 차가운 비가 내리고, 강에 풍 랑이 일어 어부가 급히 배를 돌리는 모습을 노래했다. 용산에 있는 정자에 서 바라본 한강의 모습을 묘사했다 한다. 〈용호〉는 효종이 "이 시는 당나라 의 시 속에 넣어도 부끄럽지 않다."고 칭찬했을 정도로 뛰어나다고 극찬했 다한다.

[용호(龍湖)]

古木寒雲裏	고목한운리	차가운 구름 고목을 감싸더니
秋山白雨邊	추산백우변	가을산에 하얗게 비가 내리네.
暮江風浪起	모강풍랑기	저녁나절 강에 풍랑이니
漁子急回船	어자급회선	어부는 급히 배를 돌리네.

-《조선시대 한시읽기》원주용

人一能之己百之 人十能之己千之 인일능지기백지, 인십능지기천지
果能此道矣 雖愚必明 雖柔必强   과능차도의 수우필명 수유필강

남이 한 번에 가능하다면 나는 백번이라도 할 것이고, 남이 열 번에 가 능하다면 나는 천 번이라도 할 것이다.

"과연 이 도리를 능히 할 수 있다면 지금 비록 어리석을지라도 반드시 현명해질 것이요, 지금 비록 연약해서 부드러울지라도 반드시 강해질 것이다."

- 《중용(中庸)》 20장

재능이 뛰어난 사람이 단번에 해내는 일을, 자신이 그만 못하다면 포기하지 말고 열 번이고 백 번이고 하라. 남이 열 번에 해내면 자신은 천 번이라도 하라. 포기하지 않고 꾸준히 하면 아무리 어리석어도 사리에 밝게 되며, 유약해도 반드시 강해진다는 것이다. **세상에 모든 일은 노력으로 이루어진다는 사실을 알아야 한다.**

습관이 인생을 결정한다

묵자비염(墨子悲染)

　　파스칼은 "천성은 제1의 습관이고, 습관은 제 2의 천성이다."라고 했고, 《시도하지 않으면 아무것도 할 수 없다》의 저자 지그지글러는 "습관은 위대한 사람들의 하인이며 실패한 모든 이들의 주인이다."라고 했다. 《습관을 바꾸면 삶이 바뀐다》의 저자 조이스마이어는 "작은 습관부터 실천하라"라고 한다. 성공하는 사람들은 성공하는 습관을, 실패하는 사람들은 실패하는 습관을 가졌다한다 그만큼 습관이 중요함을 말하는 것이다. 좋은 습관을 갖는다는 것은 좋은 행동을 반복하여 성공의 확률을 높이고, 좋은 인격을 형성하여 간다는 것이다. 물살에 연마되는 조약돌처럼 세파世波를 견디며 나를 다듬고 또 다듬어 나가야한다. 공자는 "사람의 본성은 서로 비슷하지만 습성은 서로 현격하게 다르다."고 했다. 즉 선천적으로 타고난 본성은 비슷하지만 살면서 습득되는 습관은 각자의 노력 여하에 따라 크게 차이가 날 수 있다. 그러므로 '부지런히 배우고 수양하여 좋은 습관을 길러야 한다.'는 것이다. 한번 익힌 걸음걸이가 평생 가듯 습관은 쉽게 고칠 수 없기 때문이다.

性相近也[1] **習相遠也** 성상근야 습상원야
사람의 천성(인성)은 서로 비슷하나 습성으로 인하여 차이가 난다.

-《논어(論語)》〈양화편(陽貨篇)〉

우리 행동의 40%는 습관적이라고 한다. 지속적이고 반복적인 행동을 습관이라 하는데 따라서 좋은 생각을 가지고 그러한 행동을 지속적, 반복적으로 하는 것이 중요하다. 습관이 인생을 만든다고 할 수 있다. '인생의 전반기는 습관을 만들고, 후반기는 습관이 만든다.'는 인도 격언이 있다. 문제는 좋은 습관을 갖는 것도 중요하지만 **나쁜 습관을 갖지 않는 것이 더욱 중요하다.** 대부분의 사람들은 나쁜 습관 대문에 파멸한다. **좋은 습관이 좋은 사람을 만든다.**

묵자읍사墨子泣絲, **묵자비염**墨子悲染은 사람의 성품과 성공 여부는 주위 환경이나 습관, 주변사람(관계자)따라 영향을 받고 결정될 수 있음을 말한다. 어느 날 묵자는 실을 물들이는 것을 보고 탄식 하며 말하였다. "파란 물을 들이면 파란 색으로, 노란 물을 들이면 노란색으로 된다. 이처럼 물감에 따라 색깔도 변하니 물들이는 일이란 참으로 조심해야한다. 마찬 가지로 사람이나 나라도 물들이는 방법에 따라 흥하기도 하고 망하기도 하는 것이다." 라고 하면서 고대 중국의 어질고 덕이 뛰어났던 네 명의 왕을 예로 들며, 그들의 주위에 올바른 신하들이 있었기에 그들에게 좋은 영향을 받아

---

1 성상(性相): 천성(天性)

(물들어), 훌륭한 업적을 이룰 수 있었음을 말하였다.

子墨子言見染絲者而歎曰¹.　　자묵자언견염사자이탄왈.

染於蒼則蒼 染於黃則黃.　　염어창즉창 염어황즉황.

所入者變 其色亦變.　　소입자변 기색역변.

五入必而已 則爲五色矣².　　오입필이이 즉위오색의.

故染不可不愼也³.　　고염불가불신야.

-《묵자(墨子)》〈소염편(所染篇)〉

---

1 자묵자(子墨子): 묵자(墨子)를 높여 부르는 말.
2 오색(五色): 청, 황, 적, 백, 흑의 다섯 가지 색. 여러 가지 빛깔.
3 불가불(不可不): ~하지 않을 수 없다.

진실은 밝혀진다

장두노미(藏頭露尾)

"꿩 숨는 듯하다."는 속담이 있다. 뱀이나 매가 꿩을 향해 달려들면 꿩은 궁둥이는 다 들어낸 채 머리만 땅에 파묻는 모습을 말한다. 이 모습을 그려 성벽 일부를 돌출시켜 적의 접근을 조기에 관찰하고 성벽에 접근한 적을 정면이나 측면에서 공격할 수 있는 치성雉城을 만들었다. 타조역시 궁지에 몰리면 머리를 모래에 처박고 움직이지 않는다. 사람도 심한 두려움과 공포심에 사로잡히면 머리를 숙인 채 귀를 막고 모면하려는 습성을 갖고 있다. 위기나 두려움에 대처하기보다 회피하거나 진실을 감추려는 것이다. 이처럼 진실을 숨기려고 하나 그 실체는 이미 드러나 있는 상황을 나타내거나, 비밀이나 잘못된 일 따위가 드러날까 봐 두려워서 벌벌 떠는 태도를 장두노미藏頭露尾[1]라 한다. 거짓을 말하고도 당당히

---

1 장두노미(藏頭露尾): 원나라 장가구(張可久)가 지은 〈점강진. 번귀거래사〉와 왕엽(王曄)이 지은 〈도화녀〉라는 작품에서 등장한 말이다. 露이슬, 드러내다.

살아가고 진실을 말하고도 가슴아파하는 이들이 있다. 세상은 언제나 진실의 편에만 있지 않기 때문이다. 그러나 한줄기 빛이 어둠을 몰아내듯 언젠가 진실은 드러난다는 사실이다. **종이로 불을 쌀 수는 없다. 진실은 숨긴다고 드러나지 않는 것이 아니고 또 숨겨져서도 안 된다.**

초楚나라 변화씨卞和氏가 옥돌 원석原石을 여왕厲王에게 바쳤다. 여왕은 옥공玉工에게 감정을 하게 했고 돌로 판정을 내리자, 임금을 속인 죄로 화씨의 왼쪽 다리를 잘랐다. 그 후에 무왕武王이 즉위하자 화씨는 다시 원석을 바쳤다. 또다시 돌로 판정이 내려져 이번에는 그의 오른발을 자르게 했다. 문왕文王이 즉위했다. 그러자 화씨는 그 원석을 품에 안고 밤낮 사흘을 소리 내어 울었다. 문왕은 이 소문을 듣고 옥공에게 원석을 다듬고 갈게 하여, 천하에 둘도 없는 보물을 얻게 된다. 이에 문왕은 그의 이름을 빌어 '**화씨지벽和氏之璧**'이라 명하고 국보로 삼았다. 《한비자韓非子》〈변화편卞和篇〉 '화씨지벽'은 또 '**변화지벽卞和之璧**', '**화벽和璧**'이라고도 한다. '화씨지벽'은 화씨가 발견한 구슬이라는 뜻으로, 천하 명옥의 이름이며, **어떤 난관도 참고 견디면서 자신의 의지를 관철시키는 것을 비유하는 말이다.**

화씨지벽和氏之璧은 야광주夜光珠로서 구슬이 있는 백보 안에서는 파리와 벌레가 들어오지 못하고 여름철에는 부채가 필요치 않았기 때문에 유명했다고 전한다. 훗날 조나라를 멸망시키고 이 옥玉을 얻은 시황제始皇帝는 옥공玉工으로 하여금 도장을 깎게 하고 재상 이사李斯에게 '**수명어천 기수영창受命於天 旣壽永昌**(명을 하늘로부터 받았으니 오래가고 크게 번창하리라)' 여덟 자를 새겨 옥새玉璽[1]로 사용하였다. 진위 여부를 알 수는 없지만 현재 대만

---

1 璽도장 새

고궁박물원에 전시돼 있다고 한다.

오늘날 진실이 왜곡되고 거짓이 판치는 세상에서 진실을 위해 몸을 바치는 정신을 높이 사야 할 것이다. 진실은 밝혀져야 하고 정의는 수호되어야 한다. 그러나 진실과 정의는 무엇인지 정의하기도 구분하기도 쉽지 않다. 우리가 말하는 약자가 다 선한사람이 아니듯 자신이 믿는 것이 틀릴 수도 있음을 알아야 한다. 그러기에 모든 사람에게 보편적이고 가치 있는 선善, 그 선을 바탕으로 하는 진실과 정의가 되어야 한다.

'Children and fools tell the truth(어린애와 바보는 진실을 말한다.)' 라는 영국 속담이 있지만, 예수는 어린아이와 같지 않으면 천국에 못 간다고 했다. 그것은 순수함과 진실함의 가치를 말하는 것이다. 진실은 진실한 행동을 통해서 밝혀진다. 거짓이 판치는 세상이기에 반드시 진실은 살아 남아야한다. 진실의 눈으로 세상을 보고, 진실과 거짓을 분별할 수 있는 솔로몬의 지혜가 필요하다.

숨은 것이 장차 드러나지 아니할 것이 없고 감춘 것이 장차 알려지고 나타나지 않을 것이 없느니라.
　　　　　　　　　　　　　　　　　　　　　　　　　　－《누가 복음》

사람 보는 안목을 키우라

구징지(九徵至)

'관 뚜껑을 덮고 난 뒤에야 비로소 그 사람에 대해 안다.'는 말이 있다. 그만큼 '사람은 죽고 난 뒤에야 올바르고 정당한 평가를 할 수 있다.'는 것이다. 공자도 제자 자로가 얼굴이 못생겨서 처음에는 대수롭지 않게 여겼다고 한다. 사람에 대한 평가는 이처럼 어려운 것이다. **공자는 사람을 평가하는 덕목으로 "충忠, 경敬, 능能, 지知, 신信, 인仁, 절節, 예禮, 색色의 아홉 가지 항목을 제시 하였다.** 멀리 보내서 충성스러움을 보고, 가까이 두고서 공경함을 보고, 번거로운 일로 능력을 살피고, 갑작스런 질문으로 그 기지를 살피고, 급한 약속으로 신의를 살피고, 재화를 위탁하여 그어짐을 살펴본다." 취한 후에 예를 살피고, 남녀가 혼재한 상항에서 여색女色을 지켜보아야한다."고 했다. 이 구징지九徵至로 사람을 알아 볼 수 있다는 것이다. 학문은 남에게 보여주기 위함이 아니고(위인지학爲人之學), 자신을 성찰하는데 있다. 사회적 지위를 얻기 위해서가 아니라, 즉. 나를 제대로 된 사람으로 만들어 가기 위해 하는 것이다(위기지학爲己之學). 자신에게 절제하되 남에게 인색하지 않고, 따뜻하고 온화하며, 사리에 어둡지 않으며, 덕으로 다듬어지고, 자신을 소중히 여길 줄 알면서도 겸손이 넘치는 사람이 되어야한다.

視其所以[1], 觀其所由[2], 察其所安[3], 人焉廋哉[4], 人焉廋哉

시기소이, 관기소유, 찰기소안, 인언수재, 인언수재

그 사람이 하는 짓을 보고, 그 사람이 걸어온 길을 살피고, 그 사람이 어떤 것에 만족을 느끼는지를 관찰한다면, 그의 사람 됨됨이를 어디다 숨기랴, 그의 사람 됨됨이를 어디다 숨기랴

－《논어》〈위정편(爲政篇)〉

《탈무드》에 **사람을 평가하는 세 가지 방법**으로 첫째는 키오소오(돈주머니), 둘째는 코오소스(술잔), 셋째는 카이소오(노여움)를 들고 있다. 먼저 그 사람의 인격을 측정해 볼 수 있는 방법 중하나는 돈을 주고, 그 사람이 어떻게 쓰고 처리하는가를 보면 그 사람을 알 수 있다는 말이다. 다음으로 술이다. 술에 취하여 흔들리면서 실수를 하고, 평정심을 잃어버리고 본심을 드러낸다. 다음은 노여움이다. 분노를 어떤 상황에 어떻게 노출시키느냐에 따라 그 사람을 알 수 있다는 것이다. 알다가도 모르는 것이 사람이다. 함부로 남을 평해서도 안 되고, 지나치게 믿어서도 안 된다.

---

1 이(以): '하다'라는 뜻의 동사.
2 유(由): '지나다, 경유하다'라는 뜻의 동사.
3 안(安) 형용사가 의동사(意動詞)로 전용된 것.
4 언(焉)장소를 묻는 의문대사. 재(哉): 반문의 어기조사. 廋숨길 수

뿌린 대로 거둔다

인과응보(因果應報)

　　정의正義란 뜻의 영어 단어 'Justice'는 로마 신
화에 나오는 '정의의 여신' 유스티치아Justitia에서 나왔다고 한다. '법의 상
징'으로 불리는 여신 유스티치아는 그리스 신화의 정의의 여신인 디케Dike
에 비유되는데, 한 손에는 '칼,' 다른 한 손에는 '(평등의) 저울'을 쥐고 있다.
그리스의 여신 디케는 칼만 쥐고 있었으나, 로마의 유스티치아에 이르러
공평의 의미가 추가되어 천칭天秤을 들고 있는 모습의 여신상이 만들어졌
다고 한다. 우리가 일반적으로 알고 있는 '정의의 여신상'은 두 눈을 안대로
가리고, 한 손에는 저울을 다른 한 손에는 칼을 들고 있다. 즉, 가려진 두 눈
과 저울을 통해 정의가 인종, 계급, 성별에 차등을 두지 않고, 어느 한쪽에
치우치지 않는 정의의 판단을 내리고, 칼로 정의를 실현하게 됨을 상징한
다. 하지만 우리나라 대법원 청사에 위치한 정의의 여신상은 두 눈을 부릅
뜨고 한손에는 저울을 다른 한 손에는 법전을 들고 있다. 이는 두 눈을 부

릅뜨고 실체적 진실을 밝히겠다는 강한 의지의 상징이고, 법전은 다른 어떤 것도 개입시키지 않고 오로지 법에 근거하여 공정하게 판정함을 나타낸 것이라 한다. 눈을 감던 뜨던, 칼을 들던 법전을 들던, 그 의미는 같은 것이다. 문제는 사람이다. 법을 집행하는 자가 사람이기에 사람이 정의로워야 한다. 정의롭지 못한 정의를 정의로 알고 있는 사람이 법을 집행하면 아니 된다. 다산도 이점을 강조하여 흠흠신서欽欽新書[1]라 했다. '흠흠신서欽欽新書'의 '흠흠欽欽'이란, 공경하여 삼가고 또 삼간다는 뜻이다. 일체의 편견을 버리고 공정하고 공평하게 양쪽의 주장에 귀를 기울이고, 삼가고 또 삼가하여 진실에 보다 가까이 가려고 끊임없이 노력하라는 것이다. 억울한 죄인이 만들어 져서는 안 된다.

어느 날 부처가 비구들에게 네 가지 과보果報에 대해 말했다. 인과응보의 원리는 네 가지 법칙에 의해 작동된다. 첫째는 현재의 즐거움을 위해 남을 괴롭히거나 피를 빨면 미래의 불행을 만드는 것이다. 둘째는 현재는 괴롭더라도 그것을 참고 견디면 미래가 편안해지는 것이다. 셋째는 나쁜 짓을 한 결과로 나중에 고약한 과보를 받는 것이다. 넷째는 선한 일을 한 결과로 미래에 더 좋은 과보를 받는 것이다.

− 《불교신문》 2061호, 《불교평론》홍사성

좋은 결과를 바란다면 좋은 행위가 먼저 있어야 하는 것이다. 씨를 뿌리면 싹이 나고 그물을 치면 물고기가 잡히는 것처럼 결과에는 원인이나 이유가 있다. 불교에서는 이를 자신이 전생에 저지른 행동에 따라 이생에 그에 해당하는 결과가 주어진다고 하여 이를 업보業報라고 한다. 자신의 운명은

---

1 欽 공경할 흠

곧 자신의 행동에 따라 주어지는 것이라는 것이다. '업業' 또는 '업보業報'를 산스크리트어로 카르마Karma라 하며 '행하다' 또는 '만들다'는 의미를 지니고 있다고 한다. 삶에서 가장 기본적인 원칙중 하나가 "카르마" 즉, 인과응보의 법칙이다. 원인이 있으면 그에 상응하는 결과가 있고 '뿌린 대로 거둔다.'는 것이다. 즉 자신의 행동에 따라 보상과 벌을 받는다는 것을 말한다. 모든 행동의 시작은 바로 생각에서 비롯된다. 사악한 생각이 결국은 나쁜 결과를 가져오는 것이다. 그러므로 좋은 생각만 들도록 마음 밭을 갈고 닦아 아름다운 삶을 누리도록 해야 한다.

種瓜得瓜 種豆得豆 종과득과 종두득두
오이를 심으면 오이를 얻고 콩을 심으면 콩을 얻는다.

－《명심보감》〈천명편(天命篇)〉

天網恢恢[1] 疏而不失[2] 천망회회 소이부실
하늘의 그물은 넓어서 성긴듯하나 그 어떤 것도 놓치는 것이 없다.

－《도덕경(道德經)》73장

'하늘이 친 그물은 비록 그 그물 구멍이 몹시 크고 성긴 것 같지만 착한 행위에는 착한 결과를, 악한 행위에는 악한 결과를 가져온다.'는 것이다. 서양에도 'Heaven vengeance is slow but sure(천벌은 느리나 반드시 내리는 법이다.)'라는 속담이 있다. 무슨 일이든 결국 옳은 이치대로 돌아가는 '사필귀정事必歸正'이요, '신상필벌信賞必罰'을 말하는 것이다. 하늘에 그물이 있

---

1 恢넓을 회
2 疏트일 소. 疎=疏

듯이 세상을 넓은 바다로 볼 때 삼라만상이 바다에 도장을 찍는 것처럼(해인海印) 사람의 생각이나 말과 행동이 명약관화明若觀火하게 기록된다고 보는 것이다. 늘 올바름을 구현하라는 것이다. 《성경》에 '사람이 무엇으로 심든지 그대로 거두리라《갈라디아서》'고 했다. **뿌린 대로 거두는 인과응보**因果應報**다.** 일에는 반드시 그 원인과 이유에 따라 결과가 따라온다. 최선의 노력을 다하고 겸허하게 결과를 바라야지 요행을 바라지 말라. 요행을 바라는 마음은 자기에게 득이 되는 것만 생각하게 되어 눈앞의 위기를 보지 못한다. 새싹이 어두운 땅속에서 빛을 따라 자라는 것처럼 선과 악은 우리의 마음에 따라 행동으로 나타나는 것이다. **누구나 열심히 살지만 자신이 추구하는 가치에 따라 결과는 달라진다.** 따라서 선의든 악의든, 내 마음속에 자라는 생각을 잘 키워야 한다. 만약 사악한 마음으로 말하거나 행동하면, 수레바퀴가 수레를 끄는 소의 발자국을 따르듯 나쁜 결과가 따라올 것이다. 그릇된 마음을 가지면 자신을 잘못된 방향으로 이끌어 더 큰 고통을 만들어내고, 선한 마음을 가지면 그림자가 따르듯 즐거움이 따른다. 오늘 내가 한 일이 나중에 어떤 결과를 가져올지 아무도 모르지만 훗날 아름다운 결실이 맺어지도록 오늘도 선한 씨앗을 뿌리며 살아가자.

- 《법구경(法句經)》〈쌍서품(雙敍品)〉

하나님께서 각 사람에게 그 행한 대로 보응하시되 참고 선을 행하여 영광과 존귀와 썩지 아니함을 구하는 자에게는 영생으로 하시고 오직 당을 지어 진리를 좇지 아니하고 불의를 좇는 자에게는 노와 분으로 하시리라.   －《로마서》

내가 만들지 않은 인생은 없다. 행복한 이는 행복하기를, 불행한 이는 불행하기를 선택했을 뿐이다.   － 앤디 앤드루스(미국작가)의 《폰더 씨의 위대한 하루》

당唐나라에 나무를 잘 기르는 곽탁타郭橐駝[1]라
는 사람이 있었다. 탁타는 곱사병을 앓아 굽은 허리가 낙타처럼 생겨서 붙
여진 이름이다. 그가 하는 일은 나무를 심는 것이었다. 그는 나무를 옮겨
심더라도 죽는 법이 없었다. 잘 자랄 뿐만 아니라 열매도 많이 열렸다. 많
은 정원사나 식수植樹 전문가들이 곽탁타를 모방해도 따라갈 수 없었다. 그
에게 비법秘法을 말해달라고 하자 그는 담담하게 말했다. "나는 나무를 잘
살게 하거나 열매가 많이 열리게 할 능력은 없습니다. 무릇 나무란 그 뿌리
가 잘 퍼지기를 원합니다. 원래의 흙으로 평평하게 잘 다져주어 나무의 천
성이 잘 발휘되게 도와줍니다. 이처럼 나는 그 성장을 간섭하거나 방해하
지 않을 뿐입니다. 그러나 유식한 사람은 그렇게 하지 않습니다. 뿌리는 접
히게 하고 흙을 바꾸어 줍니다. 흙 북돋우기도 지나치거나 모자라게 합니

---

1 橐전대 탁. 駝낙타 타

다. 관심이 지나치고 조급하여 조석으로 살피고 만집니다. 심한 사람은, 살았는지 죽었는지 껍질을 벗겨보고, 뿌리가 잘 내렸는지 나무를 흔들어보기도 합니다. 결국 그 나무는 차츰 본성을 잃게 되는 것입니다. 나는 그렇게 하지 않을 뿐입니다."라고 하였다. 나무의 본성을 훼손하지 않으면서 근본(뿌리)을 튼튼하게 해주었다는 것이다.《공자와 노자가 만났을 때》, 나무 심는 곱사등이 곽씨의 이야기)

– 유종원의 《종수곽탁타전(種樹郭駝傳)》

求木之長者 必固其根本　　구목지장자 필고기근본
欲流之遠者 必浚其泉源[1]　　욕류지원자 필준기천원

나무를 잘 기르려면 근본을 다져야하고,
물을 멀리 보내려면 수원을 깊이 파야한다.

–《정관정요(貞觀政要)[2]》〈간태종십사소(諫太宗十思疏)〉

당나라 정치가 위징의 간태종십사소諫太宗十思疏에 나온다. 기본기의 중요성을 깨우치는 말이다. 나무가 크게 자라기를 바라는 자는 나무의 뿌리를 견고하게 해 주어야 한다. 뿌리가 견고하지 못하면 나무는 크게 자랄 수 없다. 나무를 잘 키우는 최선의 방법은 최대한 나무가 그 본성을 유지할 수 있도록 하여 심고 그대로 놓아두는 것이다. 그래서 가급적 그 나무가 생육하던 토양을 사용하고 그 환경을 유지 시켜 주어야 한다. 곽타타의 나무 가꾸는 방법을 통하여 위정자의 백성 다스림에 대하여 말하고 있다. 이처

---

1 浚깊을 준
2 정관정요(貞觀政要): 당태종이 위징, 오긍 등의 신하들과 나눈 정치 대화 집

럼 백성들의 일을 하나하나 간섭하고 명령을 내리는 것은 백성을 사랑하는 것이 아니라 백성을 귀찮게 하고 힘들게 하는 것이다. 결국 곽탁타의 식수 비법은 나무의 본성을 거스르지 않고 자연스럽게 키우는 '무위자연無爲自然의 섭리를 따르는 것이다. 나무의 근본은 뿌리이다. 뿌리가 깊고 튼실해야 잘 자랄 수 있다. 나무가 크게 자라기를 바란다면 반드시 그 뿌리를 튼튼하게 해 주는 것이 식수植樹의 기본원칙이다. 목수가 사용하는 규구준승規矩準繩[1]과 같은 것이다. 규規는 원을 측정하는 원척圓尺(콤파스)을 의미하며, 구矩는 각을 측정하는 방척方尺(곱자-삼각자)을 말한다. 준準은 수평을 측정하는 평척平尺(수평기)을 뜻하며, 승繩은 직선을 그리는 직척直尺(곧은자-먹줄)을 말하는 것이다. 이 네 가지는 목수가 바른 선과 원을 그리고, 정확한 길이와 수평을 잴 수 있게 해주는 도구이다. 목수들이 쓰는 많은 연장 중에 규구준승을 유독 꼽는 것은 그것이 모든 일의 기준을 세우는 데 사용되기 때문이다. 그리하여 규구준승은 '일상생활에서 지켜야 할 법도'라는 뜻이 있다. 따라서 규범規範은 규구준승規矩準繩을 요약해서 표현한 말이다.(김유혁의《제왕학》)

팔레스타인 지역에서는 가옥이나 건물을 지을 때 수평이나 수직 여부를 가늠하는 데 줄에 납이나 돌로 된 원뿔 모양의 추를 매달아 사용했다고 한다. 이를 다림줄이라 하는데 다림줄은 규범이나 규칙'을 뜻하는 그리스어 'Canon'에서 유래되었다 한다.《성경》이 말하는 다림줄은 선과 악을 구별하는 하나님의 기준이다. 그래서 교회법을 카논Canon이라고 한다. 신이 인간을 판단하고 심판할 때에 그 기준으로 하는 '의義'를 상징한다. 따라서 성경聖經, 정경正經을 'Canon'이라고 한다. 카논에는 '자'라는 뜻도 있다.

---

1 규구준승(規矩準繩): 원 그리는 기구(컴퍼스). 規법 규. 矩곱자 구. 準수준기 준. 繩줄 승

《성경》이 우리의 신앙과 삶을 재는 '자'이기에 《성경》을 그렇게 부르는 것이다.《교회법과 신앙생활》《카톨릭 신문》 **'정의를 측량줄로 삼고 공의를 저울추로 삼는다.《이사야》'**했으니 근본적으로 삶의 기준을 바르게 설정하고 살아가야 할 것이다. 다림줄이나 규범(원칙, 준칙)은 나무로 말하면 뿌리를 말한다. 당태종의 간언대부諫言大夫였던 위징魏徵은 "나무가 곧게 자라기를 바라는 이는 반드시 그 뿌리를 튼튼하게 가꾸고, 물을 멀리 흘려보내고자 하는 이는 반드시 샘의 원천을 잘 준설한다."고 했다.《성경》에도 '이 말을 듣고 행하는 자는 그 집을 반석위에 지은 지혜로운 사람 같으니 비가오고 창수漲水[1]가 나고 바람이 불어도 무너지지 아니하나니 이는 그 주추(주초柱礎)를 반석위에 놓은 까닭이요 나의 이 말을 듣고 행하지 않는 자는 그 집을 모래위에 지은 어리석은 사람 같으리니 비가내리고 창수가나고 바람의 불어 그 집에 부딪치매 무너져 그 무너짐이 심하니라.《마태복음》'하여 기초와 근본의 중요성을 강조하고 있다. 그 누구도 모래위에 집을 지울 수 없고 물 없는 곳에서 배를 띄울 수 없다. 원칙과 정의를 외치는 요즘 이념과 진영논리陣營論理가 아닌 공명정대한 규구준승規矩準繩이 필요하다.

---

1 漲불을 창

몸으로 터득된 지혜만이 나를 밝힌다

도가전 불가수(道可傳 不可受)

제환공齊桓公이 대청 위에서 책을 읽고 있을 때 윤편輪扁[1](목수)은 대청 아래에서 수레바퀴를 다듬고 있었다. 윤편은 망치와 끌을 놓고서 제 환공에게 물었다. "대왕께서 읽으시는 것은 무슨 책입니까?", "성인의 말씀이시니라.", "그 성인은 지금 살아 계십니까?", "이미 돌아 가셨느니라.", "그렇다면 대왕께서 읽으시는 것은 옛사람의 찌꺼기입니다.", "과인이 책을 읽는데 수레바퀴나 다듬는 네놈이 무슨 참견이냐? 합당한 설명을 하면 괜찮지만 그렇지 못하면 죽임을 당하리라.", 윤편이 말하기를 "신이 하는 일의 경험으로 말씀드리겠습니다. 수레바퀴를 다듬을 때 많이 다듬으면 굴대가 헐렁해서 꼭 끼이지 못하고 적게 다듬으면 빡빡해서 들어가지 않습니다. 더도 덜도 아닌 것은 손으로 터득하고 마음으로 느낄 뿐 입으로는 표현할 수가 없습니다. 더 다듬고 덜 다듬는 그 사이에는 치수

---

1 扁넓적 편

가 있을 것이지만 그것을 제 자식에게 가르칠 수가 없고 제 자식도 그것을 저에게서 배워갈 수가 없어서 이렇게 제 나이 70이 되도록 수레바퀴를 다듬고 있습니다. 옛날의 성인도 마찬가지로 깨달은 바를 전하지 못하고 죽었을 것입니다. 그러니 대왕께서 읽으시는 것은 옛사람의 찌꺼기일 뿐입니다."라고 답했다.

-《장자》〈천도편(天道篇)〉-

성현聖賢의 말씀을 본뜻을 헤아리지 못하고 문장만을 읽는 것은 소용없다. 또한 진리나 도를 언어로 표현하는 데는 한계가 있다. 글은 말을 다할 수 없고 말은 글을 다할 수 없다. 말과 글이 진리와 도를 전해주는 수단이나 글이나 말로 '진리'를 전하는 데는 한계가 있다. 이를 '고인古人의 조박槽魄'이라고 한다. 문서나 매뉴얼화 된 지식을 형식지(形式知:Explicit Knowledge)라 한다면, 오랜 경험과 시행착오가 쌓여 몸에 체득된 지식을 암묵지(暗默知:Tacit Knowledge)라 한다. 이것이 살아있는 지식이다.

당나라 때 금강경의 왕이라고 칭송 받던 덕산德山 스님이 자기가 쓴《금강경소초》를 짊어지고 천하를 누비고 다녔다. 어느 날 길가의 떡집 노파에게 점심을 청하자 노파가 물었다. "스님의 바랑 속에는 무슨 글이 들어 있습니까?" 덕산이 《금강경소초》라고 했다. 이에 노파가 "금강경에 '과거의 마음도 얻을 수 없고, 현재의 마음도 얻을 수 없고, 미래의 마음도 얻을 수 없다.(과거심불가득 현재심부가득 미래심불가득過去心不可得 現在心不可得 未來心不可得)'고 했는데, 스님은 어느 마음으로 점심을 드시렵니까?" 이 물음에 덕산 선사는 말문이 막혀버렸다. 그리하여 용담龍潭선사를 찾아가 가르침을 청했다. 어느덧 밤이 깊어지자 용담 선사가 "밤이 깊었는데 왜 물러가지 않는가?"하자 덕산이 인사를 하고 나갔다가 다시 들어와 말하기를 "밖이 캄캄합니다."라고 하자, 용담 선사는 초에 불을 붙여 건넸다. 이에 덕산이 받으려는 순간 선사는 불을 훅 불어 꺼버렸다. 이때 덕산은 홀연히 큰 깨달음을 얻고 절을 올렸다. 선사가 "그대는 어떤 도리를 보았는가?"라고 묻자 "모든 진리의 말을 다할지라도 털끝 하나를 허공에 놓은 것과 같고, 세상의 중요함을 다한다 할지라도 물 한 방울을 깊은 골짜기에 떨어뜨린 것과 같다."고 하며《금강경소초(주석서)》를 불태우고 떠났다. 그는 등불이 어둠을 밝히는데 한계가 있는 것처럼 경전역시 그렇다는 사실을 깨달은 것이다.(법보신보)

- 《무문관(無門關)》[1] 28칙

위대한 경전이나 아무리 훌륭한 지식이라도 자신이 깨닫고 얻은 것이 아니라면 큰 의미는 없다. 우리가 살아가는데 수많은 경전이나 지식을 다 필요로 하지는 않는다. 더불어 살아가는 데 필요한 희생과 사랑, 자신의 삶의 품격을 높여줄 자아성찰이 있으면 크게 부족할 것은 없을 것이다.

書不盡言 言不書意 서부진언 언불서의

글은 말을 다할 수 없고 말은 뜻을 다할 수 없다.

-《역경 계사전(易經 繫辭傳)》

---

1 무문관(無門關): 중국 남송의 선승 무문 혜계가 지은 불서. 無자 화두로 정진하여 그 깨달음의 경지와 능력이 유감없이 발휘된 손꼽히는 공안집이다. * 암묵지(暗默知, Tacit Knowledge): 학습과 체험을 통해 개인에게 습득돼 있지만 겉으로 드러나지 않는 상태의 지식을 말한다. 즉 머릿속에 존재해 있는 지식으로 언어나 문자를 통해 나타나지 않는 지식이다. 주로 경험을 통해 체득된다.

* 형식지(形式知, Explicit Knowledge): 암묵지가 문서나 매뉴얼처럼 외부로 표출돼 여 사람이 공유할 수 있는 지식을 말한다.

말과 글은 전하고자 하는 뜻을 온전하게 전달하는 데는 한계가 있다.(언어의 한계) 글은 말을 전달하는 것에 지나지 않고, 말은 그 의미를 다 전해줄 수가 없다. 그러므로 진리를 진정으로 깨닫고 마음에 담아 새겨두고 몸으로 체득해야 한다. 사도 바울처럼 **이세상의 것들을 배설물처럼 여길 수 있는 진리를 체득하여 마음에 새겨야한다.** '불립문자不立文字'란 '진정한 진리는 말이나 글을 써서 전할 수 없다는 것이며, '도는 전해줄 수는 있어도 받을 수 는 없다.(도가전 불가수道可傳 不可受)'는 말과 같다. 아는 것만큼 보고 본 것만큼 느낀다. 진리는 느낌으로 전해지는 것이다. 억지로 표현하면 그 말에 얽매여 느낌이 변질될 수 있다.

세상에서 가장 소중한 것은 보여 지거나, 만져지지 않는다. 단지, 가슴으로만 느낄 수 있다.   - 헬렌켈러

겉보다 속이 중요하다

피갈회옥(被褐懷玉)

어느 타이어 제조회사 사장이 사원들을 모아 놓고 청빙한 전문 경영인을 다음과 같이 소개한다. "나는 이미 늙었습니다. 타이어로 말하자면 헌 타이어와 같습니다. 그러나 여기 소개하는 이 사람은 젊고 유능합니다. 말하자면 '새 타이어'라고 할 수 있습니다." 사장의 소개를 받은 젊은 경영인은 이렇게 말한다. "방금 우리 사장님은 자신을 헌 타이어로 비유하셨습니다. 그러나 그 타이어는 오랜 세월을 펑크 나지 않고 잘 굴러온 훌륭한 타이어입니다. 그렇지만 저는 아직 사용도 안 해 본 스페어타이어에 불과 합니다. 어떻게 저를 사장님에게 비길 수 있겠습니까?" 사원들은 일제히 환호하며 갈채를 보냈다. 이 젊은 경영인이 사원들에게 감명을 준 것은 자신을 낮출 줄 아는 겸손한 모습이었다. (종려나무교회) 옛날 우리 선조들이 집안에 출입하는 쪽문의 높이를 허리를 숙여야 들어갈 수 있게 만든 것은, 몸을 낮추는 겸손함을 실천하기 위함이라고 전해진다. 《성경》에 보면 혼인 잔치에 청함을 받았을 때에 높은 자리에 앉지 말라고 한다. 그렇지 않으면 자기보다 더 높은 사람이 청함을 받은 경우에 청한 자가 와서 이 사람에게 자리를 내주라 하면 그 때에 끝자리로 가게 되어 부끄러움을 당한다고 한다. 그래서 청함을 받았을 때에 차라리 가서 끝자리에 앉아라. 그러면 너를 청한 자가 와서 너더러 벗이여 올라앉으라 하리니 그 때에야 함께 앉은 모든 사람 앞에서 영광이 있으리라고 나온다. 무릇 자기를 높이는 자는 낮아지고 자기를 낮추는 자는 높아지리라.《누가복음》

성인은 겉모습이 화려한 사람이 아니라 내면이 아름다운 사람이다. 상인이 좋은 물건을 깊숙이 감추고 있듯이, 위대한 정신적 내면의 세계를 가지고 있는 사람은 겉은 허름하지만 갈옷을 걸치고 있다는 뜻이다. 겉모습만 보고 그 사람을 평가하지 말고, 진정 내면의 옥석을 제대로 가릴 수 있어야 한다.

무릇 자기를 높이는 자는 낮아지고 자기를 낮추는 자는 높아지리라 –《누가복음》

知我者希 則我者貴　지아자희 즉아자귀
是以聖人 被褐懷玉　시이성인 피갈회옥

나를 아는 자는 드물고, 그런즉 내가 귀하도다.
이런 까닭으로 성인은 '베옷 속에 옥을 품었다.' 한다.

– 《도덕경(道德經)》 70장

갈褐은 모포毛布로 신분이 낮은 자의 옷이며 옥은 마음속의 보배를 말한다. 따라서 '피갈회옥被褐懷玉'은 '갈옷을 입고 있어도 속에 구슬을 품고 있다.'이니 겉으로 드러나지 않으나 속에 덕을 갖춘 사람을 말한다. 어질고 덕망 있는 사람의 소박하고 겸손함 모습이다. 어질고 덕 있는 사람은 스스로 특별함을 스스로 들어내지 않는다. **능력을 갖춘 사람은 그 능력으로 남을 불편하게 하지 않고 가슴 속에 품고 겉으로 내보이지 않는다. 빛나는 광채를 가진 사람은 자신의 빛을 뽐내어 남을 눈부시게 하지 않는다.** 자신을 낮추고 남을 섬기며 늘 비우고 부족함을 채워 나가야 한다. 귀함은 천함을 근본으로 삼고 높음은 낮음을 근본으로 삼는다고 했다. 진정 덕 있는 사람의 모습은 자연스럽게 덕을 쌓아가는 사람이다.

> 子曰 孟之反不伐[1] 奔而殿[2] 將入門 策其馬曰非敢後也[3]
> 馬不進也.
>
> 자왈 맹지반불벌 분이전 장입문 책기마왈비감후야 마불진야

공자가 말했다. "맹지반은 자랑하지 않는다. 패주할 땐 군대후미에 위치하다, 성문에 다다라서는 말을 채찍질 하며, 내가 용감하여 뒤쳐진 것이 아니라 말이 나아가지 않아서 그랬다."라고 말했다.

－《논어》〈옹야편(雍也篇)〉

맹지반은 노나라의 대부이면서 장군이었다. 그는 항상 솔선수범했으며 자신보다는 부하들의 안위를 먼저 챙겼다. 그러면서도 그는 항상 겸손했다. 말이 자신의 말을 듣지 않았노라고 했지만 사람들은 그의 진심을 다

---

1 伐칠 벌, 공적을 자랑하다.
2 奔달릴 분, 패주하다. 殿전각 전, 군대의 후미.
3 策채직 책

알고 있었다. 공자는 이런 맹지반의 덕을 칭찬하고 있다.

겸손은 자신을 드러내지 않아도 주머니 속의 송곳처럼 들어나 모든 사람들이 그를 알아본다.

夫仁者 己欲立而立人 己欲達而達人
부인자 기욕립이립인 기욕달이달인

인이란 자기가 서고자하면(입신) 남도 세워주고 자기가 통달하고자(이루고자)하면 남도 통달하게 하라.

－《논어》〈옹야편(雍也篇)〉

남의 입장으로 돌아가 생각하라.(역지사지 易地思之). 내가 하고 싶으면 남이 하게하고, 내가 하고 싶지 않으면 남에게 시키지 말라. 남을 돕고 남을 용서하고 남을 이해하고 배려하는 마음가짐과 행동이 바로 인仁이다. **인仁이면 서로 살 수 있지만 불인不仁이면 너도나도 다 살 수 없다.**

실상(實像)을 보라

원후취월(猿猴取月)

《장자》〈재물론〉에는 '그림자의 그림자' 우화가 나온다. '그림자의 그림자'와 '그림자'의 대화이다. 이 대화는 애니메이션의 소재로 등장할 만큼 재미있는 설정이고 문학성이 뛰어나서 장자의 상상력이 돋보이는 대목이다. '그림자의 그림자'가 그림자에게 말한다. "당신은 마땅히 지녀야 하는 지조가 없소? 그림자는 돌연 멈추거나 앉거나 하여 행동거지에 일관성이 없는데, 마찬가지로 '그림자의 그림자' 또한 즉각적으로 따라서 행동하게 된다. 그림자는 절대로 신호를 주는 일 없이 그림자의 그림자'로 하여금 언제나 끌려 다니게 한다. 그래서 그림자에게 항의하는 것이다." 그러자 그림자가 대답한다. "나를 탓하지 말라 나도 누군가에게 기대어 살기 때문에 그런 것이다. 내가 기대어 살고 있는 그 사람도 벗겨진 뱀의 허물과도 마찬가지일 뿐이다. 그 사람인들 어쩌다 이렇게 되었는지, 어찌해야 되는지 알 수 있겠소이까!", '그림자의 그림자'와 '그림자' 사이의 대화를 이렇게 끝맺음하면서 우리들에게 성찰의 여지를 남겨준다. '그림자의 그림자'는 '그림자'에게 끌려 다니고, '그림자'는 또 다른 형체에 의해 끌려 다니게 된다. '그림자'는 영원히 형체를 벗어날 수 없는 것이기에 자신을 위해 변호하고 나아가 자신이 매여 사는 '형체'을 위해 변호한다. '형체' 또한 자유로울 수 없고 여전히 다른 주인에 기대어 사는 것이라고. '형체'는 그 사람의 표피에 불과할 뿐이므로 근본적으로 삶의 방향과 존재 양태를 결정할 수 없다고 변호한다.

'그림자의 그림자'에게는 '그림자'가 실체로 보이지만, 그림자는 또 다른 실체의 허상에 지나지 않는다. 그런데 그 실체마저도 또 다른 어떤 존재의 허상일 수도 있다. 이처럼 사물의 연관 관계를 살피면 어떤 사람도, 어떤 사물도 궁극에는 독립성이 없는 것이다. 그런 의미에서 모든 사물은 그저 '그림자'이거나 더 깊이 들어가면 '그림자의 그림자'라 할 수밖에 없다. 무엇엔가 의지해야만 살아 갈 수 있는 존재로부터 분연히 떨쳐 일어나 참된 삶을 살아야만 한다. 조선시대 탑골공원 주변을 주 무대로 삼았던 백탑파白塔波 박지원, 이덕무, 박제가, 유득공, 운중거, 등은 연암 박지원을 제외하고는 서얼庶孼[1] 출신들이다. 한마디로 그들은 조선의 그림자였다. 그런데 그들의 눈에 비친 조선의 양반 지배층, 썩은 선비들은 사실은 중국의 따라지(그림자)였던 것이다. 자신들이 중국의 따라지(그림자)인 줄도 모르고 권력을 휘두르고 온갖 '갑질'을 행하고 있는 현실을 백탑파는 시時나 소설小說로 일체를 묵살하면서 상식적, 세속적 가치관에 대하여 소리 높혀 홍소哄笑[2]하였다. 이것은 지배 권력에게는 반역인 것이고 그들의 홍소는 백탑파

---

1 孼서자 얼
2 哄떠들썩할 홍

의 배설일 수도 있다. 인간의 허세와 오만을 모멸하면서도 그들의 모멸을
비웃음속에서 해학 했던 것이다.(장규채 훈장)

佛告諸比丘 過去時世 有城名婆羅奈[1] 國名伽尸[2].

於空閑處 有五百獼猴[3] 遊行林中 到一尼俱律樹下 樹下有井 井中有

月影現. 時獼猴主見是月影 語諸伴言 月影死落在井中 當共出之

莫令世間長夜闇冥[4] 工作議言 云何能出 時獼猴主言 我知出法

我捉樹枝[5] 如捉我尾 展轉相連 乃可出之. 時諸獼猴即如主語 展轉相

捉 少未至水 連獼猴重 樹弱枝折 一切獼猴墮井水中[6].

불고제비구 과거시세 유성명파라내 국명가시.

어공한처 유오백미후 유행림중 도일니구률수하 수하유정 정중유

월영현. 시미후주견시월영 어제반언 월영사락재정중 당공출지

막령세간장야암명 공작의언 운하능출 시미후주언 아지출법

아착수지 여착아미 전전상련 내가출지. ·시제미후즉여주어 전전상착

소미지수 연미후중 수약지절 일체미후타정수중.

부처가 여러 비구들에게 말했다. 과거세에 가시라는 나라에 파라나라
는 이름의 성이 있었다. 한적한 곳에 원숭이 오백무리가 살고 있었는데
한 수행자가 숲속을 유행遊行중 구율(자두)나무 밑에 이르렀을 때 나무
밑에 있는 우물에 달이 비치고 있었다. 이때 우두머리 원숭이가 우물 속

---

1 婆할미 파. 奈어찌 내
2 伽절 가
3 미후(獼猴): 원숭이의 일종. 獼원숭이 미
4 闇숨을 암
5 捉잡을 착
6 墮떨어질 타

의 달을 보고 "지금 달이 우물에 빠져 죽어가고 있는데 세상이 어둡기 전에 꺼내 주어야 한다."고 말했다. 무리들이 머리를 맞대고 의논하였다. 그때 우두머리가 "내가 나무 가지를 잡고 너희들은 내 꼬리를 잡고 길게 늘이면 꺼낼 수 있다."고 의견을 제시했다. 이에 원숭이들이 서로의 꼬리를 잡고 길게 연결했는데 물에 이르기 전에 원숭이들의 무게 때문에 나무 가지가 부러져 버렸고, 순간 원숭이들은 모두 물속으로 떨어지고 말았다.(두산백과)

  ─ 동진(東晉)의《불타발타라(佛陀跋陀羅)》, 법현(法顯)의《마하승기율(摩訶僧祇律[1])》

  욕심에 눈이 어두워 자기의 분수를 모르고 날 뛰다가 화를 입게 되는 것을 말한다. '원숭이가 물에 비친 달을 잡는다.'는 **원후취월**猿猴取月[2]이다. 정중로월井中撈月[3] 착월선후捉月玃猴[4]라고도 하는데, 불교에서는 욕심에 눈이 어두워진 사람을 원숭이로 지칭한다. 비구와 비구니의 계율을 정한 불교경전《마하승기율》에 나온다. 원숭이들이 떠내려했던 달은 달이 아니라 달그림자에 불과하다. 원숭이가 우물속의 달을 꺼내려는 순간 달은 사라지고 만다. 진리가 이름이나 말 속에 들어있는 것은 아니다. **사태의 본질을 올바르게 파악해야지, 눈앞에 보이는 현상에만 집착해서는 아니 된다.**

───────────

1 祇빌 기. 訶꾸짖을 하, 가
2 猴보통 원숭이 후. 참고로 성(猩)은 성성이(우랑우탄), 원(猿)은 큰 원숭이.
3 撈건질 로
4 捉잡을 착. 玃죽일 선. 摩문지를 마, 陀비탈질 타, 跋밟을 발

한 학인이 위산선사[1]에게 물었다. "달마 대사가 서쪽에서 오신 까닭이 무엇입니까?", "나에게 의자를 가져오게." 전광석화와 같은 위산선사의 대답에 학인은 짐을 풀 새가 없었다.(《조주록[2]》) 위험한 상황에 처했을 때 비로소 자기를 돌아보는 것처럼, 옛 선사들은 학인을 흔들어 망념이 무너지게 했다. 임제는 고함(갈喝)을 지르고, 덕산은 몽둥이를 들었다한다. 선사에 따라 주먹을 드는가 하면, 손가락을 세우기도 한 것이다. 그러기에 조사의 법문은 경전으로 해석하기가 어렵다.

구지선사俱胝禪師[3]는 수행자가 찾아오면, 시종일관 말없이 손가락 하나를 들어 보였기에 선사의 법을 일지선一指禪이라고 했다. 도道는 손가락 끝

---

1 위산선사(潙山禪師): 당나라 시대에 천오백 대중을 지도하는 총림(叢林)의 방장(方丈)이었다.
2 조주록: 당나라 선승 조주의 어록
3 俱함게 구. 胝굳은살 지

에 있지 않고 손가락을 들려고 하는데 있다. 선사는 공空을 보여 불수 없기에 대신 손가락을 들어 보여준 것이다. 손가락을 보고 공을 볼 수 있는 안목을 지녀야 한다. 선사가 출타한 어느 날 한 수행자가 찾아와 상좌上佐에게 "스님께서는 평소에 어떤 법으로 사람들을 지도하십니까?"라고 질문을 하자, 스승과 같이 손가락 하나를 일으켜 세웠다. 선사가 돌아온 후 자기가 한 행동을 스님께 말씀드리자, 선사는 갑자기 칼로 그의 손가락을 잘라버렸다.(법과등불) 그 순간 상좌는 비명을 지르며 깨우침을 얻었다한다. 그는 법문이 모양에 있다고 생각했다. 상좌는 망념을 타파하고 깨달음을 얻는 것이다.

'여하시조사서래의如何是祖師西來意' 즉 "달마대사께서 인도에서 중국 땅에 무엇을 가지고 오셨습니까?"라는 이 화두에 대해 어떤 이는 '뜰 앞의 잣나무'라고 답했고, 어떤 스님은 '마른 똥 막대기'라고 답했고, 어떤 선사는 '신주 앞에 놓은 술잔'이라고 답했다. 또한 뜬금없이 고함을 지르기도 하고, 냅다 몽둥이를 날리기도 한다. 한 바라문(승려)이 양손에 꽃을 들고 부처님을 찾아와 공양을 올리려 했다. 부처님이 "버려라"고 말씀하자 바라문은 왼손의 꽃을 버렸다. 부처님이 다시 "버려라"고 말씀하자 바라문은 오른손의 꽃을 버렸다. 다시 부처님이 "버려라"고 말씀하시자 "저는 지금 빈손입니다. 더 무엇을 버리라고 하십니까?"라고 했다. 부처님은 "너에게 꽃을 버리라고 한 것이 아니다. 네가 가진 분별심分別心을 버리라고 했다." 바라문은 그 자리에서 깨쳤다. "버려라", "달마가 서쪽에서 오신 까닭은?" 등의 화두는 선문답의 전형이다.

如愚見指月 觀指不見月 여우견지월 관지불견월

計著名字者不見我眞實[1] 계착명자자 물견아진실

어리석은 자처럼 가리키는 손가락을 보고 손가락만 보지 달은 보지 못
하는구나.
이름과 글자의 개념에 집착하여 나의 실상을 보지 못하는 구나

－《능가경(楞伽徑[2])》

　　견지망월見指忘月, 견월 망지見月忘指의 유래로 석가모니가 능가성楞伽城
에서 설법한 불교 경전인《능가경楞伽徑》에 나온다. 달을 보라고 손가락으
로 가리켰더니 손가락만 본다. 작은 일에 신경을 쓰다가 큰일을 잊어버리
거나 본질을 잊어버림을 말하는 것이다. 진리는 하늘의 달과 같고 문자는
손가락과 같다. 손가락으로 달을 가리키면 달을 보아야 한다. 달을 보라고
손가락을 들었더니 손가락만 쳐다보면 달을 볼 수 없다. 주변에만 매달리
지 말라는 것이다. 불경에 치우쳐 부처님을 보지 못하고, 형식에만 치우치
는 사람들에게 깨우침을 주는 가르침이다. 겉모습이 아니라 실상을 보라는
것이다. 달은 해탈과 열반을 말한다. 손가락은 올바른 선법이다. 손가락은
달을 보는 좋은 방편이니 손가락이 가리키는 방향만 잘 따라가면 달을 볼
수 있다.

일을 올바르게 처리하는 것은 어렵지 않다. 문제는 무엇이 올바른 가를 아는 것
이다.
　　　　　　　　　　　　　　　　　　　－ 린든B. 존슨(미국 36대 대통령)

---

1 著붙을 착, 나타날 저
2 楞모 능

진리를 바로 보라

영정중월(詠井中月)

새벽은 고요 속에서 다가오고 꽃은 말없이 피건만 사람의 마음은 언제나 소란스럽다. 법정은 "무소유란 아무것도 갖지 않는 것이 아니라 불필요한 것을 갖지 않는 것이다. 삶은 소유물이 아니라 순간순간에 있기에 무엇인가를 갖는다는 것은 다른 한편 무엇인가에 얽매인다는 것"이라 했다. **아름다움조차도 네 것이 아니거든 소유하려 말라.**

어느 날 스님이 물을 기르려다 우물 속을 들여다보니 우물 속의 달이 너무 아름다워 우물 속의 달을 바가지로 떠내어, 병 속에 담은 후 마개를 닫고 절간으로 가져와 쏟아보니 달은 사라져 버리고 없었다. 탐욕의 허망함을 깨닫는 순간이다.

[산석영정중월(山夕詠井中月)]

山僧貪月色	산승탐월색	산 중 스님이 달빛을 탐내어
井汲一甁中[1]	병급일병중	병에다 물과 함께 달을 길었네
到寺方應覺	도사방응각	절에 와 비로소 깨달았다네
甁傾月亦空	병경월역공	병의 물 따르니 달도 사라진다는 것을

- 《대동시선(大東詩選)》, 《고려시대 한시읽기》

　　우리나라 오언절구五言絶句중에서 가장 뛰어난 작품으로 평가 받고 있는 산석영정중월山夕詠井中月은 '산속의 저녁에 우물속의 달을 노래하다'란 뜻으로 달빛을 하나의 소유대상으로 삼아 인간 탐욕의 무모함을 그렸다. 사람이 영원히 가질 수 있는 것은 없다. 한편 호리병에 달을 담아 절에 도착하여 물을 쏟아 보니 물속의 달은 허상虛像이었다. 색色을 탐한 스님이 달빛을 통해 공空을 깨우치고 있음을 말하고 있다. 불교경전(반야심경)에 나오는 '색즉시공 공즉시색色卽是空 空卽是色'이다. 색色이란 형태가 있는 물질세계를 일컫는 것이고, 공空이란 그 실체가 없다는 것을 말한다. '색즉시공'의 색은 물질을 말하며 물질을 이루는 색깔처럼 소유할 수 없으니 공이라는 것이고, '공즉시색'은 실상은 실체가 없으나 물질적 현상의 생멸 변화로 나타나므로 색이라는 것이다. 사람이 세상을 살면서 영원히 간직할 수 있는 것은 아무 것도 없다. 병 속의 달이 아름답다고 하지만 물을 쏟고 나면 물과 함께 없어지는 것과 같은 이치이다.

---

1 井어우를 병. 汲물을 길을 급. 甁단지 병

이와는 달리 수많은 사람이 저마다 달을 노래했다. 천상에 드높이 우뚝 솟아 있으니 천중월天中月이오, 그리움에 동산 오르니 산중월山中月이오, 외로움에 일렁이니 수중월水中月, 달빛 뿜으며 가슴으로 들어오는 심중월心中月, 벗과 기울이는 술잔에 드리우니 배중월盃中月이다. 상촌 신흠선생은 야언野言에서 "월도천휴여본질月到千虧餘本質", "달은 천 번을 이지러져도 그 본질을 잃지 않는다."고 했고, 이태백은 월하독작月下獨酌에서 잔을 들어 달 년을 불러 앉히니 달 년이 춤을 추고 그림자 놈이 미쳐 날뛰었다고 하였다. **아름답고 소중한 것은 소유하려 하지 말고 보고 즐겨야 할 것이다.**

인간은 자연 속에 살면서 미미한 것들을 자꾸만 소유하려든다. 자연은 소유하려하지 않는다면 자신의 것이다.

물에서 배우라

상선약수(上善若水)

고대 로마는 지하에 역사이펀Inverted siphon을 설치하여 물이 빠르게 떨어지는 운동량으로 물을 언덕으로 흐를 수 있도록 했다. 그러나 자연적으로는 물은 높은 곳에서 나와 낮은 곳으로 흐른다. 웅덩이를 만나면 채운 다음 나아가고, 막히면 돌아서 간다. 끊임없이 떨어지는 작은 물방울이 바위를 뚫는다. 부드러움이 강함을 이기고, 유연함이 강한 것을 이긴다. 물은 만물을 이롭게 하면서도 다투지 아니한다. 그러므로 선의 표본이 되기에 '최상의 선은 물과 같다.'고 하는 것이다.

上善若水[1] 水善利萬物而不爭[2] 處衆人之所惡[3], 故幾於道[4]

상선약수 수선이만물이부쟁 처중인지소악 고기어도

최고의 선은 물과 같으니라. 물은 만물을 이롭게 하면서도 다투지 않고, 모든 사람이 싫어하는 곳에 있으므로 거의 도道에 가깝다.

－《도덕경(道德經)》8장

天下莫柔弱於水 而攻堅强者莫之能勝 以有無以易之.

弱之勝强 柔之勝剛 天下莫不知 莫能行.

천하막유약어수, 이공견강자막지능승, 이유무이역지

약지승강, 유지승강, 천하막부지, 막능행.

천하에 물처럼 유약한 것은 없지만, 물처럼 견고하고 강한 자를 공격해서 능히 이길 수 있는 것도 없다. 약한 것이 강한 것을 이기고, 부드러운 것이 단단한 것을 이긴다는 사실을 천하에 모르는 자가 없다. 하지만 막상 이를 실행하지는 못한다.

－《도덕경(道德經)》78장

노아의 홍수는 물로서 모든 것을 제압했다. 물보다 부드럽고 약하게 보이는 것은 없지만 물에 대항할 것은 없다. 굳세고 강한 것을 이길 수 있

---

1 상선(上善): 惡의 상대적인 선이 아니라, 선악을 초월한 무위자연(無爲自然)의 경지에서 나타나는 선을 말함.
2 부쟁(不爭): 물의 흐름은 앞을 다투지 않음.
3 소악(所惡): 싫어하는 바
4 幾거의 기

는 것은 물밖에 없다. 그 이유는 어느 것도 가벼이 여기지 않고, 잠시도 쉬지 않고 흐르기에 가능한 것이다. 이것이 물의 생명력이요 위대함이다.

江海所以能爲百谷王者, 以其善下之, 故能爲百谷王. 是以聖人欲上民,
必以言下之,
欲先民, 必以身後之. 是以聖人處上而民不重, 處前而民不害.
是以天下樂推而不厭.
以其不爭, 故天下莫能與之爭.

강해지소이능위백곡왕자, 이기선하지, 고능백곡왕. 시이성인욕상민,

필이언하지,

욕선민, 필이신후지. 시이성인처상이민부중, 처전이민불해.

시이천하낙추이불염.

이기부쟁, 고천하막능여지쟁.

강과 바다가 뭇 시냇물의 으뜸이 될 수 있는 것은 그 선함으로 스스로를 낮추기 때문이다. 그러므로 백성들의 윗사람이 되고자 하면 반드시 말을 낮추어 겸손하게 해야 하고, 백성들보다 앞에 서고자 하거든 반드시 몸을 그들의 뒤에 두어야 한다. 그러므로 훌륭한 위정자는 위에 있더라도 백성들이 부담스러워하지 않으며 앞에 있더라도 자신들에게 해害를 끼친다고 여기지 않는다. 그러므로 천하 의 사람들이 기꺼이 추대하며 조금도 싫어하는 마음을 갖지 않는다. 그 누구와도 다투려 하지 않으므로 천하 사람들 그 누구도 그와 다툴 수 없다.

−《도덕경(道德經)》66장

關尹曰 在己無巨形物自著, 其動若水其靜若鏡其應若響.
芴乎若亡寂乎若淸[1]. 同焉者和得焉者失 未嘗先人而常隨人.

관윤왈 재기무거형물자저, 기동약수기정약경기응약향.
홀호약망적호약청. 동언자화득언자실 미상선인이상수인.

관윤(노자 제자)이 말하길 "자기에게 거함(집착함)이 없으면 사물의 모습
은 저절로 드러난다." 그래서 움직일 때는 마치 물과 같고, 가만히 있을
때는 거울과 같았으며, 외물에 응하는 것은 마치 메아리 같았다. 아득
하게 없는 듯하였고, 고요하게 맑은 듯하였다. 사물과 함께하면 조화를
이룰 것이고, 사물을 얻으려고 하면 잃을 것이다. 남 앞에 나서지 않고
항상 남을 뒤따랐다.

－《장자》〈잡편(雜篇)〉〈천하(天下)〉

노자는 인간수양의 근본을 물이 지니고 있는 덕목(수유칠덕水有七德)에
서 찾아야 한다고 했는데, 흔히들 말하는 낮은 곳으로 흐르는 겸손謙遜, 막
히면 돌아갈 줄 아는 지혜智慧, 더러운 물도 받아주는 포용력包容力, 어떤 그
릇에나 담기는 융통성融通性, 바위도 뚫는 끈기와 인내忍耐, 장엄한 폭포처
럼 투신하는 용기勇氣, 유유히 흘러 바다를 이루는 대의大義다. 이를 물이 지
닌 덕목 즉 수유칠덕水有七德이라 한다. 우리 몸에 있는 물만큼이나 덕을 지
녔으면 한다.

君者舟也 庶人者水也 水則載舟 水則覆舟

군자주야 서인자수야 수즉재주 수즉복주

---

1 芴황홀할 홀

군주는 배이고, 백성은 물이다. 물은 배를 띄울 수 있지만 배를 뒤집을 수도 있다.

-《순자(荀子)》〈왕제편(王制篇)〉

군주가 백성을 제대로 다스리면 순항할 수 있지만 백성의 인심을 거스르면 전복될 수 있음을 경고한 것이다(공자의 말을 인용한 것으로 본다).《서경書經》〈소고편召誥篇〉에도 같은 내용이 나온다.

民猶水也 水能載舟 亦能覆舟 物無險於民者矣
민유수야 수능재주 역능복주 물무험어민자의

백성은 물과 같다. 물은 배를 띄울 수도 있지만 또한 배를 뒤집을 수도 있다. 백성보다 더 위험한 것은 없다.

-《남명문집》〈민암부(民巖賦)〉

백성은 나라를 엎을 수도 있는 위험한 존재'라는 말이다. 임금은 백성을 사랑하여 편안히 살도록 해야 하는데, 그렇지 않으면 백성이 나라를 엎을 수도 있다는 것을 경계하는 내용이다. 위정자는 물의 위대한 힘을 안다면 백성을 두려워 할 줄도 알아야 한다.

애증(愛憎)은 예측하기 어렵다

여도지죄(餘桃之罪)

춘추전국시대 위나라 영공靈公의 총애를 받던 미동美童, 미자하彌子瑕[1]가 있었다. 어느 날 어머니의 병이 위중하다는 말을 들은 미자하는 임금의 명을 사칭하여 임금의 수레를 타고 집에 다녀왔다. 발뒤꿈치를 자르는 월형刖刑[2]에 해당하는 죄를 저질렀으나, 영공은 "미자하의 효성이 얼마나 지극한가! 그는 자신의 다리보다 어머니를 더 중하게 여겼도다."라며 용서 하였고, 또 어느 날 복숭아밭을 산책하던 중 미자하가 먹던 복숭아를 왕에게 바치자 "나를 사랑하는 마음이 지극하구나. 자신이 먹던 것이란 사실조차 잊고 내게 바치다니!"라고 칭찬하였다. 세월이 흘러 미자하의 용모가 쇠하고 임금의 사랑 또한 식게 되었다. 그러자 영공은 "미자하는 내 명령을 사칭하고 내 수레를 훔쳐 탔을 뿐 아니라, 자기가 먹

---

1 彌두루 미. 瑕티 하
2 刖벨 월

던 복숭아를 나에게 준 놈이다."라며 그를 벌하였다. 여기서 '먹다 남은 복숭아를 먹인 죄'라는 말로, 총애를 받는 것이 도리어 죄를 초래하는 원인이 된다.'는 여도지죄餘桃之罪가 유래 되었다. '애증愛憎의 변화는 예측하기 어렵다.'는 뜻이다. '애정과 증오가 심한 경우에 사용한다. **여도담군**餘桃啗君[1], **애증지변**愛憎之變이라고도 한다.

－《한비자(韓非子)》〈세난편(說難篇)〉

한비자는 "미자하의 행동은 처음과 나중이 다르지 않았으나 처음에는 칭찬을 받았고 후에는 벌을 받은 것은 군주의 사랑이 변한 것이다. 신하가 군주의 총애를 받을 때는 그의 지혜 또한 군주의 마음에 들겠지만 총애가 사라지면 뛰어난 그것마저도 미움을 받게 된다. 왕에게 유세遊說를 하고자 할 때는 왕의 마음을 잘 살펴본 후에 해야 한다. 용도 길들이면 타고 다닐 수도 있다. 그러나 목에 역린逆鱗[2]이라는 거꾸로 난 비늘이 있으니 그것을 만지는 자는 반드시 죽음에 이르게 된다. 군주에게도 역린이 있으니 그에게 유세하고자 하는 자는 역린을 건드리지 않도록 조심해야 한다. 그리하면 유세는 대체로 성공할 것이다."라고 했다(조우성의 한비자 이야기). 변하기 쉬운 것이 사람마음이다. **충고와 질책은 가려서 해야 한다.** 시도 때도 없이 나서거나 명분도 없이 경거망동하여 화를 자초해서는 안 된다. 유세遊說가 어려운 것은 상대의 마음을 간파한 후 자신의 생각을 더하여야하기 때문이다.

프로기사 5단의 별칭인 '용지用智'는 '지혜를 사용할 줄 안다.'는 뜻이

---

1 啗먹일 담
2 역린(逆鱗): 용의 목에 거꾸로 난 비늘이란 뜻으로 군주가 노여워하는 군주만의 약점 또는 노여움 자체를 비유하여 말한다.

다. 그 지혜는 항상 자신의 부족함을 알고 오만하지 않으며 위기에 대한 유비무환有備無患의 자세로 신중을 기하는 것이다. 《논어》〈태백편〉에 '위방불입 난방불거危邦不入 亂邦不居' 즉 '위험한 곳에는 발도 들이지 말고, 어지러운 곳에는 누울 생각을 말아야 한다.'라 했다. 거짓과 진실이 뒤섞여 때로는 거짓이 진실보다 더 진실해 보이는 세상이다. 세상살이에 조심 또 조심해야 한다. 돌다리도 두드려보고 건너야 한다.

송나라에 부자가 살고 있었다. 어느 날 큰 비가 내려 담이 무너졌다. 그러자 그의 아들이 말했다. "담을 고치지 않으면 도둑이 들지 모릅니다." 잠시 후 이웃사람이 와서 같은 말을 했다. "빨리 고치십시오. 도둑이 들 수 있습니다." 그런데 공교롭게도 그날 밤 도둑이 들었다. 두 사람이 같은 내용을 조언 했지만, 자신의 아들에 대해서는 판단력이 뛰어나다고 여긴 반면 충고를 해 준 이웃에 대해서는 의심을 품었다. 신뢰관계가가 없는 상태에서의 직언은 오해를 받을 수 있다. 사실을 정확히 판단하는 것이 어려운 것이 아니라 알고 있는 사실을 어떻게 전달하느냐가 문제인 것이다.

– 《한비자(韓非子)》〈세난편(說難篇)〉: 유세와 설득의 어려움

霽日靑天[1]	제일청천
倏變爲迅雷震電[2]	숙변위신뢰진전
疾風怒雨	질풍노우
倏轉爲朗月晴空	숙전위랑월청공
人心之體 亦當如是	인심지체 역당여시

---

1 霽갤 제
2 신뢰진전(迅雷震電)심한 천둥과 번개. 倏갑자기 숙. 迅빠를 신

맑게 갠 하늘이

갑자기 변하여 천둥과 번개가 칠 때도 있고

거친 폭풍과 세찬 비바람이 몰아치다

갑자기 달 밝은 맑은 하늘로 바뀔 때가 있거늘

(중략)

사람의 마음 또한 이와 같도다.

-《채근담(菜根譚)》전집124

사람의 마음은 거울에 먼지 않는 것과 같으니 늘 닦아야 한다. 우리 마음은 잠시라도 방심하면 흐트러진다. 언제나 마음을 다잡아 사사로움을 경계하고, 예와 의를 지키고 인을 행하라. 항상 바르게 생각하고, 화를 다스려 고요함을 유지하고, 욕심을 버리고 겸손함을 유지하여 후회를 남기지 않도록 하여야 한다.

옳고 그름을 분별하라 시비이해(是非利害)

괴테가 인간이 만든 것 가운데 가장 위대한 것이라는 찬사를 보낸 단테의 《신곡》 연옥편에 보면 단테와 베리길리우스는 입구에 있는 세 계단을 지나 문지방에 칼을 들고 앉아있는 천사를 보게 된다. 순간 단테는 "메아쿨파, 메아쿨파, 메아막시마쿨파"라고 외치며 가슴을 세 번 친다. "제 탓입니다. 제 탓입니다. 모두가 제 큰 탓입니다." 라는 참회의 외침이다. 옳은 것도, 그른 것도 모두 내가 한 것이다. 시비이해是非利害는 옳고, 그르고, 이롭고, 해로운 것을 말한다. 시是는 선 또는 정의, 비非는 악 또는 불의, 이利는 이로움이나 행복, 해害는 죄나 불행을 뜻한다. 인간은 이러한 시비이해 속에서 살아가기 때문에 시비이해에 휘말리지 말고 잘 분별하여 대처해나가야 한다.

다산茶山은 아들에게 준 가르침 중에서 '시비이해是非利害'에 대해서 네

가지 경우를 들어서 말하였다. "천하에는 두 가지 큰 저울이 있다. 하나는 시비是非 즉 옳고 그름의 저울이고, 다른 하나는 이해利害 곧 이로움과 해로움의 저울이다. 이 두 가지 저울에서 네 가지 구분이 생겨난다고 했다. 옳은 것을 지켜 이로움을 얻는 것이 가장 으뜸이고(시이리是而利), 그 다음이 옳은 것을 지키려다 해로움을 입는 것이고(시이해是而害), 그 다음은 그릇됨을 따라가서 이로움을 얻는 것이다(비이리非而利). 가장 낮은 것은 그릇됨을 따르다가 해로움을 불러들이는 것이다(비이해非而害)." 시비와 이해가 만나 네 가지 경우를 낳는다는 것이다.(정민의《세설신어》)

첫 번째는 '시이리是而利'다. 좋은 일을 했는데 결과도 이롭다.
두 번째는 '시이해是而害'다. 옳은 일을 하고 손해만 본 경우다.
세 번째는 '비이리非而利'다. 나쁜 짓해서 이득을 보는 것이다.
네 번째는 '비이해非而害'다. 나쁜 짓 하다가 손해를 본 경우다.

-다산어록 경세편

是非之心智之端也 시비지심지지단야
옳고 그름을 분별하는 마음이 지혜의 실마리가 된다.

-《맹자》〈공손추〉

시비이해는 '옳다' '그르다'를 먼저 살피고 그 다음에 '이로움'과 '해로움'을 가려 보아야 한다. 옳지 않은 행위로 이로움을 추구해서는 안 된다. 옳고 그름을 분별하는 지혜가 필요하다.

是非終日有 不聽自然無 시비종일유 불청자연무
來說是非者 便是是非人 래설시비자 편시시비인

시비가 종일 있더라도, 듣지 않으면 없어진다. 찾아와서 시비를 말하는
자 이 사람이 시비하는 사람이다.

－《명심보감》

'시비是非'란 말을 사용하는데, '옳고 그름'을 뜻하는 이런 시비가 '시비
是非를 걸다.'와 같은 부정적인 뜻으로 쓰여 '옳고 그름을 따지는 말다툼',
혹은 '시시비비是是非非'나 '왈가왈부曰可曰否'라는 뜻으로 이해한다. 시是와
비非의 갈림길에서 이利와 해害가 연루된다. 시是와 이利가 일치되어야 한
다. 시是가 나에게 해害가 된다는 것을 알면서도 이해하고 양보한다면 최상
이다. 시是를 지키려다 보면 해害를 입는 경우도 있다. 이利를 지키려고 비
非를 택하는 경우도 있다. **이해를 따지기 전에 시비를 가려서 행하여야 한다.**
니체는 "정의正義란 법적으로 문제 문제없다고 정의가 아니다. 건강한 개인
이 건강한 사회를 만들 수 있는 것처럼, 사회적 정의도 중요하다,"고 했다.
모든 사람을 이롭게 하는 진정한 선善이 바로 정의인 것이다. 숙시숙비孰是孰非
는 옳고 그름을 가리기가 어렵다는 것을 말하는 것이다. 이쪽에서 보면 이
것이고, 저쪽에서 보면 저것이니 시비是非를 다투지 말라. 옳고 그름을 타
투는 것은 진리가 아니다. **가장 위대한 정의는 자기를 희생하여 의義를 실천 하
는 것이다.**

나아가고, 물러남에는 때가 있다

지족불욕(知足不辱)

모든 것은 때가있다(Everything has its time). 해가 뜰 때가 있고 해가 질 때가 있으며 꽃이 필 때가 있고 꽃이 질 때가 있다. 씨앗을 뿌릴 때가 있고, 곡식을 거둘 때가 있다. 옛사람들은 천시天時라고 하여 '때'의 중요성을 강조했다. 강태공이 주문왕을 만나 주나라를 세우고, 제갈공명이 동남풍을 이용하여 적벽대전에서 승리한 것도 때를 기다림에 있었다. 자신의 할 일을 분명히 알고 일을 해야 한다. 그 때를 준비하고 기다려야한다. 역사는 준비하는 자의 몫이다.

지지지지知止止止는 그쳐야 할 때를 알고 그쳐야 할 때 그친다는 말이다. 이규보는 "지지知止라는 말은 그칠 때를 알아 그치는 것이다."라고 했다. 반면에 "그치지 말아야 할 때에 그치면 지지가 아니다."라고 했다. 그쳐야할 때를 아는(지지知止)것도 중요하지만 그쳐야 할 때 그쳐야 한다(지지止止).

나중에는 그치고 싶어도 그칠 수가 없다. 적절한 시기에 만족하고 멈출 수 있는 것이 더욱 중요하다.

수선화는 봄에 피고 국화는 가을에 핀다. 그러나 **국화는 수선화를 시샘하지 않는다.** 피는 시기가 다를 뿐 언젠가는 피기 때문이다. 사람도 마찬가지다. 먼저 피었다고 해서 성공하는 것도, 늦게 핀다고 해서 실패하는 것도 아니다. 그저 저마다 능력을 발휘하는 시기가 조금 다를 뿐이다. 내 꽃이 더디게 피는 것 같아 괜히 재촉하지 말라. '그대'란 꽃은 지금 최선을 다해 피어나고 있는 중이다. (동은 스님의 지금 행복하기에서)

得與亡孰病	득여망숙병
是故甚愛必大費 多藏必厚亡	시고심애필대비 다장필후망
知足不辱 知止不殆 可以長久	지족불욕 지지불태 가이장구

얻는 것과 잃는 것 중 어느 것이 괴로운가? 그러므로 지나치게 애착하면 크게 허비대고, 지나치게 쌓아두면 잃게 된다. 만족함을 알면 욕되지 않고, 머물 줄 알면 위태롭지 않아 오래갈 수 있다.

－《도덕경(道德經)》44장

'얻은 것'과 '잃은 것'을 구분 짓지 말라. 소유하려 하면 잃어버림에 대한 불안이 생긴다. 소유욕에서 벗어나면 천하가 내것이다. 자신이 스스로 내려놓으면 그 순간 욕됨도 위태로움도 없으니 오래도록 편안함이 자리할 수 있는 것이다.

始在有名 名亦旣有 夫亦將知止 知止所以不殆

시재유명명역기유 부역장지지 지지소이불태

처음 만들어지면 이름이 있다. 이름이 나면 그칠 줄 알아야한다. 그칠 줄을 알면 위태롭지 않다.

－《도덕경(道德經)》32장

知至至之 可與幾也 知終終之 可與存義
是故 居上位而不驕 在下位而不憂

지지지지 가여기야 지종종지 가여존의

시고 거상위이불교 재하위이불우

나아 갈 때를 알고 나아가니 기미幾微를 알 수 있고, 마칠 줄을 알고 그치니 의를 보존할 수 있다. 그러므로 (군자는) 윗자리에 있어도 교만하지 않고 아랫자리에 있어도 근심하지 않는 것이다.

－《주역》〈건괘(乾卦)〉〈문언전(文言傳)〉

소유하려 할 때 잃을 것이 생기고, 내려놓으면 잃을 것이 없어진다. 적당한 시점에서 멈출 줄 알아야 한다. '지지지지 지종종지知至至之 知終終之'로 정리된다. 때로는 모든 것을 내려놓고 관조觀照의 삶을 사는 것도 필요하고, 음악에도 쉼표가 있듯이 가끔은 멈추고 나를 뒤돌아보는 시간도 있어야 한다. 그래야 건강한 삶을 지속할 수 있다. 순자는 "사상과 의지가 올바른 사람은 금은보화를 무시하고, 도의가 높은 사람은 왕족과 귀족을 대단하게 생각하지 않는다."고 했다.(순자의《쓰면 삼키고 달면 뱉어라》) 겉보다 내면을 중시하는 도덕적 수양이 높은 사람들은 물질에 크게 연연하지 않는다. '군자는 물질을 지배할 수 있고, 소인은 물질에 지배당한다.'고 했다. 물질은 정신의 가장 낮은 단계이고 정신은 물질의 가장 높은 단계이다. 자기 분수를 알고, 처지를 탓하거나 불평하지 않고, 편안한 마음으로 만족할 줄 아는 **안분지족**安分知足의 삶을 살아야 한다. '뱁새가 황새 흉내 내다 가랑이가 찢어지는 법'이다.

어떤 물건은 때로 소용이 있겠지만 그것들 모두는 언제나 없어도 문제가 될게 없는 것들이고 전체적으로 보았을 때 그것들을 갖고 다니는 피곤한 수고로움에 비하면 그 효용은 미미할 뿐이다.   − 아담스미스

성찰과 경계

남을 높이고 자신을 낮추며 의롭게 살라.

통찰력을 지니고 힘을 길러라.

어제보다 나은 오늘은 기다림에 있다.

바흠이라는 농부의 꿈은 자기 소유의 넓은 땅
을 갖는 것이었다. 열심히 일하여 땅을 조금씩 늘려가지만 부족함을 채울
수 는 없었다. 그러던 어느 날 그는 놀랄만한 소식을 접한다. 천 루블을 내
기만 하면 해가 떠서 질 때까지 돌아다니며 자신이 확보한 땅을 모두 준다
는 파격적인 조건이었다. 다음날 일찍 바흠은 약속된 곳으로 가서 부푼 꿈
을 안고 출발했다. 그런데 앞으로 가면 갈수록 비옥한 땅이 끝없이 펼쳐져
있었다. 그는 한 치의 땅도 더 갖기 위해 달리고 또 달렸다. 그러다 문득 눈
을 들어 하늘을 쳐다보니 해가 서산을 향해 떨어지고 있었다. 마음이 급해
진 바흠은 부리나케 발걸음을 돌려 출발점을 향해 달리기 시작했다. 가까
스로 출발점에 도착 했지만, 너무 지친 나머지 쓰러져 죽고 말았다. 바흠의
하인은 괭이를 들고 주인을 위해 구덩이를 팠다. 그 구덩이는 2미터의 길
이밖에 되지 않았다. 그는 그곳에 묻혔다. 톨스토이 단편집 '사람에겐 얼마

만큼의 땅이 필요 한가'에 나오는 내용이다. 욕심이 지나치면 화를 부른다. 지식도 지나치면 때론 식자우환識字憂患이 될 수 있다. 부족함도 지나침도 없는 적절함을 유지해야 한다. **작은 것으로 만족할 줄 안다면 그가 바로 모든 것을 가진 사람이다.**

그리스 델피는 고대 그리스 시대를 거쳐 로마시대는 물론 오늘날에도 자신을 새롭게 변신시키고자 하는 사람들이 찾아가는 순례지로 알려져 있다. 델피(델포이)는 자궁子宮을 뜻하는 '델퓌스Delphys'에서 유래한다. 고래를 의미하는 영어단어 '돌핀dolphin'도 생김새가 자궁과 같아 붙여진 이름이다. 델피에는 하늘과 땅이 하나가 되는 장소인 옴팔로스가 있다. 인간은 이곳에서 신성을 회복하여 야만에서 문명세계로 진입하기 위한 결심과 각오를 다졌다. 로마시대 집정관이자 작가였던 플리니가 이곳에 와 고대 그리스인들이 남긴 세 가지 글을 발견하였다고 전한다. 하나는 '그노씨 세아우톤' 즉 '네 자신을 알라!'이고, 두 번째는 '메덴아간' 즉 '어느 것도 무리하게 실행하지 말라'다. 세 번째 새김글은 '엑귀아 파라 다테' 즉 '지킬 수 없는 약속을 하지 말라. 불행이 가까이 와있다.'이다. 그중에 **메덴아간**은 그리스어 메덴(아무것도)과 아간(지나치게)의 조합어로 '무엇이든 지나치지 않게'라는 의미를 지니고 있다.(배철현의 비극읽기) 즉 과유불급過猶不及이다. 아리스토텔레스는 "지나친 사랑은 지나친 미움과 같다."고 했으며, 호로메스는 "지나친 칭찬은 지나친 비난처럼 불쾌하다."고 했다.

子貢問 師與商也 孰賢 子曰師也過商也不及 曰然則師 愈與[1] 子曰過
猶不及

자공문 사여상야 숙현 자왈사야과상야불급 왈연즉사 유여 자왈과유불급

자공子貢이 공자에게 "사師[2]와 상商[3]은 어느 쪽이 어집니까?" 하고 묻
자, 공자는 "사는 지나치고 상은 미치지 못한다."고 대답하였다. "그럼
사가 낫단 말씀입니까?" 하고 반문하자, 공자는 "지나친 것은 미치지 못
한 것과 같다(과유불급過猶不及)"고 하였다.

– 《논어(論語)》〈선진편(先進篇)〉

인仁이 지나치면 유약幼弱함이 될 수 있고, 의義가 지나치면 완고함이 될
수 있고, 예禮가 지나치면 아첨이 될 수 있고, 지智가 지나치면 거짓될 수 있
고, 신信이 지나치면 남에게 속임을 당할 수 있는 것이다. 한편, 《탈무드》에
도 '세상에 정도를 지나치면 안 되는 여덟 가지'를 열거하고 있는데, 그것은
여행과 여자 · 돈 · 일 · 술 · 잠 · 약 · 조미료이다. 이들은 적당하면 삶을 건
강하고, 윤택하게 하지만, 지나치면 오히려 삶을 피폐하게 만들 수도 있다.
그래서 동서양 모두 '중용中庸의 도道'를 강조하고 있다. '中(중)'이란 '과하거
나 부족함이 없이 어느 한쪽으로 치우치지 않는 것'을 말하고, '庸(용)'은 '常
(상)'이다. '항상 그러함' 즉 지속적인 것을 말한다. 공자는 한쪽으로 치우치
지 않은 적당한 상태를 '정도正道'라 했다. 노자는 "무용취시유용, 대무용취
시대유작위無用就是有用, 大無用就是大有作爲" 즉 "쓸모없는 것이 곧 쓸모 있는 것
이 되고, 쓸모가 없을수록 더 큰 용도로 쓰이게 된다."고 했다.

---

1 愈나을 유, 승(勝)과 같음.
2 사(師): 자장(子張)의 이름.
3 상(商): 자하(子夏)의 이름.

플라톤의 중용은 이성과 감성의 중간이라고 했고, 아리스토텔레스는 과잉과 과소의 어느 쪽에도 치우치지 않는 메소테스(중용)를 인간의 덕 Arete이라 했다. 서양에서의 중용은 '적절함'이고 동양에서의 중용은 적절함을 지속적으로 유지하는 것이다. **삶은 우리가 걸치는 옷과 같다. 적어도 커도 불편하다. 자신의 분수와 능력에 맞게 살아가면 된다.**

입안에 말이 적고, 마음에 일이 적고, 뱃속에 밥이 적어야 한다.　　　－《법정》

소크라테스가 "너 자신을 알라"고 한 것은 '인간의 지혜가 신에 비하면 하찮은 것'에 불과하다는 입장에서 무엇보다도 먼저 자기의 무지를 아는 엄격한 철학적 반성이 필요함을 역설한 것이다.

남의 말에 귀를 기울이라

이청득심(以聽得心)

황희黃喜가 초임初任시절 평안도, 함경도 지방의 암행어사로 파견되어 우연히 한 농가에서 숙박 하는데 마구간에는 누렁소, 검정소 두 마리가 있었다. 그는 늙은 농부에게 물었다. "어느 소가 일을 더 잘하나요?" 농부는 대답 대신 한적한 나무 밑으로 황희를 대려가사 조용히 애기하기를 "내가 키우는 소는 영물靈物이라 함부로 그렇게 비교 한다면 소 또한 그 말을 알아듣습니다. 소 또한 비교함을 싫어하는데 사람이야 말해 무엇 하리요!" 황희는 노인의 말에 크게 감동하여 정치 일선에서 활약할 때에도 인간을 비교하는 언행을 단 한 번도 한 적이 없었다 한다. '상대의 입장에서 생각하고 배려하는 역지사지易地思之'의 마음자세를 가져야 한다.

－《한국의 우언》〈지혜, 지략 편〉 중에서

"옷감은 염색에서, 술은 냄새에서, 꽃은 향기에서, 사람은 말투에서 됨 됨이를 알 수 있다."는 독일 속담이 있다. 말은 그 사람의 품격을 드러낸다.

황희는 고려 말 공양왕 때 문과에 급제한 고려인이다. 태종 이방원에 발탁 되었고 조선의 건국에 협력 하였다. 고려의 신하를 자처하던 선비들은 두문동杜門洞에 은거했다. 이성계는 하소연 했다. 인재가 필요하니 부디 나를 도와주시오. 두문동 은자들은 회의를 한 결과 황희를 추천하여 두문동을 내보내개 된다. 이때 황희는 정鄭씨 성을 가진 친구와 이별을 하게 된다. 정 선비는 부채에 〈송우지경送友之京[1]〉이란 시를 적어 황희의 손에 적어 쥐어 준다. 황희는 87까지 18년간 정승을 지내면서도 이 부채를 손에서 단 한 번도 놓은 적이 없다고 한다. 그가 90에 죽었을 때 관을 짤 돈도 없어 고향 주민(파주 장단)들이 십시일반十匙一飯으로 모금하여 지금의 묘택을 마련했다고 한다.

昔者海鳥止於魯郊, 魯侯御而觴之于廟[2], 奏九韶以爲樂[3],
具太牢以爲膳[4]. 鳥乃眩視憂悲[5], 不敢食一臠[6], 不敢飮一杯, 三日而
死. 此以己養養鳥也, 非以鳥養養鳥也.
석자해조지어로교, 로후어이상지우묘, 주구소이위락,
구태뢰이위선, 조내현시우비, 불감식일련, 불감음일배, 삼일이사.
차이기양양조야, 비이조양양조야.

---

1 경(京): 당(唐)나라 서울, 장안(長安)을 가리킨다.
2 觴술잔 상, 술 권하다.
3 韶풍류이름 소
4 태뇌(太牢): 온갖 가축. 牢우리 뢰. 膳반찬 선, 권하다.
5 眩아찔할 현
6 臠저민고기 련

옛적에 바닷새가 노나라 대궐에 날아들었다. 노나라 제후가 새를 궐 안에 데려와 술자리를 베풀고 구소의 음악(순임금 시대의 궁중음악)을 연주하고, 진수성찬珍羞盛饌을 제공하며 정성껏 보살폈다. 그러나 새는 곧 어지러워하며 근심과 비탄에 잠겨 고기 한 점 먹지 않고, 물 한 모금 마시지 않다가 결국 삼일 만에 죽고 말았다. 이것은 인간을 대접하는 방법으로 새를 대접했던 것이지, 새를 대접하는 방법으로 새를 대접하지 않았기 때문이다.

－《장자(莊子)》〈지락편(至樂篇)〉

바닷새의 우화寓話는 인간관계와 소통에 대하여 통찰시켜 주고 있다. 소통이나 배려는 상대의 입장에서 이루어져야 한다. 자신의 입장에서 상대에게 필요하다고 생각한 것을 베푼 것은 배려가 아니다. 배려는 상대가 필요로 하는 것을 베푸는 것이다. 자신만의 방식으로 상대를 대하는 것은 잘 해주는 것이 아니다. 오히려 불편 할 수 있다. 자신이 경험하고 알고 있는 것을 타인에 적용해서는 안 된다. 아라비아 속담에 **"듣고 있으면 내가 이득을 얻고, 말하고 있으면 상대가 이득을 얻는다."**고 했다. 고대 그리스 철학자인 키티온의 제논Zeno of Citium은 "입은 하나인데 귀가 둘인 것은 말하는 것의 두 배만큼 들으라는 뜻"이라고 말했다. 잘 들을 줄만 알아도 사람 마음을 얻을 수 있다. 대개 말이 많은 사람은 상대방의 말을 잘 들을 줄 모른다. "말을 배우는 데는 2년 걸리지만 침묵을 배우는 데는 60년이 걸린다."는 말도 있다. 그만큼 말은 절제가 어렵다. 소통의 기본은 듣기이고, 듣기의 기본은 마음가짐이다. 상대를 이해하고, 상대의 감정을 느끼고, 상대를 배려하는 마음으로부터 듣기가 시작된다. 영국의 속담에 "지혜는 들음으로서 생기고, 후회는 말함으로써 생긴다."고 한다. 《성공하는 자의 7가지 습관》으로 유명한 스티븐 코비S. Covey는 "상대의 말을 이해하려는 의도로 듣는 게 아니라 무슨 대답을 할지를 생각하고 있는 경우가 더 많다."고 했다. 듣기가 서툰 이유는 듣는 사람이 다음 질문이나 다음 할 말을 생각하느라 제대로 듣지 않기 때문이다. **상대방의 말을 경청함으로써 상대방의 마음을 얻을 수 있다.**

《리더십 커뮤니케이션》의 저자 케널스 교수는 "사람은 상대방의 말을 70% 정도만 알아듣는다."고 했다. 이것은 사람들이 주로 일방적인 커뮤니케이션Communication을 한다는 것을 나타낸 것이다. 오프라 윈프리는 토크쇼를 진행하는 동안 그녀가 말하는 시간의 대부분을 상대방과 눈을 맞추고 이야기가 끊어지지 않도록 질문을 던지는데 집중했으며, 토크쇼가 진행되는 동안 말을 하지 않는 대신 끊임없이 상대방과 교감하려고 노력했다고 한다. 진정 '경청의 대가'라 할 수 있다. **들을 줄 아는 사람은 좋은 인격의 소유자다.** 사람들이 각자 다르게 보고, 느끼고, 생각하는 것은 모두 옳고(개시皆是), 또 사람들은 각자 얘기를 하고 있지만 실체를 다 말하지 못하기 때문에 모두 틀렸다(개비皆非)는 것을 원효元曉대사는 개시개비皆是皆非라 했다. 내가 틀릴 수 있고 상대가 옳을 수 있다. 남과 나의 서로 다름을 이해하고 존중하는 자세가 필요하다. 내가 맞으면 네가 틀린 다는 이분법적인 사고에서 벗어나 상대의 말을 존중하고 귀를 기울여야 한다. 대부분의 사람은 상대의 말을 듣고 이해하기도 전에 짐작으로 판단 한다. 상대의 말을 왜곡하지 않고 있는 그대로 받아들여야 한다. **함께 산다는 건 나와 다른 사람과 산다는 걸 전제로 하고 있다는 사실을 알아야 한다.** 장자는 "자신을 죽인 이후에야 비로소 다른 사람을 받아 드리고 더 큰 뜻을 이룰 수 있다."고 했다. 이것을 '오상아吾喪我'라 한다. 어떤 '가치'에 묶여있어, 장례 되지 않은 나를 죽이므로 새로운 나를 찾게 된다는 뜻이다.

《성경》에 "한 알의 밀알이 땅에 떨어져 죽지 아니하면 한 알 그대로 있고 죽으면 많은 열매를 맺는다."고 한다. 이것이 기독교의 거듭남이고, 불교의 해탈이다. 악기나 종은 그 속이 비어 있어 좋은 소리가 나온다. 사람도 마음을 비우면 참된 소리가 나온다. 마음을 비울 때 상대방과 대화할 수 있다. 허虛는 마음속을 비우는 것으로, 텅 빈 마음을 허심虛心이라 한다. 마음을 고요하고 한가하게 지니고, 분수에 넘치는 마음을 접어둘 때 소통이 되고, 삶의 즐거움이 생겨난다. '낙출허樂出虛'이다. 즐거움 역시 마음을 비우는 데서 비롯된다. 마음을 고요하고 한가하게 지니고, 바라는 욕심을 비우고 평온함을 유지할 때 삶의 즐거움이 생겨난다. 마음을 비우고 귀를 기우려 경청하는 습관을 가지는 것이 삶의 지혜다. 불교에서 말하는 '모든 것은 마음에 달려있다.'는 '일체유심조一切唯心造'의 상태와 그리스 철학에서 이르는 '마음의 평정 상태'인 '아타락시아Ataraxia'를 넘어 아예 텅 빈 마음으로부터 즐거움이 솟구친다는 장자莊子의 '낙출허樂出虛' 상태가 필요한 것이다. **비어 있기에 채울 수 있고 (남의 말에 귀 기울일 수 있고) 즐거움이 있기에 잘 어울릴 수 있다.(소통을 잘할 수 있다.)**

이청득심耳聽得心: 경청은 사람의 마음을 얻는 최고의 지혜다.

모든 사람은 듣기는 빨리 하고, 말하기는 더디 하고, 분노하기도 더디 하라.

– 《야고보서》

눈앞의 이익을 조심하라

견리망의(見利忘義)

"우선 먹기에는 곶감이 달다.", "우선 먹기에는 곶감이 달아도 똥 눌 때 알아본다."라는 말이 있다. 별다른 간식거리가 없던 시절 곶감은 최고의 간식거리였다. 그러나 달달한 맛에 사로잡혀 자꾸만 먹다보면 결국엔 탈이 난다. 그 이유는 감의 탄닌Tannin 성분이 수분을 흡수하여 변비를 유발하기 때문이다. 동족방뇨凍足放尿와 같은 의미이다. '언 발에 오줌 누기'인데 언 발에 오줌을 누면 잠시는 따뜻하겠지만 식은 후에는 수분으로 인해 더욱 차가워진다. 속뜻은 당장은 실속 있고 이득이 되는 것 같지만 나중에는 손해를 본다는 것이다. 더 나아가 자신에게 이익 됨에 다다르면 옳은 이치를 저버려서는 아니 된다. 견리망의見利忘義[1]이다. **성공하는 사람들은 하고 싶은 일보다 해야 할 일을 먼저 한다.**

---

1 견리망의(見利忘義): 눈앞의 이익에 옳은 이치를 잃어버린다. 참고로 견리망진(見利忘眞)은 눈앞의 이익에 치우쳐 참된 처지를 잊는다는 뜻이다.

장주莊周[1]가 조릉雕陵[2]의 밤나무 울타리 안을 거닐고 있을 때, 날개폭이 일곱 자나 되고 눈 크기가 한 치나 되는 이상한 까치가 남쪽에서 날아 온 것을 보았다. 그 새는 장주의 이마를 스치고 지나가 밤나무 숲에 앉았다. 장주가 말하였다. "이 새는 무슨 새인가? 그렇게 큰 눈을 가지고 있으면서도 (나를) 보지 못하는구나." 장주는 자신의 치마를 걷어 올린 체 활을 들고 대나무 숲으로 들어가 그 새를 겨냥하였다. 그 순간 그는 매미 한 마리를 보았다. 매미는 시원한 그늘에서 자신을 잊고 있었다. 한편 나뭇잎 뒤에는 사마귀 한 마리가 자신이 얻을 이익 때문에 자신의 존재가 드러났다는 사실을 잊고 매미를 낚아채려 하고 있었다. 순간 장주는 소스라치게 놀라면서 말하였다. "사물은 본질적으로 서로 관련되어 있고, 한 종류가 다른 종류를 부르는구나! 이 세상 모든 것은 자신의 욕심에 사로잡혀 자신의 참된 처지를 모르는구나!" 아니나 다를까, 장주가 석궁을 던지고 숲에서 달려 나왔을 때, 사냥터지기가 그에게 욕을 하면서 달려왔다. 장주를 밤도둑으로 보았던 것이다. 그 후 장자는 3개월 동안 밖으로 나오지 않았다한다. 그러자 제자가 그 이유를 물은즉 "지금까지 나는 숲(조릉)에서 바깥으로 드러난 것만 지켰지 나 자신은 잊고 있었네. 나는 지금껏 몸을 기르는 동안에 '참다운 자신이 어떤 것인가?'를 보지 못하였다. 때문에 나는 그 숲지기에게 밤도둑으로 취급을 받아 욕을 먹는 부끄러움을 당하고 말았다. 그렇기 때문에 나는 그 일을 부끄럽게 느낀 나머지 오랫동안 뜰에도 나가지 않았던 것이다."라고 답했다.

— 《장자》〈산목편(山木篇)〉

---

1 장주(莊周): 장자의 본명.
2 雕독수리조, 새길 조. 陵언덕 능

매미와 사마귀, 까치는 서로 자신의 이익만을 추구하다 위험에 노출된다. 서로의 이해관계 속에서 다른 개체에 의해 해를 입을 수도 입힐 수도 있다. 장자가 "아, 만물은 이처럼 서로 잡아먹는 것에 홀려 자신이 잡아먹히는 상황에 빠졌음은 모르는구나!"하는 심오한 진리를 깨닫는 순간, 장자 자신은 바로 도둑놈으로 몰렸다. 언제나 자신을 잃지 않고 주체자의 입장에서 실체를 확인하라는 것이다. 매미 뒤에는 사마귀가 노리고 있음에도 그 실체를 모르고, 까치는 오직 사마귀만을 노릴 뿐 자신을 노리는 사냥꾼의 실체를 모르고, 사냥꾼은 까치만 노릴 뿐, 밤나무 숲 주인의 실체를 모른다. 아뿔싸! 깨닫고 나니 내가 갑이라고 생각한 순간 또 다른 갑이 있음을 알아야 한다는 것이다. 이 같은 종속의 관계를 깰 수 있는 것은 주체자만이 가능하다. 그것을 장주는 '자유인'이라 했다.

사람들은 자신의 이익에 취하여 가끔 소중한 것을 잊어버린다.《논어》〈헌문편憲問篇〉에 "나에게 이익 될 일이 생기거든 그것이 옳은 가를 생각하라(견리사의見利思義[1])"고 했다. **나와 주변을 더 살펴보라.** 그러면 우리의 삶은 보다 더 편안하고 안락할 것이다. 한편 자신의 외부에는 또 다른 타자가 존재한다는 삶의 유한성有限性에 대한 통찰이다. 우리는 서로의 관계 속에서 살아간다. 따라서 **타자와 상호 공존할 수 있는 관계형성이 이루어져야 한다.**

---

1 견리사의(見利思義): 이익이 생기면 옳음을 따져본다.

견디며 기다려라

천강대임(天降大任)

인디언에게 재미있는 풍습이 있다고 한다. 참을 수 없을 만큼 화나는 일이나, 혹은 낙심되는 일이 있을 때는 마을에서 떨어진 한적한 곳에 가서 구멍을 파고 엎드려 소리를 지르고 실컷 욕을 하고 울기도 하는 것이다. 그리고 그 구멍을 흙으로 덮고 돌아온다. 이 풍습은 분노나 좌절에 붙들려 있지 않고 거기서 벗어나는 방법으로 사용되었다고 한다.(김민상 칼럼) 뛰어난 사람들의 공통점은 역경에 흔들리거나 좌절하지 않고 스스로 역경을 극복하고 일어섰다는 것이다. 공자는 오랜 주유천하周遊天下를 통하여 학문의 체계를 이루었고, 사마천은 치욕적인 궁형을 당하며 '사기史記'를 썼다. 하늘이 어떤 사람을 선택하여 그에게 큰 임무를 맡길 때에는 반드시 역경과 시련을 먼저 주어 시험한다는 것이다. 7차례의 암살 위기와 3번의 정치적 실각을 당하며 파란만장한 삶을 살아온, 중국 부국富國의 아버지로 평가받는 덩샤오핑登少平은 어려움을 겪을 때 마다 이

구절을 수없이 되뇌었다고 한다. 맹자는 "하늘은 고난과 시련을 이겨낸 사람에게 큰일을 맡긴다."고 했다. 이름 하여 '**천강대임**天降大任'이다.

天將降大任於是人也 必先苦其心志
勞其筋骨[1] 餓其體膚 空乏其身
行拂亂其所爲[2] 是故動心忍性 增益其所不能
천장강대임어시인야 필선고기심지
노기근골 아기체부 공핍기신
행불란기소위 시고동심인성 증익기소불능

하늘이 장차 어떤 사람에게 큰일을 맡기려 할 때는
먼저 그 마음과 뜻을 어지럽게 하고
그의 육체를 지치게 하고
그의 몸을 굶주리게도 하고, 그의 생활을 궁핍하게 하여
하는 일들을 혼란스럽게 하느니라.
이는 그의 마음을 분발 시키고 인내심을 길러주어
지금까지 할 수 없었던 일도 감당해 낼 수 있도록 위함이다.

－《맹자(孟子)》〈고자 하(告子 下)〉

맹자는 시련을 4가지로 정리했다.
고기심지苦其心志 마음과 뜻을 고통스럽게 하는 것,
노기근골勞其筋骨 뼈와 근육을 수고롭게 하는 것,

---

1 筋힘줄 근
2 拂떨 불

아기체부餓其體膚 몸과 피부를 굶주리게 하는 것,

공핍기신空乏其身 생활을 궁핍하게 하는 것.

기후가 험악한 로키산맥 고도 3,000m에는 수목 한계선지대가 있다. 이곳의 나무들은 혹독한 비바람과 척박한 환경 때문에 곧게 자라지 못하고 옆으로 비틀린 채 자란다고 한다. 눈과 비바람의 시련 때문에 곧게 크면 부러져버리기 때문이다. 그래서 이 나무들은 언제나 고개를 숙여야 자신을 지탱할 수 있다. 그런데 세상에서 가장 아름다운 소리를 내는 명품 바이올린은 바로 이 나무로 만든다고 한다. 수없는 시련과 고난 속에서 열악한 환경을 이기고 살아남은 이 나무가 가장 아름다운 음을 내는 나무가 된 것이다. 사람도 수많은 고난을 견디어 낸 사람만이 남을 배려하고 사랑할 줄 아는 인간의 향기가 날수 있다.(김수영의 〈아리랑 난장〉) **인내하며 땀 흘릴 줄 알고, 다른 사람의 수고로움에 고마워 할 줄 알고, 자연에 감사하며 신에게 순응 할 줄 아는 사람이 향기 나는 사람이다.**

희랍의 철학자 세네카는 "운명에 저항하면 끌려가고, 운명에 순응하면 업혀간다."고 했다. 큰일을 이루기 위해서는 작은 시련을 잘 견뎌야 한다. 사소한 불편이나 불만을 참지 못하여 대사를 그르쳐서는 아니 된다. 항우는 맹장이었으나 장수에게 병권을 잘 주지 않아 필부지용匹夫之勇이라 하며, 부하를 아끼고 예로서 대했으나 포상을 할 때는 인장이 닳도록 망설여 이를 부인지인婦人之仁이라 한다. 상대에게 베풀지 않으면 그 역시 나에게 주려하지 않는다. 10대에 부친을 대신하여 두 동생의 생계를 책임지며 무려 70여회나 이사를 했고, 20대에 청력을 잃었고, 사랑했던 여인과 신분차이로 파국을 맞이하고 평생 독신으로 살았으며, 오랜 기간 지속된 조카의

양육권 소송으로 재정적 손실과 좌절을 맛보았으며, 자살까지 기도했던 베토벤, 그러나 그는 모든 것을 극복하고 위대한음악가로 재탄생하였다. 그는 **"인간의 가장 뛰어난 점은 고난을 이겨내고 기쁨을 맛볼 수 있다는 것"**이라고 했다. 《성경(야고보서)》에도 같은 내용이 나온다. 내 형제들아 너희가 여러 가지 시험을 만나거든 온전히 기쁘게 여기라. 이는 너희 믿음의 시련이 인내를 만들어 내는 줄 너희가 앎이라. 인내를 온전히 이루라 이는 너희로 온전하고 구비하여 조금도 부족함이 없게 하려 함이라. 어떤 난관에 처해도 변하지 않는 항심恒心을 지녀야 한다.

　　　　　　　　한유와 함께 당송팔대가唐宋八大家인 유종원柳
宗元은 개혁정책을 펴다 보수파에 밀려 유주자사柳州刺史로 좌천되고 그의
친구 유몽득劉夢得도 파주자사播州刺史로 가게 되었다. 유종원은 유몽득이
파주는 몹시 변방인데다 늙은 어머니를 모시고 갈 수도 없고, 그 사실을 어
머님께 알릴 수도 없다는 사실을 알고, 몽득과 자신의 임지를 바꾸어 주도
록 간청하였다. 그리하여 다행이 유몽득은 연주자사로 가게 되었다.〈《한자로
읽는 고전-김원중》〉. 유종원柳宗元이 죽은 후 한유韓愈[1]가 그 우정에 감복하여 유
종원의 묘지명을 썼는데 이것이 유명한 '유자후묘지명柳子厚墓誌銘[2]'이다.
청대의 문학이론가 심덕잠沈德潛[3]은 묘지명 중 천추절창千秋絶唱이라고 극
찬하였다. 여기에서 친구 간의 진정한 우정을 나타내는 말로 '간과 쓸개를

---

1 愈나을 유
2 자후(子厚): 유종원의 자(字)이다.
3 潛자맥질 잠

서로 보여주다.'의 **간담상조**肝膽相照와 같은 의미의 '허파와 간을 보여주다.' 의 **폐간상시**肺肝相視와 반대의 의미인 '함정에 빠진 사람에게 돌을 떨어뜨린 다.'는 **낙정하석**落穽下石[1]이 유래 한다. '곤경에 빠진 사람을 도와주지는 않 고 오히려 해를 가하는 것'을 비유한다. '하정투석下穽投石'이라고도 한다.

[유자후묘지명(柳子厚墓誌銘)]

士窮乃見節義	사궁내견절의
今夫平居里巷相慕悅[2]	금부평거리항상모열
酒食遊戲相徵逐[3]	주식유희상징축
詡詡强笑語[4] 以相取下	후후강소어, 이상취하

선비의 절개와 의리는 어려울 때 드러난다.

사람들은 평소에는 같은 마을에 살면서 서로 위하고 받들며,

먹고 마시고 놀면서 서로 왕래하며,

억지웃음으로 기분을 맞추고, 서로 겸손한 태도를 취한다.

握手出於肺肝相示	악수출어폐간상시
指天日涕泣[5] 誓生死不相背負	지천일체읍 세생사불상배부
眞若可信	진약가신

---

1 穽함정 정
2 巷거리 항. 慕그리워할 모
3 徵부를 징
4 詡자랑할 후
5 涕눈물 체. 泣울 읍

손을 잡고 간이라도 빼서 줄 것처럼 행동하고,

하늘의 해에 대고 울면서 죽어도 배신하지 않겠다고 맹세盟誓 하는데,

정말로 믿을 수 있을 것 같다.

一旦臨小利害, 僅如毛髮比[1], 反眼若不相識[2]

일단림소리해, 근여모발비, 반안약불상식

그러나 일단 머리털만큼 아주 작은 이해관계라도 생기면 마치 모르는

사람처럼 외면하고,

落陷不一引手救[3] 反擠之[4] 又下石焉者[5] 皆是也

낙불일인수구 반제지 우하석언자 개시야

함정에 빠지면, 손을 뻗어 구하지 않고, 도리어 밀어 넣고 또 그 속에 돌

까지 던져 넣는 사람이 대부분이다.

此宜禽獸夷狄所不忍爲[6], 而其人自視以爲得計

차의금수이적소불인위, 이기인자시이위득계

이러한 행동은 짐승이나 오랑캐조차도 차마 하지 못하는 행동인데, 그

들은 스스로 계획대로 됐다고 생각한다.

---

1 僅겨우 근
2 眼눈 안
3 陷빠질 함
4 擠밀 제
5 焉어조사 언
6 宜마땅 의. 狄오랑케 적

聞子厚之風 亦可以少愧矣[1] 문자후지풍 역가이소 괴의

이들도 '유종원'의 행동과 인품에 대하여 듣는다면, 조금이라도 부끄러움을 느낄 것이다.　　　　　 － 한유(韓愈)의 〈유자후묘지명(柳子厚墓誌銘)〉

　　영국의 경제학자 애덤 스미스Adam Smith는 "우리가 편하게 밥을 먹을 수 있는 건, 빵집 사장이 빵을 팔고 정육점 사장이 고기를 파는 자비심이 아니라 그들이 이익을 챙기려는 덕분"이라고 말한다.《국부론》. 한비자는 "수레를 만드는 제조업자는 많은 사람이 빨리 부자가 되기를 바라고, 관을 만드는 제조업자는 많은 사람이 빨리 죽기를 바라는데, 이는 수레 제조업자가 인자하고 관 제조업자가 잔인해서가 아니라, 많은 사람이 부자가 돼야 수레를 많이 팔 수 있고, 많은 사람이 죽어야 관을 많이 팔 수 있기 때문이다."라고 했다. "사람의 마음을 움직이게 하는 것은 오직 개인의 이익 한 가지뿐이라며 사람은 이기심에 따라 움직이는 동물"이라고 하였다. 실제 대다수의 왕조 역시 덕을 주로하고 형벌을 보조 수단으로 삼는다고 하지만 실제로는 형벌을 주로하고 덕치德治로 포장하여 왕조의 통치수단으로 삼았다. 개인주의와 이기주의가 만연蔓延되고 있는 상황에서 유종원과 같은 행위는 오늘날 자신의 이익만을 위해 살아가는 우리에게 좋은 본보기라 아니할 수 없다. **이기심에 따라 행동하지 말고, 의義를 생각해야 한다.** 갑골甲骨의 '義(의)' 자 자형은 큰 羊(양)을 바비큐처럼 걸어 놓고 한 손으로 칼을 잡고 그 양고기를 썰고 있는 장면이다. 곧 고기를 여러 대중들과 골고루 나누어 먹는 다는 뜻이다. 이처럼 **'義(의)'는 공평한 분배를 말하는 것이다. 공정한 절차에 의한 공평한 분배가 곧 의다.** 공정한 절차에 의한 공평한 사회가 되어야 한다.

---

1 愧부끄러워할 괴

한결 같아라

무항산 유항심(無恒産 有恒心)

영원한 2인자 JP(김종필) 묘비에 '무항산 무항심無恒産 無恒心'이 적혀 있다고 한다. 그는 평소 "한 점 허물없는 생각思無邪을 평생 삶의 지표로 삼았으며 나라 다스림의 뿌리를 '무항산 무항심'에 두고 몸 바쳤다."고 했다. 항산恒産은 생활할 수 있는 일정한 생업(직업)이나 재산을 뜻하며, 항심恒心은 한결같은 마음이나 선한마음이다. 즉 항산은 일정한 수입을 뜻하고, 항심은 일정한 마음인데, **'무항산 무항심'은 빈곤해지면 인간의 본성을 잃어버릴 수 있음을 말하는 것이다.** "사흘 굶어 도둑질 안할 놈 없고, 사흘 굶으면 포도청의 담도 뛰어 넘는다."고 한다. 곳간에서 인심 나는 것이다. 대법관과 선관위 위원장 까지 한사람이 퇴임 후 편의점을 하며 청렴함을 보이더니 생활고生活苦를 이유로 로펌으로 들어갔다. 나름대로 그가 누렸던 직위에 대한 항심을 유지하기 어려웠을 것이다. '무항산 유항심'은 누구나 빈곤하면 항심恒心을 갖기 어려우나 **무항산無恒産이라도 유항심**

有恒心**이라야 군자임을 맹자는 말하고자 한 것이다.**

제나라 선왕이 맹자에게 정치에 대하여 묻자

無恒産而有恒心者 唯士爲能   무항산이유항심자 유사위능
若民則無恒産因無恒心   약민즉무항산인무항심

경제적으로 어려워도(생업이 없어도) 항상 바른 마음을 가질 수 있는 사람
은 선비만 가능한 일입니다.
일반 백성에 이르러서는 경제적 안정이 없으면 항상 바른 마음을 가질
수 없습니다.

放辟邪侈 無不爲已   방벽사치 무불위이
及陷乎罪然後 從而刑之 是罔民也 [1]   급함호죄연후 종이형지 시망민야

방탕하고 편벽便辟(아첨)하며, 사악하고 사치한 행동을 하지 아니함이 없
을 것이니 백성들이 이 때문에 죄에 연루된 후에 이에 따라 형벌을 준다
면 이것은 백성을 벌을 주기 위해 그물질하는 것입니다.
                                    - 《맹자(孟子)》〈양혜왕상(梁惠王上)〉

有恒産者有恒心 無恒産者無恒心   유항산자유항심 무항산자유항심
                                    - 《맹자(孟子)》〈등문공상(滕文公上)〉

---

1 陷빠질 함

맹자孟子가 고향故鄕(산동현)에 돌아와 말년을 보낼 때의 일이다. 그가 고향에 돌아왔다는 소식을 들은 등문공은 그에게 치국治國의 방책을 물었다. 그는 문공에게 왕도정치를 설명하면서 그 첫걸음은 백성들의 의식주를 만족하게 해주는데 있다고 했다. 제 아무리 인의仁義와 도덕道德을 강조한들 백성들이 굶주리고 있다면 사상누각砂上樓閣에 불과하다는 것이다. 곧 민생의 안정이 무엇보다 중요함을 역설했다. 이것이 바로 '**무항산 무항심**無恒産 無恒心'이다.

미당 서정주는 그의 시 〈무등을 보며〉에서 "가난은 남루에 지나지 않는다."고 노래했지만 대부분의 서민은 먹고사는 기본적인 문제가 해결되지 않으면 사람들은 도덕적인 문제에 관심이 멀어진다. '목구멍이 포도청' 인데, 당장 먹고살기 힘든 사람에게 의義를 요구하는 것은 무리가 따른다. 백성에게 바르게 살라하고, 도덕과 법의 잣대만 들이 댈 것이 아니라 부의 「평등을 이루고 고통을 함께 나누는 실질적인 배려가 필요하다. 맹자는 백성이 바른 마음을 가지지 못하면 일탈에 빠지기 쉬운데 그들이 죄를 범한 뒤에야 법으로 처벌하는 것은 백성을 그물질罔民하는 것과 같다고 충고했다. 그러기에 이들이 항심을 유지할 수 있도록 가르치고, 배려하고, 고통을 분담해야 한다. 茶山(다산) 정약용은 남에게 베푸는 것에 대하여 이렇게 설명한다. "연못에 물이 고여 있는 것은 장차 만물을 적셔주기 위함이다. 절약하는 사람이 능히 베풀 수 있고 절약하지 못한 사람은 베풀지 못한다. 아껴 쓰는 것은 베푸는 근본이다."라고 했다. 〈牧民心書(목민심서) 律己編(율기편)〉 '덕을 베푸는 것은 덕을 심는 것이다'는 것이다.

사회구성원들의 빈곤이나 고통, 분쟁이나 범죄 등 사회 부조리나 병

폐를 개인의 문제로 만 보지 말고 사회 구성원 모두의 책임이라는 것을 공감해야 한다. 사회적 약자를 무시하고 경멸하고 조롱하기보다, 우리가 이끌어 주고, 안아주고, 보살펴 주어야 한다. 사랑과 배려, 나눔과 봉사가 필요하다. 포용과 인정人情이 가득한 더불어 사는 동반자적 삶을 살아가야 한다.

사람과 사물을 제대로 보라

백락상마(伯樂相馬)

사람의 운명이나 성격을 판단하는 것을 두고 '관상觀相'이라 하고, 말의 생김새를 보고 좋은 말인지 나쁜 말인지 판별하는 것을 '상마相馬'라고 한다. 명마로는 항우의 오추마烏騅馬[1], 관우의 적토마赤兎馬, 알렉산더의 부케팔로스, 나폴레옹의 마랭고가 있었다.

춘추시대 진秦나라 목공 때 손양孫陽은 천리마를 식별하는 뛰어난 안목相馬을 가지고 있었는데 사람들은 그를 백락이라 칭했다. 그가 훌륭한 말이라고 판정해 버리면 그 말 값이 하루아침에 열 곱절은 쉽게 뛰었다. 그래서 **백락일고**伯樂一顧라는 말이 생겼다. 어느 날 백락이 태항산太行山 고개를 넘어갈 때 소금을 싣고 힘들게 걸어오는 말을 봤다. 백락은 그 말이 천리마임을 단번에 알아보고 얼른 자신의 옷을 벗어 덮어 주었더니 그 말이 갑자기

---

1 騅오추마(검은 털과 흰 털이 섞임)추 /말먹이는 사람 추

큰소리를 내며 천리마의 위용을 갖췄다 한다.(《유향의 전국책》, 신동준역)

－《전국책(全國策)》, 한유(韓愈)의 잡설 중 마설(雜說 中 馬說)

世有伯樂, 然後有千里馬. 千里馬常有, 而伯樂不常有. 故雖有名馬,
祇辱於奴隷人之手[1], 駢死於槽櫪之間[2], 不以千里稱也.

세유백락, 연후유천리마. 천리마상유, 이백락불상유. 고수유명마,

지욕어노예인지수, 병사어조력지간, 불이천리칭야.

세상에 백락이 있고 난 연후에 천리마가 있다. 천리마는 늘 있지만 백락
은 늘 있는 것은 아니다. 그러므로 비록 명마가 있어도 다만 노예의 손
에서 욕을 당하다가 마구간에서 다른 말과 나란히 죽을 뿐, 천리마로 불
리지 못한다.

－《당송팔대가의 산문 세계》, 오수형역: 서울대학교출판부

馬之千里者, 一食或盡粟一石[3]. 食馬者[4], 不知其能千里而食也.
是馬也, 雖有千里之能, 食不飽, 力不足, 才美不外見, 且欲與常馬等不
可得, 安求其能千里也?

마지천리자, 일식혹진속일석. 식마자, 불지기능천리이식야.

시마야, 수유천리지능, 식불포, 역불족, 재미불외견, 차욕여상마등불

가득, 안구기능천리야?

---

1 祇다만 지
2 병사(駢死)나란히 죽다. 조력(槽櫪)마구간을 가리킴. 조(槽)는 말 먹이통. 력(櫪)은 마구간의 깔판
3 사(食): '먹이다'의 뜻으로 '사(飼)'와 같다. 粟조 속.
4 식마자(食馬者): 말을 먹이는 사람

천 리를 갈 수 있는 말은 한 번 먹으면 간혹 곡식 한 섬을 다 먹는다. 그런데 말을 먹이는 이가 천 리를 갈 수 있음을 모르고 먹인다. 그러니 이 말은 비록 천 리를 갈 수 있는 능력이 있어도 배불리 먹지 못해 힘이 부족하여 재능이 밖으로 드러나지 못한다. 나아가 일반 말과 같고자 하여도 불가능하다. 그러니 어찌 천 리를 가기를 바라겠는가?

—《당송팔대가의 산문 세계》, 오수형역: 서울대학교출판부

여기에서 유래되어 다음과 같은 성어들이 나왔다. **기복염거**驥服鹽車는 '천리마가 소금 실은 수레를 끈다.'는 뜻으로 유능한 사람이 적합하지 않은 일에 종사하는 것을 이른다. **백락일고**伯樂一顧는 '명마名馬도 백락伯樂을 만나야 세상에 알려진다.'는 뜻으로, '재능 있는 사람도 그 재주를 알아주는 사람을 만나야 빛을 발한다.'는 말이다. **백락상마**伯樂相馬는 외형보다 본질이 중요하다는 것으로 '훌륭한 인재를 잘 알아보고 등용하는 것'을 비유한다. **재능 있는 인재를 가릴 줄 아는 능력이 있어야 한다.**

당唐의 문장가 한유韓愈는 '천리마는 언제나 있지만 백락은 항상 있는 게 아니다(천리마상유 이백락불상유千里馬常有 而伯樂不常有)'라고 했다. 천리마는 어느 시대, 어디에나 있었지만 천리마를 구별할 수 있는 눈을 가진 백락은 드물다. 명마名馬도 백락伯樂을 만나야 세상에 알려 지듯, '재능 있는 사람도 그 재주를 알아주는 사람을 만나야 빛을 발한다.'는 말이다. 따라서 '**백락**伯樂**의 눈**'이라 함은 바로 뛰어난 인물을 분별해서 가려낼 수 있는 능력을 가리키는 말이다. 동진의 학자인 원굉은 "백락을 만나지 못한다면 천년이 가도 한 마리 명마도 없다. 명군과 신하가 만나는 것도 백락과 명마가 만나는 것과 같이 아무리 명신이라도 명군이 알아봐 주지 못하면 아무 소

용이 없다."고 하였다 한다. 그 사람의 진가를 알아 볼 줄 아는 안목의 중요함을 가리키는 말이다. 이때부터 영웅호걸을 천리마千里馬에, 명군현상名君賢相을 백락에 비유하곤 한다. 백락伯樂은 자기가 미워하는 자에게는 하루 동안에 천리를 달리는 명마의 감정법을 가르쳤고, 자기가 사랑하는 자에게는 둔한 말의 감정 법을 가르쳤다. 사람들이 그 이유를 물으니 "명마는 드물게 나타나는 것이므로 그 감정 법을 알고 있어도 별로 이익이 없지만, 둔한 말은 매일 거래가 많으니 그 감정 법을 알고 있으면 수지收支맞기 때문이오."라고 그는 태연이 대답했다고한다.(《한비자》, 김원중역)

진목공이 백락伯樂에게 상마 인재를 추천하도록 하였다. 그는 구방고九方皐[1]의 상마 수준이 자신과 맞먹는다고 생각하여 추천하였다. 구방고는 명을 받고 천리마를 찾아나선지 3개월 후 천리마를 찾았다고 보고하였다. 진목공이 물었다. "당신이 찾은 말이 어떤 말인가?", "황색 암컷 말입니다."라고 대답하였다. 그러나 알아보니 흑색 수컷이었다. 진목공은 백락을 불러 "그는 말의 색과 암수도 분간하지 못한다."고 책망하였다. 하지만 백락은 "구방고는 대단한 상마능력을 지녔습니다. 그는 모든 관찰과정을 거쳤습니다. 그가 본 것은 천리마가 갖추어야하는 조건이지, 색깔이나 자웅 등 사소한 것에 힘을 낭비하지 않았습니다. 구방고는 진짜 상마 천재입니다. 그는 나보다도 뛰어납니다."라고 감격하여 말하였다. 진목공은 백락의 말을 듣고 나서 반신반의하며 구방고가 고른 말을 찾아와 확인하자 과연 천하에 둘도 없는 천리마였다.(《열자列子》〈설부편說符篇〉) 여기서 사물을 인식하기 위해서는 실질적인 면을 파악해야 한다는 의미의 **빈모여황**牝牡驪黃[2]이 유래

---

1 皐부르는 소리 고
2 牝암컷 빈. 牡수컷 모. 驪검은말 려. 黃 누를 황.

한다. 암컷이든 수컷이든지 털색이 검든지 누렇든지 그것이 중요한 것이 아니라, 말의 기상氣相과 기운氣運이 중요함을 말한다. 여驪는 가라말로 털빛이 온통 검은 말을 가리키는데 본시 몽고 말語에서 유래한다.

등애는 촉한을 무너뜨린 위나라 무장이다. 말더듬이였는데, 말할 때마다 애애艾艾[1]를 되풀이하여 자신을 더듬거린다는 뜻의 '애艾'라고 칭했다. 한漢나라 무장인 주창周昌역시 '기期'자를 되풀이하여 말함으로써 둘을 합쳐 생긴 말이 말을 더듬거린다는 뜻의 **기기애애**期期艾艾다. 등에는 처음 그를 좋아하는 사람이 없어 그에게는 중랑장 수하에서 논밭을 보호하는 도전수초라는 미관말직을 맡았다. 우연히 사마의가 등애가 쓴 글을 보고 그가 큰 재목임을 알아봐 그를 발탁했다. 남북전쟁당시 모든 사람들의 만류를 뿌리치고 링컨이 그란트를 총사령관에 임명한 것이나 2차 대전 당시 아이젠하워가 제3야전군 사령관에 패튼을 임명하여 전쟁을 승리로 이끌 수 있었던 것은 링컨이나 아이젠하워의 사람 볼 줄 아는 능력이었다. 그들은 전쟁에 필요한 사람을 선택한 것이다. 세상을 살면서 사람을 분별하는 것만큼 어려운 것은 없다. 사람분별은 삶의 과정이다. 내가 바로서야 남을 바로볼 수 있는 것이다.
    내가 분별할 수 있는 지식과 덕망을 갖추어야 적재적소適材適所**에 쓸 필요한 사람을 구별할 수 있는 것이다.**

---

1 艾쑥 애

남의 허물을 들추지 마라

취모멱자(吹毛覓疵)

인도의 어느 지방에서 네 사람의 상인이 똑같이 돈을 투자하여 구입한 목화를 창고에 쌓아 두었다. 그런데 그 창고에 쥐가 너무 많아 고양이 한 마리를 샀는데, 값을 4등분하여 지불하고 각자 고양이 다리 하나씩을 맡기로 했다. 어느 날 고양이가 왼쪽 다리를 다치게 되어 그 다리의 주인이 기름 묻은 붕대를 감아 주었다. 그런데 그 고양이가 난로에 너무 가까이 있다가 붕대에 불이 붙게 되었고, 심하게 뛰어다니다 결국엔 목화더미를 불태우고 말았다. 나머지 세 사람의 상인은 붕대 감은 다리 때문에 불이 났으니 그 다리 주인이 배상을 해야 한다고 붕대를 감은 다리의 주인을 고소하였다. 재판장은 "붕대를 감은 다리에 불이 붙었을 때 나머지 세 다리가 움직였기 때문에 목화더미로 불이 옮겨 붙은 것이다. 그러니 나머지 세 다리의 주인이 배상해야 한다."고 했다(브레노스 뇌기반 창의 연구소). 솔로몬 같은 판결이었다. 남의 잘못은 들추어내도 자신의 잘못은 모르기에 일어난 일이다.

古之全大體者[1]　　　　　고지전대체자

不以智累心 不以私累己　불이지루심 불이사루기

옛날에 나라를 다스리는 올바른 방법을 아는 사람은 모략謀略으로 근
본을 더럽히지 아니하였고, 사사로움으로 자기를 더럽히지 아니하였
으며

(중략)

不吹毛而求小疵 不洗垢而察難知　불취모이구소자 불세구이찰난지

榮辱之責在乎己 而不在乎人　　　　영욕지책재호기 이부재호인

털을 불어 작은 흠을 찾지 아니하며 때를 씻어 힘든 상처를 찾아내지 않
는다. 영화榮華와 치욕恥辱의 책임은 자기에게 있지, 다른 사람에게 있
는 것이 아니다.

－《한비자(韓非子)》〈대체편(大體篇)〉,《격과치(格과治)》:민경조

　　여기서 **취모멱자**吹毛覓疵[2]와 **취모구자**吹毛求疵가 나왔다. '털어서 먼지 안
날 사람이 어디 있느냐'라는 속담이 있는데 '취모멱자'는 일부러 털어가며
잘못이나 약점을 들추어내는 것을 말한다. 옥玉에도 티가 있다는데 흠 없
는 사람이 어디 있겠는가? 자신의 허물은 보지 않고, 남의 허물을 들추어

---

1 대체(大體): 천지를 바라보며 자연을 알고 배운다.(지도력, 포용력). 전체를 이루는 중요한 줄거리
2 覓찾을 멱

내고 잘 보이지 않는 흠결欠缺까지 찾으려한다.

작은 허물을 '하자瑕疵', 없는 것을 바라는 것이 '구求' 보이지 않는 것을 찾아내는 것이 '멱覓'이다. **목불견첩目不見睫[1]**은 '자기눈썹을 보지 못한다.' 는 말로 남의 결점은 잘 볼 수 있으나 정작 자기 결점은 보지 못한다는 말이다. 자기 눈의 들보는 보지 못하고 남의 눈에 티는 보는 격이다. 누구나 결점을 찾으려고 뜯어보면 허물없는 사람은 없다. 인간은 완벽할 수 없기에 그런 사람은 있을 수 없다. 마치 보이지 않는 흉터를 털을 불어가며 찾아내듯 해서는 안 된다는 것이다. 남의 흠을 가려주고 덮어주는 것이 도리요, 남을 대하는 태도이다. 《성경》에 "사랑은 허다한 죄를 덮는다.(《베드로 전서》)"고 나온다. 사랑은 남의 잘못이나 결점을 드러내려 하지 않고. 실수나 결점을 사랑의 옷으로 덮어 주는 것이다. 우리 역시 부족하고 허물 많은 죄인이기에 다른 사람의 잘못이나 실수를 너그럽게 봐 줄 수 있어야 한다. 진정한 사랑은 첫째는 이해와 배려요 둘째는 포용과 용서요 다음은 희생이다. 톨스토이는 "사람들은 남의 허물을 파헤침으로써 자신의 존재를 돋보이게 하려고 하나, 그렇게 함으로써 자신의 결점도 드러나게 된다. 지혜로운 사람이나 현명한 사람은 남의 좋은 점을 발견하지만, 어리석고 미련한 사람은 남의 결점만 찾는다."고 했다. **자신의 부족한 점을 채워나가는 노력과 지혜가 필요하다.**

비판을 받지 아니하려거든 비판하지 말라. 너희가 비판하는 그 비판으로 비판 받을 것이요, 너희가 헤아리는 그 헤아림으로 헤아림을 받을 것이라. 어찌하여 형제의 눈 속에 있는 티는 보고 네 눈 속에 있는 들보는 깨닫지 못하느냐.

－《마태복음》

---

1 睫눈섭 첩

시간을 아껴라

일촌광음(一寸光陰)

빛이 들어오면 어둠은 사라진다. 일촌광음一寸光陰은 빛과 어둠이 교차하는 짧은 시간으로 촌음寸陰으로 함축하여 쓰기도 한다. 시간의 중요성을 강조하며, 젊은 시절에 학문에 열중할 것을 수많은 선인들이 권고하였다. 사람은 돈을 빌려 주는 데는 인색 하지만, 시간을 빌려 주는 데는 인심이 너무 좋다. "장에 소 팔러 가는데 개 따라 간다."는 말처럼 남의 시간을 빼앗거나, 자신의 시간을 허비한다. 내가 존재하고 살아 있기에 시간이 있는 것이다. 내가 죽으면 시간도 없다. 돈을 아끼는 것은 절약節約 이지만 시간을 아끼는 것은 절제節制이다. 쓸데없는 행동으로 헛되이 시간을 낭비하지 말고 시간을 유용하게 사용하는 사람만이 가치 있는 삶을 살아가는 사람이다.

오언五言으로 된 좋은 대구對句만을 발췌하여 저술한 작자미상의 학동들의 교육용 책인《추구推拘》와 당나라 시인 임관의《소년행少年行》에 나온다.

花有重開日 人無更少年　　화유중개일 인무갱소년
白日莫虛送 靑春不再來　　백일막허송 청춘부재래

꽃은 다시 피는 날이 있지만, 사람은 다시 젊어질 수 없다.
젊은 날을 헛되이 보내지 말라, 청춘은 다시 오지 않는다.

－《추구(推拘)》

한편 도연명은 그의 잡시雜詩 12수 중 제1수에서 다음과 같이 읊었다.

[잡시 기일(雜詩其一)]

盛年不重來 一日難再晨　　성년부중래 일일난재신
及時當勉勵 歲月不待人　　급시당면려 세월부대인

젊은 시절은 다시 오지 아니하고, 하루에 새벽은 두 번 오지 않는다.
때가 되었을 때 마땅히 노력해야 하니, 세월은 사람을 기다려 주지 않기
때문이다.

－ 도연명(陶淵明)

주희는 우성偶成[1]을 바탕으로 주옥같은 권학문을 남겼다.

---

1 우성(偶成): 우연히 시가 되다.

[권학문(勸學文)]

勿謂今日不學而有來日　　물위금일불학이유내일

勿謂今年不學而有來年　　물위금년불학이유내년

日月逝矣[1] 歲不我延[2]　　일월서의 세불아연

嗚呼老矣 是誰之愆[3]　　오호노의 시수지건

오늘 배우지 않으면서 내일이 있다 하지 말고

올해에 배우지 않고 내년이 있다고 하지 말라.

해와 달은 가고, 세월은 나를 위해 멈춰 주지 않네.

아!, 늙었다고 한탄한들 누구의 허물이겠는가?

少年易老學難成　　소년이로학난성

一寸光陰不可輕　　일촌광음불가경

未覺池塘春草夢[4]　　미각지당춘초몽

階前吾葉已秋聲[5]　　계전오엽이추성

소년은 늙기가 쉽고 학문은 이루기가 어려우니,

작은 시간이라도 가벼이 여기지 말라.

---

1 逝갈 서
2 延끌 연
3 愆허물 건
4 塘못 당
5 階섬돌 계

못가의 봄풀이 꿈을 깨기도 전에

뜰 앞의 오동잎은 가을을 알리는구나

일촌광음一寸光陰은 여기서 유래한 것이다. 조선 시대 실학자 이덕무는 '정신이모 세월이매. 천지간최가석 유차이자이이(精神易耗¹ 歲月易邁² 天地間 最可惜 惟此二者而已)', '정신은 쉽게 소모되고 세월은 빨리 지나가 버린다. 천 지간에 가장 애석한 일은 오직 이 두 가지 뿐이다.'라고 세월의 무상함에 대해서 이야기하고 있다.

'인무천일호, 화무백일홍人無千日好 花無百日紅'이라 '사람은 언제나 좋을 수 없고, 아무리 아름다운 꽃도 백일동안 붉게 피어있지 못한다.'는 중국 속담이 있고, '**권불십년, 화무십일홍**權不十年, 花無十日紅' 즉 '권력은 십년을 가 지 못하고 열흘 붉은 꽃은 없다.'란 말이 있다.

只道花無十日紅　　　지도화무십일홍

此花無日無春風　　　차화무일무춘풍

그저 꽃이 피어야 열흘이라고 하는데

이 꽃은 봄날, 봄바람이 따로 없구나!

송宋나라의 시인 양만리楊萬里가 월계月桂³에 대하여 읊은 시에 '화무십 일홍'이 나오는데, 이후 '화무십일홍'에 '인불백일호人不百日好', '인무천일 호人無千日好' 또는 '세불십년장勢不十年長'을 넣어서 같이 얘기하기도 했다.

---

1 耗줄 모
2 邁갈 매
3 월계(月桂): 야생장미의 일종이며, 사시사철 피는 꽃.

여기에서 '권불십년 화무십일홍'이 만들어진 것이다. 사람은 백년을 살기 어렵고, 세월을 이기는 권력은 없다. 그 누구도 죽음을 피할 수 없고, 아무리 강한 권력이라도 영원할 수는 없다. 영원한 권력은 없고, 지지 않는 꽃은 없다. 영원 할 수 없음에도 영원을 바라고, 백년을 못살면서도 천년의 계획을 세운다.(생년불만백 상회천세우生年不滿百 常懷千歲憂) 《문선文選》에 실린 〈고시십구수古詩十九首〉중 15수에 나온다.(작자 미상) **신의 존재와 위대함을 알고 겸손해져야 한다.**

歲月本長而忙者自促[1] 天地本寬而[2] 鄙者自隘[3] 風化雪月本閒而勞攘者自冗[4]

세월본장이망자자촉 천지본관이 비자자애 풍화설월본한이로양자자용

세월은 본래 길건만 바쁜 자는 스스로 줄이고, 천지는 본래 넓건만 속좁은자는 스스로 좁히며, 바람과 눈과 꽃과 달은 한가한 것이건만 악착같은 자는 스스로 분주하느니라.

- 《채근담(菜根譚)》〈후집(後集)〉4

삶의 의미와 가치를 모르고 지낸다면 천년을 산다한들 무슨 의미가 있겠는가? **하루를 천년처럼 사는 지혜가 필요하다.** 자연과 벗하며 넓은 세상을 보고, 바쁜 가운데서도 한가로움의 정취를 즐길 수 있는 여유를 가져야 한다.

---

1 促재촉할 촉
2 寬너그러울 관
3 鄙천할 비. 隘좁을 애
4 閒틈 한. 攘물리칠 양. 冗쓸데없을 용

여유를 가져라

유유자적(悠悠自適)

누구나 한 두어 번은 계곡의 맑은 물소리와 산새소리를 들으며 오랜 벗과 대나무 숲에서 바둑을 두거나, 소슬바람 흔들거리는 억새 밭 강가에서 노을빛 가슴에 적시며 낚시질하는 여유로움을 그려 보았을 것이다.

허균은 '한가함'을 할 일이 없는 것이 아니라 일할 수 있는 여유가 생겼다는 것이라고 했다. 그러면서 형식적인 한가로움을 '등한等閒'이라 했다. 따라서 한가한 사람이란 등한한 사람과는 다른 것이다. **한가로움의 정취를 아는 사람만이 한가로움을 누릴 자격이 있다.** 도연명은 〈음주飮酒〉에서 "심원지자편心遠地自偏, 즉 마음이 세속에서 머니 사는 것도 외지다네."라고 하였다. 장소가 아니라 마음이 중요하다. 마음이 외지지 못하다면 오지奧地[1]

---

1 奧깊을 오

에 살아도 유유자적悠悠自適[1]의 즐거움을 누리기는 어렵다. 블레즈 파스칼 Blaise Pascal은 "인간은 혼자서 자신의 방에 머무를 수 있는 능력이 부족하다"고 했다.

不是人閑 閑不得   불시인한 한부득

閑人不是 等閑人   한인불시 등한인

한가한 사람이 아니고선 한가함을 못 얻으니 한가한 사람이란 등한한 사람이 아니다.

－《한정록(閑精錄)》[2], 이오덕이 권정생에게 보낸 편지

風來疎竹風過而竹不留聲   풍래소죽 풍과이죽불류성

雁度寒潭雁去而潭不留影   안도한담 안거이담불류영

故君子 事來而心始現 事去而心隨空[3] 고군자 사래이심시현 사거이심수공

성긴 대숲에 바람이 불어오나 대숲은 그 소리를 머금지 아니하고
차가운 연못에 기러기 날아오르나 연못은 그 그림자를 남기지 않는다.
고로 군자에게는 일이 생기면 비로소 마음이 일고, 일이 끝나면 마음이 빈다.

－《채근담(菜根譚)》

그리스 철학자 에피쿠로스도 평정심(아타락시아Ataracxia)의 추구를 최

---

1 悠한가할 유

2 한정록(閑情錄): 조선 중기에 허균(許筠)이 중국의 여러 책에서 은둔과 한적(閑適)에 관한 내용을 휘집(彙集, 종류에 따라 모음)한 책. 筠대나무 균, 彙 무리 휘

3 隨따를 수

고의 덕목으로 삼았다. **"사람들은 자기가 행복해지는 것보다 남에게 행복하게 보이려고 더 애를 쓴다."** 남에게 행복하게 보이려고 애쓰지만 않는다면 스스로에게 만족하기란 그리 힘든 일이 아니다. 남에게 행복하게 보이려는 허영심 때문에 자기 앞에 있는 진짜 행복을 놓치는 것이다.

- 라로슈푸코(프랑스 작가)

영화 《죽은 시인의 사회》에서 키팅 선생님은 미래를 위해 현재의 삶을 포기해야만 하는 학생들에게 지금 살고 있는 이 순간이 무엇보다도 확실하며 중요한 순간이라며 '카르페 디엠'을 외친다. '카르페 디엠Carpe Diem'은 라틴어로서 '삶을 즐겨라, 현실에 충실 하라. 이 순간을 누려라.'라는 뜻이다. 미래도 중요하지만, 현재의 삶 속에도 미래 못지않은 행복이 있다. 누리지 못하고 지나치면 영원히 그 시간은 돌아오지 않는다. 지금 이시간은 죽은 자들이 갈망하는 그 시간이다. 아프리카에서는 매일 아침 사자와 가젤이 잠에서 깬다. 가젤은 사자의 먹이가 되지 않으려고 달리고, 사자는 가젤을 앞지르지 못하면 굶어 죽는다는 사실을 알고 있기에 온 힘을 다해 달린다. 내가 사자이든, 가젤이든 마찬가지다. 해가 떠오르면 나의 가치를 깨닫기 위해서라도 달려야 한다. 인생은 그런 것이다.《《마시멜로 이야기》》 내일을 위해 욕심 부리지 말고 현실에 감사하고 오늘에 만족하며 살아가자.

'지금 이 순간'이 '현재'다. 그렇다면 지금 '이 순간'을 사는 것이 무엇인가?' 있는 그대로'를 느끼라는 것이다. 지금 나에게 주어진 일, 밥을 먹는 순간. 공기를 느끼는 순간, 그 순간에 충실해야 하는 것이다. 자신을 사랑하는 자는 과거를 후회 하고 미래를 걱정하지 않는다. 과거는 이미 지나갔고 미래는 아직 오지 않았다. 지금 이 순간 산다는 것은 '있는 그대로 만을 내가 나에게 정직하게 보이는 것'이다. 그러므로 지금 이 순간에 충실하기 위해서는 과거의 기억, 미래의 상상으로 나를 전개 시켜서는 안 된다. 그것은 머릿속이 지어낸 망상일 뿐이다. 대부분의 인간들은 밥을 먹으면서도 생각하고 고민한다. 하물며 잠을 자면서도 걱정한다. 밥을 먹을 때는 '있는 그대로' 그 밥맛에 빠지면 되고 잠을 잘 때는 잠속으로 빠지면 된다.(장규채 훈장)

'카르페디엠'은 모든 허상, 잡념을 끊고 오직 이 순간에 집중하라는 뜻이다. 미국의 속담에 이런 말이 있다. "어제는 역사이고, 내일은 미지수이며, 오늘은 선물이다(Yesterday is history. Tomorrow is a mystery. But today is a gift)." 지금 이순간이 있음으로 모든 것이 존재하는 것임을 알아야 한다.

No one knows the story of tomorrow's dawn.(내일 새벽일은 아무도 모른다.)는 서양속담이 있다. 새벽이 먼저 올지 죽음이 먼저 올지 아무도 모르는 것이다. 어제는 지나간 오늘이고 내일은 다가올 오늘 이다. 오늘이 있어야 내일도 있다. 그러기에 내 생애 가장 귀중한 날은 바로 오늘이다. 지금 이 순간이다. '법구경'에 '항상 새벽처럼 깨어 있으라.'고 했고, 성경에 '내일 일은 내일 염려하라'했다. 오늘을 어떻게 보내느냐에 따라 우리의 인생이 달라진다. 오늘을 보면 내일을 알 수 있는 것이다. 오늘 하루를 버리는 것은 미래를 포기하는 것과 같다. **오늘 한그루의 나무를 심지 않고 숲을 기대하지 말라.** 세상에서 가장 소중한날은 오늘이고 가장 아름다운 날도 오늘이다. 멋진 오늘하루를 만들어 보자.

때를 기다려라

절치부심(切齒腐心)

아프리카에 서식하는 가분살무사의 주 먹잇감은 집쥐이다. 이 집쥐를 공격 할 때의 속도는 0.1초 정도라 한다. 그러나 집쥐를 공격하기 위해 쓰는 공격수단은 기다림이다. 심지어 몇 시간이라도 기다리고 또 기다린다고 한다. 씨앗은 봄을 기다리고, 열매는 가을을 기다린다. 그때를 위해 준비하는 시간이 필요한 것이다. 빵을 굽는 시간이 있어야 맛있는 빵을 먹을 수 있다.

상 부족(제후국)의 우두머리였던 탕湯은 이윤伊尹을 중용하여 국력을 키운 다음 하夏나라 걸왕桀王[1]을 몰아내고 은나라를 세웠다. 은殷왕조는 수백 년간 태평성대를 누려오다 폭군 주紂[2]에 이르러 마침내 망국의 길로 접어들었다.

---

1 桀뛰어날 걸
2 紂끈 주

주문왕의 성은 희姬[1], 이름은 창틀으로 당시 은의 주요 제후국이었던 주周의 임금이었다. 그는 서쪽 지역 제후들의 우두머리였기 때문에 서백西伯이라고도 불리었다. 그는 예로써 대하고, 백성을 사랑하고, 관대하여 많은 주에게 실망한 선비나 백성들이 주나라로 모여들었다. 그러나 주문왕이 신망을 얻자 마침내 참소를 받아 유리라는 성에 감금되게 이른다. 이 때 주는 인질로 도성에 와 있던 주문왕의 아들 백읍고伯邑考를 죽인 후 장조림 하여 주문왕에게 보냈다. 주문왕이 성인이라면, 자식의 살인 것을 알고 안 먹을 테니까 죽여 버리고, 만일 먹는다면 평범한 인간이니까 두려울 것 없으니 살려주자는 계책計策이었다. 주문왕은 자식의 살인 것을 알면서도, 훗날을 기약하기 위해 눈물을 머금고 먹었다. 이렇게 하여 풀려난 후, 주문왕은 **절치부심**切齒腐心하며 은나라 정벌을 결심하게 된다.

어느 날 주문왕周文王이 사냥을 갔다가 위수渭水[2]의 지류 반계반磻溪畔[3]에 이르러 한 노인이 낚시를 하고 있는 것을 보았다. 그런데 그 노인은 낚시 바늘로만 낚시를 하고 있었다. 그는 그것을 매우 이상하게 여기고 다가가서 그 노인과 대화를 나누었다.

文王 勞而問之日 子樂漁邪

太公日 君子樂得其志 小人樂得其事今 吾漁甚有似也.

문왕 노이문지왈 자악어사

태공왈 군자악득기지 소인악득기사금 오어심유사야

---

1 姬성 희

2 渭강이름 위

3 磻강이름 반. 畔두둑 반.

문왕이 가까이 가서 물었다. "그대는 낚시를 즐기시는군요?" 태공太公이 대답하였다. "군자는 그 뜻을 얻음을 즐거워하고 소인은 그 일을 얻음을 즐거워하니, 지금 제가 물고기를 잡는 것이 이와 매우 유사합니다."

－《육도삼략(六韜三略[1])》제1권〈문도(文韜)〉:강태공과 주 문왕의 만남

노인은 천문과 지리에 통달하고 천하의 형세를 훤히 꿰뚫고 있었으며 가슴에는 웅대한 뜻을 품고 있었다. 희창은 그가 바로 문무를 겸비한 인재라는 것을 알아보고 그를 도성으로 데려와 국상國想에 임명하여 정치와 군사를 통괄하게 하였으니, 이 노인이 바로 강태공姜太公이다. 강상姜尙, 여상呂尙, 여망呂望, 태공망太公望 이라고도 한다. 희창의 절치부심의 각오와 강태공의 때를 기다리는 인내가 은을 멸하고 주를 건국하게 한 것이다.

---

1 韜감출 도

늘 부지런해야 한다

근능보졸(勤能補拙)

평소 좋아하던 만화가의 사인이 담긴 그림을 선물로 받은 아이가 기뻐하며 말했다. "이렇게 멋진 그림을 1분 만에 그리시다니 정말 대단하시네요." 그러자 만화가는 웃으면서 말했다. "그 그림을 그릴 수 있을 때까지 30년이 걸렸단다.(따뜻한 하루)" 20세기의 위대한 바이올리스트 크라이슬러Fritz Kreisler의 연주를 듣고 감동한 어느 청중이 "당신처럼 연주할 수 있다면 전 재산을 바쳐도 아깝지 않다."고 하자 "오늘의 연주는 나 자신을 바친 결과입니다."라고 하였다.(Morningsunday) 위대한 일을 이루기 위해서는 피나는 노력과 일생을 바치는 헌신이 있었다는 사실을 알아야 한다.

출근길 버스에서 손잡이를 잡고 있는 소녀의 아름다운 팔목을 보고 막대가 있는 핫도그를 생각해 냈다고 한다. 중국속담에 "큰 산을 옮기려면 작은 돌부터 옮기라.”는 말이 있다. 작은 것, 사소한 것을 놓쳐서는 안 된다. 일상의 사소한 것들에서 ‘놀라운 발견’을 하고, 끊임 없는 노력의 결과로 위대한 업적은 이루어진다. 위대한 사람들은 창조적인 생각을 말한다. ‘평범한 사람은 자신의 생각을 말하고, 실패하는 사람들은 다른 사람들에 대해 말하며, 이유와 변명으로 자기합리화를 한다.’고 한다. 사람이 위대한 이유는 자신의 운명을 개척해 나갈 수 있다는 것이다. 그러나 어리석은 사람은 운명에 끌려 다닌다. 내가 할 수 있는 일을 감당하기도 힘든데, 할 수 없는 것을 걱정하고 고민하며 힘들게 살아간다. 《성경》에는 개미의 지혜를 배우라한다. “너 게으른 자여, 개미에게로 가서 그 길들을 살펴보고 지혜롭게 되라《잠언》” 개미의 부지런함을 배우라는 것이다. 오늘은 어제의 결과물이며 내일은 오늘을 어떻게 살았느냐에 따라 달라진다. 셰익스피어William Shakespeare는 현명한 사람은 장난삼아도 자신의 손실을 한탄하며 살지 않는다고 했다. 희망과 절망은 저울의 추와 같아서 한쪽이 올라가면 다른 한쪽은 내려간다. 희망을 바라보며 사는 한 절망은 사라진다.

救煩無若靜, 補拙莫如將勤[1]　구번무약정 보졸막여장근
번뇌를 없애는 데는 고요만한 것이 없고, 졸렬함을 보충하는 데는 부지런만한 것이 없다.

‘졸렬함을 보충하는 데는 부지런만한 것이 없다.’ 근장보졸勤將補拙이라고도 하는데, ‘부지런함이 모자람을 채운다.’는 것으로 ‘노력하면 이룰 수 있다.’는 것이다. ‘보졸불여근補拙不如勤’ 즉 자신에게 서툰 일을 보충할 때에는 부지런한 것밖에 없다는 뜻이다.

---

1 拙옹졸할 졸. 补(補)기울 보, 미보(弥补):보충하다. 将[jiāng](將)장차 장. 마땅히~하여야 한다.

公元825년, 唐敬宗將杭州刺史白居易調任蘇州刺史[1].

蘇州是唐東南地 區最大的州 地方事務繁雜[2].

白居易上任后謝絶了所有的宴請[3] 一心處理政務, 很快就熟悉[4]

當地的情況, 整頓吏治[5], 贏得老百姓好評[6].

他人爲自己生來笨拙只有靠勤奮才能來弥補[7](自到郡齊題二十四韵)

공원825년. 당경종장항주자사백거이조임소주자사.

소주시당동남지 구최대적주. 지방사무번잡.

백거이상임후사절료소유적연청. 일심처리정무. 흔쾌취숙실

당지적정황. 정돈리치. 득로백성호평.

타인위자기생래분졸지유고근분재능래미보.(자도군재제이십사운)

서기 825년 당나라 경종 때 항주자사 백거이를 소주자사로 전임시켰
다. 소주는 당나라 동남지역에서 가장 큰 고을로, 지방사무가 복잡했
다. 백거이는 부임 후 모든 연회를 사절하고, 열심히 정무를 처리하여
매우 빠르게 현지 상황을 숙지하고, 관청의 업무를 정비하여 백성들의
찬사를 받았다. 그는 자신이 태어날 때는 우둔하였지만, 단지 근면함에
의존하여 모자람을 보완할 수 있었다고 하였다.

－《백씨장경집(白氏長慶集)》:백거이 시문집

---

1 唐[táng]당나라 당. 황당하다. 苏[sū](蘇)소생할 소. 抗막을 항. 调[diào](調)조사할 조. 이동하다, 파견하
다.
2 繁[fán]많을 번
3 宴잔치 연
4 숙실(熟悉): 익숙하다. 熟[shú]익을 숙. 익숙하다. 悉모두 실.
5 頓조아릴 돈
6 贏[yíng]이익 남을 영
7 분졸(笨拙): 아둔하다. 笨거칠 분. 靠기댈 고. 奋(奮)날 개칠 분. 미(彌) 채울 미.

뒷날 백거이는 친구에게 눈 코 뜰 새 없이 바빠 산천구경도 못하고 좋아하는 술과 음악도 멀리하게 된 까닭을 훗날 이를 기억하면서 친구에게 보낸〈자도군재, 근경순일, 방전공무, 미급연유, 투한주필제이십사운 겸기상주가사인호주최랑중잉정오중제객(自到郡齋[1], 僅經旬日[2], 方專公務, 未及宴遊, 偸閑走筆題二十四韻[3] 兼寄常州賈舍人湖州崔郞中仍呈吳中諸客[4])〉이라는 긴 제목의 시에서 "구번무약정, 보졸막여근(救煩無若靜[5], 補拙莫如勤)."이라 썼다.

"구번무약정救煩無若靜, **보졸막여장근**補拙莫如將勤" 즉 "번뇌를 없애는 데는 고요만한 것이 없고, 졸렬함을 보충하는 데는 부지런만한 것이 없다."는 것이다.(일일일구一日一句, 김영수) 즉 자신은 정사政事에 부족한 점이 많았기 때문에 이를 보완하기 위하여 근면할 수밖에 없다는 얘기다. 중국에서는 '근면으로 부족한 것을 보충한다.'는 뜻으로 '장근보졸將勤補拙'이라 한다.(《고사성어대사전》:김성일) 우리 속담에 '밖에 나가 있는 사람의 몫은 있어도 자는 사람의 몫은 없다고 했다. 꼭 해야 할일을 제때 때맞추어 빠짐없이 하고 삶으로 부지런함을 내 것으로 만들고, 늘 최선의 노력을 다하고, 인내로서 어려움을 극복해가야 한다. 서양속담에 '게으른 자의 혀는 결코 게으르지 않다'는 말이 있다. 게으른 자는 할 수 없는 이유를 늘어놓고, 부지런한 자는 못할 이유를 찾지 않고 할 일부터 한다. 부지런한 자는 새벽에 일어나 오늘을 다짐하고 게으른 자는 밤늦게 잠들며 내일을 다짐한다.

---

1 齋(齋)재계할 재, 정진하다.
2 僅겨우 근. 經글 경
3 閑틈 한. 韻(韻)음률 운.
4 仍인할 잉. 묻드릴 정
5 煩괴로울 번

작은 것을 중시하라

견소왈명(見小曰明)

주왕村王이 상아 젓가락을 사용하기 시작하자, 기자箕子[1]가 탄식하며 말하기를, "그가 이미 상아 젓가락을 사용한 이상, 틀림없이 옥잔을 사용할 것이며, 옥잔을 사용하면 곧 먼 지방의 진귀하고 기이한 기물을 사용하려 들 것이다. 장차 수레와 말 그리고 궁실의 사치스러움이 이것으로 시작해 진정시킬 방법이 없게 될 것이다."라고 하였다. 과연 주왕村王이 황음荒淫하고 방탕해지자, 기자箕子가 간언했으나 듣지 않았다. 그리하여 머리를 풀어헤치고 미친 척하다 잡혀서 노예가 되었다가 풀려난 후 숨어 지냈다. 훗날 멸망한 나라를 한탄하며 지은 그의 시에서 나온 고사가 맥수지탄麥秀之嘆이다.

– 《사기(史記)》〈송미자세가(宋微子世家)[2]〉

---

1 기자(箕子): 주왕의 숙부로 태사(太師) 벼슬을 지냈으며 기(箕)땅을 하사받아 기자라고 불렸다.
2 미자(微子): 주왕의 배다른 형으로 주나라 멸망 후 송나라 제후가 됨

성찰과 경계 ◈ 289

'천리되는 둑도 개미굴에서 무너진다.(천리지제 궤우의혈千里之堤 潰于蟻穴)'고 했다. 미묘한 상황도 읽어낼 수 있는 관찰력과 통찰력이 필요하다. 새싹에서 아름드리나무로 자라고 실개천이 모여서 큰 강을 이룬다. 자연의 시작은 미미하나 끝은 광대하다. 어리석은 자와 지혜로운 자의 차이는 결국 큰 위기가 닥칠 가능성을 미리 아는가 모르는가에 달려 있다. 총명예지聰明睿知가 있어야만 한다는 것이다. 특히 리더는 어떤 정책을 어떤 시기에 결정해야 하는지 깊은 통찰력이 필요하며, 역사를 통해 현실을 정확하게 파악하고 예지력을 갖추어야 한다.

見小曰明 守柔曰强　견소왈명 수유왈강

사소한 것을 보는 것을 밝음이라 하고, 부드러움을 지키는 것을 강함이라 한다.

－《도덕경(道德經)》52장

겁먹은 개가 짖는다. 억지로 드러내는 사람은 약한 사람이다. 자신을 드러내기보다 성찰하는 사람이 훌륭한 삶의 자세요, 이런 사람이 강한 사람이다. 작은 것을 꿰뚫어볼 수 있는 것을 '명明'이라고 하는데, 남들이 보지 못하는 것을 정확하게 집어내는 능력으로 사소한 것의 의미까지도 포착하는 능력을 말한다. 따라서 **견소왈명**見小曰明은 아주 작은 것도 세심하게 관찰하며, 예측하고, 대비하는 자세를 말한다. 유사한 의미로, 작은 기미를 보고 장차 나타날 일을 아는 것을 **견미지저**見微知著라 한다. 서리 내린 것을 보고 얼음 얼 것을 안다. 즉 사소한 것을 보고 변화를 감지한다는 것을 **견상여빙**見霜知冰이라 한다. 사심이나 욕망으로 채워져 있지 않고, 몸과 마음을 지키면 바로 그것이 부드러움을 지키는 것이 되고, 그 부드러움이 몸과 마음을 강하게 하는 힘이 되니 이를 **수유왈강**守柔曰强이라 한다.

노자는 "작은 것의 의미를 볼 줄 알면 밝아지고(**견소왈명**見小曰明), 질박하고 욕심 없는 맑은 삶은 자아를 중심으로 삼을 때 가능하다."고 했다. 일상의 사소함이 주는 행복을 다산 정약용은 '**청복**淸福'이라고 표현했다. 행복은 생각하기 나름이고, 우리 주변 가까이에 있다. 한여름 햇볕을 탓하기보다 봄날의 따스함을 기억하라. 시인 고두현은 "어스름 달빛에 찾아올 박각시나방 기다리며 봉오리 벙그는데 17분, 꽃잎 활짝 피는 데 3분, 날마다 허비한 20분이 달맞이꽃에게는 한 생이었다."고 노래했다. 내가 게으름 부리며 허비한 20분이 달맞이꽃에겐 한 생애였던 것이고, 소포클레스의 말처럼 내가 헛되이 보낸 오늘 하루는 어제 죽어간 사람들이 그토록 바라던 내일이었던 것이다. 무엇을 바라기 전에 작은 것 하나라도 나에게 주어짐을 감사해야 한다.

큰 것을 보라

축록고토(逐鹿顧兎)

돈과 자기밖에 모르는 어느 부자가 랍비를 찾아가 인생의 교훈이 될 만한 가르침을 부탁 하였다. 랍비는 부자를 창가로 데리고 가서 물었다. 랍비가 묻기를 "무엇이 보입니까?" 부자는 "지나가는 사람들이 보입니다."라고 대답 했다. 랍비는 또 부자를 데리고 거울 앞으로 데리고 가서 "무엇이 보입니까?"라고 똑같이 물었다. 부자는 "제 얼굴이 보입니다."라고 말했다. 랍비는 잠시 동안 생각 하다가 부자에게 말했다. "창문과 거울은 모두 유리로 되어 있으나, 거울은 유리 뒤에 수은이 칠해져 있기에 밖이 안보이고 자신만 보이게 되는 것입니다. 내면이 탐욕으로 칠해진 사람은 자신만 보게 되는 불행한 사람입니다."라고 했다.(햇볕 같은 이야기) 자기 밖에 볼 수 없는 사람은 자기밖에 모르는 사람이다. 나의 행복도 결국 타인으로부터 온다는 사실을 알아야 한다. '탐욕은 자신을 갉아먹는 좀 벌레와도 같다.' 욕심을 버리면 버릴수록 삶의 무게는 그만큼 가벼워진다.

逐鹿者不顧兎	축록자불고토
決千金之貨者 不爭銖兩之價¹	결천금지화자 부쟁수량지가
弓先調而後求而後求良馬先馴²	궁선조이후구이후구량마선순
人先信而 後求能	인선신이 후구능

사슴을 쫓는 자는 뒤를 돌아보지 않고 천금의 재화를 다루는 사람은 얼마 안 되는 가격으로 다투지 아니한다.

활은 먼저 길들인 후에 강하게 쓸 수 있는 방법을 찾고, 말은 먼저 길들인 후에 뛰어난 점을 찾는다.

사람은 믿음이 먼저이고, 재능을 따지는 것은 그다음이다.

- 《회남자(淮南子)》〈설림훈(說林訓)〉

축록자불고토逐鹿者不顧兎 ³를 줄여서 **축록고토**逐鹿顧兎라 한다. '사슴을 쫓는 자는 뒤를 돌아보지 않는다.'이니 '큰 뜻을 이루려는 사람은 작은 것에 얽매이지 않는다.'는 뜻이다. 반면에 **축록자불견산**逐鹿者不見山은 '사슴을 쫓는 자는 산을 보지 못한다.'이니 '눈앞의 작은 이익에 미혹迷惑되어 더 큰 것을 보지 못한다.'는 뜻이다. '눈앞의 욕심에 눈이 멀어 사람의 도리를 저버린다.', '이익에 눈이 팔려 다가오는 위험을 보지 못한다.'는 의미도 있다. 작은 것에 연연하다 큰 것을 놓치고, 눈앞의 이익에 현혹眩惑⁴되어 큰일을 망치는 어리석음을 범해서는 아니 된다.

---

1 수(銖): 무게단위 1량의 24/19, 작은량. 銖무게단위 수
2 馴말길들일 순
3 축록(逐鹿): 제위(帝位)나 정권을 얻기 위해 서로 다투는 일이나, 큰일을 도모하는 행위
4 眩아찔할 현

逐獸者目不見太山 嗜欲在外則明所蔽矣[1]

축수자목불견태산 기욕재외칙명소폐의

'짐승을 쫓는 사람은 큰 산을 보지 아니한다.'

쾌락과 욕망을 쫓으면 명철함이 가려지기 때문이다.

– 《회남자(淮南子)》〈설림훈(說林訓)〉

'축록자불견산'의 유사한 의미로 '攫金者不見人' 이 있다. '황금을 가지려는 자는 사람을 보지 않는다.'로 '물욕에 눈이 멀어 눈앞의 위험도 보지 못한다.'는 것이다. 《성경(야고보서)》에 이르기를 "욕심이 잉태한즉 죄를 낳고 죄가 장성한즉 사망을 낳느니라."고 나온다, 욕심을 절대 경계하라는 말이다.

列子曰 昔齊人有欲金者. 淸旦衣冠而之市[2]**. 適鬻金者之所**[3] **因攫其金而去**[4]

吏捕得之 問曰:"人皆在焉 子攫人之金何?"對曰:取金之時不見人徒見金,

열자왈 석제인유욕금자. 청단의관이지시, 적죽금자지소 , 인확기금이거.

리포문지 문왈:"인개재언 , 자확인지금하?"대왈:취금지시 , 불견인 , 도견금.

옛날 중국 제齊나라 사람 중에 금을 탐내는 사람이 있었다. 그 사람은

---

1 嗜즐길 기. 蔽덮을 폐
2 청단(淸旦): 이른 아침
3 鬻팔다 죽
4 攫붙잡을 확

아침 일찍 시장에 금파는 곳을 찾아가 금을 훔쳐 가지고 갔다. 시장 관리인이 그를 붙잡아 놓은 다음 "사람들이 모두 보고 있었는데도 어째서 남의 금을 훔쳤느냐?"고 물어보았다. 그 사람은 "금을 가지고 갈 때에는 사람은 보이지 않고 금만 보였습니다."라고 말했다.

－《열자(列子)》〈설부편(說符篇)〉

눈앞의 이익에 눈이 멀면 이성적 판단이 흐려지고, 분별력이 떨어져 사람의 도리를 저버리고, 거짓을 말하거나 망령된 행동을 하게 된다. 허공虛空은 한 번도 밝은 적이 없으며, 어둠이 온 천하를 덮을지라도 허공은 어두웠던 적이 없다. 갠지스강의 모래와 같은 마음을 무심無心이라고 한다. **욕심에 있어서는 허공처럼, 모래와 같은 무심을 가져야 할 것이다.**

모욕을 견디라

타면자건(唾面自乾)

어느 날 허름한 차림의 한 청년이 중국 지방도시 건설국장의 집 앞에서 자루하나를 들고 서 있었다. 가난한 청년의 뻔한 청탁이 있을 거라고 생각한 국장은 그 청년을 외면했다. 청년은 무거운 자루를 들고 갈 수 없으니 놓고 가겠다고 했다 그렇게 청년이 떠나고 자루 속을 살펴보니 자신의 어릴 때 사진 몇 장과 편지 한통, 그리고 감자와 고추가 들어있었다. 편지에는 "자네가 살던 고향이 헐리면서 집을 정리하던 중 발견한 사진인데 자네에게 소중할 것 같아 보낸다. 보내는 김에 농사지은 고추와 감자도 보낸다고 쓰여 있었다. 이에 감동한 국장은 앞으로 필요하면 찾아오라고 했다. 청년은 국장 집을 나와 골목에 들어서자 아버지에게 전화로 아버지의 전략이 먹혔습니다."라고 했다. 인간관계를 소중하게 여기는 중국인의 꽌시(관계矢系, 관계關係)문화를 엿볼 수 있는 사실이다. 중국인들은 사람에 따라 대하는 태도를 바꾼다고 한다. 이때 기회에 따라 능동적으로 변해서 좋은 결과를 만들어 내는 것을 수기응변隨機應變이라하고 기회를 보아 이리저리 변하여 자신의 이익을 채우는 나쁜 의미의 변화를 투기취교投机取巧라 한다. 수기응변은 변화에 적절히 대응하는 것이고 투기취교는 기회를 틈타 사리사욕을 챙기는 것이다.(손자병법 연구소) 미루야마 겐지는 '파랑새의 밤'에서 "현대인은 타인의 불행에 굶주려 있다."했다. '사촌이 땅을 사면 배가 아프다.'는 속담도 같은 맥락이다. 현대인들은 타인의 불행을 은근히 바라고, 누군가의 안타까운 죽음마저도 흥미 거리나 놀이로 소비하곤 한다. 남의 입장에서 보면 자기도 그대상이기에 나를 타인에게 맞추어가는 현명함이 필요하다. 타인은 또 다른 자신이다.

대한민국 직장인들이 직장생활에서 가장 힘들어하는 것은 '일'보다 사람과의 '관계'라고 한다. 사람들은 대부분 인간관계로 인해 스트레스를 받고 고민도 하지만 신기하게도 성공한 사람의 상당수는 자신은 인간관계로 성공했다고 말한다. 그만큼 사람과의 관계는 우리 삶의 중요한 요소라고 할 수 있다. "물은 담는 그릇에 따라 모양이 달라지지만, 사람은 누구를 만나느냐에 따라 운명이 달라진다."라는 말처럼 인간관계는 개인적인 삶과 사회적인 생활에서 매우 중요한 역할을 하고 있으며, 유익하고 아름다운 삶은 타인과의 원만한 인간관계를 통해 이루어진다. 《탈무드》는 "혼자 살려면 신神이 되든지 짐승이 되든지 둘 중 하나를 선택해야 한다."고 했다. 따라서 인생의 성공과 행복은 인간관계에서 비롯된다고 해도 과언이 아니다. 행복한 삶의 가장 중요한 조건은 바로 원만한 인간관계를 갖는 것이라고 할 수 있다.

당나라 관리 중에 누사덕婁師德이란 사람이 있었다. 워낙 도량이 넓어 어떤 무례한 일을 당해도 겸손한 태도로 얼굴에 불쾌한 빛을 드러내지 않앉았다고 한다. 어느 날 그의 아우가 벼슬길에 나서게 되자 어찌 처신할 것인 가를 물었다. 그러자 아우는 "남이 내 얼굴에 침을 뱉더라도 그냥 닦아내면 되지 않겠습니까?"라고 답했다. 그러자 누사덕은 "아니다. 그 자리에서 침을 닦으면 상대의 기분을 거스르게 된다. 그냥 저절로 마르게 두는 것이 좋다."라고 했다. 여기서 **타면자건**唾面自乾이 유래한다. 상대의 행위에 즉각적으로 대응하지 말고 인내하기를 가르치고 있다. 즉, 침을 즉시 닦지 않음으로써 적대감을 드러내지 말고, 침이 마를 때까지 기다리며 상대가 침을 뱉은 이유를 곰곰이 생각해보라는 것이다. 그러면 화를 내고 침을 뱉었던 상대의 마음도 누그러들 것이며 상대방도 그리 처신했던 나의 속 깊은 마음을 알아 줄 때가 올 것이라는 것이다. 상대의 마음이 상하지 않도록 참기 힘든 수모도 잘 참아야 한다는 처세의 교훈이 담겨있다.

– 《신당서(新唐書)》〈누사덕전(婁師德傳)〉, 《십팔사략(十八史略)》

"개구리 낯짝에 물 붓기"라는 속담이 있다. 개구리 낯짝에 물을 끼얹어도 꼼짝을 않는다. 보호색을 띠고 함부로 움직이면 위험에 노출되는 걸 개구리도 아는 것이다. 법륜스님은 "참으면 남에게 끌려가지 않고, 스스로 자신을 이기는 것이다."라고 했다. 어떤 자극이 주어져도 움직임이 없이 흔들리지 않는 태연자약泰然自若함이 진정한 덕을 이룬 사람의 자세다. 《성경》에는 타면자건의 한계를 넘어서 "누구든지 네 오른편 뺨을 치거든 왼편도 돌려대라. 속옷을 가지고자 하는 자에게 겉옷 까지 가지게 하며 오리를가자고 하거든 십리를 동행하라.(《마태》5:39-41)"고 가르친다. 남을 정죄하지 말고, 함부로 판단하지 말고, 사랑하고 용서하라는 것이다. **진정으로 참는 것은 단순한 인내가 아니라 분노의 감정을 선으로 승화시킨 것이다.**

늘 꾸준 하라

수적천석(水滴穿石)

우리속담에 "낙숫물이 댓돌 뚫는다."는 말이 있고, 영어속담에 "The drop hollows the stone"이 있다. '떨어지는 물방울이 돌(바위)을 뚫는다.'는 것으로, **'작은 노력이라도 끊임없이 계속하면 큰일을 이룰 수 있다.'**는 말이다. 떨어지는 물방울이 바위를 뚫을 수 있는 것은 물의 강함이 아니라 꾸준함 때문이다. 수적천석水滴穿石[1]이다. "바늘 도둑이 소도둑 된다."라는 속담처럼, 작은 해악도 쌓이고 쌓이면 큰 도적이 된다는 부정적인 의미로도 사용된다.

이와 유사한 표현으로 **마부작침**磨斧作針과 **적토성산**積土成山이 있다.

전국시대戰國時代에 시교尸佼[2]의 저서 《시자尸子》에 "물은 송곳이 아니

---

1 滴물방울 적
2 佼예쁠 교

고, 노끈은 톱이 아니지만(수비석지찬 승비목지거水非石之鑽 繩非木之鋸[1]) 쉼 없이 문지르면 돌과 나무를 끊을 수 있다."는 내용이 나온다. 북송北宋때 숭양崇陽현령으로 장괴애張乖崖[2]라는 사람이 있었는데 관아官牙를 순시하다 상투 속에서 엽전 한 닢을 숨긴 하급관리를 발견했다. 이를 엄히 꾸짖자, 그는 겨우 한 닢 가지고 그런다고 크게 투덜거렸다. 그러자 현령은 "일일일전 천일천전 승거목단 수적천석一日一錢 千日千錢 繩鋸木斷[3] 水滴穿石[4]" 즉 "하루에 한 닢이 천일이면 천 닢이 되니, 마치 노끈으로도 오래 마찰하면 나무를 벨 수 있는 것과 같고, 물방울이 돌 위에 계속 떨어져 마침내 돌을 뚫는 것과 같은 이치이다."라고 말하며, 그를 처벌하였다(조성권). 관리의 잘못을 바로 잡으려고 일벌백계한 것이다. 여기서 '승거목단, 수적천석'의 고사성어가 유래되었다.

–《학림옥로(鶴林玉露)[5]》, 한국어문한자회:안병화

繩鋸材斷 水滴石穿 水到渠成[6] 瓜熟蔕落[7]
승거재단 수적석천 수도거성 과숙체락

새끼줄로 톱질해도 나무가 잘라지며, 물방울이 돌을 뚫고, 물이 한곳에 이르러 도랑을 이루며, 참외는 익으면 꼭지가 떨어진다.

–《채근담(菜根譚)》〈후집(後集)〉110

---

1 繩노끈 승. 鋸톱 거승(繩): 노끈이나 새끼줄로 두 겹 이상 꼬아 만든 끈
2 乖어그러질 괴. 崖벼랑 애
3 단(斷): 끊는다는 뜻
4 적(滴): 물방울이 떨어지는 것. 천(穿): 구멍을 뚫는다는 의미.
5 학림옥로(鶴林玉露): 남송의 학자 나대경이 밤에 집으로 찾아온 손님들과 나눈 담소 모음집.
6 渠개천 거
7 蔕: 꼭지 체로 읽는다.

물은 돌을 뚫을 수 없지만 물방울은 돌을 뚫을 수 있고, 노끈으로는 나무를 벨 수 없지만 쉼 없이 계속 마찰하면 나무를 자를 수 있다. 아무리 작은 힘도 꾸준히 쌓이면 큰 힘이 되고, 아무리 작은 성과도 쌓이고 쌓이면 큰 업적이 된다. 무슨 일이든 꾸준히 하면 놀라운 결과를 이룰 수 있다. **자전거가 굴러간다고 페달을 밟지 않으면 곧 멈추고 넘어진다.**

모택동의 신조는 "나의 강점을 최대화하여 적의 약점을 공격하라"는 것이었다. 모택동의 강점은 '빈민들과의 소통'이었고 장개석의 최대 약점은 '인민들과의 불통'이었다. 모택동은 단 한 순간도 이 신조를 버린 적이 없었다한다. 그의 꾸준함이 오늘의 중화인민공화국이 된 것이다. 《논어》 〈옹야편雍也篇〉에 "지지자 불여호지자, 호지자 불여락지자知之者 不如好之者, 好之者 不如樂之者, 안다고 하는 것은 좋아서 하는 것만 못하고, 좋아서 하는 것은 즐겁게 하는 것만 못하다."라는 말이 있다. 사람은 모든 것을 다 잘 할 수는 없다. 자신의 단점은 고치고 장점은 최대한 살려 나가면 된다.

어리석게 굴지 말라

망수행주(罔水行舟)

'신선놀음에 도끼자루 썩는 줄 모른다.'는 속담처럼 눈앞의 이익이나 즐거움에 사로잡혀 먼 장래를 생각하지 않다가는 어려움을 당할 수 있다.

《서경》〈익직편〉에 요 임금의 아들 단주丹朱[1]는 덕이 없고 어리석어 "물 없는 곳에 배를 밀고 다니며, 밤낮없이 친구들과 어울려 놀기만 하고, 집에서는 친구들과 함께 술만 마셨다."고 나온다.

無若丹朱傲 惟慢遊 是好 傲虐 是作 罔晝夜額額 罔水行舟[2]
朋淫于家 用殄厥世[3]

---

1 단주(丹朱): 요임금의 아들
2 傲거만할 오. 虐사나울 학. 額이마 액, 쉬지 않는 모양.
3 殄다할 진. 厥다하다, 그 궐

무약단주오 유만유 시호 오학 시작 망주야액액 망수행주

붕음우가 용진궐세

단주처럼 오만하지 마소서 게으르고 놀기를 좋아했으며 오만하고 잔악
한 짓을 하였으며 밤낮없이 소란을 피우고, 물이 없는 곳에서 배를 밀고
다녔으며 떼거리로 집에서 음란한 짓을 하여 대를 잇지 못하였다.

— 《서경(書經)》〈익직편(益稷篇)〉 8장

배를 띄우려면 물이 있어야하는데, 물 없는 곳에서 배를 밀고 돌아다
니는 어리석음을 **망수행주**罔水行舟, 육지행주陸地行舟라 한다. '어리석은 짓
을 하지마라', '현실을 직시하고 헛된 망상으로 기회를 놓치지 말라'는 뜻
이다. 어리석고 무모한 행동으로 때를 놓쳐서는 안 된다.

《시크릿》의 저자 론다번(오스트레일리아 방송작가)은 '끌어당김의 법칙'
에서 "우리에게 나타나는 모든 일들 혹은 현상들이 우리 스스로가 끌어당
긴다는 것이다."라고 한다. 즉 내가 그렇게 생각했기 때문에 그러한 일이
발생 한다는 것이다. 한편 윌리엄 제임스(미국 심리학자)는 "인간이란 존재
는 마음의 태도를 바꿈으로 인생을 바꿀 수 있다."고 했다. 무엇을 생각하
고 어떠한 태도를 갖느냐가 중요하다는 것이다. 잭 캔필드(미국작가, 카운
슬러)는 저서 《key》에서 "생각하고 말하는 방식을 바꾸라, 부정적인 영향을
주는 것들에 사로잡히지 말라, 관심과 주의를 기울이는 곳에 당신의 에너
지가 흐른다는 것을 기억하라"고 했다. 'You can if you think you can.' **당
신이 할 수 있다고 생각하면 할 수 있다.** 그러니 포기하지마라. '할 수 있다.'는
신념이 당신의 삶이 바꿀 수 있다. 스스로 포기하지 말고 어떤 경우에도 희

망을 가지고 살아야 한다. 《믿는 만큼 이루어진다》의 저자 노먼 빈세트 필 (미국의 목사, 연설가)은 "꿈 앞에 논리의 척도를 대지 말라."고 했다. 무엇이 든 간절히 원하고 기대하면 이루어 질수 있다. 절박함 간절함이 있기에 가 능한 것이다. 실패는 해도 좌절은 안 된다. 삶은 열정을 쏟는 사람에게 보 상과 보람을 안겨준다. **신은 사랑하는 사람에게 더 가혹한 시련을 주고, 견디는 자에게 영광을 가져다준다.** 고난을 견디어 내면서 주어진 삶을 충실히 살아 가야 한다.

의(義)롭게 살라

사생취의(捨生取義)

　　소크라테스에게 하루는 제자가 찾아와 "노예를 죽인 자신의 아버지를 살인자로 관청에 고발했다"며 자신의 행동이 정당한 것인가를 물었다. 그는 정의는 상황이나 사람마다 다를 수 없으니 정당하다고 하였다. 반면 공자는 초楚나라의 섭현葉縣이라는 고을을 다스리는 섭공葉公이 양을 훔친 아버지를 고발한 자식의 행동을 정직함으로 말하자 공자가 말하기를 "우리 마을의 정직한 자는 이와 다르다. 아버지는 자식을 숨겨 주고 자식은 아버지를 숨겨준다. 정직이란 그런 속에 있다."고 했다. 천리天理와 인륜人倫, 인정人情을 말한 것이다. 정의定義 즉 올바름이란 윤리나 도덕적으로 선善하고 경건한 참된 가치를 기반으로 인간 상호간의 사랑을 지키고 키워 가도록 공명정대하게 사회 구성원들이 합의하여 이룬 기준(규칙)으로 본다. 그러나 부모 자식 관계나 가정에 관한한 오로지 법이라는 선악의 잣대로만 잴 수 없다고 본다. 그러나 근대 정의론定義論의 정점이라 불리는 롤스John Rawls의 정의관은 한마디로 평등과 공정성에 있다. 그래서 '기회는 평등하고, 과정은 공정하며, 결과는 정의로울 것'이라고 외치는 것이다. 다만 사람과 상황에 따라 다르지 아니하고, 천륜과 인륜에 반하지 않는 정의를 바랄뿐이다.

공자 사상의 핵심은 '인仁'으로 우리말로는 '어질다'는 사전적 의미를 가지는 한자이다. 인仁에 대한 원래 구체적 정의가 없기에 다양한 해석이 나오기도 하지만 仁이 두 사람간의 관계를 나타냄으로 유가는 그 의미를 '사람을 사랑하는 것'이라고 보았다. 사람과 사람의 관계는 근본적으로 사랑의 바탕 위에서 성립하는 것으로 보는 것이다. 좀 더 정리하면 효, 제, 충, 신孝, 弟, 忠, 信이다. 효제는 가족 간의 사랑이고, 충은 자기의 최선을 다하는 것이며, 신은 자신의 말을 지키는 것이었으나 신에서 성誠이라는 개념이 파생되어 왕(국가)과 사회조직의 존립을 위하여 가장 중요한 충성으로 변하였다.

맹자는 "삶도 내가 원하는 것이고, 의義도 내가 바라는 것이지만, 둘 다 가질 수 없다면 삶을 버리고 의義를 취할 것이다."라고 하였다. 사생취의捨生取義를 말하는 것이다. 의義를 중요시 한다는 것으로 모두 '목숨을 버릴지언정 옳은 일을 하라'는 뜻이다. 사생취의는 안중근 의사가 옥중獄中에서 즐겨 인용하던 글이다.

志士仁人 無求生以害仁 有殺身以成仁
지사인인 무구생이해인 유살신이성인

높은 뜻을 지닌 선비와 어진 사람은, 삶을 구하여 '인'을 저버리지 않으며, 스스로 몸을 죽여서 '인'을 이룬다.

– 《논어(論語)》〈위령공편(衛靈公篇)〉

孟子 曰 魚我所欲也 熊掌亦我所欲也 　맹자왈 어아소욕야 웅장역아소욕야
二者不可得兼 舍魚而取熊掌者也 [1] 　이자불가득겸 사어이취 웅장자야

맹자가 말하기를 물고기도 갖고 싶고, 곰발바닥도 갖고(먹고) 싶지만, 이 두가를 모두 가질(먹을) 수 없다면 물고기를 버리고 곰발바닥을 취할(먹을) 것이다.

生亦我所欲也 義亦我所欲也 　생역아소욕야 의역아소욕야
二者 不可得兼 舍生而取義者也 　이자 불가득겸 사생이취의자야

삶도 내가 원하는 것이고, 의도 내가 바라는 것이지만, 둘 다 가질 수 없다면 삶을 버리고 의를 취할 것이다.

生我所欲也 所欲有甚於生者 　생아소욕야 소욕유심어생자
故不爲苟得也 　고불위구득야

삶은 내가 바라는 것이나, 사는 것보다 더 바라는 것이 있기에 구차하게 삶을 얻으려 하지 않겠다.

---

1 사(舍)와 사(捨)는 음(音)과 뜻(意)이 같아 같이 쓸 수 있다.

死亦我小惡   사역아소악

所惡有甚於死者 故患有所不避也   소악유심어사자 고환유소불피야

죽음 또한 내가 싫어하지만, 죽음보다 더 싫어하는 것이 있기에, 환난
을 만나도 피하지 않겠다.

-《맹자(孟子)》〈고자장구상(告子章句上)〉

맹자는 구차하게 살기보다는 어떠한 어려움이 닥치더라도 의로움을
택하겠다고 하여 의를 향한 자신의 강한 의지를 밝혔다. 사생취의는 정의
나 진리를 위해서는 자신의 목숨도 아끼지 말아야 한다는 말이다. 공자孔
子가 말한 살신성인殺身成仁과 같은 뜻이다. 의義는 모든 사람에게 유익하고
편안하게 하는 것이다. 세상엔 저마다의 정의와 저마다의 의로움이 있지만
그 정의와 의로움이 개인의 영광을 위함이 아니라 공동의 선을 이루기 위
한 것이어야 한다. 의롭지 못한 것은 단순히 의롭지 못한 것이 아니라 죄악
이다.

If you don't scale the mountain, you can't view the plain.(산에 오르지 않으면 들판을 볼 수 없다.'는 말이 있다.) 'no pain, no gains'이다. 고통 없이 얻을 수 있는 것은 없고, 노력 없이 이룰 수 있는 것은 없다. 에디슨은 전구를 발명하고 완성할 때까지 무려 12만 번이나 기도하고 1만 번이나 실험을 했다고 한다. 로마가 위대한 제국이 되기까지에는 600여년의 세월이 흘렀다. **남들보다 부족한 것이 문제가 아니라 노력하지 않는 자신이 문제인 것이다.**

《순자》〈수신편〉에 "천리마는 하루 만에 천 리를 달리는데, 둔한 말도 열흘 동안 달리면 이에 미칠 수 있다.(부기일일이천리 노마십가즉역급지의夫驥一日而千里 駑馬十駕則亦及之矣 [1])"고 했고, 〈권학편〉에 "천리마도 한 번 뛰어

---

1 노마는 능력이 없는 둔재(鈍才)에 비유하며, 말이 하루에 수레를 끌고 다닐 수 있는 거리를 일가(一駕)

서는, 열 걸음을 달리지 못하고, 둔한 말이라도 열흘을 달리면 천리에 이른다.(기기일약불능십보 노마십가즉역급지騏驥一躍 不能十步 駑馬十駕則亦及之)"고 나온다. 따라서 노마십가駑馬十駕는 '능력이 부족한 사람도 열심히 노력하면 재능 있는 사람과 어깨를 겨룰 수 있다.'는 뜻으로, 배움의 의지와 노력의 중요성을 강조한 말이다.

> 우리가 할 수 있는 최선을 다할 때, 우리 혹은 타인의 삶에 어떤 기적이 나타나는지 아무도 모른다.
>
> — 헬렌켈러

泰山 不讓土壤[1] 故能成其大　　태산 불양토양 고능성기대
河海 不擇細流 故能就其深　　하해 불택세류 고능취기심

태산은 아무리 작은 흙덩이라도 사양하지 않고 받아들이기 때문에 큰 산을 이루었으며, 하해는 아무리 작은 물도 가리지 않았기에 그 깊음을 이룰 수 있다.

　　— 〈상진황축객서(上秦皇逐客書)〉: 이사(李斯)
　　— 《사기(史記)》〈이사열전(李斯列傳)〉, 《고문진보(古文眞寶)》 후집

여러 나라에서 온 인재, 곧 객경客卿[2]을 두루 포용해 그들의 능력을 모았다. 초나라 출신으로 진시황제의 장자방이 된 이사도 그 중 한 명이었다. 하지만 기득권에 눈이 먼 왕족과 대신들은 빈객들을 축출하자고 들고 일어났다. 축객逐客[3]

라고 한다. 騏천리마 기. 駑둔할 노
1 讓사양할 양. 壤흙 양
2 객경(客卿)제도: 능력 있는 다른 나라 사람이 와서 요직을 맡는 제도.
3 축객(逐客): 상소문. 외부인사 등 뛰어난 인재는 등용해야 한다는 내용. 오늘날 포용과 노력에 대한 비

이다. 이에 이사는 상소를 올려 자신의 뜻을 전했다. 이것이 '고문진보古文眞寶'에 실려 있는 '상진황축객서上秦皇逐客書[1]'이다. 이 상소문을 읽고 진시황제는 빈객들을 두루 품어 통일대업을 이룬 것이다.

不積蹞步[2] 無以致千里	부적규보 무이치천리
不積小流　無以成江海	부적소류 무이성강해
騏驥一躍[3] 不能十步	기기일약 불능십보
駑馬十駕　則亦及之	노마십가 즉역급지
功在不舍[4]	공재불사
鍥而舍之[5] 朽木不折	계이사지 후목부절
鍥而不舍 金石可鏤[6]	계이불사 금석가루

반걸음 반걸음이 쌓이지 않으면 천리 길에 이를 수 없고
작은 흐름이 쌓이지 않으면 큰 강과 바다를 이룰 수 없다.
천리마도 한 번 뛰어서는 능히 열 걸음을 뛸 수는 없고
둔한 말이라도 열 배의 공력으로 달린다면 또한 목적을 달성할 수 있다.
성공은 중단하지 않는데 달려 있다.
칼로 자르다가 멈추어버리면 썩은 나무도 자르지 못하고

유로 인용되고 있다.
1 상진황축객서(上秦皇逐客書): 다른 나라 사람을 좇아내는 것에 관해 황제에게 올리는 글
2 蹞반걸음 규
3 騏천리마 기. 驥준마 기
4 舍중단할 사
5 鍥새길 계, 자르다.
6 鏤가루 루

칼로 자르기를 멈추지 않으면 쇠와 돌도 가히 조각낼 수 있다.

말콤 글래드웰은 '일만 시간의 법칙'에서 "역사에 발자취를 남긴 사람들은 대개 자기 분야에서 최소한 10년 이상의 세월을 보낸 사람들"이라고 한다. 성공의 요소는 여러 가지 지만, 대부분 성실함을 바탕으로 하여 강한 의지와 노력으로 이루어 낸다. 노력하고, 인내하고, 최선을 다하면 그것이 무엇이든지 해낼 수 있다. 세상의 모든 일이 이처럼 작은 것에서부터 시작하고, 중단 없는 노력이 위대한 결과를 만들어 낸다는 사실을 잊지 말아야 한다. 노력해서 안 되는 일도 있다. 그러나 사실은 대부분 노력이 부족했던 것이다. 오늘 돌멩이 하나라고 쌓아야 돌담이 만들어 진다.

지금 삶에 재미가 없는 것은 내가 지금 내 삶에 집중하지 않았기 때문이다.

- 혜민 스님

대의(大義)를 생각하라

경중완급(輕重緩急)

　　어느 날 공자의 심부름으로 안회顔回가 시장에 들렸는데 한 포목점 앞에 많은 사람들이 모여 있어서 무슨 일인가 해서 다가서 알아보니 가게주인과 손님이 시비를 벌이고 있었다. 포목을 사러온 손님이 큰 소리로 "3x8은 분명히 23인데 당신이 왜 나한테 24전錢을 요구하느냐?"하며 다투고 있었다. 안회가 이 말을 듣자마자 정중히 인사를 한 후 "3x8은 분명히 24인데 어째서 23입니까? 당신이 잘못 계산을 한 것입니다."하고 말을 했다. 포목을 사러온 사람은 "누가 너더러 나와서 따지라고 했냐? 도리를 평가 하려거든 공자님을 찾아야지 옳고 틀림을 그 양반만이 정확한 판단을 내릴 수가 있다."고 하였다. "그럼 만약 공자께서 당신이 졌다고 하시면 어떻게 할 건가요?"라고 하자 "그러면 내 목을 내 놓을 것이다 그런데 당신은?", "제가 틀리면 관冠을 내놓겠습니다."하며 내기를 걸고 공자를 찾아갔다.

공자는 사건의 전말을 듣고 나서 웃으면서 안회에게 말하기를 "네가 졌으니 이 사람에게 관을 벗어 내 주거라."하였다. 안회는 순순히 관을 벗어 포목을 사러온 사람에게 주었다. 그 사람은 의기 양양히 관을 받아들고 돌아갔다. 공자의 평판에 대해 겉으로는 아무런 표현이 없었지만 속으로는 도저히 이해할 수가 없었다. 그는 자기 스승이 이제 너무 늙었고 우매하니 더 이상 배울게 없다고 생각했다. 다음날 안회는 집안일을 핑계로 공자에게 고향으로 잠시 다녀 올 것을 요청하였다. 공자는 아무 얘기도 하지 않고 고개를 끄떡이면서 허락하였다. 안회가 떠나기 직전 공자에게 작별인사를 하러 가자 공자는 일을 처리한 즉시 바로 돌아 올 것을 당부하면서 안회에게 **"천년고수막존신, 살인불명물동수**千年古樹莫存身, 殺人不明勿動手", "천년 묵은 나무에서 몸을 숨기지 말고, 명확치 않고서는 함부로 살인하지 말라"는 두 마디 게시를 해주었다. 안회는 작별인사를 한 후 집으로 향하였다.

한 참 길을 가는 중 갑자기 천둥과 번개를 동반한 급소나기를 만나 피하려고 다급한 김에 길옆에 있는 오래된 고목나무 밑으로 뛰어들어갈려는 순간 스승의 첫 마디인 '천년고수막존신千年古樹莫存身'의 말이 떠올라 뛰쳐 나왔는데 바로 그 순간에 번쩍하면서 그 고목이 번개에 맞아 산산조각이 나고 말았던 것이다. 안회가 놀라움을 금치 못하였다. 공자의 첫 번째 말이 적중 된 것이다. 오랜 시간이 흘러 집에 도착하니 이미 늦은 심야였다. 그는 집안으로 들어가 조용히 아내가 자고 있는 내실의 문고리를 풀었다. 컴컴한 침실 안에서 손으로 천천히 만져보니 침대위에 두 사람이 자고 있는 것이 아닌가? 순간 화가 치밀어 올라 검을 뽑아 내리 치려는 순간 공자가 게시한 두 번째 말 '살인불명물동수殺人不明勿動手'가 생각이 났다. 얼른 촛불을 켜보니 침대위에 한쪽은 아내이고 또 한쪽은 자신의 누이동생이 자고 있었다. 공자의 두 번째 말도 적중 되었다. 안회는 다음날 날이 밝기 무섭게 되돌아가 공자를 만나자마자 무릎을 꿇고 "스승님이 게시揭示한 두 마디 말씀덕분에 저와 제 아내와 누이동생을 살렸습니다. 어떻게 그런 일이 일어날 수 있다는 것을 미리 알고 계셨습니까?" 공자는 안회를 일으키면서 "어제 날씨가 건조하고 무더워서 다분히 천둥번개가 내릴 수가 있을 것이고 너는 분개한 마음에 또한 보검을 차고 떠나기에 그래서 그런 상황을 미리 예측을 할 수 있었던 것이다." 공자는 이어서 "사실 나는 이미 다 알고 있었다. 네가 집에 돌아간 것은 그저 핑계였고 내가 그런 평판을 내린 것에 대해 내가 너무 늙어서 사리판단이 분명치 못해 더 이상 배우고 싶지 않기 때문에 그런 것이 아닌가? 한번 잘 생각해 보아라 내가 3x8이 23이 옳다고 하면 너는 졌지만 그저 관하나 준 것 뿐이고 만약에 내가 3x8이 24가 옳다고 한다면 그 사람은 목숨 하나를 내놓아야 하지 않는가? 너 말해봐라! 관이 더 중요 하냐 사람 목숨이 더 중요 한가?" 안회가 비로소 이치를 깨닫고 공자 앞에 다시 무릎을 꿇고 큰 절을 올리면서 말을 했다. "부끄럽기 짝이 없습니다. 작은 시비是非를 가리기보다 대의大義를 중요시하는 도량과 지혜에 탄복할 따름입니다." 그 이후부터 공자가 가는 곳마다 안회가 그의 스승 곁을 떠난 적이 없었다한다. 자만과 욕심 때문에 잘못을 범해서는 안 된다. 한 면만 보지 말고 두루두루 살펴 화를 사전에 예방해야한다. 지식은 아무나 얻을 수 있지만 지혜는 아무나 얻을 수 없다.(공자와 안회의 일화/김덕권)

惟仁者爲能以大事小 惟智者爲能以小事大

유인자위능이대사소 유지자위능이소사대

오직 어진 이만이 크면서도 작은 것을 섬기고(큰 나라로 작은 나라를 섬기며),

오직 지혜로운 이만이 작으면서도 큰 것을 섬긴다.(작은 나라로 큰 나라
를 섬긴다.)

– 맹자(孟子) 양혜왕하(梁惠王下) –

왕도정치를 실현하기 위해 맹자는 힘이 없을 때 힘 있는 자에게 머리를
숙일 줄 아는 사대事大는 지혜로운 자들의 생존방식이며, 큰 힘을 가지고
있는데도 작은 힘을 가진 이에게 머리를 숙일 줄 아는 사소事小는 어진 자들
의 행동방식이라고 했다. 작은 자가 큰 자를 섬길 수 있는 사대事大, 큰 자가
작은 자에게 굽힐 수 있는 사소事小[1]는 자신의 감정을 제어 못하는 필부의
만용을 버리고 진정한 대장부의 용기를 가진 사람만이 할 수 있는 철학이
다. 큰 것으로 작은 것을 섬기는 포용(용기)과 작음으로 큰 것을 섬기는 지
혜로움이 있어야 한다. 자기를 낮추는 것이 높이는 것이라는 것이다. 절대
한 면만 생각하지 말고, 전후좌우의 사실관계와 상황을 잘 살펴보아야 한
다. 하나만 생각하고 한 면만 보다가는 일을 그르칠 수도 있고, 자신의 생
명이나 다른 사람의 생명까지 손실을 입힐 수도 있다. 각 방면을 두루두루
살피고, 심사숙고하여 다른 문제가 생기지 않는지 확인하고 행해야한다.
무엇이 더 중요한지 어떤 것이 더 급한지를 가려서 행하여야한다. 아무리
중요하다해도 때가 있는 법이다. 경중완급輕重緩急이다. **모든 일은 경중과 완
급을 가려서 해야 한다.**

---

1 사소주의(事小主義)란 사대주의(事大主義)와 대비되는 개념으로 큼에도 불구하고 작은 것을 섬긴다는
  뜻이다. 강자가 약자를 보듬고 감싸 안는다는 의미로 작은 것을 섬긴다는 말이다.

군자(君子)의 도

오리 다리가 짧다고 늘리지 말고
학의 다리가 길다고 자르지 말라.
소금은 짠맛을 내면 되고,
어둠을 밝히는 덴 촛불 한 자루면 된다.
그릇의 용도는 크기와 상관없다.
허리를 굽히고 효를 다하라.

중국의 작가 천쓰이陳四益는 '死讀書 讀死書 讀
書死(사독서 독사서 독서사)' 즉 죽도록 책만 읽거나, 죽은 책만 읽거나, 책만
읽다가 죽지 말라.'고 했다. '죽은 책(가치 없는 책)을 읽고, 쓸모없는 공부
를 하면 하나마나다. 노자는《도덕경》48장에서 "학문을 하는 자는 날마다
더하고 도를 들은 사람은 날마다 덜어낸다."고 했다. 학문을 할수록 분별력
이 더해져 혼란과 염려가 쌓이니, 도(수양과 성찰)를 통하여 바로 서야 한
다고 했다. 식자우환識字憂患이 될 수 있다. 그래서 "배우는 것을 그만두라
(절학무우絶學無憂,《도덕경》20장)."한 것이다.《성경》에서도 "내 아들아 또 경
계를 받으라, 여러 책을 짓는 것은 끝이 없고 많이 공부하는 것은 몸을 피
곤케 한다."고《성경(전도서)》에 나온다. 천하의 도와 자연의 섭리와 진리
도 모른 채 얕은 지식의 물가에서 텀벙대지 말고, 어설프고 참되지 않은 학
문은 버려 깨달음을 이루어야 한다. 공자는 학學을 중시하고 노자는 도道를

중시했다. 절학무우는 배움을 끊는 것이 아니라 인위의 찌꺼기를 버리는 것으로 본다. 돈이나 권력을 쌓아두려 하면 근심도 쌓인다, 근심이나 걱정, 분별심을 덜어 낼 수 있다면 더 이상의 배움은 없다하겠다. 선과 악의 갈림 길이 분명치도 않는데 가리려고만 한다. 지식을 쌓고 권력과 부를 누리려는 배움은 높아지면 내려올까 쌓으면 무너질까 걱정만 키운다. 배우는 것도 중요하지만 배움을 통하여 생과 사의 문제를 정립하여야 한다. 생生과 사死의 문제가 정립되면 걱정이나 고통은 그렇게 큰 문제는 아니다. 어설픈 지식으로 마음을 어지럽히지 말고 참 나를 발견하고 삶의 의미를 찾아 가치 있는 삶, 자기 자신의 삶을 살아가자.

우리는 상황이 매우 모호할 때 그 상황을 설명해주는 지식이 주어지면 올바른 판단을 할 수 있을 것으로 생각하지만, 그 지식으로 인해 실제 보다 잘못 판단할 위험이 상존하고 있음을 알아야 한다. 여기에 본인이 보고 싶어 하는 것만 보려는 확증편향까지 더해지면 지식으로 인해 판단 실패로 이러질 수 있다. 단편적인 지식, 고착된 이념이나 신념, 편협한 가치관에 갇히지 말고 '어린아이처럼 보이는 대로 보라', '자연에서 배우라'《성경》에 이르기를 "하늘에 나는 새를 눈여겨보고, 들에 핀 백합화가 어떻게 자라는지 지켜보라《마태복음》."고 했다. 자연의 위대함이다. 인간의 얕은 지혜보다 자연과 진리를 통해서 배워야 한다. 폭풍이 불어와 나무를 흔들면 나무는 폭풍을 이기기 위해 뿌리를 더 깊게 내린다. 바람에 흔들리면서 뿌리를 더 깊게 내리면 더 강한 나무로 성장할 것이다. 할 수 없는 일을 하려 들지 말라. 머리털 하나도 자라게 할 수 없는 인간이 어설픈 지식으로 덤빈다. 세상의 모든 것은 내 것이 될 수 있는 것은 없다. 내가 만족 하면 그것이 최대의 만족이기 때문이다. 역경과 시련이 닥쳐오고 요동치는 폭풍우를 만나야 인간에게 자연의 숭고함과 위대함, 자연의 신비와 고마움과 감사함을 느낄 수 있다. 햇볕과 그늘에도 의미가 있고, 이름 모를 들꽃에도 사연이 있는 것이다. 신의 섭리를 인간의 지식으로 판단하려 할 때 근심과 걱정이 다가 온다. 자연의 지혜를 받아들이기 위해서는 자연을 있는 그대로 볼 수 있어야 한다. 그래야 자연의 본성과 섭리를 진정으로 이해할 수 있고, 자연의 아름다움과 경이로움을 발견할 수 있다. 여유와 인내로 삶에 정진하고, 순간순간을 흘려보내지 말고 하루하루를 충실히 살 수 있는 삶의 지혜를 자연에서 배우라. 한줄기 햇살에도 감사할 줄 아는 겸허함으로 그 위대함에 순응하라.

生而不有 爲而不恃[1]　　생이불유 위이불시
長而不宰[2] 是謂玄德　　장이부재 시위현덕

낳았으나 소유하지 않으며, 이루어 주었으나 나타내지 않는다. 자라게 했으나 지배하지 않는다. 이를 베푸는 덕, '**현묘지덕**玄妙之德(현묘한 덕)'이라 한다.

－《도덕경》10장

낳았으되 소유하지 않고, 자라게 하면서도 기대지 않고, 크고 강하면서도 지배하려하지 않는 자연의 위대함을 말하는 것이다.

이색과 윤선도는 자연을 벗 삼아 노래했다.

---

1 恃믿을 시
2 宰재상(지배하다) 재

[육우당기(六友堂記) [1]]

목은(牧隱) 이색(李穡)

山吾仁者所樂也 見山則存吾仁　산오인자소락야 견산칙존오인

水吾智者所樂也 見江則存吾智　수오지자소락야 견강칙존오지

산은 어진 사람들이 좋아하니 산을 보면 나도 어질어지고 물은 지혜로
운 사람들이 좋아하니 강을 보면 나도 지혜로워 진다.

雪之壓冬溫 保吾氣之中也　설지압동온 보오기지중야

月之生夜明 保吾體之寧也 [2]　월지생야명 보오체지녕야

눈은 대지를 덮어 따뜻하게 하니 나의 기운을 보존하게 하고 달은 밤을
밝혀 주니 나의 몸을 편안하게 해준다.

風有八方 各以時至 則吾之无妄作也　풍유팔방 각이시지 즉오지무망작야

花有四時 各以類聚 [3] 則吾之無失序也　화유사시 각이류취 칙오지무실서야

바람은 팔방에서 때에 따라 불어오니 나를 겸허하게 하고 꽃은 계절마
다 종류대로 군락을 이루니 내가 질서를 잃지 않게 한다.

天地父母也 物吾與也 何往而非友哉　천지부모야 물오여야 하왕이비우재

천지는 부모요 만물은 우리와 더불어 함께하니 어디로 간들 나의 벗이
아니겠는가?

(중략)

---

1 사우당(四友堂)은 경지敬之-김구용金九容이 여주(여흥)유배 시 있던 곳이다. 경지의 눈, 달, 꽃, 바람
에 이색이 강과 산을 더하여 육우라 한 것이다. 穡거둘 색

2 寧편안할 영

3 聚모을 취

[오우가(五友歌)]

고산(孤山) 윤선도(尹善道)

내 벗이 몇이냐 하니 수석水石과 송죽松竹이라.

동산東山에 달 오르니 긔 더욱 반갑고야.

두어라 이 다섯 밧긔 또 더하야 무엇하리.

이외수는 "슬픔이 깊으면 자연을 벗하라. 자연은 천혜의 성전이다."라고 표현한다. 달이나 수석과 송죽은 언제나 어디서든 벗할 수 있기 때문에 굳이 소유할 이유가 없다. 소유하기보다 자연의 벗으로 삼아야 한다.

《채근담》에는 자연속의 바람과 꽃, 눈과 달은 조용함을 아는 자가 주인이고, 물과 나무, 돌은 한가로움을 아는 자가 주인이라 했다.

風花之瀟洒[1], 雪月之空淸[2]　　　풍화지소주, 설월지공청

唯靜者爲之主　　　　　　　　　유정자위지주

水木之榮枯[3], 竹石之消長[4]　　　수목지영고, 죽석지소장

獨閒者操其權[5]　　　　　　　　독한자조기권

바람과 꽃의 산뜻함과 아름다움, 눈과 달의 맑음과 시원함은

---

1 瀟물맑을 소. 酒맑은 물 주

2 공청(空淸): 환하고 맑은 것

3 영고(榮枯): 무성하고 시들음. 榮꽃 영. 枯마를 고

4 消꺼질 소

5 조기권(操其權): 그 권리를 잡는 것. 閒한가할 한. 操잡을 조.

오직 조용함을 좋아하는 사람만이 그 주인이 되고

물과 나무의 무성함과 앙상함, 대나무와 돌의 자라나고 사라짐은

홀로 한가한 사람만이 그 소유권을 갖느니라.

- 《채근담(菜根譚)》

생물이 서식지 안에서 자신만의 고유한 자리를 갖는 것을 '생태적 니치 Niche', 또는 '생태적 지위'라고 하는데 현대 생태학자들의 견해는 각 종들이 각자 고유한 니치를 차지하고 경쟁 종과 공존하는 '니치 분화'가 수시로 일어난다고 본다. 그러나 인간은 끝없이 경쟁하며 자신만을 위하여 소유하려든다. 소유하기보다 공유하며 공존하여야 한다. 공수래공수거空手來空手去이다. 각자의 위치에서 자신의 삶을 충실히 살아가면 되는 것이다.

나무를 보라

꽃과 풀을 보라 당신의 맑은 마음을 그 위에 살며시 올려놓아라.

나무는 얼마나 고요한가! 꽃은 얼마나 생명 속에 깊이 뿌리를 내리고 있는가!

자연에서 고요함을 배우라

- 《고요함의 지혜》 중에서

하늘에는 기러기가 날아가고, 갈대숲에서는 노인이 낚시하는 모습의 그림을 볼 수 있는데 이를 노안도蘆雁圖라 한다. 노안蘆雁[1]을 노안老安과 같은 의미로 여겨 노후의 안락함을 기원하는 그림으로 그렸다. 기러기는 한자로는 안雁[2]·홍鴻[3]으로 나타낸다. 기러기는 짝에 대한 정절을 지키는 동물로 기러기들이 먼 여정을 위해 V자 대형으로 함께 날아가는 것을 '안항雁行'이라고 한다. 기러기가 V자 형태로 날아가는 이유는 공기저항을 20% 정도 줄이고, 앞선 기러기들이 날개를 칠 때마다 만들어지는 상승기류는 뒤따르는 기러기들이 혼자 날 때보다 70% 정도나 쉽게 날 수 있게 도와준다고 한다. 그리고 모든 기러기가 번갈아 가면서 예외 없이 선두에 한 번씩 교대로 서면서 수천km를 날아간다고 한다.

---

1 蘆갈대 로
2 雁작은기러기 안
3 鴻큰 기러기

기러기는 **신예절지**信禮節智의 덕을 갖추고 있다고 했다. 가을이면 찾아와 봄이면 어김없이 돌아가니 믿을 수 있다고 하여 '신信'이요, 하늘을 날 때는 서로 도우며 질서를 지키니 '예禮'요, 한 번 짝을 맺으면 다시 짝을 얻지 않는 절개가 있으니 '절節'이요, 무리지어 밤낮으로 살피고 생활하며 서로를 보호하는 지혜를 가졌으니 '지智'라고 한다. 신랑과 그 일행이 신부 집에 가는 것을 초행醮行이라 하는데, 이때 예를 표하는 전안례奠雁禮[1]에 기러기를 가지고 간다. 또한 결혼식 폐백幣帛[2]에서 기러기 모형을 놓고 예를 올린다. 이는 기러기가 지니고 있는 신예절지信禮節智의 덕을 갖추고 백년해로百年偕老를 기원하는 것이다.

- 규합총서(閨閤叢書)[3]

---

1 奠제사 전

2 폐백(幣帛): 임금이나 제사 때 신에게 바치는 물건. 또는 그런 일로, 결혼식 폐백 때 신랑신부에게 대추와 밤을 던지는 풍습은 대추棗(棗대추 조zǎo)는 早(zǎo)의 의미를 나타내고 밤栗(lì)은 '세우다'의 立(lì)과 같은 의미를 담고 있다. 즉 '일찍 아들을 두라'는 것이다.

　幣비단 폐. 帛비단 백

3 규합총서(閨閤叢書): 빙허각(憑虛閣) 이씨(李氏)가 부녀자를 위하여 엮은 일종의 여성생활백과. 빙허각(憑虛閣)은 기댈 빙(憑), 빌 허(虛), 문설주 각(閣)으로 '허공에 기대어 산다.'라는 뜻으로, 누구에게도 의지하지 않고 자신이 삶의 주인이 되어 살아가겠다는 각오를 담은 이름이다.

덕(德)을 행하라

음덕양보(陰德陽報)

초楚나라의 재상이었던 손숙오孫叔敖[1]가 어린 시절, 밖에서 놀다가 머리가 둘 달린 뱀을 보고 죽여서 묻어 버리고 집으로 돌아와 고민하였다. 이를 이상히 여긴 어머니가 그 까닭을 물었다. 그가 말하기를 "머리 둘 달린 뱀을 본 사람은 죽는다고 들었는데, 그걸 보았습니다. 그것이 걱정됩니다."라고 하였다. 어머니가 "그 뱀은 어디 있느냐?"고 물었더니. 손숙오가 말하기를 "다른 사람이 볼까봐 죽여서 묻어 버렸습니다."라고 하였다. 말을 다 들은 그의 어머니는 "남모르게 덕행을 쌓은 사람은 그 보답을 받는다고 들었다. 네가 그런 마음으로 뱀을 죽인 것은 음덕이니, 그 보답으로 너는 죽지 않을 것이다."라고 하였다. 사람들이 그 일을 듣고 모두 그의 인仁을 깨우쳤다. 영윤에 이르러 아직 다스리지 않았는데도

---

1 손숙오(孫叔敖): 이름은 오(敖), 자는 손숙(孫叔). 자(字) 뒤에 이름을 썼기 때문에 손숙오(孫叔敖)라고 일컬어진다.

사람들이 그를 믿었다.

[숙오음덕(叔敖陰德[1])]

孫叔敖爲嬰兒 出遊而還 憂而不食 其母問其故 泣而對曰
"今日吾見兩頭蛇 恐去死無日矣"
母曰 "今蛇安在" 曰 "吾聞見兩頭蛇死 吾恐他人又見 已埋之矣[2]."
母曰 "無憂, 如不死 吾聞之 有陰德者 天報以福." 人聞之皆喩其爲仁
也[3] 及令尹[4] 未治而國人信之.

손숙오위영아 출유이환 우이불식 기모문기고 읍이대왈
"금일오견량두사 공거사무일의"
모왈 "금사안재" 왈 "오문견량두사사 오공타인우견 이매지의."
모왈 "무우, 여불사 오문지 유음덕자 천보이복." 인문지개유기위인야
금령윤 미치이국인신지.

－《몽구(蒙求)[5]》

대부분 훌륭한 사람 뒤에는 훌륭한 어머니가 있다. 나쁜 일을 오히려
좋은 일로 바꾸어주는 손숙오孫叔敖 어머니의 현명한 가르침으로 손숙오는
훌륭한 사람이 될 수 있었다. 그는 최고 벼슬인 영윤令尹의 자리에 세 번이
나 올랐으나 자리에 오르면서도 기뻐하지 않았고, 그 자리를 물러나면서도

---

1 敖놀 오
2 埋묻을 매
3 喩깨우칠 유
4 영윤(令尹): 초나라의 관명이고 후대의 재상에 해당한다.
5 몽구(蒙求): 당나라 이한(李瀚)이 지은 훈육서(訓育書).

서운해 하지 않았다 한다. 제 환공에게 관중이 있었다면 초 장왕에게는 손숙오가 있었다. 사마천은 관중은 훌륭한 정치가이고 손숙오는 훌륭한 관료라 평했다. 여기서 '덕행을 쌓은 사람은 훗날 그 보답을 받는다.'는 **음덕양보**陰德陽報 또는 **숙오음덕**叔敖陰德이 유래한다. 덕德은 서양에서는 정의, 용기와 절제, 신앙과 희망, 사랑과 희생을, 동양은 인·의·예·지·신仁義禮智信과 청렴·성실·정직·겸양 등의 내용을 주로 이루고 있다.

棲守道德者寂莫一時¹ 依阿權勢者² 悽凉萬古³
達人觀物外之物⁴ 思身後之身⁵ 寧受一時之寂莫 毋取萬古之悽凉.
서수도덕자적막일시 의아권세자 처량만고
달인관물외지물 사신후지신 영수일시지적막 무취만고지처량.

도덕을 지키며 사는 사람은 한때 쓸쓸할 수 있으나 권세를 쫓으며 아부하는 사람은 만고에 처량하다. 달관한 사람은 눈앞의 물욕에서 벗어나 진리를 보고 죽은 뒤의 명예를 생각한다. 차라리 한때 외롭고 쓸쓸할지라도 만고에 처량함을 남겨서는 안 된다.

 -《채근담(菜根譚)》전집(全集) 1

《논어》〈이인편里仁篇〉에 '덕필고 필유린德不孤 必有隣'이라 했다. '덕은 반드시 이웃이 있어 외롭지 않다.'는 것이다. 덕은 베푼 것을 마음에 두지 않

---

1 棲살 서
2 依의지할 의. 阿아부할 아
3 悽처량할 처. 凉차라리 량.
4 물외지물(物外之物): 바깥사물─진리와 도덕.
5 신후지신(身後之身): 죽은후의 몸─명예나 평판.

고, 자신이 베푼다는 사실을 인식하지 못하고 베풀어야 한다. 홍콩의 리카싱은 부자이지만 존경 받는다. 그가 지키는 10-11-9원칙 때문이란다. '10퍼센트의 이익을 얻는 것이 합리적이나, 11퍼센트를 가져갈 수도 있다. 하지만 그럴 때는 9퍼센트만 가지자.'라는 의미이다. 나눔은 곧 덕이고, 덕은 이익으로 되돌아온다. 그는 상업을 일으켜 덕을 심은 사람이다.

맹자는 **우야자 우기덕야**友也者 友其德也 즉 "벗을 사귀는 것은 그 사람의 덕성德性을 보고 사귀는 것"이라 했다. 금권金權시대에는 돈이 총보다 더 가공할 위협적 존재라는 것을 잘 인식하지 못한다. 주희는 "덕야자행도 유득어심德也者行道 有得於心"라 했다. "덕이란 올바른 도리를 실천하여 내 마음에 쌓이는 것"이라는 것이다. 《장자》〈덕충부德充符〉에서 '충充'은 '충만하다.'이고, '부符'는 부호요 시그널signal이다. 즉 어떤 사람에게 내면적 가치인 덕이 가득 충만 해져서 밖으로 표현 된다는 것이다. 장자는 덕의 소유자를 신체적 결손자로 표현한다. 장자에게 있어 덕을 갖춘 자는 절름발이(올자兀者), 언청이(무순無脣) 등 모두 장애자 들이다. '충充'의 자형은 만삭滿朔이 되어 아이가 나오려는 (거꾸로 된)모습이다. 출산을 앞둔 여성의 마음 상태는 어떠할까? 그 어떤 것도 관용하고 복중腹中의 태아에 대한 지극한 사랑으로 충만해 있는 상태이다. 장자는 이러한 마음이 덕이라는 것이다. 장자의 핵심은 어머니의 마음(모정)이야 말로 진정한 덕이라는 것이다.

불행은 언젠가 내가 잘못 보낸 시간의 보복이다.
　　　　　　　　　　　　　　　　　　　　－ 나폴레옹(워털루전투에서 패배한 후)
너는 구제할 때에 오른손이 하는 것을 왼손이 모르게 하여 네 구제함이 은밀하게 하라.
　　　　　　　　　　　　　　　　　　　　－《마태복음》

오드리 햅번은 외모만큼이나 아름다운 마음의 소유자다. 죽기직전 까지 봉사활동을 했고 두 아들 또한 현재 자선 사업가로서 활발한 활동을 벌이고 있으며, 그 중 큰 아들인 '션 헵번 페레어'는 사회적기업인 트리플래닛과 함께 진도 팽목항 인근에 〈세월호 기억의 숲〉을 조성하여 봉사와 감동을 이어가고 있다. 다음은 그가 아들에게 들려주었다 하여 알려진 Sam Levenson의 〈Time-Tested Beauty Tips(시간이 알려주는 아름다운 비결)〉이라는 시의 일부분이다.

For attractive lips, speak words of kindness. For lovely eyes, seek out the good in people. For a slim figure, share your food with the hungry.(아름다운 입술을 갖고 싶다면, 친절한 말을 하라. 사랑스러운 눈을 갖고 싶다면, 사람들에게서 좋은 점을 보라. 날씬한 몸매를 갖고 싶다면, 너의 음식을 배고픈 사람과 나누라)

"상전의 빨래에 종의 발뒤축이 희어진다."는 속담이 있다. 이불처럼 두 껍거나 때가 많은 빨랫감은 발로 밟아서 빨아야 한다. 그렇게 발로 밟다 보면 어느새 발이 하얗게 된다. 이를 '세답족백洗踏足白'이라 하는데 순오지旬五誌에 나오는 우리성어이다. 남을 위해서 일을 하다보면 자신에게도 이로움이 된다는 것이다. 보살들이 수행하고 닦아서 행하여야 할 실천 덕목 중에 보시布施가 있는데 같은 의미이다. 대승불교의 실천수행 방법 가운데 보시와 공양이 있다. 보시布施는 범어 '다나', 공양供養은 '뿌자'의 가차문자假借文子로, 전자는 '주는 행위Giving', 후자는 '바치는 행위Offering'로 보면 된다. 보시는 조건 없이 기꺼이 주는 것이다. 보시의 방법 중에 무재보시無財布施는 재물이 없어도 남에게 베풀 수 있는 것으로, 일곱 가지의 보시布施가 있는데 이를 무재칠시無財七施라 한다. 기독교에서는 남을 위한 기도를 중보기도라 한다. 남을 위해 기도를 하다보면 자신에게도 좋은 영향을 미치게 되는 것이다.

[무재보시(無財布施), 무재칠시(無財七施)]

身施 신시
자기 자신의 몸으로 봉사하는 것으로, 남에게 예의 바르고 따뜻하게 대하는 것이다. 그 최고의 것이 사신행捨身行이다.

心施 심시
착하고 어진마음으로 타인이나 다른 존재에 대하여 자비심을 갖는 것이다.

眼施 안시
다른 사람을 볼 때 부드럽고 온화하게 바라보는 것이다.

和顏施　화안시

부드럽고 평온平穩한 얼굴을 항상 지니는 것이다.

言施　언시

공손하고 친근미가 가득한 따뜻한 말로 이야기하는 것이다.

牀座施　상좌시

자리를 찾아주거나, 자기 자리를 양보하는 일이다.

房舍施　방사시

나의 집을 타인의 거처居處로 제공하는 일이다.

– 《기초교리강좌》(서재영), 《불교신문》 2057호

　공자는 인仁을 실천할 수 있는 덕목을 충忠과 서恕로 보았다. 충忠이란 자기가 서고 싶으면 남을 먼저 세워주고, 자기가 도달하고 싶으면 남을 먼저 도달하게 해주는 것이고 서恕란 자기가 싫은 일은 남에게 시키지 않고 직접 행하는 것이다. 서恕는 나 보다 다른 사람을 우선 배려하는 것이다. 그래서 공자는 평생 지켜야 할 것은 '서恕'라고 했다. 나에게는 정직하고, 엄격한 것이 '충', 남에게는 관대한 것이 바로 '서'이다. **남을 위함이 곧 나를 위함이다. 사랑과 봉사는 남도 좋고 나도 좋은 것이다.**

혼자 있을 때 더욱 조심하라

신기독(愼其獨)

퇴계선생은 혼자 있을 때에도 많은 사람들 가운데 있는 것처럼, 바른 생각, 바른 태도를 견지 했다고 한다. 퇴계이황退溪李滉[1] 선생이 무더운 여름날 의관을 정제하고 책 읽는 모습을 보자 그의 형이 옷을 벗고 시원하게 앉아 공부할 것을 권유했으나 "홀로 방 안에 있을 지라도 천사람, 만 사람의 가운데에 앉아 있는 것처럼 생각하고 행동해야 한다."며 굽히지 않았다. '소인은 한가로이 있으면 못할 짓이 없는 상태가 된다.《대학大學》'고 하지만 '혼자 있을 때에도 삼가 행동을 조심해야한다. '신기독愼其獨'이다. 혼자 있을 때 몸과 마음을 바르게 한다는 것은 쉬운 일이 아니다. 혼자 있을 때 오히려 본모습이나 습관이 나오게 된다. 따라서 다른 사람이 보지 않더라도 생각이나 행동을 바르게 해야 한다. 사람의 마음은 매일 닦지 않으면 흐려지는 거울과 같아 항상 조심해야 한다는 것이

---

1 滉깊을 황

신기독이다. 신기독愼其獨'은 '사무사思無邪'와 함께 김구선생이 사저私邸인 서울 경교장에서 총에 맞아 서거할 당시 책상 위에 놓여 있던 두루마리 글씨에도 나오는 선비의 거울과 같은 글이다. 주자는 "독獨은 자기만이 아는 것"이라 했다. 신기독은 자기내면의 충실을 강조한 유교의 수양 덕목(충忠)이다. 가장 작은 것이 가장 잘 드러나고, 깊이 숨은 것이 가장 잘 나타나기에 '혼자 있을 때를 삼가라.'는 것이다.

사무사무불경思無邪毋不敬은 퇴계이황退溪李滉선생이나, 율곡이이栗谷李珥[1]등 조선시대 선비의 좌우명으로 인용되던 문구인데, 특히 퇴계선생은 '사무사 신기독 무자기 무불경思無邪 愼其獨 無自欺 毋不敬' 즉 '생각함에는 사특함이 없어야 하고, 혼자 있을 때라도 언행을 조심하며, 스스로에 대한 속임을 없애고, 사람을 대함에 불경함이 없어야 한다.'는 삼언십이자三言十二字를 선별해서 좌우명으로 하여 벽에 붙여놓고 늘 보면서 실천했다고 한다. 사무사思無邪는 '생각과 판단에 있어서 사악함이 없다."라는 뜻이고, 무불경毋不敬은 '무슨 일이든 공경하고 존중하라.'는 것이다. '사악함이 없는 진실 된 마음을 지니고 세상에 존재하는 모든 것은 귀하고 존재의 의미가 있으니 소중하게 생각하고 존중할 줄 알아야 한다.'는 것이다.

所謂誠其意者[2] 毋自欺也 如惡惡臭[3] 如好好色[4]
此之謂自謙 故君子必愼其獨也.
小人閒居爲不善 無所不至

---

1 珥귀고리 이
2 성의(誠意): 지극하다, 한결같다는 뜻으로, 聖(성)과 통한다.
3 오악취(惡惡臭): 오(惡)는 싫어하다, 미워하다. 악(惡)은 나쁘다, 고약하다.
4 호호색(好好色): 앞의 호는 좋아하다. 호색(好色)은 좋은 형색, 예쁜 얼굴, 아름다운 여인.

見君子而后厭然¹, 掩其不善而著其善²

人之視己, 如見其肺肝然, 卽何益矣

此謂誠於中形於外, 故君子必愼其獨也

소위성기의자, 무자기야 여오악취, 여호색

차지위자겸, 고군자필신기독야

소인한거위불선, 무소부지

견군자이후염연, 엄기불선이저기선

인지시기,여견기폐간연, 즉하익의

차위성어중형어외, 고군자필신기독야

이른바 정성을 다해 그 뜻을 성실하게 하는 사람은 스스로 속이는 일이
없음이니, 악취를 미워하는 것과 같으며, 아름다운 형색形色을 좋아하
는 것과 같다. 이를 스스로 겸양하다고 하니, 그러므로 군자는 반드시
홀로 있을 때 삼간다. 소인이 한가로이 있으면 못할 짓이 없는 상태가
된다. 군자를 보고난 후에야 부끄러워하면서, 자신의 악행을 숨기고 선
행을 드러내려한다. 사람들이 자기를 알아봄이 마치 그 폐肺와 간肝을
드려다 봄과 같으니, 곧 무슨 이익이 있겠는가? 이런 것을 일러, 내심內
心이 밖으로 드러난다는 것이다. 그러므로 군자는 반드시 그 홀로 있을
때를 삼가는 것이다.

-《대학(大學)》〈전(傳)〉〈제육장(第六章)〉

---

1 厭싫을 염
2 掩가릴 엄

天命之謂性 率性之謂道 修道之謂敎

道也者 不可須臾離也[1] 可離非道也

是故 君子 戒愼乎其所不睹[2] 恐懼乎其所不聞[3]

莫見乎隱[4] 莫見乎微[5] 故 君子 愼其獨也

천명지위성 솔성지위도 수도지위교

도야자 불가수유리야 가리비도야

시고 군자 계신호기소부도 공구호기소불문

막견호은 막견호미 고 군자 신기독야

하늘은 나에게 본성本性을 주었고 본성은 칠정七情[6]이며, 그 칠정을 절
도 있게 표현한 것이 도道이며, 올바른 길을 가도록 끊임없이 공부하는
것이 교敎이다. 도라는 것은 잠시도 떠날 수 없는 것이니, 떠날 수 있다
면 도가 아니다. 그러므로 군자는 보이지 않는 바를 조심하고 삼가는 것
이다. 은밀한 곳보다 더 잘 드러남이 없으며 미미한 것보다 더 잘 드러
남이 없으니 군자는 혼자일 때를 조심해야 한다.

-《중용(中庸)》제1장

'신독'이란 '홀로 있을 때에 생각이나 행동이 흐트러지기 쉽기 때문에
이를 다잡아 학문과 인격의 도야에 매진하여야 한다.'는 것이다. 혼자 있을
때 더욱 진실 되고 신중하여 오히려 자신을 속이지 않고, 충실하여야 한다.

---

1 臾잠시 유
2 睹볼 도
3 懼두려울 구
4 隱숨을 은
5 微작을 미
6 칠정(七情): 희노애락애오욕(喜怒哀樂愛惡欲)

자신부터 덕을 세워라

반신수덕(反身修德)

　흔히 절박한 상황을 묘사하여 '똥은 마려운데 허리띠는 풀어지지 않고, 소나기는 내리는데, 소는 달아나려한다.'는 우스갯소리가 있는데, 이보다 더 절박한 상황이 화두話頭로 많이 사용되고 있는 불교 설화집《비유경譬喩經[1]》에 나오는 〈안수정등岸樹井藤[2]〉이다. 다른 절에도 있겠지만 북한산 흥국사, 경주흥륜사에 가면 벽화로 그려져 있는 것을 볼 수 있다. 영화 〈Anna Karenina〉에서도 〈안수정등〉의 설화를 인용하였다한다. 한 나그네가 아득히 펼쳐진 넓은 벌판을 가고 있는데, 갑자기 사방에서 사나운 불길이 일어나고, 갑자기 코끼리 한 마리가 사납게 달려든다. 죽을힘을 다해 도망가다 언덕아래에 이르러 우물 하나를 발견하게 되는데, 마침 등나무 넝쿨이 그 우물 안으로 드리워져 있었다. 급한 김에 넝

1　譬팔 비. 喩깨우칠 유.
2　藤등나무 등

쿨을 붙잡고 우물 속으로 내려갔다. 그런데 우물 바닥에는 커다란 구렁이 세 마리가 입을 벌리고 있고 위에는 독사 네 마리가 그를 노려보고 있었다. 한편 위를 쳐다보니 설상가상雪上加霜으로 넝쿨 윗부분을 흰쥐와 검은 쥐가 번갈아 가면서 갉아먹고 있었다. 이런 절체절명의 순간에 어디선가 달콤한 액체가 얼굴에 떨어졌다. 마침 허기가 진지라 이것을 핥아먹으며 살펴보니 나무 위에 지어놓은 벌집에서 흘러내린 꿀이었다. 나그네는 방금까지 두려워했던 상황은 까맣게 잊어버리고, 떨어지는 꿀을 먹으려고 온 정신을 쏟고 있었다.《현대불교신문》

－《비유경(譬喩經)》: 안수정등의 설화,《금강일보》: 보광스님

이것은 인간의 삶을 비유한 것으로, 불길은 끊임없이 일어나는 욕망을, 코끼리는 부지불식不知不識 간에 닥칠 수 있는 죽음의 그림자(무상無常)이며, 등나무 넝쿨은 목숨이고, 이 목숨을 밤과 낮을 뜻하는 두 마리의 쥐가 잠시도 쉬지 않고, 하루하루를 갉아먹고 있는 것이다. 우물의 밑바닥은 황천黃泉, 세 마리의 구렁이는 탐진치貪瞋癡[1]의 삼독三毒을, 네 마리의 독사는 지地 · 수水 · 화火 · 풍風의 사대四大를 뜻하며, 죽으면 이 네 가지 근본요소로 다시 돌아가게 된다는 것이다. 그리고 다섯 방울의 꿀은 오욕五欲으로, 식욕, 성욕, 물욕, 명예욕, 수면욕을 뜻한다.(윤영해) 이 설화는 인간이 탐진치貪瞋癡에 빠져, 무상의 깨달음을 이루지 못한 채, 다가오는 죽음을 인식하지 못하고, 오욕(꿀)에 빠져 살아가는 현실을 비유하고 있다. 우리의 삶을 돌아보는 자세가 필요하다.

---

1 瞋성낼 진. 癡어리석을 치.

不患無位 患所以立 不患莫己知 求爲可知也

불환무위 환소이위 불환막기지 구위가지야

(벼슬) 자리가 없음을 걱정하지 말고, 그 자리에 섰을 때를 걱정하며, 자기를 알아주지 아니함을 걱정하지 말고, 알아 줄만 하게 됨을 구할지니라.

－《논어》〈이인편(里仁篇)〉

人不知而不慍 不亦君子乎　　인부지이불온 불역군자호

不患人之不己知 患不知人也　　불환인지부기지 환불지인야

남이 나를 알아주지 않아도 서운함이 없다면 군자가 아니겠는가? 남이 자기를 알아주지 않음을 걱정하지 말고 자기가 남을 알지 못함을 걱정하여라.

－《논어》〈학이편(學而篇)〉

象曰 山上有水蹇[1] 君子以蹇反身修德　　상왈, 산상유수건 군자이 반신수덕

상왈(공자의 말) 산위에 물이 있는 것이 건이니 군자가 이를 본받아 자신을 돌아보고 덕을 닦는다.

－《주역(周易)》〈수산건괘(水山蹇卦)[2]〉〈대상전(大象傳)〉

---

1 蹇절 건, 건(蹇)은 멈춰야 마땅할 어려운 상황을 아는 것이다.

2 掛걸 괘

자신을 돌아보고 부족함을 채우고 덕을 닦아야 한다. 남이 나를 알아주지 않아도 남을 원망하지 말고 알아줄만한 사람이 먼저 되라는 것이다. 먼저 자신을 돌아보고 덕을 닦는 '**반신수덕**反身修德'이 필요하다. 곤란을 만나면 먼저 나 자신에 원인이 없는지 살펴보고 나아가 자기를 성찰해야 한다.

감사할 때의 심박 수 는 감소하는 반면 원망하면 스트레스를 받을 때처럼 심박 수가 증가한다고 한다. 이처럼 감사하는 마음을 가지면 우리 뇌가 변한다는 사실이다. 따라서 감사하는 마음으로 살면 행복지수도 상승하는 것이다. 모든 상황에는 긍정적인 면과 부정적인 면이 있으니 어떤 상황에 처하든지 가치 있고 감사한 면을 보고, 생각하며, 말하도록 부단히 노력해야 한다. 베토벤Beethoven은 32살에 청각장애 판정을 받고 의사의 권유로 하일리켄슈타트에서 생활한다. 그는 여기서 죽음을 받아들이고 동생 앞으로 유서를 남겼다. 하지만 그는 교향곡 2번과 6번을 작곡하였고 24년을 더 산후 56세에 생을 마감했다. 유서에서 "신에게 단 하루라도 순수한 환희를 맛보게 해 달라."고 절규 하였던 그는 "덕성이야말로 역경에서도 나를 지탱해 주었고, 내가 스스로 목숨을 끊지 않았던 것도 예술과 함께 그 덕성 덕분 이었다."고 하였다. 달라이 라마는 "오늘 아침 일어날 수 있으니 얼마나 행운인가? 나는 살아있고 소중한 인생을 가졌으니 결코 낭비하지 않을 것이다. 나는 스스로를 발전시키고, 내 힘이 닿는데 까지 타인을 이롭게 할 것이다."라고 말해 우리의 삶을 되돌아보게 한다. 오늘의 삶에 감사하고 남을 배려하며 사랑하고 진실 되게 살아야 할 것이다. 신은 우리에게 살아야 할 이유와 가치를 주었다.

오는 복을 소중히 여겨라

석복수행(惜福修行)

원나라 곽지업이 꼽은 맹종, 왕상과 더불어 중국의 24효자 가운데 초나라의 노래자老萊子가 있다. 노래자는 농사를 지으며 청빈한 삶을 살아 그가 가는 곳마다 사람들이 모여 부락을 이루었다고 한다. 어느 날 왕이 그에게 벼슬을 제의하자, 쾌히 승낙하였다. 저녁에 이 소식을 들은 아내가 말하기를 "술과 고기를 먹일 수 있는 사람은 채찍으로 때릴 수도 있고, 벼슬을 주는 사람은 죄를 덮어씌워 벌을 줄 수도 있습니다. 저는 남에게 견제 받는 사람이 되기 싫습니다."라고 하면서 짜던 삼태기를 던져버리고 떠나 버렸다. 노래자 또한 그 아내를 따르지 않을 수 없었다.(열녀전列女傳)

부족함이 있거나 조금은 아쉬움이 있더라도 여유로움을 가지고 살아야 한다. 허균의 성소부부고惺所覆瓿藁에 '일은 완벽하게 끝을 보려 하지 말고, 세력은 끝까지 의지하지 말며(사불가사진 세불가의진事不可使盡 勢不可倚盡), 말은 끝까지 다하지 말고, 복은 끝까지 다 누리지 말라(언불가도진 복불가향진言不可道盡 福不可享盡)고 나온다. 절제에 위대함이 있고, 비워야 채울 수 있다. 오래 가기위해서는 가끔은 멈춤이 필요하다. 이처럼 석복은 바로 '멈춤의 미학'이고 '절제의 덕목'이다 '여백의 미'는 완전히 채워지지 않았기에 오히려 더 아름다움이 있다. 다 가지려 하지 말고 조금은 내려놓아야 한다. 소유 한다는 건 지금과 미래의 차이일 뿐 우리가 영원히 소유할 수 있는 것은 아무것도 없다. 만족은 쉽지 않지만 내가 만족하면 되는 것이다.

有福莫享盡 福盡身貧窮 有勢莫使盡 勢盡冤相逢[1]
福兮常自惜 勢兮常自恭 人生驕與侈[2] 有始多無終
유복막향진 복진신빈궁 유세막사진 세진원상봉
복혜상자석 세혜상자공 인생교여치 유시다무종

복이 있다 해도 다 누리지 말라. 복이 다하면 몸이 빈궁해 질 것이요. 권세가 있다 해도 함부로 부리지 말라. 권세가 다하면 원수와 서로 만나느니라. 복이 있거든 항상 스스로 아끼고 권세가 있거든 항상 스스로 겸손하라. 사람에 있어서 교만과 사치는 처음은 있으나 흔히 나중에는 없는 것이니라.
　　　　　　　　　　　　　　　　　　　　　　－《명심보감》〈성심편(省心篇)〉

권불십년權不十年이라 세력은 온전히 기대면 곤란하다. 말은 다 해서는 안 되고, 복은 끝까지 누리면 못쓴다. 복을 다 누리기보다는 나누어 주라

---

1 冤원통할 원. 원수
2 驕교만할 교

나중에 혹여 어려워지면 도움이 될 것이다.

　복은 다 누리지 말고, 더욱 근신하고 겸손하며 절재 해야 한다. 복에는 화가 따를 수 있기 때문이다. 복을 누릴 때 복을 아끼고 덕을 베풀어 감사하는 마음으로 석복수행을 해야 한다. 이처럼 **석복수행**惜福修行은 '복을 아끼는 수행'으로 현재 누리고 있는 복을 소중히 여겨 더욱 검소하게 생활하는 태도를 말한다. 무엇이든 성盛이 있으면 반드시 쇠衰가 있는 것이 만고 불변의 법칙이다. 무엇이든 끝까지 누리면 쇠할 때 그만한 대가를 치러야 한다. 여유롭고 일이 순조롭게 풀릴수록 더욱 절제하고 겸허한 자세를 가져야 한다. 《성경》에 "낙타가 바늘귀로 들어가는 것이 부자가 하나님의 나라에 들어가는 것보다 쉽다."고 했다. 부자로 살면서 겸손하고 선하게 살기는 어렵다는 말이다. 선한 일을 많이 행하고, 복을 아껴야만 한다. 복은 자기스스로 아끼고 잘 관리해야 한다. 잘된다고 오만 방자해서 스스로 복을 차버리는 경우가 허다하다. 석패惜敗나 석별惜別 역시 아쉬움이 남지만 어쩔 수 없이 받아들여야 한다. 그래야 아름다운 마무리가 된다.

> 묵은 질그릇 동이를 보고 웃지를 마라 여기에 술을 담아 마시면서 자손을 키웠는데
> 좋은 술잔을 기울여 마시는 사람도 함께 취하여 돌 뿌리에 눕기는 마찬가지라네
> — 두보

　질그릇 동이에 술을 담아 마시나, 좋은 술잔에 마시는 것이나, 한번 취하는 것은 마찬가지이다. **술잔이 중요한 것이 아니라 술이 중요하다.** "술은 적게 마시고 죽은 많이 먹으며, 채소는 많이 먹고 고기는 적게 먹는다. 입은

적게 열고 눈은 자주 감으며(중략), 떼 지어 있기는 적게 하고 혼자 자기를 많이 하며, 서적은 많이 수집하고 금옥은 적게 모은다. 명성은 적게 취하고 굴욕은 많이 참으며, 착한 일은 많이 하고 녹봉은 적게 구한다. 입 속에는 말이 적게, 마음속에는 욕심이 적게, 뱃속에는 밥이 적게, 밤에는 잠을 적게 자라.″(《숨어사는 즐거움》, 김원우) **진정한 가치와 소중함은 부족함에서 느낄 수 있다.**

바른 즐거움을 찾아라

익자삼요(益者三樂)

'기쁨'은 욕구가 충족되었을 때 느끼는 감정으로 물질적인 행복을 뜻하며, 즐거움은 어떤 행위를 통하여 얻는 정신적인 행복을 뜻한다. 즉 기쁨은 행위의 결과로 인한 것이고, 즐거움은 행위 그 자체에 대한 것이다. 그러나 즐거움 자체가 목적이 되어 쾌락으로 가거나 기쁨을 위해 욕구나 넘쳐 욕망으로 되어서는 안 된다. 올바른 행동이 심신을 자유롭게 하고, 즐거운 행동이 이웃을 편하게 하여주고, 정직한 행동이 세상을 바르게 만들어 간다. 서로 배려하고 양보할 때 즐거움은 배가 된다. 자기가 좋아하는 것을 하면서 살아가는 사람은 행복한 삶을 사는 사람이다. 그러나 그런 사람이 얼마나 되겠는가?《채근담》에 이르기를 "고심하는 중에 항상 마음을 기쁘게 하는 멋을 얻게 되고, 일이 뜻대로 되고 있을 때 실의의 슬픔이 생겨난다."고 하였으니, 뜻대로 안 된다고 슬퍼할 것도 없고, 뜻대로 잘 된다고 기뻐할 것도 없다. **삶은 바른 뜻을 품고 열심히 살면 되는 것이다.**

苦心中 常得悅心之趣 得意時 便生失意之悲
고심중 상득열심지취 득의시 변생실의지비

고심하는 중에 항상 마음의 기쁨을 얻게 되고, 일이 뜻대로 되고 있을 때 실의의 슬픔이 생겨난다. 호사다마好事多魔라 '매사 잘 나갈 때 조심하라'는 말이다.

－《채근담(菜根譚)》〈전집(全集)〉58

공자는 "나에게 유익한 즐거움이 세 가지 있고, 손해되는 즐거움이 세 가지 있다."고 했다.

孔子曰 "益者三樂 損者三樂 樂節禮樂 樂道人之善
樂多賢友 益矣 樂驕樂 樂佚遊 樂宴樂 損矣."
공자왈 "익자삼요 손자삼요 요절예악 요도인지선
요다현우 익의 요교락 요일유 요연락 손의."

요절예악樂節禮樂 예악을 절도에 맞게 행하는 것을 좋아하고(예절과 절도를 잘 지켜라), 요도인지선樂道人之善 남의 선을 말하기를 좋아하며(타인을 장점을 칭찬하라), 요다현우樂多賢友 어진 벗을 많이 가지기를 좋아함(좋은 친구를 많이 사귀어라), 요교락樂驕樂 교만과 방탕의 즐거움을 좋아하고(방탕한 생활을 하지 말라), 요일유樂佚遊[1] 편안히 노는 것을 좋아하며(할 일 없이 놀지 말라), 요연락樂宴樂 잔치를 베푸는 즐거움을 좋아함(잔치와 향락을 좋아하지 말라).

-《논어(論語)》〈계씨편(季氏篇)〉

예악禮樂의 절도를 따르기를 좋아하고, 남의 좋은 점을 말하기를 좋아하고, 현명한 벗을 많이 사귀기를 좋아하면 유익하다. 교만함과 방종함을 좋아하고, 편안히 놀기를 좋아하고, 주색과 향락에 빠지면 해롭다. 그래서 **그 사람의 행동을 보면 됨됨이를 알 수 있는 것이다.**

父母俱存兄弟無故[2] 一樂也　　부모구존형제무고 일락야
仰不愧於天俯不於人[3] 二樂也　앙불괴어천부불작어인 이락야
得天下英才而敎育之 三樂也　　득천하영재이교육지 삼락야

부모님 모두 살아 계시고, 형제에게 아무 탈 없는 것이 첫 번째 즐거움이요, 하늘을 우러러 보고, 사람에게 굽어보아 부끄러움이 없으면 두 번째 즐거움이며, 천하의 영재를 얻어 교육하는 것이 세 번째 즐거움이라.

-《맹자(孟子)》〈진심 상(盡心 上)〉〈군자삼락(君子三樂)〉

맹자의 세 가지 즐거움君子三樂을 말했다. 첫 번째 즐거움은 우리가 원한다고 부모가 영원히 사는 것도 아니고, 형제가 무탈無頉[4]한 것도 아니므

---

1 佚편안할 일
2 俱함께 구
3 愧부끄러워할 괴. 俯구부릴 부.
4 頉탈날 탈

로 부모형제가 존재하는 그자체가 즐거움이니, 하늘이 내려 준 즐거움이고, 두 번째는 스스로 만드는 즐거움으로 하늘과 사람에게 부끄럼 없는 떳떳한 삶을 말하는 것이다. 세 번째는 남에게 베푸는 즐거움으로, 스스로 만족하거나 타인으로부터 받는 즐거움이다. **베푸는 가운데 얻는 즐거움이 가치가 있는 것이다.** 즐거움은 만들어 가는 것이다. 스스로 소중한 가치를 느낄 수 있는 것을 할 때 거기엔 반드시 즐거움이 있다.

본심을 찾아라

구방심(求放心)

대니얼 고틀립은 결혼 10주년 되던 해, 아내에게 줄 선물을 가지러 가다가 불의의 교통사고를 당해 전신마비 장애인이 되었다. 그가 제퍼슨 대학병원에서 죽음을 바라보며 있을 때 한밤중 중환자실을 방문한 여인이 있었다. 목뼈가 부러져서 두개골에 나사못을 촘촘히 박고 꼼짝 못하고 누워있으면서도 이렇게 말했다. 자신은 사랑하는 사람이 떠나버린 후 그 외로움과 상실감으로 죽을 것 같다고 자신의 고통에 대해서 한참동안 얘기 했다. 오직 자신의 고통이 전부였고, 고통 받는 자신을 도와주기만을 바랐지만, 그때 그는 자신도 모르게 고통이 느껴지지 않았다고 한다. 그는 그동안 수많은 사람들이 찾아와서 용기를 내라고 했지만 귀에 들어오지 않았는데 낯선 사람의 도움 요청이 자신에게 살아야 한다는 의지를 주었다고 했다. 그리고 그는 그날 밤 그녀와 나는 서로를 살려내었다고 했다. 그 후 아내와의 이혼 가족들의 죽음 속에서도 희망의 끈을 놓지 않았고 자폐증 손자를 위해 쓴 편지를 모은《샘에게 보내는 편지》를 책으로 출간하여 베스트셀러가 되었다.(《샘에게 보내는 편지》, 문학동네)

나는 나를 사랑하는 사람과 함께 있고 싶다. 내가 어두운 터널에 있을 때, 터널 밖에서 어서 나오라고 외치는 사람이 아니라, 기꺼이 내 곁에 다가와 나와 함께 어둠 속에 앉아 있어줄 사람. 우리 모두에겐 그런 사람이 필요하다. 남들과 '다르다는 것'은 문제가 아니다. 그건 그냥 다른 것일 뿐이다. 그렇지만 '다르다고 생각하는 것'은 문제다. 명심해라, 네가 남들과 다르다고 생각하면, 그 생각이 네가 세상을 보는 방식을 완전히 바꾸어 놓을 수 있다.

윗글은《샘에게 보내는 편지》(대니얼 고틀립-미국심리학자) 〈인생지도를 찾는 법〉이란 글에 나오는 내용이다. 연주하지 않는 피아노는 의미가 없다. 살면서 누구나 몇 번은 넘어지고 상처 입고 아파하며 살아간다. 그럴 때 우리는 언제나 쉽고 편안하게 문제를 해결하려고 한다. 심지어 저절로 해결되기만을 바라기도 한다. 문제해결을 위해서는 필요하다면 쉽고 편안하게 문제를 해결하려고 하지 말고 어떠한 고통이 따르더라도 인내하며 최선을 다해 노력해야 한다. 무엇보다 **상처를 아물게 하는데 가장 필요한 것은 시간이다. 그 수많은 고통과 절망 속에서 살아갈 수 있었던 것은 바로 오랜 시간을 견디어 냈고, 잃어버린 마음과 자신이 누구인가를 찾아내었던 것이다. 상처가 아무는 데 필요한 모든 것은 자신이 지니고 있다.**

송나라 학자 진열은 기억력이 없어 고생했다. 그는 자책만 하다가 학문의 방법은 구방심求放心에 있다는 사실을 깨닫고 마침내 문을 닫아걸고 백일 동안 책을 보지 않고 흩어 진 마음을 수습하였다. 그 후에 책을 읽자 마침내 한 번 보면 빠뜨림이 없었다 한다.(양응수의 독서법) 어디 구방심이

독서에만 국한되랴! 살면서 반드시 필요한 것이다. 맹자 역시 "학문의 도
道는 인仁과 의義의 잃어버린 선한 마음을 되찾아야 한다(구방심)."고 했다.
이 심성을 찾아 올바른 도덕적 심성을 정립해야 한다. 인생은 진흙탕 속에
서 연꽃을 피워내는 것이다. 인생은 해결해야할 문제가 있기에 살아가는
것이고, 불완전하기에 노력하는 것이고, 내일을 알 수 없기에 새로운 날을
바라며 살아가는 것이다.

　　孟子曰 仁人心也 義人路也.
　　舍其路而不由 放其心而不知求 哀哉.
　　人有鷄犬放則知求之 有放心而不知求
　　學問之道 無他 求其放心而已矣
　　맹자왈 인인심야 의인로야
　　사기로이불유 방기심이부지구 애재
　　인유계견 방칙지구지 유방심이부지구
　　학문지도는 무타라 구기방심이이의니라.

　　맹자가 말하기를 "인은 사람의 마음이요, 의는 사람의 길이다. 그 길을
버리고 따르지 않으며, 그 마음을 놓고, 구할 줄을 알지 못하니 슬프다.
사람이 닭과 개를 잃어버리는 일이 있으면 구할 줄은 알지만, 마음을 잃
어버리는 일이 있으면 구할 줄을 알지 못한다. 학문의 도는 다른 것이
없다. 그 잃어버린 마음을 구할 다름이다."

- 《맹자(孟子)》〈고자 상(告子 上)〉

　　방심放心하지 않고 살려면 철저히 마음단속을 하며 살아가야 한다. 인

생은 놓아버린 마음을 찾는 **구방심**求放心 자세로 살아야 한다. 놓아버리고 잃어버린 마음을 찾기란 쉽지 않다. 잃어버린 마음을 되찾는 것은 나의 본성을 찾는 것이다. 잃어버린 마음을 되찾아, 인仁과 의義를 근간으로 사랑과 배품이 넘치는 삶이되기를 소망하는 바이다.

우리가 선을 행하되 낙심하지 말지니 포기하지 아니하면 때가 이르매 거두리라.
－《갈라디아서》

[기도 낙서장]

언더우드(선교사)

"걸을 수만 있다면,
더 큰 복은 바라지 않겠습니다."
누군가는 지금 그렇게 기도를 합니다.

"설 수만 있다면,
더 큰 복은 바라지 않겠습니다."
누군가는 지금 그렇게 기도를 합니다.

"들을 수만 있다면,
더 큰 복은 바라지 않겠습니다."
누군가는 지금 그렇게 기도를 합니다.

"말할 수만 있다면,

·더 큰 복은 바라지 않겠습니다."
누군가는 지금 그렇게 기도를 합니다.
"볼 수만 있다면,
더 큰 복은 바라지 않겠습니다."
누군가는 지금 그렇게 기도를 합니다.

"살 수만 있다면,
더 큰 복은 바라지 않겠습니다."
누군가는 지금 그렇게 기도를 합니다.

놀랍게도 누군가의 간절한 소원을
나는 다 이루고 살았습니다.

놀랍게도 누군가가
간절히 기다리는 기적이
내게는 날마다 일어나고 있었습니다.

부자 되지 못해도,
빼어난 외모 아니어도,
지혜롭지 못해도,
내 삶에 날마다 감사 하겠습니다.
날마다 누군가의 소원을 이루고,
날마다 기적이 일어나는 나의 하루를,
나의 삶을 사랑하겠습니다.

사랑합니다.
내 삶,
내 인생,
나········.

어떻게 해야 행복해지는지
고민하지 않겠습니다.
내가 얼마나 행복한 사람인지
날마다 깨닫겠습니다.

나의 하루는 기적입니다.
나는 행복한 사람입니다.
나는 행복한 사람입니다

부모를 공경하라

입효출제(入孝出弟)

孝(효)는 자식(子)이 늙은(老)부모를 업고 있는 모습을 상징하는 것으로서 이는 효의 본질이 부모를 봉양한다는 것에 있음을 나타낸 것이다. 율곡 이이는 "선비의 온갖 행위 중에 효제孝悌가 근본이고 죄목 중에 불효가 가장 크다."고 하였다. 《성경》에 나오는 십계명 중 사람끼리 지켜야할 첫 계명은 '네 부모를 공경하라(출애굽기)'이다. 여기서 공경은 헬라어로 '티마오τιμάω' 히브리어로 '카베드ㄱㄱ'인데, '존경, 명예, 무겁다, 힘들다, 영광스럽다, 존귀하다'의 뜻이 있다. 부모님을 존중하고 귀하게 여기라는 것이다. 부모는 존귀하고 영광스런 존재임을 나타낸 것이다. 그러나 효만큼 어려운 것은 없다. 《탈무드》에는 가장 지키기 어려운 덕목이 효(부모공경)라고 한다. 길을 아는 것과 길을 걸어가는 것은 그만큼 다르기 때문이다. 《효경》〈개종명의장開宗明義章〉에 '효덕지본야 교지소유생야孝

德之本也 敎之所有生也' 즉 효는 덕의 근본이며 교육이 그로 말미암아 생겨난다.'고 나온다. 효가 모든 행동의 근본(효백행지본孝百行之本)'임을 말한 것이다.

弟子入則孝出則悌[1]

謹而信汎愛衆而親仁 有餘力 則以學文

제자입즉효출즉제

근이신범애중이친인 유여력 즉이학문

"젊은이들은 집에 들어가면 효를 다하고, 집을 나와서는 어른을 공경恭敬하라. 행동을 삼가고 신의를 지키며, 널리 사람을 사랑하되 어진 사람을 가까이 하라. 이를 행하고서 남은 힘이 있다면 글을 배워라

ㅡ《논어》〈학이편(學而篇)〉

입효출제入孝出弟는 집에서는 효를 다하고 나가서는 공경하는 마음을 가지라는 뜻이다. 줄여서 효제孝悌라고도 한다. 공자는 효가 학문보다 먼저(근본)라고 하였다. 효심 없는 자의 지식은 죽은 지식이다.《명심보감》〈치가편治家篇〉에 '자효쌍친락子孝雙親樂, 가화만사성家和萬事成'이 나온다. '자식이 효도하면 양친이 즐거워하고, 가정이 화목하면 만사가 이루어진다.' 즉 부모는 자녀를 사랑하고(慈) 자녀는 부모를 공경(孝)하면 가정의 화목은 저절로 이루어져 모든 일이 어려움 없이 이루어진다는 것이니, 부모의 자식 사랑인 자慈와 이러한 부모의 사랑에 대한 자식으로서의 도리인 효孝를 통하여 서로 친애하는 마음이 도道의 가장 중요한 원리임을 말하는 것이다. 효를 다하는 자는 악한 자가 없으니 효는 선의 근본이다.

---

1 제자(弟子): 젊은이

중요한 것은 내 부모만큼 남의 부모의 소중함도 알아야 한다.

한편 증자는 효에는 세 가지 종류가 있다고 하였다.

曾子曰, 孝有三 大孝尊親 其次弗辱 其下能養.
증자왈, 효유삼 대효존친 기차불욕 기하능양

증자가 말했다. 효孝에는 세 가지 종류가 있으니, 가장 큰 효는 부모를 존중하는 것이고, 그 다음은 부모를 욕되게 하지 않는 것이고, 그 다음이 부모를 봉양하는 일이다.

－《예기(禮記)》〈제의(祭義)〉, 최대림의 古典名句選

《효경孝經》에는 효에 대하여 다음과 같이 말하고 있다.

不敢毁傷 불감훼상		부모로부터 물려받은 몸을 깨끗하고 온전하게 하는 것이 효의 시작이다.
奉養 봉양		부모를 물심양면으로 잘 모시는 것(신체발부 수지부모身體髮膚[1] 受之父母).
養志 양지		부모의 뜻을 헤아려 실천함으로써 부모를 기쁘게 해 드리는 것.
恭待 공대		표정을 항상 부드럽게 하여 부모가 편안한 마음을 지닐 수 있도록 해 드리는 것.
不辱 불욕		부모를 욕되지 않게 해 드리는 것.

---

1 膚살갗 부

昏定晨省　혼정신성　아침, 저녁으로 부모에게 문안을 여쭙고 살피는 것.

立身揚名 [1]　입신양명　(성공하여) 부모님의 이름을 드높이는 것이 효의
　　　　　　　　　　완성이다.

－《효경(孝經)》〈개종명의장(開宗明義章)〉

부모의 마음까지 봉양한 증자의 효孝가 보인다.

맹자는 효에 역행逆行되는 행동(불효)에 대하여 다음과 같이 말하였다.

孟子曰 世俗所謂不孝者五　　맹자왈 세속소위불효자오

惰其四肢 [2] 不顧父母之養 [3].　타기사지 불고부모지양

맹자 가로되, 세상 사람들이 흔히 말하는 다섯 가지 불효가 있으니 멀
쩡한 팔다리를 가지고 있으면서 게으름을 부려 부모 봉양하지 않는 것.

博變好飮酒 [4] 不顧父母之養　박변호음주 불고부모지양

好貨財私妻子 不顧父母之養　호화재사처자 불고부모지양

놀음과 술타령에 빠져 부모를 돌보지 않는 것.

재물만을 탐내고 처자만의 사랑에 빠져 부모를 돌보지 않는 것.

---

1 揚오를 양

2 惰게으를 타

3 顧돌아볼 고

4 博넓을 박, 놀음 박

從耳目之欲 以爲父母戮[1]   종이목지욕 이위부모륙)

好勇鬪狠[2] 以危父母   호용투랑 이위부모)

감성적 욕구에 빠져들어서 위신을 지키지 못하여 부모를 욕되게 하는 것.

쓸모없는 만용을 좋아하고 싸움질을 하여서 부모까지 위태롭게 만드는 것.

－《맹자(孟子)》〈이루하(離婁下)〉, 《소학(小學)》〈명륜편(明倫篇)〉

효는 부모의 마음까지 헤아리는 효심이 먼저이고, 부모를 욕되지 않도록 자신의 삶을 살아야 한다. 맹자는 불효 중에서 가장 큰 불효는 대를 단절시켜 후손이 없어지게 하는 것이라 하였다.(《맹자孟子》〈이루 상離婁 上〉) 또한 효는 가치적·문화적 의미를 갖는다. 자신을 바로 세우고 도리에 맞는 행동으로 후세에 이름을 날려 부모님과 가문의 명예를 빛나게 하는 것이 보다 더 큰 효행이라 하겠다. **효孝·예禮·선善·백성百姓은 뿌리다. 뿌리가 튼튼해야 나무가 살고 뿌리가 죽으면 나무가 죽는다.**

자녀들아 주안에서 너희 부모에게 순종하라   －《에베소서》

너를 낳은 아비에게 청종하고 네 늙은 어미를 경히 여기지 말지니라. －《잠언》

---

1 戮죽일 륙, 욕될 륙.
2 鬪싸울 투. 狠이리 랑, 난잡할 랑.

한漢나라 때의 효자로 알려진 백유가 어느 날 잘못하여 매를 맞게 되었는데 다른 때와 달리 슬피 울었다. 어머니가 의아하여 물었더니, "이전에 제가 매를 맞을 때는 언제나 아팠는데, 지금은 어머니의 힘이 모자라 전혀 아프지 않기에, 울었습니다."라고 하였다. 백유는 어머니가 젊었을 때는 아파도 얼굴표정하나 변하지 않았지만 지금은 몸이 쇠약衰弱[1]하여 때려도 아프지 않은 것이 서러워 눈물을 흘렸던 것이다. 여기서 **백유읍장**伯兪泣杖[2]이 유래하는데 백유지효伯兪之孝, 백유지읍伯兪之泣이라고도 한다.

---

1 衰쇠할 쇠
2 兪점점 유

伯兪有過其母笞之泣[1] 其母曰他日笞子未嘗泣今泣何也

對曰兪得罪笞常痛 今母之力能使痛 是以泣

백유유과기모태지읍 기모왈타일태자미상읍금읍하야

대왈유득죄태상통 금모지력능사통 시이읍

－《설원(說苑)》〈건본(建本)〉편

今之孝子 是謂能養 至於犬馬 皆能有養 不敬 何以別乎

금지효자 시위능양 지어견마 개능유양 불경하이별호

공자가 이르기를 요즘의 효는 부모를 잘 부양하는 것을 말하지만 개나
말도 먹이를 주어 기르니 공경하는 마음이 없으면 효가 아니라고 하였다.

－《논어》〈위정편(爲政篇)〉

견마지양犬馬之養으로 공경하는 마음이 없는 것을 나무라는 것이다.

춘추 시대 초楚나라 사람 노래자는 산속에서 농사를 지으며 조용히 살
았다. 그는 노부모를 지극정성으로 모셨다. 칠십이 넘은 백발의 노래자를
보고 "아들이 이렇게 늙은 걸 보니 우리 살날이 얼마 남지 않았구나!"하며
부모가 탄식하자 노래자는 색동옷을 지어 입고 북을 두드리며 춤을 추면서
재롱을 떨었다한다. 부모에게 즐거움을 드리려 재롱을 떤 것이다. 한편 노
래자老萊子는 매일 끼니때마다 밥상을 직접 갖다 드리고, 다 드실 때까지 마
루에 엎드려 있었다한다. 때로는 물을 들고 마루로 올라가다 일부러 넘어
져 마룻바닥에 뒹굴면서 엉엉 울었다한다. 이것 역시 부모님이 어릴 적 생

---

1 笞칠 태

각을 하며 즐거우시도록 그랬던 것이다. 이런 노래자老萊子의 효성 어린 삶에서 **노래오친**老萊娛親[1], **노래지희**老萊之戲[2]라는 고사성어가 유래한다.

－《몽구(蒙求)》〈고사전(高士傳)〉

진晉의 무제武帝는 이밀李密을 태자세마太子洗馬[3]로 삼으려 했으나, 조모 유劉씨의 병환 때문에 사양하면서 올린 표表가 그 유명한 진정표陳情表다. 여기에서 자신을 까마귀에 비유하며 "오조사정 원걸종양烏鳥私情 願乞終養" 즉 "까마귀가 어미 새의 은혜를 보답하려는 사사로운 마음으로, 조모가 돌아가시는 날까지 봉양하게 해 주시기 바랍니다."라고 한데서 반포지효反哺之孝가 유래한다. 까마귀는 성장하여 두 달 동안 어미에게 먹이를 되먹이는 습성이 있다하여 반포反哺'라는 말이 나왔으며 이를 효에 빗대어 '**반포지효**反哺之孝'라 한다. 명나라 이시진李時珍의 《본초강목本草綱目[4]》에 의하면 새끼가 어미를 먹여 살리는 데는 까마귀만한 놈도 없다고 한다. 그래서 이름도 '자오慈烏[5]'라고 했다. 미물도 이러한데 하물며 효를 다하지 않으면 어찌 사람이라 하겠는가?

樹欲靜而風不止 子欲養而親不待　수욕정이풍부지 자욕양이친부대
往以不可返者年 逝以不可追者親　왕이불가반자년 서이불가추자친

나무가 고요히 있고자 해도 바람이 그냥 두지 않고, 자식이 봉양하고

---

1 娛즐거워 할 오
2 戲놀 희
3 태자세마(太子洗馬): 태자 앞에서 말 타고 가는 직책. 경전 강론 등을 담당함.
4 본초강목(本草綱目): 중국 명나라 때 이시진이 저술한 의서. 본초: 약초
5 자오(慈烏): 인자한 까마귀.

자 해도 어버이는 기다려 주지 않는다. 가버리면 오지 않는 것이 세월이요, 돌아가시면 따를 수 없는 것이 부모일세.

－《한시외전(韓詩外傳)》

젊은 시절 고향을 떠난 후 객지에서 성공하여 고향으로 돌아가 부모를 봉양을 하려 하였지만 이미 부모가 돌아가신 후라 효도를 할 수 없음을 안타까워했으니 이를 **풍수지탄**風樹之嘆, 풍수지비風木之悲, 풍수지감風樹之感이라 한다. 하늘보다 높은 것이 어버이 은혜이며 한번 가면 다시 올 수 없는 세월처럼 떠나가면 다시 볼 수 없는 분이 부모님이다. 따라서 효는 부모가 살아 계실 때 해야 되는 것이다. 효는 형편이나 때에 따라 하는 것이 아니고 일상생활 속에서 항상 이루어져야 한다. 조석으로 부모님께 안부를 여쭈고 부모님의 안색顔色을 주의 깊게 살펴야 하는데, 저녁에 잘 때 잠자리를 살펴드린다는 뜻의 '혼정'과, 새벽에 일찍 일어나서 부모의 안부를 물어 살핀다는 뜻의 '신성'을 합하여 이를 **혼정신성**昏定晨省'이라 한다.《예기》〈곡례편》 한편 부모님을 대할 때는 늘 부드러운 안색과 언행으로 편안하게 해 드려야 한다. 자신이 아무리 화가 나거나 안 좋은 일이 있어도 부모님 앞에서는 그런 내색을 하지 말아야 한다는 것이다. 그리고 부모님의 심기를 불편하게 해드려서도 안 된다. 마음이 편해야 몸도 편한 것이다.

身體髮膚受之父母, 不敢毀傷, 孝之始也
立身行道 揚名於後世 以顯父母 孝之終也
신체발부수지부모, 불감훼상, 효지시야
입신행도 양명어후세 이현부모 효지종야

사람의 신체와 터럭과 살갗은 부모에게서 받은 것이니, 이것을 손상시키지 않는 것이 효의 시작이고, 출세하여 바른 도를 세우고 후세에 이름을 날리어 부모를 돋보이게 하는 것이 효의 완성이다.

－《효경(孝經)》〈개종명의장(開宗明義章)〉,《논어》〈태백편(泰伯篇)〉

증자는 노환으로 죽음에 임박해지자 제자들을 모아놓고 가르쳤다.(《논어》〈태백편〉) "이불을 걷어내어 내 발과 손을 펴 보아라." 제자들이 의아해 하자 말을 이어간다. "그것을 온전히 보존하기 위해 평생 전전긍긍戰戰兢兢[1]하고, 깊은 연못가에 서 있는 듯 두려운 마음으로(여임심연如臨深淵), 얇은 얼음 위를 밟는 것 같이 조심조심(여리박빙如履薄氷) 살아왔는데 이제야 그런 심정을 면하게 되었구나." 하였다. 오장육부와 머리털하나 살갗 등 온몸을 함부로 굴리지 말라는 것이다. 군자의 죽음을 종終이라 하고 소인의 죽음을 사死라 한다(정자程子). 종終은 신체를 온전히 보존하고 자신의 일을 마치는 것이다. 신체도 훼손할 수 없는데 행실을 함부로 하는 것은 어버이를 욕되게 하는 것이다.(범씨范氏) 머리털 하나라도 소중히 간수 하는 마음으로 몸과 마음을 다듬고 언행을 조심한다면 삶은 평온하고 큰 어려움은 없을 것이다.

효복사상孝福思想은 십계명 가운데 '네 부모를 공경하라'는 5계명에 근거하고 있다. 특히, 이 계명은 사람과의 관계에서 첫째 되는 계명이자, 자녀가 잘 되고 땅에서 장수하는 축복의 약속이 포함돼 있다. 효는 백행의 근본으로서 《성경》에도 부모를 공경하라는 말씀이 정확히 명시되어 있다. 공경하라는 말은 존중하고, 존경하라는 것이다. 마르틴 루터는 "부모는 이 세

---

1 전전(戰戰)은 두려워하는 것이고 긍긍(兢兢)은 경계하고 삼가는 것이다.

상에서 하나님의 대리자"라 했다. 효는 자녀의 임무이며 신의 명령인 것이다. 효에 있어서 물질로 봉양하는 것도 중요하지만 부모를 공경하는 일이 더욱 중요하다. 따라서 물질로 봉양만 잘해주는 일은 효가 아니다. 그것은 겉으로는 효처럼 보일지 모르지만 결코 진정한 효가 아니다. 부모의 속마음을 살펴 진정으로 정성을 다하고 몸과 마음으로 효를 다하여야 한다. 이것이 장수하고 복 받는 길임을 알아야 한다.

[자모사(慈母思)]

정인보(鄭寅普)

가을은 그 가을이 바람 불고 잎 드는데
가신님 어이하여 돌오실 줄 모르는가
살뜰이 기르신 아이 옷 품 준 줄 아소서

바릿밥¹ 남 주시고 잡숫느니 찬 것이며
두둑히 다 입히고 겨울이라 엷은 옷을
솜치마 좋다 시더니 보공² 되고 말어라

밤중에 어매 그늘 세 번이나 나린다네
게서 자라날 제 어인 줄을 몰랐고여
님의 공 깨닫고 보니 님은 벌써 가셔라

아이가 잘 때 어미의 이슬이 세 번 내린다.   - 속담

---

1 바릿밥: 놋쇠로 만든 여자 밥그릇에 담긴 밥
2 보공: 관에 넣은 물건

초연하라

탁영탁족(濯纓濯足)

　　우리 선조들의 피서 법은 땀이 차지 않는 모시와 삼베옷을 주로 입고 부채질을 하거나 흐르는 계곡물에 발을 담그는 것이었다. 숲 속 바위에서 긴 머리를 풀어 헤치고 바람을 맞는 바람 빗질도 있었다. 다산 정약용의 〈다산시문집〉에 보면 8가지 피서법이 나온다. 대자리위에서 바둑 두기, 소나무 단壇에서 활쏘기, 느티나무 그늘에서 그네뛰기, 넓은 정자에서 투호놀이하기, 연못에서 꽃구경하기, 숲속에서 매미 소리 듣기, 비오는 날 시 짓기, 달빛아래서 발 씻기이다. 그중 '탁족'은 굴원屈原의 어부사漁父辭에 나오는 탁영탁족濯纓濯足[1]에서 유래한 것이다. 선비들의 대표적인 피서방법으로 단순한 피서법이 아니라 세속에 속박되지 않고 자연에 순응하며 자신을 뒤돌아보는 수양과 성찰을 의미한다.

---

1 濯씻을 탁. 纓갓근 영

초 회왕때 대부로 지내다 정적들의 농간으로 파직되어 방랑생활 중에 초나라의 '사辭'라는 독특한 운문 형식을 빌려 노래한 시가 중국인들이 가장 사랑하는 굴원의 어부사로 알려진다. 특히 '불응체어물이능여세추이不凝滯於物而能與世推移[1]'는 '세상 흐름에 변할 줄 안다.'는 것으로 '적당이 타협하며 살아가는 태도'라는 의미를 뜻하는 **'여세추이與世推移'**의 성어의 유래가 되었고 후세에 널리 인용되는 문구가 되었다. 또한 '거세개탁아독청중인개취擧世皆濁我獨淸衆人皆醉' 즉 '온 세상이 혼탁한데 나만 홀로 맑았고, 온 세상이 취했는데 나만 홀로 깨어있다.'는 구절은 '지조를 지키는 고결한 선비의 자세'를 나타내는 경구驚句가 되었다. 이처럼 어부사는 역사 속에서 아픈 굴절의 삶을 살았고, 살아가는 수많은 사람들의 마음을 대변해 주고 있다. 〈어부사〉 중 '거세개탁아독청중인개취擧世皆濁我獨淸衆人皆醉[2]'와 '창랑지수청혜滄浪之水淸兮 가이탁오영可以濯吾纓[3]', '창랑지수탁혜滄浪之水濁兮 가이탁오족可以濯吾足'은 중국에서 사랑받는 구절이다.

[**어부사(漁父辭)**]

어부가 굴원이 방랑하는 이유를 묻는데
굴원: 擧世皆濁我獨淸衆人皆醉[4]　　　거세개탁아독청중인개취

"온 세상이 혼탁한데 나만 홀로 맑았고, 온 세상이 취했는데 나만 홀로 깨어있기 때문이다."

---

1 凝엉길 응. 滯막 체
2 濁흐릴 탁
3 濯씻을 탁. 纓갓 영.
4 거(擧): 모두, 전부. 탁(濁): 욕심이 많고 더러운. 취(醉): 부정 때문에 양심이 흐려지는.

어부: 聖人不凝滯於物而能與世推移 [1] 성인불응체어물이능여세추이

"성인은 사물에 얽매임이 없으니 세상일의 흐름에 따라 흘러간다."

(세상의 변화에 융통성 있게 적응해가라)

굴원: 新沐者必彈冠 [2] 新浴者必振衣 [3]   신목자필탄관 신욕자필진의

새로 머리 감은 자는 갓의 먼지를 털어 쓰고, 새로 몸을 씻은 자는 옷을
털어 입는다.(선비로서 몸을 더럽히지 않겠다.)

어부: 滄浪之水淸兮 可以濯吾纓   창랑지수청혜 가이탁오영

滄浪之水濁兮 可以濯吾足   창랑지수탁혜 가이탁오족

"흐르는 물(세상)이 맑으면 나의 갓끈을 씻고, 흐르는 물이 흐리면 나의
발을 씻으리."('세상이 맑고 도道가 행해지면 벼슬길로 나가 그 뜻을 펼치고, 그렇지
않고 세상이 혼탁해 졌을 때는 초야에 묻혀 자연을 벗 삼는다.'는 뜻이다. 당신도 적당히
세상과 타협하면 되지, 그리 도도하게 굴게 뭐있냐─죽음 앞에서 갈등하는 또 다른 자신
이다.)

─《초사(楚辭)》 [4] 〈어부편(漁父篇)〉

---

1 응체(凝滯): 굳어져 통하지 않는 것. 융통성이 없는.
2 沐머리감을 목. 彈총알 탄. 털다, 두드리다.
3 振털칠 진. 떨다.
4 초사(楚辭): 굴원(屈原)과 그 유파(流派)의 사(辭)를 모은 책이나 문체의 명칭. 한(漢)나라 유향(劉向)이
  편집하였다. 굴원은 초사(楚辭) 문학의 시조로, 애절한 정조가 지배적이며 화려한 장식이 뛰어나다. 어
  부사의 어부는 굴원이 가설(假設)하여, 자기의 절조를 나타내는 수단으로 삼았다고 여긴다.

여기서 탁영탁족濯纓濯足이 유래 하는데 '세속世俗을 초월超越하며 살아
감'을 비유한 말이다.

그러나 결국 굴원은 멱라수에 몸을 던진다. 사기 굴원세가에서는 그가
투신을 하자 근처 백성들이 배를 몰아 구해내려 했으나 시체조차 건지지
못해 슬퍼했으며, 공교롭게도 이때가 5월 5일인 단옷날로 지금도 멱라강
일대에는 명절을 맞이하여 그의 영혼을 기리고 있다고 한다. 불의不義에 분
노하기보다 불이익不利益에 분노하는 요즈음 굴원 같은 선비가 필요하다.
세속에 물들지 않고 어려운 이웃을 먼저 돌아보고 자신을 깨끗하게 지켜
나가는 사람이 되어야 한다.

족제비가 살쾡이를 만나면 이빨을 드러내고, 겁먹은 개가 짖는다. 허세를 부리는 것이다. 《채근담》에 "매는 조는 듯이 앉아 있고, 호랑이는 병이 든 듯 걷는다.(응립여수 호행사병鷹立如睡 虎行似病)."고 나온다. 부족한 사람이 허세를 부리지만, 능력을 갖춘 사람은 함부로 과시하지 않는다.

《성경》에 이르기를 "오른손이 하는 일을 왼손이 모르게 하라(《마태복음》6:3)", "외식하는 자가 되어서 회당과 거리에서 떠벌이지 말고 은밀하게 하라(《마태복음》6:5)"고 한다. 은밀하게 행하시는 자에게 하나님이 갚아 주신다고 했다. 빈 깡통이 요란하듯 속에 든 것이 시원찮은 사람이 다 아는 듯이 떠벌린다. 군자는 자기를 내세우지 않는다. 빛을 갖추고 자신을 밝히지만 스스로 빛을 내지는 않는다. 덕이 넘치면 스스로 사람들이 모여드는 법이다. **겸손하다는 것은 자신을 낮추는 것이 아니라, 자기를 높이는 일임을 알아야 한다.**

노자는 사람이 갖추어야할 성품을 방方, 염廉, 직直, 광光이라고 했다.(《한비자》 20편 〈해로〉) '방方'이란 겉과 속이 같은 것으로 '곧다', '바르다'의 '정正과 같은 의미이다. '염廉'은 삶과 죽음을 하늘의 뜻으로 여겨 재물이나 소유에 대한 초연한 마음이라고 한다. '직直'은 공정하고, 마음이 한쪽으로 치우치지 않는 것이며, '광光'은 높은 자리에 올라 명예와 영향력이 드러나는 것을 말한다.

方而不割 廉而不劌[1] 直而不肆[2] 光而不耀

방이불할 염이불귀, 직이불사 광이불요

자신이 반듯하다고 남을 해치지 않고, 자신이 깨끗하다고 남을 상하게 하지 않으며, 자신이 곧다고 남에게 함부로 하지 않고, 자신이 빛난다고 남을 눈부시게 하지 않는다.

－《도덕경(道德經)》 58장

반듯하고 청렴한 것은 좋지만, 그로 인해 남을 불편하게 하거나 힘들게 해서는 안 된다. 곧음은 자칫 교만을 부르고, 너무 번쩍거리면 뒤탈이 따른다. 빛나기는 쉬워도 번쩍거리지 않기는 어렵다. 순자荀子도 "군자는 너그럽되 느슨하지 않고(관이불만寬而不慢), 청렴하되 상처주지 않아야 한다.(염이불귀廉而不劌)"고 했다. 이것이 '광이불요光而不曜'이다. 한마디로 빛은 나되 잘난 체하지 말라는 것이다. 곧은 사람은 담아두고 숨길 수 없기에

---

1 廉청렴할 렴. 劌상처입을 귀.

2 肆방자할 사

남의 단점을 들어내게 하는 단점이 있고, 빛나는 지혜를 가진 사람은 감출 수 없기에 행동으로 자신을 드러내고자 하여 남을 어지럽게 하거나 놀라게 한다. 그러므로 중용中庸의 삶을 살아야 한다. 옛사람들이 화려한 비단 옷을 입을 때 그 화려함을 한풀 감추기 위해 비단 옷 위에 받쳐 입는 홑옷을 경의絅衣라 한다. 그 옷 속에서 비단의 화려함이 은은히 비쳐난다. 대나무는 달빛 아래에서 청초함이 더하다. 살짝 가려줘야 싫증나지 않고, 덮어줄 때 더 드러난다. 진정한 아름다움은 안으로부터 비쳐 나온다. 절제 속에서 더 빛나는 것이다. '의금상경衣錦尚絅'이라 '비단 옷을 입고, 삼베옷(絅)을 걸쳐(尚)다'는 말이다. 비록 지금 비단옷을 입고 있지만 으스대거나 자랑하지 말고 삼베옷을 걸쳐 자신이 입고 있는 비단 옷을 가리라는 것이다.

衣錦尚絅[1] 惡其文之著也　　의금상경 오기문지저야

君子之道 闇然而日章[2]　　군자지도 암연이일장

小人之道 的然而日亡　　　소인지도 적연이일망

비단옷을 입고서 그 위에 홑옷을 걸쳐 입은 것은 화려한 빛을 보이고 싶지 않기 때문이네. 군자들의 인생은 은은하지만 날마다 빛이 더욱 강해지고, 소인들의 인생은 한때 화끈하지만 날마다 빛을 잃어가네.

− 《중용(中庸)》 제 33장, 《시경(詩經)》 〈위풍(衛風)〉 〈석인편(碩人篇)〉

비단옷을 입을 정도로 성공成功했지만 드러내지 않기 위해 홑옷을 덧

---

1 絅(경)은 褧(경)으로도 쓰며, 한 겹으로 지은 홑옷을 말한다.
2 闇닫힌문 암

입어 은은隱隱하게 하여 자신을 겸손謙遜하게 낮추면서도 당당堂堂하게 나타내는 군자君子의 모습을 말한다. 군자君子는 미덕美德이 있으나 이를 자랑하지 않음을 비유比喩하는 말이며, 성공成功하더라도 자랑하지 않아야 한다는 뜻도 내포 되어있다. 군자의 도는 은은히 날로 빛나고, 소인의 도는 선명 한듯하나 나날이 시들해진다. 누구를 만나든지 자신의 빛을 감추고 항상 겸손한 자세로 대한다면 그 빛은 시간이 갈수록 더욱 찬란하게 빛날 것이다.

혈기와 여색과 물욕을 조심하라

군자삼계(君子三戒)

코비 리더쉽센터의 창립자 스티븐 코비Stephen R. Covey가 말하는 인생의 '90대 10의 원칙'은 인생의 10%는 당신에게 일어나는 사건들로 결정되고, 90%는 당신이 어떻게 반응하느냐에 따라 결정된다는 것이다. 일어나는 일들에 우리가 어떤 태도를 취하느냐에 따라 결정되는 것을 말한다. 즉 인생은 자신에게 달려있음을 말하는 것이다. 노자 60장 첫머리에 '치대국 약팽소선治大國 若烹小鮮',이란 말이 나온다. '큰 나라를 다스리는 일은 작은 생선 굽듯이 해야 한다.'는 것이다. 과거 중국인들의 생선구이 방식은 큰 생선은 나무에 꿰서 불 위에서 살살 돌려가며 굽고, 작은 생선은 여러 마리를 한꺼번에 꿰서 불가에 꽂아놓고 잘 익을 때까지 기다린다. 이처럼 생선을 구울 때 센 불에 급히 굽거나 너무 자주 뒤집으면 살이 부서져 버리거나 타서 먹을 것이 없다. 고요해야 참됨을 온전히 알고 조급하면 해가 많으니 나라 다스리는 일은 아주 조심스럽게 해야 함을 말하는 것이다. 어디 나랏일뿐이랴 **매사에 신중하고 조심 또 조심해야한다.**

공자는 살면서 특별히 경계해야 할 것과 두려워해야 할 것에 대하여 말하였다.

> 君子有三戒 少之時 血氣未定戒之在色 及其壯也 血氣方剛戒之在鬪[1]
> 及其老也 血氣旣衰戒之在得
> 군자유삼계 소지시 혈기미정계지재색 급기장야 혈기방강계지재투
> 급기로야 혈기기쇠계지재득
>
> 군자에게는 경계해야 할 일이 세 가지 있으니, 젊을 때는 혈기가 잡히지
> 않은지라 경계할 것이 여색이고, 장성하여 혈기가 강해지면 경계할 것
> 이 싸움이며, 나이가 들어 혈기가 쇠진하면 경계할 것이 물욕이다.
>
> ─《논어》〈계씨편(季氏篇)〉

청년기에는 혈기가 왕성하여 이성적 판단보다 감정이 앞서고 여색의
유혹에 약하다. 이 시기에 경계해야 할 것은 여색뿐만 아니라, 술로 인해
더욱 혈기가 충천衝天되니 주색酒色을 함께 조심해야 한다. 올바른 몸가짐
으로 정신적 육체적으로 성장하여야 한다. 장년기 때는 혈기는 안정되었으
나 자존감이 고취되어 있고 자신감이 고조되어 충돌과 다툼이 자주 일어난
다. 남을 이해하고 배려하는 심성을 길러 원만한 인간관계를 형성하여야
한다. 노년기에는 이성적으로 문제를 해결할 수는 있으나, 물욕은 사라지
지 않으니 눈앞의 이익에 조심하여야 한다. 쓸데없는 욕심을 부리다가 많

---

1 혈기방강(血氣方剛): 혈기방장(血氣方剛)과 같은 말이다.

은 것을 잃을 수도 있다. 이를 군자삼계君子三戒라 한다.

君子有三畏[1] 畏天命 畏大人 畏聖人之言.

小人不知天命而不畏也 狎大人 侮聖人之言[2].

군자유삼외, 외천명 외대인 외성인지언.

소인부지천명이불외야, 압대인 모성인지언.

군자는 세 가지가 두려워함이 있으니, 천명을 두려워하며, 위인을 두려
워하며, 성인의 말씀을 두려워한다. 소인은 천명을 알지 못하기 때문에
두려워하지 않으며, 위인을 핍박하고 성인의 말씀을 대수롭지 않게 여
긴다.

－《논어》〈계씨편(季氏篇)〉

천명은 자연의 도를 말하고 성인의 말씀은 진리에 가깝다. 천명은 하
늘이 인간에게 내린 것인데, 군자는 자신이 받은 하늘의 뜻을 실천하지 못
할까 늘 두려워한다. 성인의 말씀은 성인의 가르침을 거울삼아 스스로 부
족함을 깨닫고도 이를 고치려 하지 않음을 두려워해야 한다는 것이다. 군
자는 자신의 모습을 물에다 비추어 보지 않고 사람에게 비추어 보았다 한
다. 진정한 나의 모습은 내 눈에 보이는 물에 비친 그 모습이 아닌, 상대의
눈에 비친 모습이 진정한 나의 모습인 것이다. 이를 군자삼외君子三畏라 한
다. 인생은 죽음을 전재로 시작된다. 그렇게 삶의 시간은 흘러가다 어느 순
간 자신도 모르게 멈추는 것이다. 사람이 재산을 잃는다는 것은 정말 슬픈

---

1 외(畏): 무서워한다는 의미가 아니라 경외한다는 의미다.
2 압(狎): 핍박할. 侮업신여길 모

일이다. 건강을 잃는 것은 그보다 더 슬픈 일이다. 그러나 영혼을 잃으면 모든 것을 잃는 것이다. 그러니 하루를 살아도 하늘의 이치를 알고 경계의 삶을 살아야 한다. 지금 파란 하늘을 볼 수 있을 때 살아 있음에 감사드리고 내영혼의 안식처를 준비해 두어야 할 것이다.

인생은 그 날이 풀과 같으며 그 영화가 들의 꽃과 같도다. ─《시편》

세상에 똑같은 사람은 없다. 'No two people think alike(그 어떤 두 사람도 같은 생각을 하지 않는다).'라는 서양속담이 있다. 모습은 물론 생각도 다르기에 각인각색各人各色이라 한다. 그래서 **일월삼주**一月三舟라는 말이 있다. 하나의 달에 대해서, 정지하고 있는 배에 탄 사람은 달이 머물러 있다 하고, 남행하는 배에 탄 사람은 달이 남쪽으로 간다 하고, 북행하는 배에 탄 사람은 달이 북쪽으로 간다고 말한다.《화엄경》 부처는 달과 같으나 깨달음의 관점에 따라 각각 다르다는 것이다.

同一水 天因看來是寶飾莊嚴之寶池[1]   동일수 천인간래시보식장엄지보지
凡人見之 則是水池   범인견지 즉시수지

---

1 飾꾸밀 식

而在餓鬼眼中乃一池膿血[1]　　　　　이재아귀안중내일지농혈

魚則是之爲最佳居所[2]　　　　　　　어칙시지위최가거소

같은 물을 두고 천계에 사는 신은 보석으로 장식한 연못으로 보고, 사람
은 물이 있는 연못으로 보고, 아귀의 눈에는 피고름으로 보이며, 물고
기기의 눈에는 살기 좋은 곳으로 보인다.

―《섭대승론석(攝大乘論釋)》[3],《불교신문》3232호

천인天人은 물水을 보석으로 치장한 연못으로 보고, 인간은 단지 물로
보며, 아귀는 피로 보고, 물고기는 자신이 사는 공간住處으로 여긴다(일수
사견一水四見). 한 현상도 견해에 따라 달리 해석될 수 있으니 부처의 법문도
보는 바에 따라 각기 다르게 인식됨을 비유한 말이다. 세상에 내면과 외면
이 같은 사람은 없다. 사람을 판단한다는 것은 과거의 낡은 잣대로 현재의
그 사람을 재려는 것과 같다. 그렇기 때문에 타인의 비난은 잘못되기 일쑤
이다.(법정) 인간은 그 자체는 물론 그 사람의 생각도 존중받아야 한다. 함
부로 타인을 비난하거나 평해서는 아니 된다. 나를 가꾸고 세상을 아름답
게 하는 사람이 되어야 한다.

세상이 정의롭지 못한 사람들도 많지만 소수의 의인들 때문에 세상이
유지되고 있다. 역사학자 토인비는 "건전한 창조적 소수Creative Minority가
있을 때 삶과 문화는 발전하게 되지만, 타락한 지배적 소수가 있을 때 그

---

1 膿고름 농

2 佳아름다울 가

3 섭대승론석(攝大乘論釋): 인도 대승불교의 논서. 모든 것을 초월하여 세우지 못할 것이 없으므로 섭대
승(攝大乘)이라 이른다. 攝당길 섭, 乘탈 승.

사회는 쇠퇴하고 몰락하게 된다."고 말했다. 바닷물 속에 녹아있는 2.8%의 염분 때문에 바닷물은 썩지 않는다고 한다. 이 세상을 아름답게 할 2.8% 안에 있는 우리가 되어야 한다.

허리를 굽혀라

겸양지덕(謙讓之德)

어떤 랍비가 제자와 함께 길을 가는데 제자가 질문을 하였다. "선생님, 진리란 길가에 조약돌처럼 널려 있다고 말씀하시지 않았습니까? 그런데 왜 사람들은 그러한 진리를 터득하지 못할까요?" 랍비가 말하기를 "진리는 조약돌처럼 많지만 사람들이 허리를 굽히지 않기 때문에 그 돌을 주울 수가 없다."고 했다.(겸손의 미덕/김현주) 허리를 굽혀 자기를 낮추어야 남의 마음을 알 수 있다. 사람은 고난의 풀무 속에 들어가야 겸손해지는 것이다. 겸손은 좋은 덕목이지만, 갖추기는 어렵다. 성 어거스틴St. Augustinus(이탈리아 신학자)은 알렉산더 주교에게 보낸 편지에서 하나님의 진리를 붙잡는 길(신앙인 방향)은 첫째는 겸손, 둘째도 겸손, 셋째도 겸손이라 했다. 그리고 그는 **자신이 지극히 겸손하다고 생각하는 것**을 교만이라 했다. 겸손은 한없이 자신을 낮추는 것이다. **지위가 높을수록 겸손에 힘쓰고, 부귀할수록 근검절약에 힘써야 한다.**

有所挾而驕淺也¹ 無所挾而驕昏也　유소협이교천야 무소협이교혼야

믿을 만한 구석이 있다고 교만을 부리는 자는 천박하고 믿을 만한 구석
도 없는데도 교만을 부리는 자는 아둔하다.

– 이덕무(李德懋)《청장관전서(靑莊館全書)》

이덕무李德懋는《사소절士小節》²에서 교만이야 말로 천박하고 아둔한 사
람들의 특징이라고 했다. 힘이 있다고 교만을 떠는 사람은 천박하여 상대
할 사람이 못되고, 힘도 없고 가진 것도 없으면서 교만을 떠는 사람은 아둔
한 사람이라는 것이다.

位不期驕, 祿不期侈　위불기교 녹불기치
벼슬자리에 있으면 교만하지 말고, 녹을 받으면, 사치하지 말라

–《서경(書經)》

'교만'의 헬라어의 어원은 자기 자신을 위로 나타낸다는 의미이다. 이
교만은 상대에 대해 우월감을 가지거나, 불평이나 원망 등의 표현을 통해
나의 부족함을 감추는 데서부터 시작한다. 춘추시대 정치가 정자산은 "공
부한 다음 벼슬한다는 말은 들어보았지만, 벼슬한 다음 공부한다는 말은
듣지 못했다."라고 했다. 지위가 높아지면 교만하지 않으려 해도 교만해지
고, 높은 자리(권세)는 원하지 않아도 교만이 오고, 녹봉(부)은 저절로 사치
하게 한다. 벼슬자리에 있게 되면 교만하기보다, 더 겸손해야 하고, 사치하

---

1 挾낄 협
2 사소절(士小節): 예절과 수신에 관한 글

기보다 더 검소해야 한다. 권력이나 재력과 같이 믿고 과시할 만한 것이 있으면, 교만한 마음이 저절로 생기는 것이다. 그래서 권력을 차지하고 교만하지 않고 부를 누리면서 사치하지 않기는 매우 힘들다는 것이다. 권력과 부는 본분을 잊어버리고 정도를 지나치면 아니 된다. '겸존이광謙尊而光' 즉 '겸손은 높고도 빛난다.(《주역》)'는 말이 있다. **상대를 높임으로써 오히려 내가 빛나는 것이다.**

옛 로마에서는 전쟁에서 승리한 장군을 위해 시가행진을 해주었다. 무한한 영광이지만 그의 마차에는 반듯이 노예 한명이 동승하여 행진 중에 "memento mori, respice postte hominem teesse memento(죽음을 기억하라, 뒤를 돌아보라 당신도 죽게 되는 날 한낱 인간임을 기억하라)"는 말을 반복하여 말하게 하였다한다. 승리에 도취되어 교만해지고 자만에 빠지지 않도록 위함이다.(《난세를 살아가는 직장인의 처세술》, 김승동) 교만이란 자신을 실제보다 과대하는 것이고, 인색이란 재물을 지나치게 아끼는 것은 물론 자신의 허물을 인정하지 못하는 것을 가리킨다. 겸손謙遜과 관용寬容의 자세가 필요하다.

노자는 "가장 떳떳한 사람은 마치 겸손한 것 같고, 가장 재주 있는 사람은 마치 졸렬한 것 같고, 가장 말 잘하는 사람은 마치 말더듬이 같다."고 했다. '큰 지혜는 어리석어서 바보처럼 보인다.'는 '대지약우大智若愚'를 말하는 것이다. 장자莊子에도 노자의 말을 끌어다 "위대한 기교는 졸렬하게 보인다."는 말을 하고 있다. 즉 아주 교묘한 재주를 가진 사람은 그 재주를 자랑하거나 드러내지 않으므로 언뜻 보기에 서툴고 어리석어 보인다는 뜻이다. 숨어 있는 겸손이다. 《논어》〈공야장편公冶長篇〉에서는 안회顔回의 입을 통해 '무아선無我善' 즉 '자신의 뛰어남을 자랑 말라'고 했고, 《주역》은 64괘 가운데 모두가 길吉한 것은 겸괘謙卦 뿐임을 강조하고 있다. 15번째 괘인 지산겸괘地山謙卦는 땅 밑에 산이 있는 형상이다(지중유산地中有山). 산은 본래 땅위에 자리하는 법이다. 그런데 산이 땅속으로 숨었다. 이것이 겸손 함이다. 산이란 땅이 든든하게 받쳐주어야만 존재할 수 있는 운명을 지닌다. 그래서 땅이 있음으로 가능했던 것이다. 고故로 우뚝 솟아있는 자는 누군가의 도움이 있음으로 가능했던 것이다. 그런데 그 잘난 산이 잘난 체 하지 않고 땅속으로 숨은 것이다(장규채 훈장). 인간관계에서도 반드시 필요한 것이다. **내안에 너 가 있고 너 안에 내가 있다.** 겸손謙遜또는 겸양謙讓이란 군자의 최고 덕목이다. 군자의 도는 모두 겸謙에서 모인다. 겸손하지 못하다면 그 과정이 아무리 잘 되었더라도 군자로서의 자격을 잃는다. 동양에서는 예로부터 겸양을 최고의 덕목으로 삼았다. 지위가 높든 낮든 상관없이 상대방을 존중하고 나를 낮춤으로써 사회의 질서를 유지하였다. 임금도 부족한 사람이라고 하는 뜻으로 스스로를 '과인寡人'이라고 불렀다. 겸손은 높아서 빛나고 낮아도 넘을 수 없으니 군자의 유종지미有終之美인 것이다. 겸손은 나도 편하고 남도 편하게 하여 세상을 아름답게 한다. **그대의 겸손으로 상대의 존중을 받으라.**

교만은 패망의 선봉이요 거만한 마음은 넘어짐의 앞장이다.　　　－《잠언》

교만이 오면 욕도 오거니와 겸손한 자에게는 지혜가 있느니라.　　　－《잠언》

덕(德)을 갖추라

목계지덕(木鷄之德)

주나라의 선왕宣王은 닭싸움을 매우 좋아했다. 왕은 어느 날 기성자(투계 조련사)에게 최고의 싸움닭을 만들어 달라고 했다. 열흘이 지나자 왕은 닭싸움에 내 보낼 수 있겠냐고 물었다. 기성자는, "닭이 강하긴 하나 교만하여 자신이 최고인줄 안다."며 아직 멀었다고 답했다. 열흘이 또 지나자 왕은 다시 물었다. "이제 그 닭을 닭싸움에 내 보낼 수 있겠느냐?" 기성자가 대답하기를 "아직 안됩니다. 교만함은 버렸으나 상대방의 소리와 그림자에도 너무 쉽게 반응하기 때문에 인내심과 평정심을 길러야 할 것 같습니다."라고 했다. 다시 열흘 뒤에 왕이 물었다, "이제는 되었느냐?" 기성자는 "조급함은 버렸으나 눈초리가 너무 공격적이라 눈을 보면 닭의 감정 상태가 다 보입니다. 아직은 힘듭니다."라고 답했다. 마침내 40일째가 되던 날 기성자는 "이제 된 것 같습니다. 상대방이 아무리 소리를 지르고 위협해도 반응하지 않습니다. 완전히 편안함과 평정심을 찾았습니다. 다른 닭이 아무리 도전해도 혼란이 없습니다. 마치 나무로 만든 닭같이 목계木鷄가 됐습니다. 이젠 어떤 닭이라도 바라보기만 해도 도망칠 것입니다."라고 하였다.(《장자》〈달생편〉, 《열자》〈황제편〉) 이처럼 '나무로 만든 닭처럼 감정에 흔들리지 않게 길러진 닭'을 **태약목계, 매약목계**呆若木鸡[1]라 한다. 목계양도木鷄養到라는 표현도 있는데, 이는 '싸움닭이 나무 닭처럼 훈련訓練되다.'라는 뜻으로 일이 훌륭하게 완성完成되었음을 비유한 말이다.

장자가 말하는 '태약목계'는 나무로 만든 닭처럼 감정에 흔들리지 않고, 어떤 상황에서도 놀라거나 당황하지 않는 의연한 경지에 이른 상태를 말한다. 욕망과 집착에서 벗어나 싸운다는 의식에서 벗어난 자유로워진 상태이다. 싸움닭이 사납게 날뛰는 것은 자기통제의 완성이 미흡하기 때문이다. 어떤 상황에서도 냉정함을 유지하고 차분해야 하며 조급하거나 자신의 능력을 과시하거나 자만하지 않고 경쟁자 앞에서 흥분하거나 감정에 얽매이지 말아야 한다는 것이다. 무릇 높은 경지의 도에 이르면 들뜨지 않고 고요함을 이룬다. 따라서 '태약목계'는 '어리석어 보이지만 실제로는 매우 총명한 사람이나 겸손과 여유로 주변을 편하게 하는 사람, 감정을 통제할 수 있는 사람'을 말한다. 그리하여 세상이치를 터득하고 도의 경지에 이르러 상대방에게 위협을 가하지 않아도 상대방이 쉽게 근접할 수 없는 사람을 덕과 위엄을 갖춘 사람이라 하고, 이런 사람을 '**목계지덕**木鷄之德'을 지녔다고 한다. 목계지덕은 자만을 경계하라는 것이다.

《손자병법孫子兵法》〈시계편始計篇[2]〉에 비이교지卑而驕之라는 말이 나온

---

1 못어리석을 태. 매. 지킬 태
2 시계(始計)함: 전쟁을 시작하기 전에 미리 헤아리고 따지는 것을 말한다.

다. 겸손한 적을 교만하게 하여 상대의 경계심을 느슨하게 한 다음 나에게 유리한 상황을 만드는 것이다. 교만과 오만을 버리고, 남의 소리와 위협에 민감하게 반응하지 말고, 감정에 흔들림 없는 냉정함을 유지해야 한다. 상대방에 대한 공격적인 행동을 보이지 아니하고도 의연함과 당당한 위엄을 갖추어 상대를 제압할 수 있어야 목계木鷄가 된다는 것이다. 이겨놓고 싸우는 것이다. 따라서 목계의 덕을 가진 사람은 겸손하여 교만함이 없고, 인내심을 갖추어 조급함이 없고, 평정심을 갖추어 두려움이 없으며 그리하여 온화하며 당당함을 갖춘 사람이다. 완전한 자기 극기를 통해 높은 경지에 이른 사람의 모습이라 할 수 있다.

> 實而備之　强而避之　실이비지 강이피지
> 怒而撓之　卑而驕之　노이요지 비이교지
> 적의 군세가 건실하면 대비하고 적이 강성하면 충돌을 회피한다.
> 적을 성나게 하여 소란하게 하고 저자세를 보여서 교만하게 한다.
> — 《손자병법(孫子兵法)》〈시계편(始計篇)〉

지智와 용勇을 갖추면 자신의 지혜나 용기를 함부로 드러내지 않는다. 지혜로운 사람은 어리석은 듯하고, 용감한 사람은 도리어 조심한다. 어리석은 사람은 알량한 자존심과 교만함으로 자신을 알아주기만을 바라고, 그렇지 않으면 자신의 감정을 그대로 나타낸다. 자신을 높이려만 하지 낮출 줄은 모른다. 정작 자신의 가치는 내가 높이는 것이 아니라, 나를 낮추고 타인이 높여줄 때 드러난다. 자만自慢은 언제나 나타 날 수 있기에 항상 긴장의 끈을 놓지 말아야 한다. 자만은 '누구나' 할 수 있지만, 겸손은 '아무나' 갖출 수 없다. 《성경》은 덕에 지식을, 지식에 절제를, 절제에 인내를, 인내에

경건을, 경건에 사랑을 더하라 가르친다. 《베드로후서》

삼성의 이병철 회장은 평소에 나무로 만든 닭(목계木鷄)을 벽에 걸어 두었다 한다. 이건희 회장의 경영수업 첫날 경청傾聽과 목계지덕木鷄之德을 마음에 새기도록 하였다 한다.

힘으로 지키는 자는 홀로 영웅이 되고, 위엄으로 지키는 자는 한 나라를 지킬 수 있지만 덕으로 지키는 자는 천하를 세울 수 있다.   - 강희제(康熙帝)

믿음에 덕을, 덕에 지식을, 지식에 절제를, 절제에 인내를, 인내에 경건을, 경건에 사랑을 더하라.   -《베드로후서》

환경이 사람을 만든다

마중지봉(麻中之逢)

　　부처가 어느 날 제자들과 길을 떠나려 할 때 젖은 땅바닥에 낡은 종이가 떨어져 있었다. 제자들에게 그것을 집으라 하시며 물었다. "이것은 무엇에 썼던 종이겠느냐?" 제자들이 대답하였다. "이것은 향을 쌌던 종이입니다. 지금 비록 길에 버려져 있지만 여전히 향내가 납니다." 다시 길을 가는데 땅바닥에 짧은 새끼줄이 떨어져 있었다. 제자들에게 그것을 집으라 하시며 다시 물었다. "이것은 무엇에 썼던 새끼줄이겠느냐?" 제자들이 대답하였다. "이 새끼줄에는 비린내가 나므로 생선을 묶었던 새끼줄일 것입니다." 부처가 말하기를 "사물은 원래 깨끗한 것이나, 어떤 인연에 달라진다. 마음이 어질고 사리에 밝은 사람을 가까이 하면 진리를 추구하려는 마음이 커지고, 마음이 어리석고 사리에 어두운 사람을 벗으로 삼으면 재앙을 받을 일을 하게 된다. 비유하자면 저 종이와 새끼줄이 향을 가까이 하면 향기롭고 생선을 싸면 비린내가 나는 것과 같다. 조금씩 물들어 몸에 배게 되는데도 사람들은 스스로 깨닫지 못한다." 악한 사람이 다른 사람을 물들이는 것은 냄새나는 물건을 가까이 하는 것과 같다. 조금씩 미혹되어 잘못된 것에 빠져들다가 자신도 알지 못하는 사이에 악한 습성이 몸에 밴다. 어진 사람이 사람을 물들이는 것은 좋은 향기를 가까이 하는 것과 같다. 몸과 마음을 바르게 하고, 진리를 가까이하며, 어진 이를 벗하여 향기 나는 사람이 되어야 할 것이다.

－《법구비유경(法句譬喩經)》〈쌍요품(雙要品)〉

近朱者赤 近墨者黑　　근주자적 근묵자흑

聲和則響淸 刑正則影直　성화즉향청 형정즉영직

주사朱砂를 가까이 하면 붉게 되고, 먹을 가까이 하면 검게 된다. 소리가 고르면 음향도 맑고, 형상이 바르면 그림자도 곧다.

－《태자소부잠(太子少傅箴)[1]》

좋은 것을 가까이 하면 좋은 영향을 받아 더욱 발전하고 나쁜 것을 가까이 하면 더욱 나쁜 영향을 받게 된다. 무릇 쇠와 나무는 일정한 형상이 없어 겉틀에 따라 모나게도 되고 둥글게도 된다. 즉, 주위 환경에 따라 사람이 변할 수 있다는 것을 말한다. 훌륭한 스승을 만나면 훌륭하게 되고, 나쁜 친구와 어울리면 잘못된 방향으로 나아가게 된다. '생각이 행동을 지배하고, 행동이 습관을 지배하고, 습관이 인격을 지배하고 인격이 인생을 만든다.'고 한다. 즉 좋은 습관이 인생을 만들어 낸다. 좋은 행동하기를 반복하면, 좋은 습관이 생기고 이것이 아름다운 인격을 형성하고 가치 있는

---

1 태자소부잠(太子少傅箴): 중국 서진(西晉) 때의 학자인 부현(傅玄)이 지은 잠언집(箴言集)

삶을 만들어간다.

《순자》〈권학편〉에 **봉생마중 불부이직**蓬生麻中 不扶而直이라고 나온다. 마는 곧게 자라지만 쑥은 구부러져 나는데 그 쑥도 삼속에 섞여 나면 곧게 자란다. 이를 **마중지봉**麻中之蓬이라 한다. 좋은 환경에 처하거나 좋은 친구나 스승을 만나면 그 영향으로 잘못된 것이 바로잡혀 선량 해진다는 의미이다. 사람이 생활하는 데 환경이 중요하다는 것으로, 이와 같은 뜻을 지닌 성어로 **귤화위지**橘化爲枳[1]가 인용된다.

귤화위지橘化爲枳 – 귤이 변해 탱자가 되었다는 뜻으로, 사람의 성질도 환경에 따라 변할 수 있다는 의미다.

[순자(荀子)]

〈권학편(勸學篇)〉

蓬生麻中 , 不扶而直　　봉생마중 불부이직
白沙在涅[2] , 與之俱黑　　백사재열 여지구흑

쑥이 삼속에서 생기면 도와주지 않아도 곧게 자란다.
흰 모래가 개흙에 있으면 그것과 함께 검어진다.

---

1 橘귤나무 귤. 枳탱자나무 지.
2 涅개흙 열

蘭槐之根是爲芷也 [1] 其漸之滫 [2], 君子不近, 庶人不服 [3]

난괴지근시위지야 기점지수 군자불근 서인불복

난괴 [4]의 뿌리는 향료이지만 오줌에 담가두면 군자도 가까이 하지 않고,
서인도 차지하려 않을 것이다.

其質非不美也 所漸者然也

故君子居必擇鄕 遊必就士所以防邪辟而近中正也.

기질비불미야 소점자연야

고군자거필택향. 유필취사. 소이방사벽이근중정야.

그 바탕이 아름답지 않은 것이 아니지만, 점차 한 것이 그런 것이다.
그러므로 군자는 반드시 사는 곳을 선택하고, 노는데도 어진 선비에게
나아가야 사악함을 방지하고 중용과 바름에 가까울 수 있을 것이다.

사람은 어울리는 사람과 생활환경이 중요하다. 중요한 것은 사람이나
환경을 자신이 선택할 수 있기에 좋은 사람과 함께하며 좋은 환경에서 지
내도록 스스로 노력해야 한다. 물들기 전에 과감히 벗어나야 한다.

---

1 槐홰나무 괴

2 滫(쉰 음식, 소변, 오줌) 수

3 서인(庶人): 서민

4 난괴(亂槐홰나무 괴): 난채, 구릿대 난괴의 뿌리. 백지(白芷), 어수리: 향초(香草)라 하며, 그 뿌리는 약
초로써 백지(白芷)라 하는데 말린 것이 감기, 치통에 쓰인다.

정화(淨化)하라

정행검덕(精行儉德)

茶(차)자를 파자해 보면 ++은 20, 八과 十이 80이 되고 마지막 두 획인 八을 더하면 108이 된다. 이는 '백팔번뇌百八煩惱를 차를 마시며 잊는다.' 또는 '108세 까지 장수한다.'는 의미가 있다. 본래 차는 불가의 수행 방법 중 하나였으며, 헌다례獻茶禮라 하여 부처께 차를 올리는 의식이 있다. 명절 조상께 지내는 '다례茶禮'는 '제사祭祀'를 의미하며 음을 가차한 것으로 본다.(동다송東茶頌) 차 문화의 대중화 경향은 차를 세계적인 음료로 발전시킨 요인이 되었다.

[음다가, 초최석사군(飮茶歌, 誚崔石使君)[1]]

교연(皎然)[2]

一飮滌昏寐[3] 精來朗爽滿天地[4]　　　일음척혼매 정래랑상만천지

再飮淸我神 忽如飛雨灑輕塵　　　　재음청아신 홀여비우쇄경진

三飮便得道 何須苦心破煩惱[5]　　　삼음편득도 하수고심파번뇌

(중략)

孰知茶道全爾眞　　　　　　　　숙지다도전이진

[차를 마시며, 최석사를 꾸짖다]

교연

한 모금 마시니 혼매함이 싹 씻겨 상쾌함이 가득히 밀려오고

또 한 모금 마시니 정신이 맑아져 갑작스런 소낙비에 먼지가 가벼이 씻겨 간듯하고

세 모금 마시니 도를 깨우쳐 번뇌를 떨치려 고심할 것 없네.

(중략)

누가 알리 다도가 너의 삶을 온전히 함을

－《전당시(全唐詩)》, 〈중국다시(中國茶詩)〉(김길자 역)

---

1 교연이 친구 최자사와 함께 술을 마시며 즉흥적으로 지었다한다.

2 皎밝을 교, 獻드릴 헌

3 滌씻을 척. 寐잘 매.

4 朗밝을 랑. 爽시원할 상

5 須모름지기 수

석교연[1]은 그의 차시茶詩에서 첫 잔은 혼매昏昧함을 씻어 상쾌한 기분이 천지에 가득하고, 둘째 잔은 홀연히 비가 내려 마음속 티끌을 씻어내고, 셋째 잔은 문득 도를 깨쳐 괴로움과 번뇌를 씻어준다고 했다. 여기서 **다도**茶道라는 말이 나온다. 차를 마시며 나를 다듬는 것이다.

육우는 《다경茶經》[2]에서 "위음 최의정행검덕지인爲飮 最宜精行儉德之人" 즉 "차 마시기에 알맞은 사람은 **정행검덕**精行儉德한 사람이다."라고 했다. 차를 마시는 사람의 올바른 마음가짐(평정심平靜心)이 정精이고, 행行은 몸소 실천하는 행위이다. 검儉은 절제함이고, 덕德은 조화로움과 배려이다. 차를 마심으로 성인의 가르침을 되새겨 몸과 마음을 정화하고 가까운 벗들과 돈독한 교재를 나누는 것이다. 중국의 다도茶道는 '정행검덕精行儉德' 일본의 다도는 '화경청적和敬淸寂' 우리나라는 '중정中正'이다. 정행검덕은 올바른 행실과 검소한 덕을 가져야 한다는 뜻이며, 화경청적은 화합과 공경, 청결과 고요함을 말한다. 중정은 **부족함도 넘침도 없는 것이 '中'이요 어느 한쪽으로도 치우치지 않는 것이 '正'이다.**(윤병상) '중정'은 인간이 가져야할 최고의 덕목이다.

體神雖全猶恐過中正　　체신수전유공과중정
中正不過健靈倂　　　　중정불과건령병

차의 근본인 물(체體)과 차의 싱그러운 기운(신기神氣)이 비록 온전하다 하더라도 오히려 중정을 지나치면 못쓰게 된다.

---

1 석교연(釋皎然): 다성(茶聖), 육우(陸羽) 의 지기(知己)
2 다경(茶經): 다성(茶聖)으로까지 추앙받는 당나라의 육우(陸羽)가 저술한 세계 최초의 다도의 고전.

중정이란 우려낸 차의 빛깔이 좋아야 하고(건建) 차의 간이 함께 잘 맞아야 한다.(령靈)

— 초의선사(艸衣禪師)의 〈동다송(東茶頌)〉[1]

중정의 정신은 찻잎을 딸 때부터 시작된다. 가장 적절한 시기에 찻잎을 따야 한다. 너무 일찍 따면 차 맛이 온전치 못하고 너무 늦게 따면 차의 싱그러움이 없어진다. 찻물도 너무 오래 끓이거나 덜 끓으면 차의 향기가 제대로 우러나지 않는다. 차를 우릴 때도 찻잎을 너무 적게 넣으면 차 맛이 싱겁고 차의 양을 너무 많이 넣으면 차 맛이 써서 향기가 떨어진다. 또, 차 우리는 시간 역시 너무 오래 우리면 맛이 너무 진해지고 너무 빨리 우리면 비릿한 냄새가 난다. 이처럼 중정은 차나무를 기르고, 찻잎을 따고, 차를 우리고 마실 때 모두 해당되는 자세다. **'적절한 때를 기다리고, 사물의 이치에 맞게 행하라'**는 가르침이다. 마음을 비우고 자신을 낮추어 거만하지 않게 하고 물, 불, 차 어느 것 하나 넘치거나 부족함 없이 차를 다루는 일은 중정中正의 정신이다. 찻잔을 7/10정도만 채우는 것은 바로 정행검덕과 중정의 도를 나타내는 것이다.(《동다송(東茶頌)》: 김대성)

초의草衣는 "차는 홀로마시는 것이 으뜸이요, 마시고 있노라면 만감이 교차하고, 그 후 차차 줄어들어 나중에는 공허空虛한 상태가 되고, 그리고 공허를 지나 성찰省察을 하게 된다고 한다. 그래서 차를 명상문화瞑想文化라 하고, 차를 만들고 끓이는 기예技禮를 다도茶道라 하는 것이다. 다선일미茶禪一味라는 말이 있다. 차와 선은 한 가지 맛이라는 뜻이다. 차를 끓이고 마

---

1 동다송(東茶頌): 조선시대 초의가 다도, 특히 차(茶)에 대하여 지은 노래. 총 31송으로 되어있고 송(頌)마다 옛사람들의 차에 관한 설이나 시 등을 인용하여 주를 붙였다.

시는 일련의 행위는 단순히 기호품을 즐기는 것이 아니다. 차관에 물을 끓여 차를 우려내고 기다리며 맛을 음미하는 과정은 불가 수행의 한 방편이자 도의 경지로까지 받아들여진다. 수행이나 차를 마시는 과정이 깨달음이라는 지향점이 서로 다르지 않기 때문이다.(초의선사艸衣禪師의 다도관茶道觀에 관한 연구, 고산지) 차를 마시는 것은 조용히 나를 뒤돌아보며 성찰하는 수행의 과정이 되어야 한다. 한 잔의 차를 마시며 나를 돌아 볼 수 있는 여유 정도는 가져야 한다.

삶에 만족하라

안빈낙도(安貧樂道)

어니스트헤밍웨이Ernest Hemingway는 알콜성 정신 질환에 시달리다 말년에는 당뇨 등 만성질환에 우울증까지 겹쳐 결국에는 자살로 생을 마감하였다. 트비히 판 베토벤Ludwig van Beethoven은 서른에 청력을 잃었고, 평생 독신으로 지내다 눈보라치는 쓸쓸한 밤에 생을 마감했다. 이들은 신이 내린 재능이 있었지만 아픔도 함께 있었다. 반면에 호머와 밀턴은 눈먼 시인이었고, 에디슨은 청각을, 헬렌켈러는 시각과 청각을 모두 잃었지만 존중받는 삶을 살았다. 캐나다의 제20대 총리 장 크레티앙 자유당 당수는 왼쪽 안면 근육마비로 한쪽 귀가 멀고 발음이 불분명한 선천적인 장애인이나 신체적 명에를 딛고 캐나다 선거사상 가장 빛나는 승리를 쟁취하였다. 그는 '**말은 잘 못하는 대신 거짓말은 않는다.**'는 멋진 말을 남겼다. 보이는 것이 다는 아니다. 세상에 완벽한 사람은 있을 수 없다. 내게 주어진 대로 만족하고 감사하며 충실히 살아가면 된다.

이 세상에 완전한 인간은 없다. 인간은 신이 아니기 때문이다. 인간은 어리석은 마음과 나약한 육체를 지닌 불완전한 존재로 창조된 것이다. 부는 가질수록 권력은 누릴수록 잃어버릴까 불안과 두려움에 시달린다. 영원히 소유할 수 없는 것에 매달리기보다 부족하지만 가치 있는 자신의 삶을 열심히 살면 되는 것이다. 그런 삶이 아름답고 고귀한 것이다. 스티브 잡스는 당신이 어떤 사람인지를 받아들이라고 했다. 세상에서 자신의 삶을 열심히 살아가는 삶만큼 아름다운 삶은 없다. 고개를 숙이면 땅만 보이지만 고개를 들면 창대한 하늘이 보인다. 그곳에 희망이 있고 위대한 미래가 있다. 신이 인간에게 불완전함을 주신 것은 서로 의지하며 범사에 감사하며 땀 흘리고 노력하며 더불어 살라고 하신 것이다. 인간은 부족한 존재이기에 그 부족함을 알고 신 앞에 겸손해야 한다. **작은 것에 감사하고 만족할 줄 알아야 한다.**

周公謂魯公曰 無求備於一人 [1]　　주공위로공왈 무구비어일인
주공이 노공에 말하기를 한사람에게서 완전하기를 구하지 말라

- 논어(論語) 미자편(微子篇) -

하늘은 두 가지를 다 주지 않는다. 이빨을 준 자에게는 뿔은 주지 않았다. 날개를 준 자에게는 두 발만 주었다. 따라서 모든 능력을 다 가진 사람은 없다. 세상에 완벽한 사람은 없다. 누구나 장점이 있으면 약점이 있고 결점이 있으면 장점도 있다. 신은 한사람에게 모든 재능을 주지는 않았지만 모든 사람에게 한 가지 재능은 주었다. 신은 인간에게 날개와 네다리 대

---

1 周公(주공): 주나라 무왕의 동생. 魯公(노공): 주공의 아들 백금(伯禽)/ 魯노둔할 노 禽날짐승 금 微작을 미

신 머리를 주셨다.

豫之齒者 去其角. 예지치자 거기각
이빨을 준 자에게는 뿔은 주지 않았다.
－ 한서 동중서전(漢書 董仲舒傳[1])/매일 읽는 한줄 고전: 이상민 －

부처는 "불법을 배워 도를 지키는 이는 세상의 향락을 버리고 빈한貧寒
에 안분安分하며 도를 이루기 위하여 비록 천만 고통이 있다 할지라도 다시
욕심을 부리지 말라"고 했다. 출가하여 머리를 깎은 사람을 사문沙門[2]이라
고 하는데 사문의 규범은 도와 법을 받아 세상의 재물을 버리고 구걸하여
취한 것에 만족하며, 하루 중에 한 끼만 식사를 하며 나무 밑에서는 하룻밤
만 자며 두 번 자지 않는 것이라 한다. 불교에서는 머리카락을 무명초無明草
라 하여 '세속적 욕망의 상징'으로 본다. 삭발은 '출가 수행자(스님)의 모습'
으로서 '세속인'과 다름을 구분 짓고, 또한 '세속적 번뇌와 단절'을 의미한다.
비록 사문의 길을 가지 아니하더라도 현실에 안분지족安分知足하여 도道를
즐기며 안빈낙도安貧樂道의 삶을 살아간다면 이미 성인의 경지에 올랐다 해
도 지나침이 없다하겠다. 즐거우면서도 음란한 데 이르지 않고, 슬프면서
도 마음을 상하는 데 이르지 않는 조화로운(낙이불음樂而不淫) 삶을 유지해
야 한다. 즐거움이 지나쳐서 정도를 잃어 버려서도, 슬픔이 지나쳐서 조화
를 해쳐서도 아니 된다. 적절한 상태를 유지하며 정도를 걷는 삶을 유지해
야 한다. 그런데 사람은 집착과 욕심으로 괴로워하고 번민하는 가운데 죄
를 짓게 된다. 즐거움과 행복은 소유하는데 있는 것이 아니다. 번민과 욕심

---

1 동중서(董仲舒): 유교의 사상적 폭을 더욱 넓히는 동시에 유교의 국교화를 추진하여, 결국 '중국문화=
　유교문화'라는 등식이 성립된 기틀을 마련하였다. 董동독(감시)할 독
2 사문(沙門)- 불문에 들어가서 도를 닦는 사람

으로부터 벗어나야 한다. 공자孔子가 제자 안회를 평하기를 "안회야, 너 참 대단하구나! 한 바구니의 밥과 한 바가지의 국물로 끼니를 때우고, 누추한 시골에서 지내는 것을 딴 사람 같으면 우울해하고 아주 힘들어 할 터인데 그렇게 살면서도 자신의 즐거워하는 바를 달리하지 않으니 정말 대단하구나!"라고 칭찬하였다.(논어 옹야편) 안빈낙도安貧樂道의 삶을 말하는 것이다. 이러한 삶이 우리에게도 필요한 것이다.

[만흥(漫興)]

윤선도

산수간¹ 바위 아래 띠집을 짓노라 하니
그 모른 남들은 웃는다 한다마는
어리고 향암鄕闇의 뜻에는 내 분인가 하노라.

보리밥 풋나물을 알마초 먹은 후에
바위 끝 물가에 슬카지 노니노라
그 남은 녀나믄 일이야 부럴 줄이 이시랴

산중신곡山中新曲속에 실려 있는 만흥漫興 6수중 2수다 자연과 더불어 살아가는 삶의 흥취를 노래했다. 띠 집을 짓고 살아가는 생활을 남들은 비웃지만 자신의 분수에 맞는 삶이라고 겸손해한다. 안분지족安分知足이다. 거친 밥을 먹은 뒤 물가의 바위에 앉아 실컷 노는 일은 그저 부러운 일이 없는 최고의 삶이라고 한다. 안빈낙도安貧樂道의 삶이다.

- 최승범 의 '시조로 본 풍류' 24경 중에서 -

---

1 산수간: 속세와 떨어진 곳/어리고 향암: 어리석은 사람(자신)/ 띠집: 풀로 지붕을 엮은 집/그남은 녀나믄일: 속세의 벼슬살이/부럴 줄이 이시랴: 부러울 것이 없다.

천년을 넘어온 힘

발행일 2020년 3월 20일

글쓴이 권병선
펴낸이 박승합
펴낸곳 노드미디어

편 집 박효서
디자인 권정숙

주 소 서울시 용산구 한강대로 341 대한빌딩 206호
전 화 02-754-1867
팩 스 02-753-1867
이메일 nodemedia@daum.net
홈페이지 www.enodemedia.co.kr

등록번호 제302-2008-000043호

ISBN 978-89-8458-337-5 03810
정 가 17,000원